장례식은 필요 없다

장례식은 필요 없다
TOTENFRAU

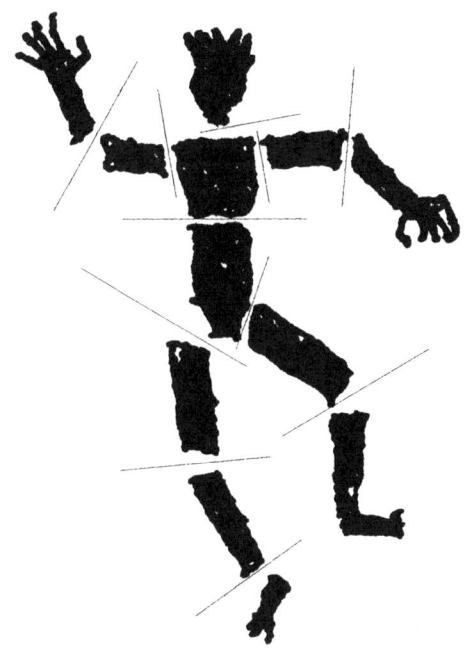

베른하르트 아이히너 장편소설 | 송소민 옮김

책뜨락

TOTENFRAU by Bernhard Aichner
ⓒ 2014 by btb Verlag, a division of Verlagsgruppe Random House GmbH,
München, Germany
Korean Translation Copyright ⓒ 2015 by Inmunseowon
All rights reserved.
The Korean language edition published by arrangement with
Verlagsgruppe Random House GmbH, Germany through MOMO Agency, Seoul.

이 책의 한국어판 저작권은 모모 에이전시를 통해
Verlagsgruppe Random House GmbH사와의 독점 계약으로 인문서원에 있습니다.
저작권법에 의해 한국 내에서 보호를 받는 저작물이므로 무단전재와 무단복제를 금합니다.

"네가 심연을 오래 들여다보면
심연도 네 안을 들여다본다."

- 프리드리히 니체

8년 전

위에서 모든 것이 내려다보인다. 바다, 돛단배, 맨살. 갑판에 나체의 여성, 태양은 빛나고 모든 게 다 좋다. 그녀는 갑판에 한가로이 누워 하늘을 쳐다본다. 눈을 뜨고 있다. 오직 그녀와 하늘, 구름만 있다. 여기가 세상에서 가장 좋은 곳이다. 그녀의 부모가 20년 전에 산 배, 고향 트리스트 항구에 있는 호화로운 사치품, 보배. 배타기, 아무도 없는 드넓은 하늘 아래, 바다 위에 떠 있는 삶. 바다만 한없이 펼쳐져 있다. 그녀의 귀에는 음악이 흐르고 배꼽에는 땀이 고인다. 그밖에 아무것도 없다.

트리스트에서 코르나텐으로 사흘째 항해 중. 서두를 필요는 없

다. 할 일이 없다. 부모와 같이 보내는 휴가, 이미 오래전부터 해오던 일. 햇빛에 피부가 그은 부모는 곧 70세가 된다. 배를 좋아하는 사람들. 부모는 늘 배를 타고 바다로 나갔다. 그녀가 어렸을 때부터. 수영 팬티와 비키니를 입고, 나체로 있은 적은 한 번도 없었다.

두 시간 전에 그녀는 옷을 벗었다. 선크림도 바르지 않고 그대로 드러누웠다. 그녀는 사람들에게 자신이 발견될 때 햇빛에 완전히 그을려 있기를, 벌건 피부가 되어 있기를 원한다. 그녀는 나체로 있고 싶어 한다. 드디어 나체. 이제 나체로 있으면 안 된다고 하는 사람은 아무도 없다. 아버지도 없고 어머니도 없다. 배 위에 홀로. 그녀의 가슴, 엉덩이, 다리, 팔. 입술에 떠오르는 미소 그리고 음악의 리듬에 맞춰 가볍게 흔들기. 그녀는 세상의 어느 곳보다 여기에 있는 게 제일 좋다. 그녀는 지금부터 세 시간 동안 더 누운 채로 온몸을 쭉 뻗고 여름을 한껏 빨아들일 것이다. 세 시간 또는 네 시간 동안, 두 사람이 마침내 물속으로 가라앉을 때까지. 그들이 외치는 소리가 멈출 때까지. 바닷물이 위로 튀는 소리가 그칠 때까지. 그들이 마침내 조용해질 때까지.

영원히.

두기오토크 섬(아드리아해에 위치한 크로아티아령 섬 - 옮긴이)에 닿기 전 정오. 그녀는 꼼짝도 하지 않는다. 잠이 들었다고 말할 것이다. 음악이 너무 커서 아무 소리도 듣지 못했고, 따가운 태양에 피곤해서 잠들었다고 할 것이다. 그녀는 모든 질문에 답하며 자신의 행동을 해명할 것이다. 그리고 울음을 터뜨릴 것이다. 필요한 모든 것을 하리라. 모든 것을. 나중에. 지금은 아니다. 지금은 머리 위에 하늘만 있을 뿐이다. 손가락으로 하늘에 그림을 그린다. 파란 하늘에 원을 그리고 글씨를 쓴다. 자신의 미래를 그려본다. 혼자 사는 새로운 삶에 대해 상상의 날개를 편다. 장의사 사업은 이제 그녀의 것이다. 장의사 시설을 완전히 현대식으로 개조할 것이다. 사업을 다시 성공의 가도로 올려놓을 것이다. 모든 것을 관리할 것이다. 그녀가 직접, 하겐이 아니라. 그녀는 배를 트리스트로 돌려 새로운 출발을 할 것이다.

온몸에 땀. 그녀는 나체로 있는 상태를 마음껏 즐긴다. 부모가 더 이상 이래라 저래라 간섭하지 않는 성인 여성. 브륀힐데, 옷을 벗으면 안 돼. 우리 배에서는 안 된다. 브륀힐데, 우리가 살아 있는 한, 우리 규칙도 살아 있다. 이제는 더 이상 그렇지 않다. 더 이상 규칙은 없다. 오직 그녀가 스스로 결정한다. 그녀 혼자서. 더 이상 명령은 없다. 금지도 없다. 그녀는 옷을 다 벗었고, 갑판에 누워 바람을 향해 몸을 쭉 편다. 그녀의 모든 것이 마치 깃발처럼 나부끼고, 햇빛 속에서 그녀는 꽃처럼 피어난다. 행복하다. 혼자 있는 순간 순간이, 점점 더 많이. 브륀힐데 블룸. 스물네 살. 하겐과 헤르타 블룸의 딸. 입양. 블룸 부부는 그녀가 세 살 때 고아원에서 데려와 동물처럼 사육했다. 후계자로 길러졌다. 그녀는 하겐의 마지막 희망이었다. 가업은 이어져야 했다. 어떤 대가를 치러서라도. 그들이 입양할 수 있었던 아이가 단 한 명의 여자아이뿐이라 해도. 여자아이 외에 다른 아이는 없다고 했다. 입양 대기 리스트가 너무 길어 하겐의 절망이 컸다. 하겐은 너무 절망한 나머지 자신의 사업을 여자 손에 맡겨도 되는지 충분히 생각해볼 수도 없었다. 그녀가 하겐에게 성스러운 직업인 장의사를 계속 이끌어 나가게 될 것이다. 그녀가 하겐이 성취해 놓은 것을 얻을 것이다. 하겐을 위해 여자가 남자가 되어야 했다. 그녀는 하겐이 원하는 모든 것을 다 했다. 직업상 필수적인 모든 일을 했다. 장의사 블룸은 하겐의 모든 것이었다. 하겐에게 세상에 그보다 중요한 일은 없었다.

가업, 그녀의 감옥, 그녀의 어린이방. 장의사는 종전 직후 죽음이 사업이 되던 시절에 창업되었다. 1949년, 예전에 이웃이 접은 장의사를 블룸 부부가 넘겨받았다. 사람이 죽었을 때 수의를 입히고 입관하는 일을 거들던 이웃들은 이제 전문 시체 매장인으로 교체되었다. 오랜 세월 동안 당연시되던 일이 금기가 되었다. 시신이 관에 들어가 사라지기 전, 마지막 이별을 위해 시신을 만지던 일. 사람들은 이제 시신을 옮기고 땅에 묻는 일을 누군가 가능한 한 빨리 처리하기를 원했다. 깨끗하고 사무적으로.

블룸 집안은 인스부르크의 장의사 제1호였다. 그들은 망자들 덕분에 잘 살게 되었다. 처음에는 하겐의 아버지, 이어서 하겐, 지금부터는 블룸. 그냥 블룸이라고만 부른다. 그녀가 브륀힐데라는 자신의 이름을 싫어했기 때문에, 그 이름을 한시도 견딜 수 없었기 때문에, 하루도 참을 수 없었기 때문이다. 브륀힐데, 죽은 사람들을 손대지 마. 망자들과 장난치는 건 그만둬라. 브륀힐데, 시체에 손가락을 쑤셔 넣지 마. 부모가 지어준 이름은 그녀와는 전혀 상관없는 이름이었다. 하겐이 합법적인 독일인이었기 때문에, 하겐이 바그너의 「니벨룽겐」을 좋아했기 때문에, 하겐이 딸을 자신의 세상에 억지로 끼워 넣으려 했기 때문이다. 브륀힐데, 하겐 부부의 삶으로 그녀를 묶어둔 이름이었다. 블룸이라는 성만. 브륀힐데라는 이름은 싫었다. 그녀가 열여섯 살 때부터, 하겐의 어린 군인이 되기를 그만두었을 때부터, 하겐이 요구하는 것에 더 이상 순종하지 않고 더 이상 지상명령으로 받아들이지 않았을 때부터. 오직 블룸. 그녀는 블룸이라는 성만 쓰겠다고 고집했다. 그 일로 하겐이 얼마나 벌을 주든 상관없었다.

블룸. 그녀는 하늘을 올려다본다. 음악을 더 크게 튼다. 배는 물결에 따라 흔들리고 드넓은 바다에는 아무도 없다. 도와줄 사람은 아무도 없다. 그들의 외침을 들을 사람은 아무도 없다. 그녀 외에 아무도 없다. 그녀는 나체로 배에 누워 있다. 시체 처리실에 있는 시체들과 다름없이. 작업대 위에, 차갑게, 활기 없이, 그녀가 생각이란 것을 할 수 있었던 때부터. 그녀는 아버지의 일을 도왔다. 친구들은 없었다. 다른 아이들은 장의사라는 직업을 끔찍하게 여겼다. 그녀의 아버지가 시체를 만지고 그녀도 시체를 만지니 친구를 사귈 수 없었다. 블룸은 미친 애가 되었다. 사람들은 블룸을 조롱하고, 따돌리고, 비웃고, 못살게 굴었다. 블룸은 시달렸다. 항상. 어린 시절 내내, 청소년기에도. 그녀는 친구가 있기를 바랐다. 생활을 나눌 수 있는 친한 친구를 동경했다. 같이 수다를 떨고 웃을 수 있는 친구. 하지만 아무도 없었다. 혼자였다. 부모 외에는 아무도 없었다. 애정이라고는 눈곱만큼도 없는 부모. 아이를 껴안아주지 않는 쌀쌀한 어머니. 아이가 해서는 안 될 일을 억지로 시키는 아버지.

블룸은 일곱 살 때부터 시체를 만졌다. 브륀힐데, 시간을 낭비하면 안 된다. 일찍 일어나는 새가 벌레를 잡는 법이야. 브륀힐데, 겁먹을 거 없다. 시체는 이제 너를 깨물 수 없어. 계집애같이 굴지 마라. 이를 앙다물고 울음을 그쳐. 당장 울음을 그치지 않으면, 내가 뭐라고 했지? 널 관 속에 집어넣을 거다. 브륀힐데, 알아들었냐? 시간을 낭비해서는 안 되기 때문에 그녀는 시체 처리법을 배워야 했다. 아버지는 불가능한 일을 어린 블룸에게 요구했다. 블룸은 시체의 머리카락을 빗기고, 시체를 면도하고, 시체의 피를 닦고, 시체에게 수의 입히는 일을 도왔다. 블룸은 열 살 때 처음으로 시체의 입을 꿰맸다. 조금이라도 머뭇거리면 아버지는 블룸을 관 속에 가두었다. 수없이 많이, 캄캄한 어둠 속에 몇 시간 내내, 어린아이는 무서웠고 혼자였다. 블룸. 하겐 부부는 그들이 원하는 바를 가르쳤다. 매번 새로운 것을. 어린 블룸을 강제로 관속에 눕히고 관 뚜껑을 덮음으로써 가르쳤다. 브륀힐데. 네가 나를 달리 어떻게 하도록 만들 수는 없다. 넌 언제쯤 거부하기를 포기할 거냐. 난 다른 선택이 없다. 브륀힐데. 그리고 관 뚜껑이 닫혔다. 나무 관 속에 갇혀 누운 아이. 블룸은 할 수 있는 한 오래 기다렸다. 어서 강해지고 싶었지만 블룸은 어린아이일 뿐이었다. 속수무책으로 견뎌야 했다. 그녀를 도와줄 사람은 아무도 없었다. 아무도 그녀의 눈물과 애원에 돌아보지 않았다. 안 할래요. 못하겠어요. 제발요. 그녀가 시체의 턱 아래를 뚫고 입 구멍 속에서 바늘을 찔러 넣기 바로 직전에 한 애원이었다. 실이 죽은 살점을 통과했다. 그토록 시키는 모든 일을 다 했지만 그래도 턱없이 모자랐다. 블룸이 얼마나 애정을 원했는지, 얼마나 부모로부터 눈길을 한 번 받고 싶었는지, 딸이 자랑스럽다는 말 한 번을 얼마나 듣고 싶었는지는 상관없었다. 블룸이라는 아이는 혼자였다. 그리움은 달래지지 않은 채 남아 있었다. 아무리 노력해도 결코 만족스럽지 않은 아이였다. 언제나 한낱 어린 계집애에 지나지 않았다. 혼쭐이 나간 무기력한 아이. 어린 블룸. 아빠, 제발 내보내주세요. 제발 관에 가두지 말아주세요. 아빠 또 관에 들어가기는 싫어요. 무서워요. 제발.

처벌 그리고 고통이었다. 나중에는 일상이 된 일이 처음에는 끔찍한 지옥이었다. 손으로 잡을 때마다, 쳐다볼 때마다, 그녀가 만져야 하는 차갑고 죽은 피부. 블룸은 수없이 많은 시체의 눈과 입을 씻어내고 상처를 닦아냈다. 피와 구더기, 뒤틀린 시체, 분리된 사지였다. 그녀에게 어린 시절은 없었다. 촛불이 켜진 케이크는 없었다. 옷을 입히고 벗기는 인형은 없었다. 시체만 있었다. 커다란 인형, 무거운 인형, 털이 숭숭 난 팔다리, 머리는 너무 무거워서 들 수도 없었다. 꼼짝도 않는 입. 미소도 없고 다정한 말 한마디 하지 않는 입, 전혀 말이 없는 입. 오직 아버지만 그녀를 닦달했다. 수없이 많은 시체, 얼굴, 생식기와 배설물, 그녀 앞에 누워 있는 죽은 사람들, 그것을 손질해야 했다. 고무장갑을 낀 열 살짜리 소녀. 그리고 어머니는 식사 때에 어떻게 불렀는가. 마치 블룸이 친구들과 마당에서 놀기라고 했던 것처럼. 식사 준비되었다. 손을 씻으렴, 아빠가 좋아하는 요리를 했단다. 마치 모든 것이 정상인 것처럼, 모든 것이 제대로 돌아가는 것처럼. 맛있게 구워진 고기는 아버지의 몫이고, 엉망으로 구워진 고기는 블룸의 몫이었다. 고기를 얹은 포크를 입에 집어넣은 하겐의 모습은 어땠했나. 블룸이 엉망으로 뭉개진 고기를 볼 때 떠오르는 것은 무엇이었나. 늙고 상처투성이의 남자들, 종잇장 같은 살갗, 식사를 마친 후 가서 씻어내야 하는 옆방의 오줌과 피였다. 엄마, 정말 맛있어요. 요리가 언제나 환상적이에요. 그리고 블룸은 접시를 물렸다.

블룸이 생각을 할 수 있었을 때부터 곁에는 늘 죽은 사람들이 있었다. 죽은 사람들은 영구차를 타고 교통 체증을 일으키며 왔다. 죽은 사람들은 그들이 영원히 잠든 침대에서 곧바로 왔다. 피를 흘리며, 사지가 절단되어, 심근경색으로, 칼에 찔려서, 맞아 죽어서, 검시를 당한 상태로 왔다. 죽은 사람들은 블룸의 삶에 사정없이 들이닥쳤다. 무턱대고 어린 그녀의 세계로 밀어닥쳤다. 아무도 그녀가 원하는지 묻지 않았다. 그녀가 할 수 있는지도 묻지 않았다. 그들은 그냥 누워만 있었다. 차가운 알루미늄 작업대 위에 죽은 사람들. 처음에는 섬뜩했지만 언젠가부터 아무렇지도 않고 편안해졌다. 블룸은 그녀의 세계에 익숙해졌다. 어디론가 도망갈 수 없다는 것, 다른 선택이 없다는 것을 받아들이기 시작했다. 블룸이 두려워해야 했던 것은 살아 있는 사람들이지 죽은 사람들이 아니었다. 그것이 블룸의 마음을 편안하게 해준 인식이었다. 블룸은 시체들과 혼자 있기로 했다. 가능하면 늘 시체 처리실로 돌아갔다. 언제부턴가 죽은 사람들이 친구가 되었다. 블룸은 시체와 이야기를 나누었다. 블룸이 죽은 사람들보다 더 강했다. 시체들에게 어떤 일이 일어날지를 그녀가 결정할 수 있었다. 시체들은 블룸에게 해를 입힐 수 없었다. 얼마나 무겁든, 얼마나 크든, 더 이상 움직이지 않았다. 시체는 숨도 쉬지 않고 사지는 축 늘어져 있었다. 시체들이 인형 같았다. 블룸이 가지고 놀 수 있는 커다랗고 차가운 인형. 블룸은 죽은 사람들에게 속마음을 털어놓았다. 죽은 사람들에게 모든 것을 이야기했다. 언제나. 그 외에 블룸은 입을 다물었다. 부모에게는 한마디도 하지 않았다. 블룸은 마음의 평온을 얻고 싶었다. 아무것도 알고 싶지 않았다. 강제로 시키는 일을 그저 할 뿐이었다. 그러고 나서 되돌아갔다. 그녀의 세계로. 바로 지금까지.

블룸. 태양이 타는 듯 작열한다. 그들이 드디어 잠잠해지니 얼마나 좋은가. 블룸은 생각할 수 있었을 때부터 부모와 같이 돛단배를 탔다. 해마다 3주 동안 바다 위에 떠 있었다. 항상 되돌아오는 푸른 바다. 그것은 항상 현실로부터의 작전 타임, 꿈이었다. 마냥 좋았다. 트리스트 항구를 떠나 유고슬라비아, 그리스, 터키, 스페인으로 향했다. 한 주 내내 배 위에서, 한 주 동안의 삶은 좋았다. 블룸은 그때를 기다렸다. 닻이 들리고 바람이 돛을 팽팽하게 부풀렸다. 하겐이 블룸에게 무엇이 중요한지, 조종은 어떻게 하는지, 폭풍 속에서는 어떻게 살아남는지를 알려줄 때 기억에 새겨두었다. 그녀가 배운 모든 것, 배우지 못한 모든 것을. 섬, 바람 그리고 웃음을 터뜨리기조차 하는 부모. 휴가였기 때문에. 평소에 딱딱하기만 하던 부모의 표정이 풀리면 블룸은 가끔 그것이 사랑이라는 느낌마저 들었다. 아주 잠깐, 언뜻 지나가는 그런 느낌. 블룸은 20년 동안 자신이 지극히 평범한 소녀이기를, 시체 만지는 일 이외에 다른 일들도 할 수 있는 젊은 여성이기를 원하고, 기다리고, 꿈꾸어 왔다. 기필코 살고 싶었다. 마침내 결단을 내리고 싶었다.

블룸은 움직이지 않을 것이다. 무슨 일이 일어나든 꼼짝도 하지 않을 것이다. 오직 블룸과 살갗을 벌겋게 태우는 태양만 있다. 외침과 두드림을 무시한다.

절망적으로 허우적대는 두 육체. 그들을 위에서 내려다본다. 그들은 무엇이든 붙들려고 안간힘을 쓰며 손톱으로 배의 측면을 박박 긁는다. 오래되고 멋진 배, 위에서 접어 올릴 수 있는 사다리, 그들이 사다리를 내려달라고 외칠 때 이미 사다리는 없었다. 하겐은 배의 모든 것이 제자리에 있어야 한다고 고집했다. 배를 개조해서도 안 되고, 위급할 경우를 대비한 장비도 없었다. 걱정할 것 없어. 멍청한 것들이나 사다리를 거두어 올려놓는 것을 잊는 거지. 만일 내게 그런 일이 일어난다면 날 물에 빠뜨려 죽여도 좋아. 하겐은 얼마나 독단적이었는가. 지금 얼마나 기가 꺾이고 무기력한가. 위대한 하겐과 그의 아내 헤르타. 두 사람이 되돌아올 방법은 없다. 물속에 가라앉는 수밖에 없다. 당황해서, 애정이라곤 조금도 없는 두 노인. 약한 심장을 가진 두 사람이 숨을 쉬지 못하고 공황 상태에 빠진다. 비명을 지르고 바닷물을 연신 들이킨다. 벌써 두 시간째. 그들은 배로 돌아오려 한다. 배의 벽을 타고 오르려고 안간힘을 쓴다. 배 옆에서 퍼덕이듯 헤엄치며 울고불고 악을 쓰고, 주먹으로 배를 두드리고, 그녀의 이름을 부른다. 브륀힐데. 계속 계속 브륀힐데. 하지만 브륀힐데는 외치는 소리를 듣지 않는다. 그들이 얼마나 큰 소리로 외치든, 손가락에서 얼마나 피가 흐르든 상관없다. 그들은 자신들이 죽으리라는 것을 안다. 하겐과 헤르타. 그들은 안다. 블룸이 외치는 소리를 들었다는 것을, 블룸이 배 위에 누워 아무것도 하지 않는다는 것을. 배가 앞으로 가는 동안 블룸은 음악을 들을 뿐이다. 블룸은 곧 끝이 나리라는 것을 알기에 미소를 짓는다. 그들은 곧 발악을 그칠 것이고, 드디어 모든 게 제대로 될 것이다. 모든 게 따스하게, 행복에 가깝게. 거기엔 블룸과 하늘밖에 없다. 그 외엔 아무것도 없다. 드디어 사는 것이다.

강렬한 태양 아래 세 시간이 더 지났다. 아직도 살갗이 따갑다. 고요. 더 이상 아무 소리도 들을 수 없다. 배를 두들겨대는 소리도 없다. 그녀에게 뭘 하라고 시키는 사람은 더 이상 없다. 하겐과 헤르타는 영원히 말이 없다. 더 이상 없다. 과거도, 그녀가 되돌아가야 할 옛 생활도 없다. 블룸은 이제 조종할 것이다. 배를 다시 트리스트로 몰고 가서 뜯어고칠 것이다. 집에 있는 낡은 마루를 걷어내고 영결식장과 시체 처리실을 새로 지을 것이다. 집을 구석구석 모조리 뜯어 고칠 것이다. 부모를 생각나게 하는 것은 모두 쓰레기장에 내다버릴 것이다. 블룸. 스물 네 살. 그녀는 이제 일어나 옷을 입고 해안 경비대에 무선을 보낼 것이다. 그리고 절망적인 목소리로 부모가 사라져버렸다고 신고할 것이다. 그녀가 잠시 잠든 사이에 흔적도 없이 사라졌다고. 하겐의 독주 병을 한 모금 들이키고 사람들의 구조를 기다릴 것이다. 무선을 보내 경악의 상황을 연출할 것이다. 비명을 지르고 울음을 터뜨릴 것이다. 지금.

40분 경과. 블룸은 기다리면서 바다에서 그들을 찾아보았다.

하겐의 흔적이 없다. 헤르타의 흔적도 없다. 아무것도 없다. 그저 불행한 일이 일어났을 뿐이다. 그들은 그냥 영문 없이 사라졌다. 영원히 가라앉았다. 그들의 폐에는 물이 차고, 떠돌던 두 시체를 언젠가 누군가가 바다에서 건져 올릴 것이다.

블룸. 그녀가 갑판에서 손을 흔든다. 저 멀리에 있는 배를 보자마자 다급하게 도움을 청하며 외친다. 해안경비대가 아닌 작은 돛단배, 그녀의 당황을 제일 먼저 알아챈 사람은 여행자다. 블룸은 몸을 부들부들 떨면서 일어난 일을 설명한다. 낯선 남자가 갑판에 올라와 그녀를 돕는다. 남자는 배 안을 살펴보고 바다로 눈길을 던진다. 그녀에게 안도감을 주는 남자의 목소리, 위안이 되는 목소리, 그녀를 껴안은 남자의 팔. 그냥 그렇게, 너무도 갑작스러운 부드러움. 그의 손, 뜨거운 태양, 그녀의 피부. 내가 잠깐 잠이 들었어요. 내 잘못이에요. 우린 부모님을 찾아야 해요. 도대체 어디에 계신 거죠. 하느님 맙소사. 대체 어디 계신 거지? 내가 무슨 일을 한 거지? 우린 되돌아가서 부모님을 찾아야 해요. 부모님이 보이지 않아요. 사라졌어요. 그냥 안 보인다고요. 혹시라도 부모님이 돌아가셨으면 어쩌죠? 블룸은 그를 왈칵 떠밀어내고 두 손에 얼굴을 파묻고는 자기 뺨을 연신 때린다. 그녀는 일어난 일에 대해 죄책감을 표현한다. 다 내 잘못이에요. 그녀는 비명을 지른다. 그가 블룸을 꽉 껴안으려고 하자 그녀는 그도 때린다. 울음을 터뜨리며 몸을 뿌리치려 한다. 그녀는 지금 모든 것을 제대로 해야 한다. 블룸. 그녀가 지금 하는 모든 말과 행동을 남자가 믿어 의심치 않게 해야 한다. 그는 그녀를 믿어야 한다. 의심해서는 안 된다. 단 1초라도. 잘생긴 낯선 남자. 블룸은 그가 꽉 껴안고 있게 내버려둔다. 그녀는 남자와 아주 가까이 있다. 그녀의 얼굴이 그의 가슴에 닿는다. 남자가 그녀를 껴안는다. 블룸은 숨을 가쁘게 내쉰다. 그의 체취가 풍긴다. 그의 목소리가 들린다. 속삭이는 그의 목소리. 나는 마르크라고 해요. 경찰입니다. 모든 게 잘 될 겁니다. 그가 말한다.

1장

우마가 폴짝폴짝 뛴다. 조그만 몸이 공중에 날아오른다. 함박웃음을 띤 아이의 얼굴에 자그마하고 새하얀 이, 행복해보이는 눈동자가 있다. 세 살난 어린 여자아이가 뛰어들어 품에 안기며 몸을 부빈다. 엄마, 곰이 나오는 꿈을 꿨어. 곰이 무섭게 으르렁거리면서 나를 물려고 했어. 엄마, 나는 막 도망쳤어. 블룸은 아이를 꼭 끌어안고 손가락으로 조그만 머리를 부드럽게 쓰다듬고 뺨을 어루만지며, 곰이 너랑 같이 놀려고 한 거라고 말한다. 그냥 꿈이었을 뿐이라고 한다. 너에겐 아무 일도 일어나지 않아. 엄마가 너를 지켜줄 거야. 무서워하지 않아도 돼. 블룸은 우마의 이마에 입을 맞춘다. 우마 블룸, 아이는 몇 달 전부터 말을 하기 시작한다. 금발의 천사. 또 하나의 천사 넬라는 아빠의 팔에 편안하게 안겨 다시 잠이 들었다. 아침, 부부의 침실에서 블룸과 마르크. 아주 평범한 하루.

 8년 전, 블룸은 태어나 처음으로 마음이 뭉클했다. 배 위에서 그가 블룸을 껴안았다. 첫눈에 호감이 가는 멋진 남자. 갑자기 그가 있었고, 그녀를 보살폈다. 마르크는 해안경비대가 와서 그녀가 수많은 질문에 대답을 다 마칠 때까지 옆에서 기다려주었다. 마르크는 그냥 같이 있어주었다. 마르크는 담당 경찰에게 블룸을 발견한 상황을 설명하고 그녀의 이야기에 전혀 의심할 바가 없다고 맹세했다. 모든 정황이 그녀의 말과 일치한다고 했다. 햇볕에 탄 피부, 절망, 눈물, 블룸은 비극적 사고로 부모를 잃었다. 그리고 마르크가 블룸을 발견했다. 그는 휴가 중인 형사, 그녀와 마찬가지로 오스트리아인이었다. 배타기를 즐기는 독신 남자. 모든 게 들어맞았다. 두 사람이 그날 마주친 것은 운명이었다. 둘은 서로를 발견했다. 그리고 오늘까지 더 이상 서로 떨어지지 않았다.

 서로 얽혀 있는 육체, 맞닿은 살과 살, 애정 어린 어루만짐. 두 사람은 바짝 몸을 붙인다. 두 사람의 입술이 잘 잤어 하고 속삭인다. 이어 둘은 으르렁 소리를 내며 아이들과 장난을 치기 시작한다. 우마와 넬라. 마르크와 블룸. 모든 것이 행복한 느낌이다. 두 사람은 행복하게 나란히 누워 아이들이 침대에서 내려가 할아버지에게 가는 것을 지켜본다. 아빠, 난 코코아를 마실 테야. 엄마, 난 소시지를 먹을래. 우린 할아버지한테 갈 테야. 엄마 아빠는 재미없어. 블룸이 웃는다. 마르크는 그녀를 팔에 꼭 껴안고 놓아주지 않는다. 그녀는 마르크에게 찰싹 달라붙는다. 난 침대에서 당신과 이렇게 영원히 있을 거야. 블룸이 말한다. 그녀는 누린다. 모든 것을, 매일을, 매 순간을, 그녀의 삶을. 8년 전부터 마르크의 손이 블룸의 몸을 애무한다. 6년 전에 두 사람은 결혼했고, 5년 전부터 가족을 이루어 사랑 안에서 헌신적으로 가정을 지켜왔다. 마치 황홀한 도취처럼, 지금도 여전히.

"마르크?"

"응?"

"오늘 그냥 집에 있으면 안 돼?"

"아쉽지만 그럴 수는 없지. 하지만 집에 돌아오잖아. 요즘 일이 좀 많아."

"뭔데?"

"당신은 알 필요 없어. 내 사랑."

"세상이 그냥 돌아가게 내버려두면 좋잖아."

"그래, 그럴 수도 있지."

"근데?"

"악당을 잡아야지."

"당신이 일을 억지로 하는 건 아니잖아, 좋아서 하는 거지."

"그리고 당신은 시체하고 놀아야지. 내가 잘 알지. 어차피 당신은 침대에 오래 누워 있지 않을 거 아냐. 10분 후면 벌떡 일어나

장례에 처리할 급한 일이 있다고 하겠지. 어제 온 노인 시체가 당신을 오래 기다릴 수 없다고 하면서 말이야."
"내가 그럴까?"
"응, 그럴 거야."
"우리 2분만 더 이렇게 있자. 좋지?"
"10분 더 있어도 돼. 당신이 좋다면."
"자기, 제일 나쁜 게 뭔지 알아?"
"뭔데?"
"자기가 날 붙들고 있지 않으려는 거."
"난 당신을 영원히 붙들고 있을 거야. 내 사랑하는 꽃."
"제발, 절대로 날 놓으면 안 돼."

블룸은 배 위에서부터 이 남자가 자신을 행복하게 해줄 수 있을 것이라는 느낌이 들었다. 낯선 남자, 그가 그녀를 껴안고 위로했다. 아이러니하게도 그는 형사였다. 그녀를 꿰뚫어볼 수 있었으리라. 그녀의 가면을 벗기고 감옥에 집어넣을 수도 있었다. 그는 시작되기도 전에 모든 것을 끝낼 수 있었다. 하지만 상황은 다르게 전개되었다. 블룸은 갑작스런 포옹이 풀어지지 않기를 원했다. 그의 품과 손길에 길들고 싶었다. 블룸은 그를 갖고 싶었다. 처음으로 한 남자를, 블룸은 그때 처음으로 자신도 뭔가를 원할 수 있다는 생각이 들었다. 망설임도 두려움도 없이 아주 가까이 그를 마음속에 들이고 싶었다. 마르크. 그는 다정했다. 꼬치꼬치 캐묻지 않았다. 블룸 자신으로 있을 수 있게 했다. 그리고 그녀가 하는 일도 혐오스럽게 여기지 않았다. 그는 죽은 사람들에 대한 공포가 없었다.

블룸은 그를 다시 만났다. 오스트리아의 트리스트 항구로 되돌아왔을 때. 두 사람은 마음이 통했다. 여러 말을 하지 않아도 서로를 느낄 수 있었다. 마르크는 그녀의 친구이자 보호자였다. 그는 부모의 장례를 치를 때도 있었다. 그리고 그녀가 장의사 건물 시설을 개조할 때도 있었다. 마르크는 자신이 할 수 있는 일로 그녀를 도왔다. 두 사람은 시체 냉동실에 앉아 맥주를 마셨다. 몸은 고단했지만 마음은 행복했다. 둘이서 시체 처리실을 새로 페인트칠했다. 늦여름, 맥주 상자 위에 앉은 두 사람은 땀에 푹 젖어서 활짝 웃었다.

"블룸?"
"응?"
"여긴 내가 앉아 있어 본 중에 가장 멋진 시체 냉동실이야."
"자긴 냉동실에 자주 앉아 있어?"
"난 경찰이잖아."
"그러면 경찰들은 냉동실에 들어앉아 있어?"

"그렇지."

"자긴 미쳤어."

"자기보단 덜 미쳤지. 주말에 시체 냉동실에서 맥주 한잔하자는 건 자기 아이디어였어."

"이제 우리 네 번째 만남이네."

"블룸, 만난 횟수 세는 거 그만둬."

"평소에 이곳에 죽은 사람들이 누워 있는 거, 자기는 정말로 싫지 않아?"

"싫지 않아."

"난 어릴 때 여기에 많이 와 있었어."

"시체가 있는 냉동실에, 아니면 시체가 없는 냉동실에?"

"시체가 있을 때."

"문은 열려 있었어? 닫혀 있었어?"

"닫혀 있었지."

"왜?"

"그건 내가 하던 숨바꼭질이었어. 사람들이 나를 찾으려고 냉동실을 들여다보지는 않거든. 난 몇 시간이고 냉동실에 숨어 있을 때가 많았어. 여기서 그냥 앉아서 관찰했어. 사람들이 어떻게 죽었는지."

"문이 닫혀 있었다면 좀 추웠겠는데."

"스키용 속옷, 스키 점퍼, 장갑, 모자를 썼지."

"당신이 뭔가 얘기를 안 하는 게 있는 것 같지만, 난 당신 말을 믿어."

"믿어도 돼."

"당신은 날 속이지 않을 거지?"
"그게 무슨 뜻이야?"
"나를 진심으로 대한다고."
"내가 자기를 진심으로 대하지 않을 이유라도 있어?"
"당신을 믿어도 돼?"
"왜 그런 걸 물어?"
"당신에게 키스를 해야 하니까."
"해야 한다고?"
"난 달리 어쩔 수가 없어. 두 달 전부터 당신에게 키스를 하고 싶었지. 사실은 배에서 당신을 처음 봤을 때 이미 키스를 하고 싶었어. 내가 그래야만 하는 게 유감이야."
"그러니까 나에게 키스를 해야 한다는 거야? 키스하려면 먼저 나를 믿을 수 있어야 하고?"
"내가 당신과 키스를 하면 결혼하고 싶어서야. 당신을 믿을 수 있으면 그게 더 좋은 거잖아. 안 그래?"
"하지만 자기는 나를 전혀 모르잖아."
"아니, 난 당신을 알아."
"난 어렸을 때부터 시체와 같이 놀았어."
"나는 고양이를 자루 속에 집어넣고 물에 던져 죽였어. 개구리 몸에 폭죽을 집어넣고 어떻게 터지는지 지켜봤지."
"거짓말."
"진짜야."
"왜 그랬어?"
"호기심이 많았으니까."

"나도."
"그래서 난 당신에게 키스를 해야 해."
"그러면 나는? 나한테는 물어보지 않았잖아?"
"그건 절대로 안 물어보지."
"왜?"
"당신이 안 된다고 할지도 모르니까."
"내가 그럴까?"
"응."
"뭐 때문에 자기는 그렇게 확신해?"
"당신은 두 달 내내 키스하는 걸 두려워했으니까."
"내가 그랬다고?"
"응."
"그럼 지금은?"
"내가 당신의 두려움을 없애줄게."

얼마나 아름다웠던가. 그들의 얼굴과 입술이 가까이 다가왔다. 부드럽고, 흥분되고, 떨리는 두 입술이 닿았다. 친밀하고 낯설고 아름다웠다. 시체 냉동실에 있는 마르크와 블룸. 두 사람은 오랫동안 부드러운 키스를 나누었다.

오늘날까지 두 입술은 포개져 있고, 오늘날까지 두려움은 돌아오지 않았다. 8년 간 두 사람은 서로를 어루만지며 서로에게 속해 있다. 8년 전부터 같은 아침을 나누었다. 그들이 누워 있는 침대,

파라다이스를 이룬 두 사람의 가정에서.

인스부르크 시내의 유겐트슈틸 풍의 호화주택, 사과나무가 있는 커다란 정원, 2층집. 하겐과 헤르타가 땅속에 묻히자 블룸은 집에서 낡은 것을 모두 뜯어냈다. 부모의 침실, 오래된 잣나무로 만든 별실, 부엌, 모든 것을. 더 이상 아무것도 남아 있지 않았다. 오래된 나무 바닥만 그대로 두고 오랜 시간을 들여 깨끗하게 닦아냈다. 블룸이 바닥을 닦고 칠을 하는 동안 마르크가 일을 도왔다. 그가 먼저 돕겠다고 나섰고, 블룸은 고마워했다. 그렇게 할 일이 없다면 도와줘도 돼. 그런데 사람이 어떻게 그토록 친절할 수 있지? 마르크. 자기는 나의 천사야. 그런데 정말 애인 없어? 마르크는 이맛살을 찌푸리며 애인이 없다고 대답하고, 블룸은 기분이 좋았다. 마르크가 늘 찾아오는 것, 그녀를 보살피겠다고 마음먹은 것, 그가 그녀를 아름답다고 생각하는 것 그리고 그녀를 위해 휴가를 내는 것이 좋았다. 심지어 마르크는 동료 형사들까지 동원해 공사를 도왔다. 동료들 중 절반이 나서서 집 벽을 뜯어내고 폐기물을 치워주었다.

블룸의 집에서 낡은 것들은 완전히 뜯겨나가고 다시 지어졌다. 블룸은 벽을 화사하게 칠해서 낡은 유령들을 몰아냈다. 그녀는 밤에 마르크와 함께 집 전체를 돌아다니며 연기를 피워 해충을 몰아냈다. 두 사람은 이 방에서 저 방으로 다니며 곳곳에 연기를 피웠다. 두송, 계피, 오렌지 껍질 향이 뒤엉켜 공기 속에 감돌았다. 마르크는 자신이 악령을 믿든 말든 상관없이 그녀의 옆을 따라다니며 마녀처럼 매혹적인 여자를 돕고, 악령을 찾아내려 애썼다. 두 사람은 지하실에서 다락방까지 두루 돌아다녔다. 집안 구석구석이 긍정적인 기운으로 충만해지고 예전의 것들은 모두 사라졌다. 블룸은 하겐과 헤르타에 대한 생각, 그들과 살았던 일상에 대한 생각을 쓰레기통에 던져버렸다. 영원히. 이제 남은 것은 꿈의 집, 인스부르크 시내의 오아시스, 사과나무 그림자가 드리워진 현대식 장의사 건물이었다. 젊은 여성이 운영하는 새 장의사는 망자와 상을 당한 사람들을 정성을 다해 맞이했다. 장의 사업이 번창하기 시작했다. 블룸도 꽃처럼 활짝 피어났다.

시체 냉동실에서 마르크가 블룸을 껴안으며 한 키스. 마르크는 블룸에게 푹 빠져들었다. 오래된 호화주택에 갑자기 사랑이 충만했다. 모든 것이 꿈 같기만 했다. 블룸이 책에서 읽었던 동화처럼, 그녀가 피난처로 삼았던 이야기들처럼. 현실이 된 동화였다. 행복은 늘 다른 사람들의 것이었다. 그것, 그녀가 동경해 마지않던 행복을 이제 삶에서 얻었다. 블룸 스스로는 결코 믿지 않았던 행복이 지금 그녀 옆에 있다. 지금도 여전히. 8년이 지나도 마르크의 팔은 그녀의 허리를 두르고, 그의 숨결과 속삭임이 그녀의 귀를 간질였다. 모든 것이 이렇게 있어야 해. 아무것도 달라져선 안돼. 그녀는 매일 그 말을 되뇐다. 매일 그에게 사랑해주기를 거두지 말라고 청한다. 하루를 시작하기 전 키스 한 번. 그녀는 마르크의 키스를 고마워하며 그에게서 떨어져 침대에서 벌떡 일어난다. 고마운 키스, 고마운 아이들. 행복이 이처럼 계속되리라고는 당시 블룸은 한순간도 생각지 못했다. 그녀에게 행복이 허락될 줄은, 자신이 어린 아이들을 세상에 태어나게 할 줄은, 사랑하게 될 줄은 꿈에도 생각지 못했다. 블룸은 당시 마르크를 껴안은 채 눕는다는 것을 생각지 못했다. 아기는 감히 생각도 못했다. 블룸은 사랑이 하룻밤 사이에 사라지고 만다면 행복이 끝날지도 모른다는 두려움이 있었다. 블룸은 자신의 아기를 가진다는 것, 아이들이 자라는 것을 지켜보는 것, 아이들을 사랑한다는 것에 대한 생각을 3년 동안 가지지 않았다. 엄마가 된다는 것은 상상할 수 없는 일이었다. 그녀가 부모에게서 배웠던 태도를 반복할지도 모른다는 두려움이 있었다. 냉정함, 차가움. 혹시 자신도 헤르타와 하겐과 똑같은 사람이라는 것을 알게 될까봐 두려웠다. 마르크가 아이 이야기를 꺼낼 때마다 항상 그런 두려움이 앞섰다. 그녀는 목이 졸리는 듯한 느낌에 아무 말도 하지 않았다. 감히 생각할 수 없었다. 오랫동안. 하지만 어느덧 극복하게 되었다. 아이를 가지고 싶다는 동경이 너무 커졌다. 두 번 그런 일이 일어났다. 5년 전과 3년 전. 조그만 기적의 존재였다. 블룸은 아이의 모든 눈물을 닦아주고, 아이가 울 때마다 달래주었다. 그녀가 할 수 있을 때마다 아이들을 보살피고 안아주었다. 몇 시간이고 아이를 안고 아름다운 이야기를 들려주었다. 블룸은 밤새 깬 채로 자신의 천사가 잠들어 있는 모습을 바라보았다. 지금도 블룸은 가끔 이것이 현실인지 의심이 들곤 한다. 아이들이 있다는 것.

2장

우마와 넬라. 두 아이는 위층에 있는 할아버지 칼과 있다. 마르크의 아버지 칼은 아이들이 아침마다 그의 부엌으로 몰려들어올 때면 신문을 읽고 있다. 칼은 아이들에게 코코아를 만들어주고 웃으며 같이 놀아주는 선량한 노인이다. 아이들을 사랑하고 아이들을 위해서라면 무슨 일이든지 마다하지 않을 할아버지다. 우마는 할아버지 팔에 안겨 있고, 넬라는 핑크색 잔에 담긴 코코아를 젓고 있다. 칼은 아침을 먹으면서 아이들에게 이야기를 들려준다. 칼은 가족 모두에게 축복인 존재다. 마르크와 블룸은 2년 전에 그를 집으로 모셔왔다. 진드기에 물려 뇌막염으로 번진 것이 칼의 조기 퇴직과 그가 변하게 된 원인이었다. 칼은 몇몇 상황에서 타인의 도움이 필요했다. 칼 자신은 결코 먼저 도와달라고는 않겠지만, 그래도 도와주면 기뻐했다. 칼은 일상적인 일에서 더 이상 기억하지 못하는 부분과 종종 할 일을 잊어버릴 때가 있었다. 그것이 칼을 힘들게 했다. 마르크는 아버지를 작은 집에 혼자 두는 게 마음에 걸려 블룸에게 쓰지 않는 2층을 개조하자고 제안했다. 아버지와 함께 살아야 한다고 했다. 블룸은 마르크에게 아버지가 얼마나 중요한지 알고 있었다. 칼은 오랜 세월 마르크의 전부였다. 어머니가 일찍 세상을 떠났기에 마르크가 기억을 할 수 있을 때부터 아버지만 존재했다. 마르크가 자라 갈 때, 눈을 뜰 때, 늘 아버지만 있었다. 아들과 아버지, 자식을 기르는 홀아비, 아침 식탁엔 두 남자만 있었고, 시간이 허락될 때에는 아버지 편에서 이야기를 했다. 아들과 아버지는 강한 유대감을 나누며 잘 지내왔다. 마르크는 어릴 때 혼자 있는 시간이 많았고, 하루 종일 혼자 있을 때도 잦았다. 이불 밑에 숨어 있는 어린 아이, 아버지가 돌아올 거라고 믿어 의심치 않는 어린 소년. 마르크는 그에게 아무 일도 일어나지 않을 것이라고, 그와 아버지 사이의 끈이 그 어느 때보다 더 강하다고 믿었다. 마르크는 혼자였다. 홀로 이리저리 돌아다니는 모양이 길거리를 배회하는 쓸쓸한 개 한 마리와 다름없었지만 그래도 마르크는 행복했다. 세월은 그처럼 행복하게 흘렀다. 아버지 칼은 항상 노력했다. 언제나. 20년 전, 마르크가 열다섯 살이었을 때 부엌에서도 칼은 그랬다. 마르크는 블룸에게 어머니가 없는 생활에 대해 이야기해주었다. 주말 저녁에 부엌에서 아들이 설거지를 하는 사이에 아버지는 식탁에 앉아 맥주를 마시면서 자주 되풀이하던 아버지와 아들의 대화였다.

"마르크, 뭘 할 건지 정해놨냐? 학교를 마치면?"
"경찰에 지원하려고요. 아버지처럼 강력계 형사가 될 거예요."
"아이고, 애야. 넌 지금 네가 무슨 소리를 하고 있는지조차 모른다."
"아뇨, 알아요."
"경찰이란 직업은 늘 좋지만은 않단다."
"그럼 늘 좋은 직업이란 게 있나요."
"오늘 우리가 젊은 엄마의 집에 출동했는데, 그 엄마가 아기를 죽을 때까지 흔들어댔다는구나. 아기 엄마의 언니가 발견해서 신고를 했지. 아기 엄마는 땅바닥에 주저앉아 아기를 껴안고 있었어. 구급대원이 엄마 품에서 아기를 빼냈더니 엄마는 울부짖었지. 아기가 도무지 울음을 그치지 않았다고 하더라. 엄마는 단지 우는 아기를 달래려고 흔들었다는 거야."
"주방 세제가 다 떨어졌어요."
"마르크, 내 말 듣고 있는 거냐?"
"아빠, 사는 게 다 그런 거죠 뭐."
"아냐, 사는 게 모두 다 그런 건 아니다. 다만 나 같은 사람, 돈을 벌기 위해 어떤 일에 결정을 내려야만 하는 사람들의 삶만 그런 거지. 너는 살면서 그런 꼴을 볼 필요 없다. 다른 길을 갈 수도 있잖니."
"하지만 딴 건 싫어요."
"마르크, 넌 대학에 가야 해. 온 세상이 너에게 활짝 열려 있잖냐. 경찰은 나중에라도 지원할 수 있어."
"하지만 당장 경찰이 되고 싶어요."
"왜?"
"아빠에게 좋은 직업이라면 저에게도 좋은 직업이거든요."
"네 엄마가 살아 있었으면 네가 대학에 가서 경제학이나 의학을 공부하기를 바랐을 거다."
"엄마는 계시지 않아요."
"그래."
"제 걱정은 하실 필요 없어요."
"마르크, 모든 게 너무 안타깝기만 하구나."
"뭐가요?"
"모든 게."
"아빠는 모든 걸 다 잘하셨어요. 아시겠죠. 그러니까 이제 맥주나 마저 드시고 걱정일랑 접어두세요."

칼. 그로부터 20년이 지난 지금 그는 아이들에게 이야기를 들려준다. 우마와 넬라는 할아버지를 사랑한다. 아이들의 뺨에 대고 문지르는 할아버지의 수염, 목소리, 아이들을 공중에 번쩍 들어 올리는 할아버지의 팔, 웃음을. 칼의 생활은 단순해졌다. 더 이상 범죄자, 살해당한 자들과의 삶은 존재하지 않고 오직 아이들과 그가 하루 종일 앉아 보내는 푹신한 안락의자가 있을 뿐이다. 칼은 몇 시간이고 테라스에 앉아 얼굴에 햇볕을 쬐며 음악을 듣는다.

그럴 때 칼의 얼굴에는 항상 만족스런 미소가 떠오른다. 칼. 마르크는 항상 늙은 아버지를 보살피며 아버지가 안락의자에 앉아 잠이 들었을 때는 이불을 덮어준다. 아이들은 할아버지를 좋아한다. 아이들이 아래층으로 내려와 할아버지가 어떤 이야기를 해주었는지 재잘거릴 때 표정에서 할아버지에 대한 애정이 그대로 드러난다.

과거의 일은 모두 잊혀졌다. 마르크가 존재하지 않았을 때의 삶. 블룸은 현재를 이루고 있는 모든 것을 영원히 유지하고 싶다. 부드러운 미소로 아침 식탁에 앉은 블룸. 마르크는 커피 잔을 들고 그녀를 바라본다. 그녀는 빵에 버터를 바르며 아이들에게 꿀벌이 꿀을 만드는 거라고 이야기해준다. 그리고 아이들에게 늑장 부리지 말고 유치원에 가야 한다고 이른다. 그녀는 서두르지만 다정하게 아이들을 재촉하면서도 빵을 더 먹겠냐고 물어본다. 아이들은 빵을 짭짭거리며 씹고, 마르크가 출근하기 전에 블룸이 잠깐 마르크와 이야기를 하는 사이에 아이들은 식탁에 온통 꿀을 발라놓는다.

"오늘 언제 집에 돌아와?"
"늦게."
"일이 복잡해?"
"응."
"어떤 일인데?"

"블룸. 당신이 알 필요는 없어."

"어쩌면 알아야 할지도 모르지."

"세상이 엉망이야. 그 세상을 내가 헤집고 다니는 것만으로도 충분해."

"그건 당신이 원해서 하는 일이잖아."

"난 달리 어떻게 할 수 없어."

"나의 영웅님, 나의 기사님, 도시의 선량한 양심."

"여기서 좀 이상한 일이 일어나고 있어."

"꿀 얘기하는 거야?"

"그래, 꿀 이야기야."

"정말로 꿀 이야기를 하고 싶은 거야?"

"아니."

"얘기해봐. 그리고 알잖아, 나도 그런 일에 어느 정도 익숙해졌고 말이야."

"알아. 하지만 안 돼. 우선 내가 확신이 들어야 해. 지금은 나만 그 일을 맡고 있어. 아무도 없는 곳에서 범인을 본 유일한 사람이 나거든."

"당신의 직감을 믿으면 돼."

"바로 그게 문제지. 내가 직감을 믿고 있다는 거."

"당신은 악과 싸우고, 악당을 창살 안에 가두고, 정의를 위해 일해야지. 그리고 나는 죽은 노인을 매만지고 말이야."

"노인은 어떻게 죽었대?"

"그건 당신이 알 필요 없어."

"그래도 혹시 알아야 할지 모르지."

"당신이 웃을 때면 너무 사랑스러워."
"당신도 그래."

분노, 갈등, 슬픔. 이런 것은 전혀 없다. 행복하기만 하다. 고통도 없고, 성가시게 구는 고객도 없다. 오늘 아침, 아이들은 말을 잘 듣는다. 블룸에겐 걱정거리가 전혀 없다. 기분 좋은 하루다. 블룸은 마르크를 쳐다볼 때 드는 가벼운 기분, 행복한 느낌을 누린다. 웃을 때 위로 올라가는 마르크의 입술, 그에게서 풍겨 나오는 편안함, 그리고 생기. 블룸은 자신이 보호를 받고 있고 편안하다는 느낌이 든다. 마르크는 블룸의 고향이다. 그는 항상 옆에 있고 그녀를 떠나지 않는다. 블룸이 얼마나 고함을 지르든 꿈쩍하지 않는다. 그녀가 먼저 떠나라고 하면서 화를 내도, 가끔 삶에 절망과 두려움이 들 때도 그는 아랑곳하지 않는다. 블룸이 눈을 뜨면 마르크는 그녀 옆에 누워 있다. 그녀는 그를 늘 느낀다. 언제나. 마르크.

블룸은 요즘 마르크에게 뭔가 고민과 걱정거리가 있다는 것을 안다. 그것이 마르크를 소리 없이 갉아먹고 있지만 그래도 블룸은 눈치를 챘다. 마르크는 현관에 들어서며 경찰의 하루를 털어버리려 무던히 애를 쓰지만 그것이 늘 잘되지는 않는다. 블룸은 마르크가 휩싸여 있는 생각을 떨치지 못하는 모습을 본다. 블룸과 아이들에게 보이는 마르크의 관심이 점점 소홀해진다. 마르크 그리고 자신의 직업에 대한 열정. 형사. 사람들이 직업이 뭐냐고 물을 때 열광하는 마르크의 모습. 이 세상에서 그에게 형사보다 더 좋은 직업은 없다는 것, 그가 경찰 노릇을 계속하는 것, 그가 선이 존재한다고 믿는 것을 말릴 수 있는 것은 아무것도 없다. 마르크는 자신이 하는 일을 사랑하고, 자신이 하는 일을 믿는다. 그리고 목적지에 도달하기 위해 때로 익숙한 길을 벗어나기도 한다. 마르크는 자신의 직관을 믿는다. 생각보다 직관이 더 앞서고, 논리에 항상 충실하지는 않다. 직관으로 움직이고 냄새와 말과 인상을 따른다. 직관을 믿는다. 그리고 아버지가 가르쳐준 모든 것을 믿는다. 아버지가 수년 간 관찰해왔던 수많은 세세한 것, 아버지가 저녁에 맥주를 마시면서 평가했던 일들을 믿는다. 풀리지 않은 사건에 대한 아버지의 이야기는 몇 시간이고 계속되었다. 마르크가 진심으로 경찰이 되기로 결정하기 전에도 그랬다. 아버지 칼이 마르크의 스승이었다. 칼은 인간적으로 살라고 가르쳤다. 열여섯 살의 마르크 귀에는 그 말이 우습게 들렸지만 그래도 지금까지 마음에 새겨두었다. 마르크. 가끔은 결단을 내려야 할 때가 있다. 다른 사람들이 뭐라고 말하든 아예 상관치 말고 네 가슴이 말하는 바를 행해야 한다. 폭력과 침해는 안 된다. 어떤 사람이 바닥에 누워 있다면 그때 그를 짓밟으면 안 된다. 너는 선한 사람이다. 그 점을 잊어서는 안 된다. 칼은 마르크를 경찰로 만들었다. 최고의 경찰, 때로 일을 관대하게 처리할 줄도 아는 경찰로. 마르크는 항상 어떤 사람이 범죄를 저지른 이유를 알아내려고 애썼다. 왜 어떤 사람이 범죄를 저지르는 상황에 몰렸는지 이해하려고 했다. 왜 누군가 위험에 자신의 몸을 던지고 경멸당하고 감옥에 갇히게 되는지. 왜 누군가 현금 인출기를 망치로 때려 부수려는지. 레자와 같은 사람이.

3장

6년 전. 레자는 돈이 필요했다. 단지 살아남기 위해 필요한 만큼의 돈. 먹을 것을 사고 싶었다. 배가 고팠다. 레자는 돌을 던져 건물 정면에 붙어 있는 감시 카메라를 망가뜨리고 현금 인출기에 설치된 카메라는 접착테이프로 가렸다. 마르크가 도착했을 때는 레자가 현금 인출기를 또다시 내리치던 순간이었다. 레자는 온 힘을 다해 돈이 들어 있는 현금 인출기를 연신 내리쳤다. 레자는 마르크가 덮치는 것을 알아채지 못했다. 마르크는 등 뒤에서 레자를 덮쳤다. 전쟁 중에 군인이 상처를 입어 바닥에 쓰러지고 무기를 든 적이 덮치듯이. 마르크는 레자를 총으로 겨누고 엎드리라고 하며 항복을 강요했다.

레자는 보스니아 사람이다. 6년 전부터 그는 시체 매장인으로 일한다. 블룸의 조수. 그녀의 오른팔이다. 레자는 전쟁에서 모든 것을 잃었다. 부모, 형제, 집. 모든 것이 타버리고 남은 것은 아무것도 없었다. 전쟁 통에 레자가 살아남은 것은 기적이나 다름없었다. 그는 숨어서 세르비아인들이 도살하는 현장을 지켜보았다. 레자는 날이 거듭될수록 전쟁이 무엇인지 알게 될 수밖에 없었다. 삶이 얼마나 잔인할 수 있는지, 죽음이 얼마나 피 튀기며 광폭할 수 있는지를. 레자는 옆에 있어주고 보살펴줄 사람이 없었다. 레자는 혼자였다. 집도 돈도 없었다. 아무것도 남은 게 없었다. 피와 전쟁과 사망자만 있었다. 레자가 얼마나 자주 사람들을 구타했던가. 너무 간단한 일이었다. 레자는 사람들을 죽였다. 전쟁 중에, 살아남기 위해. 그때가 18세가 되기 전이었다. 오래전의 기억이 되돌아온 레자는 자신의 앞에 펼쳐진 삶에 대해 이야기하는 데 밤을 새다시피 했다. 마르크와 블룸은 그의 말에 귀를 기울였다. 벌어진 입이 다물어지지 않았다. 손에 무기를 든 아이의 믿어지지 않는 이야기였다.

마르크가 집에 들어가던 길이었다. 망치를 손에 들고 있는 남자를 본 것은 순전히 우연이었다. 마르크가 얼핏 오른쪽을 본 순간 모든 것이 바뀌었다. 레자의 인생이 한순간에 바뀌었다. 레자가 의도한 일은 성사되지 않고 모든 것이 달라졌다. 마르크는 그를 형무소에 집어넣는 대신 집으로 데리고 왔다. 레자는 짓밟히고 굴욕을 당하는 대신 음식과 잠잘 집을 얻었다. 그들을 본 사람은 아무도 없었다. 감시 카메라도, 지나가는 사람도 없었다. 현금은 도난당하지 않았고 현금 인출기 기계만 망가졌을 뿐이었다. 마르크는 즉시 결정했다. 그는 순간적으로 느꼈고, 알았다. 바닥에 엎드린 남자는 위험한 자가 아니었다. 형무소에 가두고 처벌을 하는 것은 해결책이 아니었다. 그래서 마르크는 레자를 집으로 데리고 왔다. 블룸과 마르크는 떠돌이 보스니아 사람을 집에 묵게 했다. 잠시 동안. 레자가 수년 간 집에 머물게 될 줄은 당시 아무도 생각지 못했다. 블룸은 닭고기 스프를 끓이고 세 사람은 식탁에 앉아 레자가 하는 이야기를 들었다. 고맙습니다. 레자는 거듭 고맙다고 말했다. 블룸은 조금도 망설이지 않았다. 마르크는 레자를 도와주어야 한다고 결정했고, 블룸은 그의 말을 지지했다. 블룸이 그즈음 새로운 조수를 찾고 있던 상황은 레자가 죽음을 두려워하지 않는 상황과 마찬가지로 아마 운명이었을 것이다. 죽음은 레자에게 이미 오래전에 일상이 되었고, 그는 처리 작업대에 누운 시체를 무서워하지 않았다. 모든 것이 들어맞았다. 지하실의 작업장이 방으로 개조되고 레자가 그 방을 쓰게 되었다.

레자는 정원에서 영구차를 세차하고 있다. 레자는 6년째 블룸에게 충실하다. 그는 모두에게 행운의 존재다. 고객들, 칼, 아이들도 레자를 좋아한다. 레자는 우마와 넬라를 위해 항상 옆에서 보살핀다. 외국인의 억양을 가진 남자, 레자는 가족의 일원이다. 그는 여름날의 공중에 아이들을 높이 들어 올렸다 받고는 웃음을 짓는다. 레자. 그는 세심하게 영구차를 닦는다. 마르크는 오토바이에 오르고, 칼은 아이들을 유아원에 데려다줄 것이고, 블룸은 레자와 함께 냉동실에 있는 노인을 처리할 것이다.

블룸은 호기심이 인다. 아직 시체를 보지 못했고 머리에 관통상을 입었다는 소리만 들었다. 자살이었다. 더 이상 살 뜻이 없었던 84세의 남자가 총알 하나로 모든 것을 끝냈다. 어제 레자와 운반을 담당하는 동료가 법의학부에서 시체를 운반해왔다. 호기심이 커진 블룸은 두개골의 상태가 어떤지, 총알이 뚫고 들어간 구멍이 얼마나 큰지 알고 싶다. 짧은 키스만 끝나면 호기심이 드는 모험을 시작할 것이다. 마르크에게 하는 키스. 사랑해. 마르크가 말한다. 그리고 마르크는 출발한다.

블룸은 뒤를 돌아 그를 본다. 모든 것이 여느 때와 다름없다. 오토바이 모터가 부르릉 소리를 내고 블룸이 사랑하는 남자가 일터로 떠난다. 20미터쯤 가던 마르크가 손짓으로 인사한다. 그는 다시 한 번 잠시 블룸과 레자를 돌아보고 페달을 세게 밟는다.

블룸이 막 집으로 들어가려던 순간, 쾅 하는 굉음이 난다.

블룸은 커다란 SUV 차량인 까만색 로버를 보는데, 당장은 무슨 일이 일어난 것인지 어리둥절하다. 상황 파악이 안 된다. 자동차. 마르크. 차는 순식간에 사라진다. 커다란 차가 마르크를 치고, 마르크는 공중으로 날아오른다. 그리고 떨어진다. 차는 마르크를 깔아뭉갠다. 레자가 뛰어가기 시작한다. 블룸이 뒤따라 뛴다. 마르크는 차 밑으로 사라지고, 엄청나게 큰 소리가 나고, 오토바이도 같이 딸려 들어간다. 마르크. 차에 깔린다. 그의 사지가 인형처럼 뒤틀린다. 장난감처럼 공중으로 튕겨져 오른다. 그를 향해 뛰어가는 그녀의 눈앞에서. 그녀는 마르크를 도우려 뛰어가고, 레자는 블룸을 한사코 붙들려 한다. 그리고 차는 그냥 떠나버린다. 쏜살같이 그리고 영원히. 차는 도움도, 유감 표명도, 경악도 없이 떠나고 만다. 달아나는 차의 뒷모습만 있다. 사고. 아스팔트 위에 망가진 오토바이. 축 늘어진 육체. 육체는 바닥에 누운 채 움직이지 않는다. 아무 소리도 없다. 거기엔 더 이상 아무것도 없다. 엄청난 굉음을 냈던 모든 것이 다시 고요하다. 마치 아무 일도 없었던 것처럼. 아름다운 하루가 시작되고 태양이 빛난다. 마르크가 그녀의 팔에 안긴다. 블룸은 비명을 지른다.

찢어지는 긴 비명 소리. 거리에서 수분 간 이어지는 블룸의 비명. 그녀의 애원, 탄원. 벌어졌다 닫혔다 반복하는 블룸의 입. 앞뒤로 연신 흔들리는 그녀의 상체. 블룸의 무릎에 놓인, 피투성이가 된 마르크의 머리. 온 천지가 눈물 범벅이 된다. 블룸의 뺨에서 흘러내린 눈물이 뚝뚝 떨어진다. 눈물이 마르크를 적신다. 뚝뚝 떨어지는 눈물은 마르크에게 움직이라고, 그에게 숨을 쉬고 뭔가 말을 하라고 한다. 블룸은 헬멧을 벗기고 마르크의 얼굴을 두 손으로 감싸고 그를 쳐다본다. 초점을 잃은 마르크의 눈동자를 들여다본다. 블룸은 절규하고, 흐느끼고, 마르크의 머리를 연신 쓰다듬는다. 온통 피범벅이다. 모든 것이 부서지고 아무것도 더 이상 온전하지 않다. 더 이상 아무것도.

레자는 구조대와 경찰에 알린다. 레자는 다급하게 몰림을 당하는 짐승처럼 맴맴 돈다. 무엇을 해야 할지, 어떻게 도와야 할지 알지 못한다. 모든 게 절망이다. 숨죽이고 지켜보는 이웃들, 경악한 얼굴들, 아무도 도울 수 없다. 그 누구도 마르크를 돌아오게 할 수 없다. 아무도. 5분 전만 해도 모든 게 좋았다. 5분 전에는 아직 생명이 있었다. 지금은 죽음밖에 없다. 너무도 가까이 급작스럽게 들이닥친 죽음이 무자비하게 모든 것을 찢어놓았다. 모든 것을 깔아뭉개놓았다. 블룸은 더 이상 되돌릴 수 없음을 안다. 마르크가 결코 다시는 그녀를 어루만질 수 없다는 것, 그의 손가락, 손, 입이 침묵한다는 것을. 블룸은 그것을 안다. 그녀는 수천 번도 넘게 더 이상 생명이 존재하지 않는 상태를 보아왔다. 여전히 남은 것은 육신, 점점 차가워지는 피부였다. 끝났다. 영원히. 더 이상 대화도, 웃음도 존재하지 않는다. 블룸을 보호하고 보살필 사람은 이제 아무도 없다. 마르크는 더 이상 돌아오지 않는다. 결코 다시는. 블룸은 알 수 있다. 느낄 수 있다. 그녀의 가슴이 얼마나 찢어지는가, 내면의 모든 것이 어떻게 갈기갈기 찢기는가. 블룸이 얼마나 오래 절규하는가. 왜냐하면 고통이 순간순간 더 커지기 때문에.

블룸과 마르크. 도로 한가운데. 오토바이는 50미터 전방에 있다. 블룸은 아이들 소리를 듣는다. 아이들도 비명을 지르고 운다. 칼과 레자가 아이들을 부둥켜안고 있는 것을 본다. 아이들은 아빠에게 오려고 발버둥친다. 블룸에게 오려고 한다. 아이들은 엄마의 비명소리를 듣는다. 엄마가 얼마나 절망에 빠졌는지를. 고통이 얼마나 큰지를. 블룸의 내면에 이제 냉기와 죽음밖에 없기 때문에. 갑자기 캄캄해졌기 때문에. 모든 것이. 갑자기 모든 것이 텅 비어버린다. 경찰관들이 차에서 내리고 구급대원이 블룸을 마르크에게서 떼어낸다. 블룸. 마지막으로 그녀의 손가락이 그를 스친다. 마르크. 그는 누워 있고, 블룸의 팔에 주사기가 꽂힌다. 사람들은 블룸을 꽉 붙들고 바닥에 눕히려고 하고, 블룸은 비명을 지른다. 갑자기 따스한 기운이 들 때까지, 빛이 꺼질 때까지.

4장

블룸은 36시간 동안 잠에 빠져 있었다. 자면서도 계속해서 잠깐 잠깐 깨어났고, 그때마다 억지로 눈을 감았다. 블룸은 밝은 빛으로 돌아가고 싶지 않았다. 현실을 원치 않았다. 아무것도 느끼고 싶지 않고, 보고 싶지 않았다. 실제로 일어난 일을 받아들이고 싶지 않았다. 알고 싶지 않았다. 그냥 잠자고만 싶었다. 모든 것을 견딜 수 있게 만들어주는 잠이라는 안개 속으로 가라앉고 싶을 뿐이었다. 블룸은 이리저리 몸을 뒤척이며 다시 잠이 든다. 결코 깨어나고 싶지 않다. 하루 종일, 일주일 내내 마취 상태로 있고 싶다. 우마와 넬라가 침대 위로 기어 올라와 어루만졌을 때 비로소 블룸은 되돌아온다.

　블룸의 뺨에 놓인 작은 손, 그녀는 조그만 손가락에서 불안과 절망을 느낀다. 엄마의 기운을 북돋우려는 아이들의 말소리가 들린다. 아이들은 씩씩한 모습을 보이려 애쓴다. 엄마가 되돌아오기를 원한다. 아이들은 엄마가 일어나 다시 살아가기를 바란다. 엄마 죽으면 안 돼. 엄마, 제발 일어나. 엄마, 눈 좀 떠봐. 제발. 엄마. 넬라. 넬라는 엄마 품에 안기고 싶어 한다. 넬라는 엄마가 자신의 뺨에 흐르는 눈물을 닦아주기를, 다 괜찮다는 말을 듣고 싶어 한다. 어린 두 천사는 아빠가 왜 이제 없는지를 이해하지 못한다. 왜 아빠가 피범벅이 되었는지. 왜 사람들이 아빠를 데리고 갔는지를. 두 아이는 세상이 가라앉는 것을 원치 않는다. 위험에 처하는 것을 원치 않는다. 두 아이는 포근한 보살핌을 원하고, 엄마의 몸에 부비고 싶고, 엄마의 품에 기어들고 싶고, 엄마의 품에 숨어 편안한 기분을 느끼고 싶어 한다. 두 아이는 모든 것이 여전히 그대로인 것처럼 행동하려 한다. 마치 마르크가 여전히 있기라도 한 것처럼. 그들 곁에. 숨을 쉬면서, 미소를 지으며. 엄마, 이제 일어나야 해. 일어나. 제발. 할아버지가 계속 울고 계셔. 엄마, 우린 엄마가 필요해. 아이들의 말이 얼마나 블룸의 가슴을 파고드는가. 귀를 통해 들어온 말이 온몸으로 퍼진다. 사방에 아이들이 있다. 도움을 구하는 아이들의 애원, 두려움. 아이들의 애처로운 말이 블룸을 잠에서 번쩍 깨어나게, 갑자기 힘을 내게 한다. 그녀를 더 이상 한순간도 그냥 누워 있게 하지 않는다. 블룸은 있는 힘을 다해 일어나 다시 살기 시작한다. 엄마는 죽지 않았단다. 그녀가 말한다.

"소중한 우리 아가들, 우린 해낼 수 있어."
"뭘, 엄마? 우리가 뭘 해낼 수 있어?"
"엄마한테로 오렴. 둘 다."
"엄마, 아빠는 어떻게 된 거야? 아빠가 돌아왔으면 좋겠어."
"아빠는 돌아오지 않아."
"왜 안 와?"
"넬라, 너도 알잖아. 아빠가 왕자라는 거."
"그게 뭐?"
"왕자는 말을 타고 숲속을 다니면서 용하고 싸우는 거야."
"엄마, 이 세상에 용은 없어."
"있단다. 넬라. 용은 있어. 그리고 아빠는 용과 싸우려고 떠난 거야. 너희들의 아빠는 아주 용감한 왕자거든."
"엄마, 그런데 그때 왜 그렇게 피가 많았어?"
"그건 용의 피였어. 용이 아빠를 다치게 했어. 하지만 아빠는 이제 다시 튼튼해졌단다. 지금 다시 하얀 말을 타고 숲속을 돌아다니고 있어."
"거짓말하는 거지. 엄마."
"넬라, 그렇게만 생각해. 아빠가 말을 타고 미소를 짓고 있다고."
"아빠는 말이 없잖아. 오토바이만 있지. 그리고 오토바이도 망가졌어. 땅에 쓰러져 있었고. 아빠랑 똑같이."
"아빠는 괜찮아."
"아빠는 죽었어."

"아니야."

"엄마, 죽었다니까. 아빠도 이젠 시체가 되었어."

"그만해."

"사람들이 방금 아빠를 데려왔어."

"지금 무슨 소리를 하는 거니?"

"아빠가 지금 냉동실에 누워 있다고."

블룸은 벌떡 일어난다. 넬라의 말이 차가운 물을 끼얹는 것 같다. 얼음처럼 차가운 물. 순간 블룸은 차가운 물속으로 빠지고 바닥 깊이 가라앉아 심장도 멈춘다. 너무도 고통스럽기 때문에, 모든 게 너무 갑자기 현실로 닥치기 때문에. 아이들이 죽은 아버지를 보았다는 생각이 마치 철퇴를 맞은 것과 같기 때문에. 그래선 안 된다. 그건 아니다. 블룸이 마르크를 말끔히 손질해 놓기 전에는 안 된다. 그녀는 일어나야 한다. 정신을 똑바로 차리고 모든 것을 신경 써야 한다. 가라앉는 배를 제자리에 돌려놓아야 한다. 칼은 어디에 있지? 레자는? 모든 것이 왜 이토록 고통스러운가?

마르크. 블룸은 마음속으로 절규하고, 울부짖고, 애원한다. 돌아와. 제발. 난 당신이 필요해. 당신이 없으면 난 할 수 없어. 아이들. 당신 없이 내가 어떡해? 아무것도 모르겠어. 제발. 돌아와. 마르크. 아이들 좀 봐봐. 아이들이 얼마나 어린가. 나에게 매달려 있는 것 좀 봐. 마르크, 난 할 수 없어. 당신 없이는 할 수 없어. 그럼에도 불구하고 블룸은 옷을 챙겨 입고 아이들을 데리고 부엌으로 간다. 그럼에도 불구하고 그녀는 냉장고를 열고 먹을 것을 만든다. 그럼에도 불구하고 정신을 차린 것처럼 행동한다. 마음속이 얼마나 요동을 치든 상관없다. 마음속에서 아무리 모든 것이 무너져 내리고, 살점마다 아무리 비명을 지르든 상관없다. 모든 것이 고통스럽다. 마치 그녀가 갈기갈기 찢기는 것 같다. 그녀의 모든 것이 수천 조각, 수만 조각으로 찢기는 것 같다. 블룸은 제정신이 아니다. 뭔가를 손으로 잡을 때마다, 몸을 움직일 때마다, 모든 것이 고통스럽다. 그럼에도 불구하고 블룸은 토스트에 버터를 바르며 미소를 지으려고까지 한다. 아이들의 두려움을 없애주려 한다. 블룸은 이제 울어선 안 된다. 지금도 절망에 빠진 채 다시는 일어나지 않고 누워 있고만 싶은 마음, 죽은 듯이 손가락 하나 까딱하지 않고 싶은 마음이 절절하지만 그래선 안 된다.

식탁에 나란히 앉은 블룸과 아이들. 아이들은 빵을 먹고, 블룸은 아이들을 쳐다본다. 다 잘될 거야. 그녀는 말하지만 그것이 사실이 아님을 안다. 결코 잘되지 않을 것이다. 절대로. 좋았던 모든 것이 지금 지하의 시체 보관실에 누워 있다. 그의 손. 그의 웃음. 마르크는 결코 다시 아이들에게 책을 읽어줄 수도 없고, 아이들과 같이 장난칠 수도 없고, 정원에서 불을 피워놓고 놀 수도 없다. 같이 부르는 노래도 더 이상 없고, 같이 하는 저녁식사도, 소풍도, 바다로 떠나는 휴가도 없다. 같이 보트를 타는 일, 마르크가 아이들에게 구명조끼를 입혀주던 모습, 아이들이 그때 얼마나 즐거

위했던가. 블룸은 기억을 떠올린다. 한 달 전만 해도 크로아티아의 아름다운 해변에 있었다. 아이들이 바닷물로 뛰어들고, 마르크는 아이들을 번쩍 들어올렸다. 아이들이 얼마나 행복해했는가. 아이들의 작은 세계를 위협하는 것은 아무것도 없었다. 엄마가 아빠가 옆에 있었다. 아이들이 잠이 들면 두 사람은 갑판에 앉아 와인을 마셨다. 아이들의 귀여운 목소리, 깔깔대는 웃음소리가 있었다. 이 세상에 배를 전복시킬 수 있는 폭풍은 존재하지 않는다는 깊은 확신이 있었다. 사랑이 있었다. 모든 게 다 좋았다. 바다에서 보내는 밤.

"와인 좀 더 마실래?"
"아주 많이 줘."
"사랑하는 아가씨, 배를 탈 수 있는 상태를 유지해야지요."
"난 지금 휴가 중이야."
"당신 취했어, 사랑하는 블룸."
"그래서? 내가 취한 게 싫어?"
"아니."
"거봐."
"오늘 당신이 나를 덮칠까봐 그게 무서워서 그러지."
"맞아, 그게 무섭기는 하겠지만 조금 더 기다려. 와인 반 병 정도 비울 시간."
"얼른 마셔, 자기야."

"서두르지 마, 자기야."
"얼른 마셔. 별들이 곧 떨어지려고 해."
"별들은 떨어지지 않아."
"떨어져."
"그렇다면 정말로 빨리 마셔야겠네."
"시간을 낭비하면 안 되지."
"별들이 하늘에서 그냥 막 떨어지기라도 하나?"
"응. 별이 모두 바다로 떨어져. 그냥 막. 별들이 바다에 뛰어들어 사라지지. 차례차례. 하늘이 텅 비어버릴 때까지."
"그 장관을 한번 보고 싶네."
"그게 얼마나 아름다운지 몰라, 블룸."
"당신이 그래."
"뭐?"
"엄청 아름답다고, 내 남편, 당신."
"흐음."
"여기 모든 게 참 아름답다."
"언젠가는 싫증나지 않을까? 자긴 25년 전부터 계속 이 바다에서 배를 몰았잖아."
"여기가 내 고향이야."
"고향?"
"바다에 있을 때면 항상 행복했어."
"바로 그날까지, 내가 당신을 발견한 날."
"자기 지금 무슨 말을 하는 거야?"
"그때 모든 게 무척 슬펐지."

"지금 그 얘기를 해야만 해?"

"미안, 잊어버려, 블룸."

"잊는 게 그렇게 쉬운 거라면 좋겠다."

"내가 키스해줄게."

"그게 도움이 될까?"

"당연하지."

"사실 행복은 바로 그날부터 시작되었어. 자기가 내 배 위에 올라왔을 때. 그전에는 태양만 있었지. 그냥 한 해만 있었어. 사계절이 아니라. 가을도 겨울도 봄도 없었고. 여름만 있었어."

"좋다."

"뭐가?"

"당신이 말하는 거 다. 당신은 마치 한 편의 시 같아."

"나 지금 취했어. 그거 명심해."

"당신은 아름다운 한 문장과도 같아."

"한 문장?"

"아주 아름다운 한 문장. 당신이 황홀하게 도취된 문장. 당신에게 마법을 거는 한 문장. 당신을 더 이상 놓아주지 않는 한 문장. 느낄 수 있는 한 문장. 너무 많은 말로 넘치지 않는 문장. 단순하고 명확한 문장."

"예를 들면?"

"하늘이 서서히 돈다."

"미쳤어."

"무척 아름답지 않아?"

"마르크, 사랑하는 마르크. 자기는 나의 낭만파 형사님이야. 처음에는 별이 하늘에서 떨어진다고 하더니 이제는 하늘도 돈다고 하네."

"바로 그거야. 그리고 그 모든 게 다 당신을 위해서야."

"키스나 해. 내 사랑."

마르크와 블룸. 자다르 앞쪽의 바다였다. 갑판에서 나체로. 둘 다 나체로 있었다. 바다는 아주 잔잔하고 조용했다. 바다가 고향이었다. 그런데 그것이 지금 갑자기 멈추고 말았다. 갑자기 사라져 버렸다. 파도소리도 푸른 바다도 없다. 마르크는 바다를 다시는 보지 못하리라. 지금은 슬픈 눈동자의 아이들이 부엌의 정적 속에서 빵을 씹는 소리밖에 없다. 블룸은 억지로라도 기억하려고 애쓴다. 머릿속으로 애써 장면을 불러일으키려 한다. 현실이 싫다. 어제로 돌아가고 싶다. 배로, 마르크의 따스한 품으로. 그것을 블룸은 원한다. 불가능하다. 그녀는 아이들을 껴안아주어야 한다. 아이들과 같이 놀아주고, 책을 읽어주고, 돌봐주어야 한다. 아이들의 작은 눈동자가 감기고 밤이 그녀를 구원할 때까지. 그런 후에 블룸은 마르크에게 갈 것이다. 그때야 비로소, 지금은 아니다.

5장

 마르크가 누워 있는 모습. 엉망으로 망가진 육체. 찢어진 피부. 사람들이 그를 해부한 후 다시 봉합해놓았다. 사람들은 그의 두개골을 열고, 혈액과 장기를 검사해 술이나 마약을 한 상태가 아니었는지 알아내려 했다. 차 사고에서 그의 과실 부분을 배제하려 했다. 검사에서 아무것도 나오지 않자 사람들은 마르크의 시체를 법의학부에 보냈다. 실수하지 않으려는 것이었다. 죽음을 부른 뺑소니의 경우, 시체 해부를 결정하는 일은 수사관청과 검사의 관할이었다. 그리고 검사는 결정했다. 마르크의 두개골은 절개되어 뇌가 들어내어지고, 흉곽은 마치 쇼핑 봉투처럼 열렸다가 다시 봉합되었다. 사람들은 마르크를 더 많이 망가뜨리고 더 많은 상처를 깊이 남겼다. 마르크. 그의 손, 그의 입. 그가 누워 있다.

블룸은 마르크와 단 둘이 있으려 한다. 레자에게 밖으로 나가 있어달라고 부탁했다. 일어난 일을 전혀 납득할 수가 없다. 울어야 하는지, 비명을 질러야 하는지. 아무것도 알 수가 없다. 다만 남편이 죽어서 꼼짝도 하지 않은 채 그녀의 앞에 알몸으로 누워 있다는 사실밖에 알 수 있는 게 아무것도 없다. 그녀가 지난 20년 동안 다루어온 다른 모든 시체들과 똑같이. 입을 벌리고 있는 생명이 없는 육체, 시체. 삶과 분리된 시체. 블룸은 지금껏 한 번도 울 필요가 없었다. 고통과 슬픔을 결코 느낄 필요가 없었다. 전혀. 블룸에게는 그것이 일상이었다. 죽음은 그녀에게 전혀 두려움을 주지 않았다. 지금까지는 두렵지 않았다. 하지만 지금은 다르다. 완전히 다르다. 그녀가 살면서 보았던 모든 시체는 그녀 앞에 누워 있는 마르크에 비하면 그저 한마디 농담, 우스운 일처럼 느껴진다. 그녀의 사랑이 차에 치어 죽고, 산산이 조각이 나고, 속이 텅 비어버렸다.

블룸은 망연히 서서 그를 바라보기만 한다. 눈물도 흘리지 않은 채. 말라서 굳어버린 피, 얼굴은 기적처럼 상처 하나 없이 멀쩡하다. 블룸의 시선이 그의 육체를 쭉 더듬는다. 블룸에게 모든 것이 친근하다. 그녀는 마르크의 살에 일일이 입을 맞추었다. 그의 낱낱을 사랑한다. 더 이상 살아갈 자신이 없을 만큼 너무도 그를 사랑한다. 그가 없는데 살 수 있을까. 블룸은 서서 바라보고, 숨을 쉬고, 마음을 억누른다. 얼마나 죽고 싶은가. 모두 끝내고만 싶다. 더 이상 아무것도 느끼고 싶지 않다. 전혀 아무것도. 결코 다시는. 삶이 한때 아름다웠다는 것, 그녀가 행복한 적이 있었음을 기억하고 싶지 않다. 블룸은 머리를 벽에 처박고 싶다. 하얀 타일을 향해 수백 번이고 이마를 박고 싶다. 고통을 멈추고 싶다. 메스를 자신의 가슴에 꽂아 시체를 뒤적이고, 헤집고, 자르는 것을 그만두고 싶다. 마르크처럼 죽고 싶다. 그와 같이 누워 있고 싶다. 그의 곁에. 다시 한 번.

블룸은 늘 하던 대로 일한다. 그녀가 작업을 얼마나 섬세하게 마무리 짓는가. 한 순간 한 순간 처리 과정을 진행한다. 탈지면과 단백질 용해제로 마르크의 피부에 달라붙은 피를 문질러 닦아내고, 깨끗하게 상처를 씻어낸다. 상처가 난 부위마다 정성을 다해. 블룸은 손을 떨지 않고 피부를 기우며 모든 것을 제대로 해놓으러 애쓴다. 두개골의 봉합선을 열고 피를 멈추게 하고 다시 조심스럽게 바느질한다. 한 땀 한 땀. 블룸은 자신이 할 수 있는 한 마르크가 제 모습을 갖추도록 작업한다. 펄프로 상처 난 부위를 채워 넣고, 어그러진 신체 부위를 원래대로 돌려놓는다. 마르크의 머리를 감기고 말린다. 마르크를 면도한다. 블룸은 자신의 작업에 몰두한다. 한순간 심지어 앞에 누운 남자가 누구인지도 잊어버린다. 그의 입을 영원히 다물게 만든다. 하겐에게 배운 대로. 둥글게

흰 바늘을 턱 뒤의 주름으로 찔러 넣어 부드러운 혀를 통과하고, 이어 바늘을 오른쪽 윗입술 안쪽에서 위를 향해 오른쪽 콧구멍으로 찔러 콧속 중격 옆의 잔주름을 통해 빼낸다. 그런 다음 바늘을 중격을 통해 왼쪽 콧구멍으로 찔러넣는다. 그리고 같은 과정으로 윗입술 왼쪽을 통해 아래쪽으로 바늘을 빼낸다. 블룸은 꿰맨다. 그의 입을. 이미 자주 해왔던 대로 턱을 이어 붙인다. 너무도 자연스럽게 다시 턱에 바늘을 찔러넣어 실로 턱을 붙이고 매듭을 짓는다. 마르크의 입술을 웃고 있는 모양으로 만든다. 블룸의 눈에서 눈물이 뚝뚝 떨어진다. 마르크의 맨살에 그녀의 눈물이 떨어진다. 이제 블룸은 그의 머리를 봉합하고 상처를 숨기는 일을 억지로 서두른다. 이어 수의를 입힌다. 무척 힘겹게 수의를 입힌다. 레자의 도움 없이, 무거운 시신을. 블룸은 마르크를 옆으로 굴린다. 그의 망가진 두 다리를. 그가 제일 좋아하는 바지, 하얀 티셔츠.

마르크가 누워 있다. 블룸은 작업대로 올라가 그의 옆에 눕는다. 달리 어쩔 수 없기 때문에. 다시 한 번만. 마르크가 영원히 땅속에 묻히기 전에 그의 옆에 누워 손을 잡고 그를 가까이서 느끼기 위해. 아주 잠시만. 아무도 그녀를 보지 않을 것이다. 레자는 되돌아오지 않을 것이고, 칼도 시체 처리실에는 오지 않을 것이다. 그녀는 마르크와 단 둘이 있다. 마르크와 블룸. 두 육체가 좁은 작업대에서 바짝 달라붙는다. 블룸의 손가락이 그의 손가락을 깍지 끼었지만 그의 손가락은 움직이지 않는다. 아무리 꽉 잡아도. 그녀가 아무리 원해도. 조금도 움직이지 않는다. 다만 그의 차가운 피부가 마지막으로 그렇게 가까이 있다. 그녀가 그를 관에 넣기 전의 기억. 레자, 칼, 친구들, 아이들이 그를 마지막으로 보러 오기 전에. 사람들은 그와 이별할 것이다. 내일이면 입관, 봉납, 매장, 모든 과정이 늘 하던 대로 진행될 것이다. 그는 땅 밑으로 들어가 위로 흙이 덮이고, 떡갈나무 관 속에서 부패될 것이다. 벌레가 들끓고 시신이 썩을 것이다. 그에게서 남은 게 한 점도 없을 때까지 부패되어 뼈만 남았다가 마침내는 그마저도 없어질 것이다. 마르크의 것은 아무것도 남지 않을 것이다. 블룸은 아직 그를 어루만지고 느낄 수 있다. 그가 그녀의 옆에 누워 있다. 그의 육체, 그의 얼굴. 아직 그가 있다. 하룻밤 동안. 시간이 얼마 남지 않았다. 그래서 블룸은 옆에 누워 있다. 소리 없이, 그녀는 숨을 쉬지 않으려 한다. 숨을 참으며 필사적으로 소리를 죽이려 한다. 아직 그가 살아 있다고 말하는 소리를 듣기 위해. 그는 다만 잠이 들었을 뿐이라는 말을 듣기 위해. 하지만 아무 소리도 없다. 다만 그녀의 숨소리, 오르내리는 그녀의 흉곽뿐이다. 다만 그것만 있다. 블룸과 죽은 남편. 오직 그녀의 기억, 고통, 분노. 절망. 불타오르고, 울부짖고, 흐느끼는 그녀의 마음만 있다. 블룸과 마르크. 그냥 지워진다. 오늘부터 내일까지. 모든 것이 끝이다. 모든 것이 칠흑이다. 눈을 감는다.

6장

마시모가 운다. 그의 아내는 곁에 서 있다. 그 옆에 칼. 블룸과 아이들은 무덤 앞에 서 있다. 그들은 아주 가까이에서 밑으로 해바라기를 던진다. 해바라기가 관 위에 노랗게 얹혀 있는 것은 잠시 위안이 되는 광경이다. 아빠를 위한 꽃. 마르크를 위한 꽃, 꽃이 슬퍼한다. 너무나, 지금도 여전히, 아니 처음보다 더 심하게, 그가 없이 지낸 사흘 후가 더 고통스럽다. 사흘 동안 블룸은 일상을 되찾으려 필사적인 노력을 기울였다. 그동안 레자가 삶이라는 배를 조종했다. 레자가 모든 일을 관리했다. 그는 블룸을 위해, 아이들을 위해, 칼을 위해 있었다. 레자가 없었으면 배는 좌초했을 것이다. 레자는 강하다. 울지 않는다. 그의 웃음만 사라졌다. 수년 전에 블룸의 집에서 인생을 다시 시작했을 때 얼굴에 나타난 웃음이었다. 그 웃음이 사라졌다. 사람들은 레자의 마음속 어디엔가 울고 있는 아이가 있음을 알 수 있다. 레자가 마르크를 그리워한다는 것을. 마르크와 레자.

레자가 관을 옮기는 것을 도왔다. 그가 모든 일을 도맡았다. 부고를 알리는 일, 장례식을 치르는 일. 블룸은 전혀 신경 쓰지 않아도 되었다. 레자가 모든 일을 알아서 처리했고, 블룸은 아이들과 같이 있을 수 있었다. 아이들은 조금씩 조금씩 일어난 일에 대한 설명을 들을 상태가 되었다. 아빠가 다시는 돌아오지 않을 것이라는 것, 결코. 관이 땅속에 묻혀 영원히 사라진다는 것, 죽음이 삶의 일부라는 것, 죽음은 원하는 대상이 있으면 양을 물어뜯는 맹수처럼 즉시 채어간다는 것, 갑자기 차가 돌진했다는 것, 모든 것을 파괴한 사고라는 것. 해바라기는 속절없이 밑으로 떨어져 버린다는 것을 이야기하려는 시도. 블룸은 가장 아름다운 말로 아이들에게 이야기했다. 미사여구로 거짓말을 했다. 아이들에게 충격을 주고 싶지 않았다. 아이들이 현실로 인해 타격을 입지 않기를 바랐다.

묘지. 태양이 밝게 비춘다. 레자가 칼을 돌본다. 레자는 노인을 부축한다. 칼은 제대로 서 있지도 못한다. 후들거리는 다리가 몸을 지탱하지 못한다. 칼은 먹지도 않고 잠을 자지도 않았다. 사흘 사이에 몇 년이나 늙어버렸다. 칼에게도 모든 게 예전과 같지 않다. 칼이 무덤 앞에 서서 운다. 많은 사람들이 운다. 경찰 합창단이 장송곡을 연주하고, 많은 경찰 동료들이 참석하고 마시모가 연설한다. 마르크의 가장 친한 친구 마시모가 공동의 출동에서 나누었던 아름다운 순간들을 기억에 되살린다. 마르크는 선한 형사였고, 진실한 사람이었고, 잊을 수 없는 동료로서 그를 아는 모든 사람들의 크나큰 상실이라고 한다. 마시모가 운다.

한 사람씩 한 사람씩 흙을 떠서 밑으로 던진다. 장례식에 모인 사람들은 마르크를 홀로 남겨둔다. 관 속에 있는 마르크는 땅속으로 깊이 들어간다. 마르크는 그렇게 누운 채로 있고, 사람들은 그를 남겨두고 식당으로 가서 그를 위해 건배한다. 문상객 접대. 모두가 같이 자리에 앉아 서로를 위로한다. 사람들은 블룸에게 언제든 도움을 주겠다고, 모든 것이 다시 좋아질 것이라는 확신의 말을 건넨다. 사람들은 블룸이 애처로워 그녀와 눈을 맞추지 못한다. 그들도 블룸과 마찬가지로 망연자실하다. 블룸은 넋을 잃은 채 닭고기 스프 앞에 앉아 있다. 멍한 상태에서 아이들에게 먹으라고 권한다. 더 이상 그녀는 할 수가 없다. 아이들 곁에 있어주기, 아이들을 사랑하기, 아이들에게 그녀가 가진 모든 것을 주기. 블룸은 아이들을 홀로 내버려두어서는 안 된다. 아이들이 고통과 두려움에 싸인 채로 있게 해서는 안 된다. 아이들은 마르크가 남겨 놓은 것 중에서 블룸이 아직 가지고 있는 전부다. 깊은 슬픔에 잠겨 있는 아이들. 어리지만 얼마나 강한가. 아이들은 일어난 일이 자연히 접합되기를 참고 기다린다. 가만히 앉아 폭풍이 지나가기를 기다린다. 블룸은 우마와 넬라의 머리를 쓰다듬는다. 마시모가 블룸의 옆에 앉는다. 그가 얼마나 다정하게 그녀의 어깨에 팔을 두르는가.

"이거 마셔."
"싫어."
"아니, 당장 마셔야 해."
"꼭 마셔야 한다면."
"블룸, 모든 게 안타깝기만 해."
"알아."
"내가 항상 당신을 위해 있다는 것도 알지."
"당신이 마르크를 돌아오게 할 수 있어? 못하잖아?"
"그래, 그 일은 할 수 없어. 마르크는 나에게도 인생에서 가장 중요한 사람이었어. 나는 마르크에게 진 빚이 있어."
"그에게 무슨 빚을 졌어?"
"내가 당신을 돌봐야 한다는 것."
"아무도 나를 돌볼 수 없어."
"아니, 그렇지 않아, 블룸. 나와 아내 우테가 아이들을 돌봐줄 수 있어."
"필요 없어."

"블룸, 어떤 도움이든 필요할 수 있어. 너무 딱딱하게 굴지 마. 나는 당신에게 도움이 되고 싶어서 좋은 뜻으로 한 얘기야. 아이들에게도. 내가 당신과 아이들을 얼마나 좋아하는지 잘 알잖아."

"당신 생활도 문제가 많잖아."

"지금 그건 중요치 않아."

"마르크가 그러던데, 당신 이혼할 거라고."

"제발, 블룸. 여기서는 그런 얘기 말자."

"왜 안 돼? 우리, 당신의 망가진 결혼 생활에 대해 이야기 좀 해봐. 당신 부인에 대해 이야기 좀 해보자고. 당신들의 사소한 문제에 대해."

"블룸, 대체 왜 그래?"

"내가 왜 그러냐고? 당신 아내를 좀 보라고. 그녀가 술에 취해 주절대고 있잖아. 지금 제대로 서 있지도 못하네. 이제 겨우 점심때인데. 당신은 오히려 우테나 신경 쓰는 게 더 나을 것 같아. 나를 신경 쓰는 게 아니라."

"지금은 당신을 혼자 있게 하는 게 더 나을 것 같기도 하군."

"그래, 어쩌면 그래야 할 것 같아."

"당신이 원한다면. 그럼 가볼게."

"아니."

"아니, 아니라고?"

"그냥 있어. 마시모, 미안해. 내가 그러려는 게 아니었는데."

"괜찮아."

"내가 과연 살아갈 수 있을지 모르겠어. 마르크 없이, 아이들, 모든 것을. 아무것도 모르겠어."

"당신은 할 수 있어. 당신에겐 레자와 칼이 있어. 그리고 나도 있고."

"난 죽고 싶어. 그냥 죽고만 싶어. 죽었으면 좋겠어."

"당신은 죽지 않아. 블룸, 당신은 강하니까. 마르크가 없어도 잘 할 수 있어."

"아니."

"약속해. 내가 당신 곁에 있을게. 당신과 아이들을 위해."

마시모는 오른손으로 블룸의 등을 쓸어준다. 위아래로. 그것이 마시모가 할 수 있는 전부다. 도움이 될 수 있는 전부다. 말은 어떤 것도 도움이 되지 않는다. 블룸은 아무 말도 들으려 하지 않는다. 깊이 생각하지 않으려 한다. 미래를 상상하기 싫다. 블룸은 오직 밤이 되어 다시 불빛이 꺼지고 잠이 상황을 더 편안하게 만들어주기만을 바란다. 생각하지 않기. 아무것도 느끼지 않기. 위아래로 쓰다듬는 마시모의 손만 있다.

7장

2주 후. 마르크가 없는 2주. 계절은 여전히 여름이고, 아이들은 짧은 옷을 입고 정원을 뛰어다닌다. 칼은 안락의자에 앉아 있고, 블룸은 빨래를 넌다. 마치 세상이 다시 제자리를 찾은 것처럼, 사람들이, 모든 사물이 전과 다름없는 것 같다. 오래된 사과나무가 서 있는 정원, 왔다 갔다 흔들리는 그네, 호스로 꽃밭에 물을 주는 우마, 인형의 머리카락을 땅에 대고 문지르는 넬라. 하늘은 고요하다. 구름 한 점 없다. 그리고 여전히 고통스럽다. 블룸이 눈을 뜰 때, 눈을 감을 때, 아이들이 아빠 이야기를 할 때. 블룸은 상황이 좋아지지 않는다는 것을 안다. 그녀의 진을 빼놓는 일이 그치지 않는다는 것을 안다. 그럼에도 불구하고 블룸은 죽지 않기로, 쓰러지지 않기로, 넋을 놓고 누워 있지 않기로, 매일 아침 일어나 아이들과 살아가기로 결심했다. 매일 다시금. 그것이 얼마나 어렵게 느껴지든 상관없다. 그녀는 건재하고 계속 나아가야 한다. 다리가 얼마나 천근만근이든 한 발 한 발 앞으로 내딛어야 한다. 블룸이 얼마나 약과 술에 취해 기억을 지우고 싶은지는 상관없다. 아이들이 잠이 들었을 때 밤마다 수면제와 보드카를 집어 들지 않기 위해 결심을 해야 했다. 블룸은 움직여야만 한다. 움직이면 잊을 수 있다. 더 이상 아무것도 느끼지 않으려 한다. 매일 아침 블룸은 냉정해지려, 상처를 받지 않으려고 애쓴다. 그것이 매일 아침 실패로 돌아간다. 오늘도 역시.

여전히 뺑소니차에 대한 흔적이 없다. 운전수는 발견되지 않고 영원히 사라졌다. 아마 운전수가 술에 취해서 차를 너무 빨리 몰다 미처 마르크를 보지 못했을지도 모른다. 운전수를 찾아낼 수 없었다. 정비공장에도 검정색 로버 차량은 없었다. 모든 가능성을 추적했다. 사망 사고를 낸 뺑소니가 조서에 기록되었을 뿐이었다. 범인은 알려지지 않았다. 감쪽같이 빠져나간 범인, 자유로운 삶으로. 범인은 그처럼 간단하게 모든 것을 없애버렸다. 어쩌면 그는 전화를 했을 수도 있고, 메일을 써 보낼 수도 있고, 문자를 하거나 고갯짓을 보냈을 수도 있다. 그것에 대해 블룸은 결코 알 수 없을 것이다. 그녀는 범인을 찾지 못할 것이다. 아무리 마시모가 범인을 찾기 위해 최선을 다한다 해도.

마시모는 약속을 지켰다. 장례식 이후로 마시모는 블룸의 옆에 있었다. 마시모는 마르크의 공식적 생활을 삭제하는 일을 도왔다.

해당 관청, 보험, 변호사, 공증인에게 갈 때 블룸을 동반했다. 마시모가 그녀 대신 일상의 일을 다 처리한다. 그와 레자가. 그럼으로써 블룸은 아이들을 돌볼 수 있고, 그럼으로써 그녀가 살아남을 수 있고 눈물을 삼키지 않아도 된다. 사업은 계속 굴러간다. 죽음이 끊이지 않기 때문이다. 레자가 망자들을 데리고 온다. 양로원에서, 숲에서, 사무실에서, 그들의 침대에서, 거리에서. 레자는 블룸에게서 배운 대로 자신의 일을 한다. 레자는 끊임없이 일한다. 말은 적게 하고, 감정은 어디엔가 숨겨져 있다. 레자의 기분이 몹시 안 좋다는 것만 짐작할 수 있을 뿐이다. 계속 사는 것, 계속 일하는 것. 그밖에는 아무것도 남아 있지 않기 때문이다. 단지 그 생활, 지금 갑작스레 완전히 변해버린 생활만 있기 때문에. 갑자기 다른 색으로, 다른 음색으로 변했다. 레자는 그 음색을 듣고 침묵한다. 블룸은 알고 있다. 레자는 마시모보다 말수가 적다. 레자는 전혀 말을 하지 않는다. 그는 블룸을 돌보고, 지지하고, 귀를 기울일 수 있다는 것에 감사한다. 마시모.

오랜 친구. 동료, 경찰, 마르크의 상사. 마시모의 나이는 마르크보다 겨우 세 살밖에 많지 않지만 경력의 사다리에서는 몇 계단 앞서나갔다. 마시모는 집보다 경찰서에서 보내는 시간이 더 많다. 자신이 일을 더 사랑하기 때문이라고 마시모는 말한다. 그가 집에 있기 싫어하기 때문이라고 마르크는 말했다. 마시모의 결혼 생활은 파경에 이르렀고, 아내 우테는 술을 마신다. 두 사람은 아이를 가지고 싶어 했지만 한 명도 태어나지 않았다. 몇 년이고 아이를 가지려고 애썼다. 우테와 마시모는 블룸이 아이를 낳는 것을 지켜보았다. 그들에겐 낯선 행복, 그것이 그들의 좌초의 계기가 되었다. 두 사람은 아이를 무척이나 원했지만 우테에게는 아이가 생기지 않았다. 인공수정도 실패로 돌아갔다. 아기는 태어나지 않았다. 불행이 점점 커졌다. 절망 그리고 소망이 그들의 관계를 엄청난 무게로 짓눌렀다. 그 무게는 우테가 술을 마시기 시작할 만큼 무거웠다. 마시모는 괴로워했고 날이 거듭될수록 얼굴에 불행의 그림자가 드리워졌다. 마시모는 매일 아침 불행한 기분으로 눈을 떴다. 아내를 도우려는 모든 노력은 허사였다. 그는 아내를 금주 치료 과정에 가도록 설득하고 같이 부부 치료를 받자고도 했다. 아무것도 도움이 되지 않았다. 아내 우테는 아무것도 수용하지 않았고, 아무도 받아들이지 않으려 했다. 그 때문에 마시모는 괴로워했다. 자신이 인정하는 것보다 많이. 블룸은 그 사실을 안다. 마시모가 아내를 이미 포기했다는 것을. 아내가 취해서 탁자 위로 올라갈 때 더 이상 아내를 보살필 뜻이 없다는 것을. 장례식장에서. 2주 전 마시모의 다리는 아주 천천히 발걸음을 옮겼다. 의무감 외에는 아무것도 없었다. 우테를 침묵하게 만들기 위해, 마시모는 피해를 입는 것만 피했다. 고개를 저으며 부끄러워했다. 그곳에 있는 모든 사람들이 마시모를 쳐다보며 동정을 표했기 때문이다. 우테가 정신을 놓았기 때문이다. 우테는 주변 사람들에게 고함을 지르고 울부짖었다. 여기 나에게 거지 같은 아이를 만들어 줄 머저리 자식은 없는 거야. 당신들은 나에게 섹스를 해야 해. 너희 개새끼들 중에 드디어 한 놈은 자지를 꺼내고 쌀 수 있어. 우테는 탁자 위에 올라가 소리를 질렀다. 마시모는 그녀를 따라가 잡아채서 밖으로 끌고 갔다.

거의 매일 작은 드라마가 벌어진다. 마시모는 틈만 나면 아내 곁에 있지 않을 구실을 만든다. 블룸을 도와주기 위해. 마시모가 아직 가지고 있는 것 전부를 블룸이 받는다. 그리고 블룸은 혼자가 아니라는 것에 감사한다. 레자 외에, 칼 외에 또 누군가가 있다는 것에. 그녀를 안아줄 누군가가 있다는 것에. 대용품이 아니라 그냥 위안이다. 마시모. 마르크가 아니다. 마시모의 차가 나타날 때 블룸은 기뻐한다. 마시모가 아이들을 안아주며 정원에서 놀아주며 같이 웃어줄 때. 마시모는 친구다. 칼과 마르크처럼 착한 사람들 중 하나다. 마시모는 웃으면서 집 안으로 들어가더니 와인 병과 잔 두 개를 가지고 나온다. 모든 게 다 잘되었어. 마시모가 말한다. 집의 경제 상황은 문제없을 것이라고, 마르크가 생명보험을 들어두었다고 한다. 블룸은 아무 걱정도 하지 않아도 된다고 말하며 와인 병을 따고 잔에 술을 따른다. 마르크의 죽음의 대가로 생긴 돈. 블룸은 생각한다. 많은 돈. 이 무슨 거지 같은 세상이야. 블룸은 말하고 와인을 마신다. 단숨에 벌컥.

8장

아이들이 잔다. 마시모는 가고 없다. 그는 아이들을 침대에 눕히고 책을 읽어주었다. 그런 후에 마시모는 조금 더 있으면서 블룸과 함께 시간을 보내고 싶었지만 그냥 갔다. 블룸이 혼자 있고 싶어 했기 때문이다. 레드 와인 한 병과 마르크의 작업실에서. 블룸은 마르크의 의자에 앉아 마르크가 하던 것처럼 다리를 책상 위에 올려놓았다. 그리스에서 가져온 토기 잔에 와인을 부었다. 두 사람은 세련된 와인 잔보다 토기 잔으로 마시는 것을 좋아했다. 녹색의 수제 토기 잔이었다. 레드 와인이 블룸의 목구멍으로 흘러들어간다. 화끈하게 퍼지는 열기가 좋다. 처음으로 다시 가뿐한 느낌이 든다. 블룸은 멍하게 앉아 주위를 둘러본다. 마르크의 컴퓨터, 서류를 비롯해 수많은 물건이 모두 그가 떠난 22일 전과 다름없이 그대로 있다. 그의 방에 있는 모든 사물은 아직도 그가 돌아오기를 기다린다. 그가 돌아와 만져주기를, 쓸모 있는 기계가 되기를 원한다. 방 안에 있는 물건들은 그가 죽었다는 사실을 드러내지 않는다. 블룸은 아직 방에 있는 물건들을 치울 엄두가 나지 않았다. 처음으로 그의 작업실에 들어왔다. 문을 안에서 단단히 잠갔다. 마르크에게 속한 무언가를 단단히 잠가두려는 것처럼. 마르크가 숨 쉬던 공기, 개인 사물, 그의 필름, 그가 고집하던 무질서, 그것은 그가 늘 말하던 작은 자유였다. 이 방은 그의 퇴각 장소, 그가 일을 하거나 아이들에게서 잠시 벗어나 있고 싶을 때 들어가는 견고한 참호였다. 그는 자신의 개인 작업실이라고 말하며 웃었다. 생각 속으로 침잠하기 위한 장소.

다른 건 다 블룸이 이미 처리했다. 마르크의 옷가지, 신발, 모든 것을 챙겨서 버렸다. 박스들도 비웠다. 그의 작업실만 잠가둔 채로 두었다. 감히 그 방을 비울 엄두가 나지 않았다. 생각만 해도 마음이 아팠다. 지금 그녀는 그곳에 앉아 와인을 마신다. 고통스럽지 않게, 두려움을 회피하지도 않는다. 두려움에 사로잡힌다. 가만히 앉아 기다릴 수 있다. 술을 마시고 기다리기. 와인이 한순간 모든 것을 아름답게 만든다. 블룸은 한 시간이 넘도록 그의 작업실에 앉아 그의 물건들을 쳐다보기만 한다. 아직도 손댈 엄두가 나지 않는다. 서랍을 열기, 지금 한순간 드는 좋은 기분 이상의 것을 기억에 떠올리기가 두렵다. 그녀는 망설인다. 하려고 하지만 할 수 없다. 그녀는 시간이 있다. 하룻밤 내내 시간이 있다. 그리고 지하실에는 와인이 가득하다. 와인이 2백 병이나 있다. 그 생각에 블룸은 용기가 생긴다. 또 하나의 와인 코르크가 따지고, 눈물이 흐른다. 더 이상 중요하지 않은 눈물이다. 지금은 아니다. 지금은 오직 블룸만 중요하다. 그녀는 와인 잔을 높이 들고 마르크를 위해 건배한다. 남편을 위해, 그녀의 행복을 위해. 그녀는 아름다운 일들을 기억에 떠올린다. 일상생활, 아침 욕실에서 나던 그의 웃음소리, 와인을 네 잔째 마신 후에 하던 그의 농담, 그의 거동. 마르크는 얼마나 어리숙했고, 자신의 어리숙함에 대해 얼마나 자주 유감스러워했나. 자신이 조심성이 없고 멍청하다고. 그가 얼마나 사랑스러웠나.

블룸은 마음을 단단히 다져먹고 그의 핸드폰을 잡는다. 지금. 작은 세계가 열린다. 그의 일정표, 메모, 게임. 블룸은 마르크의 여가시간을 뒤적여본다. 뒤적거리다 피식피식 웃음이 나온다. 마르크가 너무도 아이 같았기에. 그렇게 시간을 보내다니. 성인 남자, 경찰이 테스리스 게임을 한다. 마르크. 그의 손가락이 핸드폰의 디스플레이 화면을 스쳤다. 블룸에게 그 세월 내내 얼마나 많은 문자를 보냈는가. 마르크가 블룸에게 보낸 문자. 블룸이 마르크에게 보낸 문자. 여기저기에 그들의 사랑이 남아 있었다. 두 사람은 30분만 같이 있지 못해도 문자를 주고받곤 했다. 이어 마르크가 블룸에게 보내는 키스가 있었다. 한 번은 블룸이 마르크에게 보냈다. 그가 보냈던 모든 내용이 저장되어 있었다. 그녀가 했던 말, 그가 했던 말. 지금은 기억이 블룸의 마음을 편안하게 한다. 블룸은 기억 속으로 뛰어들어 떠돌아다닌다. 거의 두 시간 내내 핸드폰에 마르크와 그녀가 있다. 그리고 둔야가 나온다.

구술용 녹음기. 블룸은 녹음된 모든 대화 파일을 연다. 아이콘 속에 숨겨져 있는 게 무엇인지 잠시 보려고 했을 뿐이다. 호기심이라기보다 그냥 순간적으로 일어난 일이다. 핸드폰에 있는 디지털 녹음기, 그의 목소리, 이어 다시 그녀가 나타난다. 마르크, 그의 숨소리, 그리고 말한다. 마치 블룸이 최근에 들었던 숨소리처럼. 그가 다시 존재한다. 작동 버튼을 살짝 누르자 마르크의 목소리가 들린다. 마르크는 낯선 여성과 대화한다. 블룸이 모르는 여자다. 블룸은 처음에 그녀가 무슨 이야기를 하는지, 그가 그녀에게서 무엇을 알아내려 하는지 알아들을 수 없다. 블룸은 가만히 마르크의 목소리에 집중한다. 깊은 이해심이 깃든 조심스럽고 다정스럽기까지 한 마르크의 목소리. 마르크는 그녀가 계속 이야기하기를 원했다. 그녀 자신의 이야기를 해주기를 원한다. 블룸은 귀를 기울인다. 몇 초, 몇 분. 와인을 마신다. 그리고 핸드폰 속의 여자가 누구인지, 왜 마르크가 그녀와 이야기를 하는지, 왜 그녀가 두려움을 가지고 있는지 알아야 한다. 둔야와 마르크, 마르크가 그녀를 안심시키려 얼마나 애쓰는가.

"날 내버려두세요. 제발. 난 아무 짓도 하지 않았어요."

"나를 겁내지 마세요."

"날 그냥 내버려두세요. 손대지 마세요. 가세요. 제발. 그냥 가세요."

"나는 당신을 도우려는 겁니다."

"난 아무 짓도 하지 않았어요."

"알아요. 난 당신을 체포하기 위해 온 게 아니에요. 말했잖아요. 단지 당신과 이야기를 하고 싶을 뿐이라고요. 예전에 일어난 일에 대해서요."

"내가 원하는 건, 당신이 가버리고 나를 가만히 내버려두는 거예요. 가세요. 제발."

"당신을 믿습니다. 난 당신이 한 이야기를 믿어요."

"내가 헛소리를 했어요. 다 헛소리였어요. 그때 내가 취했어요."

"당신은 약기운에 취해 있었어요. 강력한 진정제에."

"바로 그 때문에 헛소리를 한 거예요. 전부 내가 꾸며낸 이야기였어요."

"그건 당신이 꾸며낸 이야기가 아닙니다."

"맞아요. 그러니까 이제 제발 당신의 아름다운 세계로 돌아가시라고요. 당신은 여기서 어정거릴 생각이 없잖아요. 아무도 그런 사람은 없어요."

"내가 남자들을 찾는 걸 도와줄 수 있어요."

"아뇨."

"나를 믿으세요."

"난 아니라고 했어요."

"왜 아니라는 겁니까?"

"왜냐하면 당신도 남자니까요."

"난 경찰입니다."

"난 경찰서에는 벌써 갔다 왔어요. 당신들에게 모든 걸 다 이야기했고요. 절박하게 애원하고 간청했는데 당신들이 나를 돌려보냈지요. 그냥 간단하게 돌려보냈다고요. 당신들은 나를 병원 침대에 처박아놓고 고개를 가로저었다고요."

"그런 일이 일어나서 유감입니다. 진심이에요. 우리 경찰이 모든 걸 훨씬 신중하게 했어야 했다는 것, 잘 압니다. 우리는 당신의 이야기를 추호도 의심해서는 안 되었어요."

"그 당시에는 당신들이 나를 도울 수 있었겠지만 지금은 너무 늦었어요. 난 여기서 지내는 게 좋아요."

"당신은 지금 고속도로 다리 밑에서 살고 있어요. 당신은 집도 없고, 누군가 당신을 보살펴야 합니다."

"누가요? 당신이요? 내가 당신 집에서 살아도 되나요? 당신이 체류 허가증을 만들어줄 수 있나요? 정말로 나를 보살피고 싶어요? 그러면 날 가만히 내버려두세요. 그게 당신이 진정으로 나를 도와주는 거예요."

"모든 일을 해결할 수 있는 한 가지 답이 있습니다."

"없어요."

"다 잘될 겁니다."

"그 남자들이 죽는다면 그때 비로소 다 잘되겠지요."

"부탁합니다. 그 일에 대해 우리 이야기 좀 해요."

"당신에게 이야기하면 나는 죽어요. 당신은 불안을 조장하는 거예요. 말벌을 건드리는 것과 다름없어요. 그리고 말벌은 무섭게 공격적으로 변하죠. 당신은 그게 뭔지 몰라요. 하지만 나는 말벌들이 나를 찾아내서 내가 입 다물고 조용히 있도록 만들 거라는 걸 알아요. 그들은 나를 죽을 때까지 때릴 거예요. 맨주먹으로 얼굴을요."

"그런 일은 일어나지 않아요."

"내가 여기에 있는 한 괜찮지요. 여기서는 아무도 나를 찾지 않으니까. 난 지금 생활이 좋아요. 예전보다 천 배나 더 좋아요. 나는 모든 걸 잊어버릴 거예요. 무슨 말인지 알겠어요? 모든 걸 잊는다고요."

"아뇨. 그래서는 안 됩니다. 모든 걸 세세하게 기억해내야 해요. 나에게 모든 걸 이야기해야 해요. 그러면 나는 그 남자들을 찾아낼 겁니다. 나는 그들이 법정에 나와 사람을 감금한 짓, 그들이 당신에게 했던 짓에 대해 벌을 받게 조치할 겁니다. 약속할게요. 당신에게는 아무 일도 일어나지 않을 거예요."

"대체 왜 그 일을 하겠다는 거죠?"

"당신을 돕고 싶으니까요."

"도움은 예전에 했어야 하는 일이었어요."

"당신이 병원에서 사라진 뒤에 나는 당신을 찾아 도시를 샅샅이 뒤졌습니다."

"당신들이 나와 두 번째로 이야기했을 당시 나는 정신이 온전한 상태였어요."

"당신은 아무 말도 하지 않았습니다. 오직 벽만 응시하고 있었죠. 그럴 때 우리가 무엇을 할 수 있었겠습니까? 그런 경우 우리는 정해진 단계를 밟아야 합니다. 당신이 퇴원할 때까지 기다리는 수밖에 달리 할 일이 없어요."

"거긴 정신병원이었어요. 당신들은 나를 2주 동안 그곳에 가두어놓았죠. 격리된 병실에. 저는 나갈 수 없었어요. 13일 간 나를 진찰했던 의사가 일어난 일에 대해 이야기하라고 설득했어요. 의사는 내가 환상을 꾸며냈다는 말을 듣고자 했어요. 내가 하는 이야기가 결코 사실이 아니라는 말을 원했던 거예요. 그래서 나는 의사의 말이 옳다고 인정하고 풀려날 수 있었어요. 그리고 나는 영원히 잠적할 수 있는 첫 번째 가능성을 이용했어요. 영원히 잠적하기 위해. 무슨 말인지 알겠어요? 나는 이제 마약에 중독된 불법 체류자, 온갖 수단을 다해 추방을 당하지 않으려는 여자와는 더 이상 관계가 없어요. 더 이상 그렇게 살지 않아요."

"그 일보다 더 많은 게 있습니다. 그래서 내가 당신과 이야기를 하려고 여기에 온 겁니다. 당신이 이야기를 전부 다 할 때까지 당신의 말을 끝까지 들을 생각입니다."

"당신들은 사소한 문제를 가능한 빨리 처리하고 싶어 했을 뿐이에요."

"내가 병원에서 당신에게 물었지요. 나와 이야기할 수 있겠느냐고요. 하지만 당신은 침묵만 지켰어요."

"때로는 침묵을 지키는 게 더 나아요."

"내가 당신을 보호할 수 있어요."

"당신은 할 수 없어요."

"난 남자들을 체포할 겁니다. 무슨 이유인지는 몰라도 나는 당신을 믿어요. 당신이 진실을 말했음을 절대적으로 확신합니다."
"왜요?"
"당신의 눈을 보았으니까요."
"뭐라고요?"
"경악, 공포. 그건 진짜였어요."
"제발 가세요."
"그럴 수 없습니다."
"제발."
"당신의 이름은 뭔지 말해주세요."
"몰라요. 내 이름이 뭔지, 나이가 얼마나 되었는지도 몰라요. 그래야만 살 수 있어요. 그 사실은 당시 나를 끌고 가던 사람이 알려주었지요."
"나는 마르크라고 합니다."
"물어보지 않았어요."
"난 아내와 두 아이가 있어요. 엘리자베트 가에서 삽니다. 그리고 당신이 나에게 말을 할 때까지 계속 있을 겁니다."
"마르크라고요."
"네."
"녹음기를 끄세요. 마르크."
"이건 나만 들을 수 있어요. 이 녹음 내용을 들을 사람은 아무도 없어요."

블룸 외에는 아무도 듣지 않았다. 블룸의 손에 있는 핸드폰. 마르크의 목소리와 여자의 목소리. 자신의 이야기를 하는 떠돌이 여자. 마르크는 먼저 사적인 이야기를 털어놓음으로써 그녀에게 신뢰감을 심어주었다. 겁에 질린 그녀는 망설이며 기억을 더듬기 시작했다. 조금씩 조금씩 그녀는 더 많은 것을 열었다. 둔야와 마르크.

마르크는 블룸에게 그녀에 대한 이야기를 한 적이 없었다. 그 일에 그토록 몰두했으면서도 아무 말도, 한마디도 하지 않았다. 마르크는 실수를 되돌리려 했다. 그는 여가시간에 둔야에게 집중했다. 그의 핸드폰에 20개의 자료가 저장되어 있고, 항상 그들의 목소리가 나왔다. 둔야와 마르크. 상상할 수 없는 일을 겪은 여자와 나눈 20건의 대화. 블룸이 들어서는 안 되었던 대화. 범죄에 대한 상세한 조서가 도시의 어떤 곳에서, 고속도로 아래에서, 마르크의 차 안에서, 지하 주차장에서, 숨어서 몰래 기록되었다. 둔야는 두려워했다. 그녀의 지독한 두려움을 마르크는 진지하게 받아들였다. 마르크는 그녀에게 어떤 일이 일어나지 않길 바랐다. 그는 그녀를 도우려 했다.

블룸은 자료를 찾아본다. 뭔가 더 있는지 알고 싶다. 지금 당장 모든 것을 알고 싶다. 2주 동안 두 사람이 만났다. 두 사람의 마지막 만남은 사고 바로 전날이었다. 둔야는 때때로 회피하려 했다. 기억이 떠오르면 고통스러웠기 때문에. 기억을 되살리기를 두려워했기 때문에. 죄악, 지하실의 다섯 남자, 그들의 육체, 신음, 고통, 비명. 블룸이 들은 내용은 가히 믿을 수 없는 일이었다. 핸드폰의 작은 스피커를 통해 범죄가 드러났다.

블룸은 몇 시간 내내 마르크의 작업실에 앉아 두 사람의 대화를 듣는다. 듣다가 여러 번 중단하려고 한다. 녹음 내용을 삭제하려 한다. 마르크가 둔야를 얼마나 다정하게 보살피는가. 더 이상 듣고 싶지 않다. 네 번째 대화에서는 둔야가 마르크의 품에 안겨 울음을 터뜨렸다. 블룸은 그 장면을 상상하고 싶지 않았다. 말 없는 몇 분, 두 사람 사이에 흐르는 친밀감. 또 하나의 가까운 사람, 다른 여자. 마르크와 둔야. 블룸은 제외. 두 사람 사이에는 블룸이 끼어들 수 없었다. 혼자 마르크의 책상에 앉은 블룸. 둔야가 무슨 일을 함께했는지, 그리고 그것이 단지 연민이었을 뿐이라도 블룸은 원치 않는다. 마르크의 품에 안겨 있는 둔야, 그가 닦아주는 둔야의 눈물. 마르크.

둔야. 이 여자. 블룸은 와인을 단숨에 쭉 들이킨다. 왜 이 여자가 갑자기 나타난 것일까. 왜 와인과 그의 책상만 있을 수는 없는 것일까, 왜 호기심이 드는 것일까. 왜 핸드폰을 그냥 초기화시켜 인터넷 같은 곳에다 팔아버리지 못하는 것일까. 뒤적이지 말고. 왜 그러지 못하는 것일까? 왜 지금 상상력이 부풀어 오르는 생각을 해야만 하는 것일까? 왜? 왜 지금? 왜 잠시만이라도 행복을 느끼지 못하는 것일까? 겨우 하룻밤인데? 왜 안 되는 것일까? 왜 마르크의 목소리는 그토록 푸근할까? 왜 블룸은 그의 목소리를 듣지 않을 수 없는 것일까? 왜 가슴이 에는 듯한 고통이 멈추지 않는 것일까?

밤새도록. 둔야와 마르크. 해가 뜰 때까지. 하루의 바퀴가 다시 돌고 블룸이 마르크의 삶에서 분리될 때까지. 블룸은 그의 작업실로 들어가는 문을 잠그고 침대에 눕는다. 아이들이 와서 그녀에게 안기기를 기다린다. 아침마다 아이들은 이불 속으로 기어들어와 품에 안긴다. 우마와 넬라에 대한 사랑. 그리고 두근거리는 블룸의 가슴. 마르크의 책상 위에 그 핸드폰이 있기 때문에.

9장

두카티 몬스터 900. 마르크가 입에 침이 마르도록 칭찬했던 오토바이. 블룸 다음으로 마르크가 쏟은 열정적 사랑의 대상, 멋진 오토바이. 마르크가 몇 시간이나 황홀감에 빠져 있을 수 있는 오토바이 모터 소리, 그에게는 음악이나 마찬가지인 독특한 모터 소리. 마르크는 속도광이었다. 제한 속도는 아랑곳하지 않았다. 그는 고속도로며 국도에서 광란의 속도로 질주했고, 블룸이 얼마나 걱정을 하든 말든 달려야 직성이 풀렸다. 마르크는 오토바이를 몰 때 마주치는 바람과 도로를 느끼고 싶어 했다. 어쩔 수 없어. 금방 돌아올게. 사랑하는 블룸. 걱정 마. 그렇게 위험하진 않아. 당신이 위험을 과장하는 거야. 아름다운 블룸. 마르크는 자신을 황홀케하는 것, 몬스터 900, 자신의 사랑스런 아기에 대해 잘 설명하지도 못했다. 지금 두 남자가 내려놓는 멋진 오토바이.

  정원 저쪽에서 햇빛을 반사해 번쩍이는 몬스터 900의 자태는 얼마나 훌륭한가. 흉물스럽게 망가지기 전의 모습과 똑같다. 보험회사에서 즉시 새로운 오토바이로 바꾸어주었다. 마시모가 2주 전에 블룸에게 배상금을 원하는지 새 오토바이를 원하는지 물었다. 보험회사에서 새 오토바이로 교체해준다고 해서 블룸은 그냥 그러라고 했다. 아무 생각 없이 마시모에게 그냥 알아서 처리해달라고 부탁했다. 어느 날, 오토바이가 배달된다는 전화가 왔다. 마르크의 오토바이. 이제 다시 제자리에 있다. 거의 그의 목소리와 다름없이. 집 앞에 서 있는 오토바이, 블룸은 당장이라도 마르크가 문을 열고 정원으로 들어와 오토바이에 오를 것 같은 생각마저 든다. 거의. 블룸은 배달원에게 팁을 주고 벤치에 앉는다. 벤치에서 보면 모든 광경이 다 보인다. 아이들, 거리로 나가는 입구의 문, 오토바이. 블룸은 가만히 벤치에 앉아 어젯밤에 있었던 일을 생각한다. 마르크와 둔야에 대한 것, 그녀에게서 일어났다고 하는 일에 대해. 모든 것이 다 믿을 수 없는 일이다. 둔야가 겪었다고 한 이야기, 마르크가 믿는다는 그 이야기. 마르크는 둔야의 눈동자를 보았다. 정신과 의사가 환상이라고 진단했음에도 마르크는 그녀의 눈동자에서 사건을 보았다.

  벤치에 조용히 앉아 블룸은 펑펑 울고 싶다. 안기고 싶다. 마르크의 작업실로 돌아가고 싶다. 무슨 일이었는지를 이해하고 싶다. 그녀가 했던 말. 둔야. 블룸은 정신이 멀쩡한 상태에서 모든 대화를 다시 한 번 듣고 싶다. 어렴풋이 떠오르는 꿈 같기만 하다. 블룸이 스스로 떠밀려 들어간 악몽. 블룸은 그 여자가 한 이야기가 진실이라고 믿고 싶지 않다. 마르크가 틀렸기를, 그것이 꾸며낸 환상이기를 바란다. 그뿐이기를, 단지 겁에 질린 마약 중독자의 환상일 뿐이기를. 그게 사실일 리 없다. 사실이어선 안 된다. 태양이 밝으니까. 아이들이 그네를 타니까. 칼이 몇 주 만에 처음으로 정원에 나왔으니까.

칼. 그는 마르크가 죽은 후 말을 거의 하지 않았다. 2층에 틀어박혀 하루 종일 안락의자에 앉아 눈물을 흘렸다. 아이들도 할아버지를 위로할 수 없었다. 칼은 혼자 있고 싶다고 가만히 내버려두라고 했다. 레자만은 고집스레 물러서지 않아서 칼은 문을 열어주고 냉장고 안을 채우게 두었다. 칼은 아들을 잃었다. 칼이 웃으려고 애를 쓴다. 블룸의 옆에 앉는다. 몇 마디로 두 사람은 마음을 나눌 수 있다.

"아가, 어떻게 지내냐?"
"여전히 마음이 아파요."
"그렇지."
"내려오시니 좋네요."
"아이들은?"

"애들은 그런대로 지내요."
"오토바이는?"
"다시 집에 들여놨어요."
"왜?"
"마르크가 좋아하던 거잖아요."
"그래. 녀석이 좋아했지."
"제가 타고 다니려고요."
"네가?"
"네."
"넌 오토바이 타는 걸 무서워하잖니."
"맞아요."
"그런데도 타겠다고?"
"겁이 없어졌어요."
"녀석이 오토바이를 타고 다닐 때마다 나는 걱정스러웠다."
"마르크가 타고 싶어 했어요."
"좋은 녀석이었지."
"그 이상이었어요. 아버님."
"아가, 우린 헤쳐 나갈 수 있어."
"네."

　두 사람은 벤치에 나란히 앉아 침묵한다. 칼이 블룸의 손을 잡자 블룸은 칼의 손을 꼭 쥔다. 맞잡은 두 사람의 손, 아이들, 오토바이만 있다. 여름날의 정원. 할 말은 다 했다. 칼과 블룸. 이해와 애정. 블룸은 시아버지 칼을 좋아한다. 칼과 같이 살자고 한 것을 한 번도 후회해본 적이 없었다. 칼은 집안의 착한 요정과 같다. 그가 이제 다시 할 일을 하기 위해 나섰다. 칼이 다시 돌아왔다. 칼은 더 이상 숨어들지 않으려 한다. 아이들이 그리웠다고, 아무리 슬퍼도 살아야겠다고 말한다. 블룸처럼 계속 살겠다고. 그냥 계속 살기 그리고 그녀가 흔들리기. 블룸이 외출해 있는 동안 아이들 곁에 있어주기. 블룸이 마르크와 가까이 있으려고 하는 동안에.

헬멧도 쓰지 않는다. 블룸은 키를 꽂고 버튼을 누른다. 몬스터가 부르릉거린다. 블룸은 아이들에게 손을 흔들고 페달을 밟는다. 집 입구를 지나 곧장 거리로 나간다. 주위를 살피지도 않고 오토바이를 몬다. 로버 차가 왔던 방향으로는 눈길도 돌리지 않는다. 페달을 세게 밟는다. 전속력. 어떤 일이 닥치든 말든 달린다. 얼굴에 바람과 날벌레를 맞는 블룸. 손잡이를 거칠게 돌리며 오토바이를 느낀다. 빠르게 달린다. 일반도로를 뒤로 하고 고속도로에 오른다. 두 눈을 꽉 감고 가느다란 틈으로만 세상을 본다. 다만 아주 조금의 세상을. 뒤로 스쳐지나가는 세상을. 기어를 바꾸고 속도를 올린다. 무슨 일이 일어나든, 어디로 가든 상관없다. 빠르게 그리고 멀리. 도로와 블룸뿐.

블룸은 운전면허증을 딴 후 차를 몰지 않았다. 면허 시험에 합격한 지 얼마 지나지 않아 학교 친구가 사고를 당했다. 친구는 그 자리에서 죽었다. 마르크처럼. 그 공포가 블룸을 지금껏 따라다녔다. 마르크가 오토바이를 같이 타자고 할 때마다 블룸은 거절했다. 그녀는 죽는 것에 대한 두려움이 있었다. 로버 차에 대한 두려움. 블룸은 안전장치도 없이 지옥으로 달린다. 가죽점퍼도 헬멧도 없이, 그녀를 보호해줄 아무런 장치 없이 그대로 고속도로를 질주한다. 오직 무모함과 경솔함만 있다. 죽음을 향해, 죽음에 대한 동경, 블룸은 마르크의 곁으로 가고 싶을 뿐이다. 깊이 생각지 않고 빠르게, 시속 190킬로미터. 살갗에 달라붙는 날벌레, 얼굴에 붙는 날벌레들이 바늘에 찔리는 것 같다. 그래도 점점 더 속력을 높이고, 더 멀리, 더 빨리 220킬로미터. 추월, 모터의 소음. 계속. 숨, 죽음.

10장

블룸은 마르크의 기분을 이해하고 싶었다. 왜 마르크가 그토록 속도를 즐겼는지, 왜 속도가 필요했는지 알고 싶었다. 속도, 이 느낌. 블룸은 왜 마르크가 그랬는지, 왜 죽음을 무릅썼는지 자문해 보았다. 마르크가 페달을 밟을 때마다, 허용된 속도보다 더 빨리 달릴 때마다, 그가 날아다닐 때마다. 왜 그랬을까. 마르크에게는 너무도 사랑하는 가족이 있었다. 한순간으로도, 부주의한 찰나만으로도 목숨을 잃을 수 있었다. 난 오토바이를 타고 달리는 게 좋아. 마르크는 말했다. 그건 마치 노래 같아. 그건 춤이나 마찬가지야. 샴페인 같기도 하지. 당신도 그걸 느껴봐야 해. 블룸. 딱 한 번만. 당신을 잘 살펴줄게. 수년 간 마르크는 블룸을 설득하려 했다. 블룸도 오토바이를 타고 그와 함께 느낌을 공유하기를. 블룸은 한사코 싫다고 했다. 지금 블룸은 그 기분을 느낄 수 있었다. 마르크가 느꼈던 것. 그것은 마치 빠져 나올 수 없는 덫과도 같은 느낌이었다. 그 밖에 중요한 건 아무것도 없었다. 지금 여기에는 그녀밖에 없었다. 블룸.

블룸은 한 시간 동안 오토바이를 탔다. 아무도 블룸을 멈추게 하는 사람은 없었다. 경찰도, 감시카메라도 없었다. 블룸은 한 시간 동안 오토바이에 자신의 생명을 걸었다. 그녀는 머리가 가드레일에 부딪히는 상상을 했다. 마주 오는 자동차의 전면 유리에 머리가 부딪히는 상상을 했다. 블룸은 오토바이를 타면서 자신의 종말을 상상했다. 세상은 제대로 돌아간다. 칼이 있고, 아이들은 자러 갔고, 레자는 장의차에서 시체를 꺼낸다.

"고마워, 레자."
"그런 말 하지 않아도 돼요."
"아냐, 레자. 고마워. 네가 없었으면 여기의 모든 게 돌아가지 않았을 텐데."
"됐어요."
"그건 누구야?"
"요양원에 있던 부인이에요. 우리는 이 분을 부엌을 통해 옮겨야 했어요."

"왜 부엌으로 나와야 했어?"
"누군가 죽었다는 걸 다른 입원자들이 모르게 해야 했어요."
"입원자?"
"요양원 사람들이요."
"세상에, 근데 왜 하필이면 부엌이야?"
"요양원 입원자들이 그들도 곧 죽을 수 있다는 것을 생각하게 하고 싶지 않대요."
"우리야 입원자들 뜻에 따라야지."
"그러게요."
"가족들은?"
"내일 온대요. 고인을 다시 한 번 보고 싶다는군요."
"레자, 넌 최고야."
"무덤은 예약했고, 장례식도 준비되었어요."
"내 도움이 필요하면 언제든 연락해."
"모든 게 다 좋아요."
"정말이야?"
"아뇨."
"너는 말이 전혀 없어."
"네."
"너 요즘 어떠니?"
"마르크는 내 친구였어요."
"그래."
"양초가 없는 케이크 같아요."
"케이크?"

"마르크가 양초였죠."
"그래."
"마르크가 휙 꺼져버리고 말았어요."
"응. 마르크가 없으니 깜깜해."
"케이크에 더 이상 양초가 없어요."
"아버님은 오늘 우리가 헤쳐 나갈 수 있을 거라고 말했어."
"아버님이 그랬어요? 잘되었네요. 정말 다행이에요."
"레자, 우린 견딜 수 있어. 다 같이."
"네."
"너, 아버님, 아이들, 그리고 나."
"네."
"좋아질 거야."
"언제요?"
"곧, 레자, 곧."

블룸은 위층으로 올라간다. 그녀는 잠시 마음속에서 긍정적인 무언가가, 희망 같은 것이 생겨나는 느낌마저 든다. 그것은 도취와도 같았다. 그 느낌, 오토바이. 블룸은 죽지 않고 살았다. 그녀는 마르크가 느낀 것을 같이 느꼈다. 자신의 운명을 시험해보았다. 알고 싶었다. 살아야 하는지. 죽어야 하는지. 블룸은 살기로 결심했다. 아이들을 위해, 모두를 위해, 그런 생각이 떠올랐다. 둔야를 위해서도. 둔야를 찾아야겠다. 무슨 일이 있었는지, 그 여자가 무엇을 그토록 두려워하는지 알아낼 것이다. 블룸은 알고자 한다. 그것이 중요한 일이라는 느낌이 들었다. 모든 것이 사실이라는 느낌이 들었다. 마르크는 망상이 아니라고 확신했고, 그러므로 블룸도 그렇게 생각할 것이다. 마르크는 그 여자를 도우려 했다. 그러므로 블룸도 그녀를 도울 것이다. 블룸은 다른 선택이 없었다. 마음속에서 들려오는 소리를 들었다. 아무 일도 없었던 것처럼, 아무것도 모르는 것처럼 행동할 수는 없다. 블룸은 우연히 일을 알아버린 사람이 되었다. 플레이 버튼을 눌렀기 때문에 블룸은 이제 자세히 살펴보아야 한다. 달리 어쩔 수 없다. 블룸은 모든 대화를 다시 들어볼 것이다. 그전에 블룸은 잠시 아이들에게 가서 옆에 누워 있다가 아이들에게 키스를 하고 마르크의 작업실로 들어간다.

블룸은 마르크의 의자에 앉아 있다. 그녀의 손에 있는 핸드폰, 이 믿을 수 없는 이야기. 세 사람의 납치, 강간, 감금. 수 년 내내 이어진 공포. 모든 일은 참으로 단순하게 시작되었다. 장차 새로운 인생이 펼쳐질 것이었다. 산속에 있는 직장, 가난한 나라로부터의 탈출. 둔야는 호객꾼과 함께 오스트리아로 왔다. 그녀의 고향인 몰도바를 영원히 떠나려 했다. 고향에서는 전혀 희망이 없었다. 전공도 쓸모가 없었다. 통역사라는 직업을 구할 수 없었다. 둔야에게는 미래가 없었다. 그녀가 유일하게 할 수 있는 일은 독일어를 구사하는 것이었다. 그런데 오스트리아나 독일로 가라는 제안이 들어왔다. 사람들은 둔야에게 행복, 훌륭한 호텔에서의 직업을 약속했다. 처음에는 호텔 청소부 일이지만 나중에는 프런트 일도 할 수 있다고 했다. 받는 월급도 많아서 모든 게 완벽해 보였다. 둔야는 입국하는 데 문제가 없었고 사람들이 약속했던 모든 것이 이루어졌다. 둔야가 저축한 돈은 높은 이자가 붙었다.

쉴덴이 둔야의 새 고향이었다. 디자인 호텔 안넨호프는 동화 속에 나오는 호텔 같았다. 직원들에게는 사택이 주어졌고 식사도 좋았다. 둔야가 고용보험에 가입되지 않았다는 것, 그녀가 공식적으로는 이 나라에 존재하지 않는다는 것, 그로 인해 호텔업자의 많은 돈이 절약되었다는 부분은 아무 상관이 없었다. 둔야는 만족했다. 모든 게 그대로만 계속되기를 바랐다. 그녀는 새로운 인생을 설계하고 심지어 애인도 사귀었다. 다른 불법 체류자 동료들은 호텔의 숨은 요정들이었다. 그들은 숨어서 부지런히 일했다. 부엌에서, 빨래터에서, 객실에서. 아무도 그들의 얼굴을 보지 못했고 외출은 금지였다. 마을 주민들과의 접촉도 금지였다. 호텔업자는 문제를 일으키고 싶지 않았다. 둔야는 금지 사항을 지켰다. 산책은 새벽이나 늦은 밤에 했다. 모두가 잠들었을 때 밖으로 나가 산의 공기를 들이마셨다. 둔야는 그것을 즐겼다. 돈만 충분히 모이면 독일로 갈 생각이었다. 대도시로, 어쩌면 베를린으로, 함부르크로. 둔야는 체류 허가를 얻어 합법적으로 살고 싶었다. 둔야는 잠시 동안 믿었다. 세상은 좋은 것이라고, 몰도바 밖에는 또 다른 무언가가, 더 나은 것이 있을 것이라고. 아주 잠시, 몇 달 간은 해를 입지 않았다.

둔야가 오스트리아로 온 지 거의 5년이 되었다. 마르크는 모든 것을 처음부터 알고 싶어 했다. 둔야가 하나도 빠뜨리지 않기를 원했다. 둔야에게 모든 것을 이야기해달라고 청했다. 마르크가 신뢰감을 준 후부터 둔야는 수월하게 이야기했다. 마르크는 하나도 놓치지 않으려 했다. 모든 것이 앞뒤가 들어맞도록 확인하려 했다. 주의 깊게 들으며 중간 중간 질문을 했다. 그는 점점 더 둔야의 두려움을 가시게 만들었다. 그녀에게 아무 일도 일어나지 않는다는, 안전하다는 확신을 주었다. 그녀에게 약속했다. 그러자 둔야는 소형 버스에서 시작된 이야기를 꺼냈다. 그녀는 아홉 번째로 적재면 밑에 처넣어졌고, 그곳에서 웅크리고 앉아 하루하고 반나절 동안 먹지도 마시지도 못한 채 어디론가 실려 갔다. 티롤에 도착했을 때 비로소 햇빛을 볼 수 있었다. 마르크는 호객꾼이라는 사람이 어떻게 호텔과 접촉하게 되었는지, 누가 그녀를 받아들였는지, 다른 여덟 명의 사람들은 어디에서 왔는지 알아내려 했다. 마르크는 조심스럽게 파고들었다. 둔야를 겁먹지 않게 할 생각이었다. 신중하게 면담을 진행했다. 그는 단서를 찾으려 했다. 어디선가부터 남자들의 추적을 시작해야 했다. 둔야가 이야기하는 무언가가 도움이 되어야 했다. 모든 게 너무 불확실했고, 둔야는 많은 질문에 대답을 하지 못했다. 많은 부분을 더 이상 기억하지 못했다. 5년 전에 일어났던 모든 일이 너무도 먼 과거였다. 그 사이에 숱한 고통과 괴로움이 가로 놓여 있었고 또한 너무도 많은 마취제가 있었다. 구체적인 장소를 이끌어낼 단서도 전혀 없고 사건에 대해 이야기할 수 있는 사람들이 아무도 없었다. 마르크는 무척 노력했지만 둔야는 마르크가 원하는 만큼 도움이 되지 못했다. 둔야는 차 안에서 그의 옆에 앉아 있었다. 마르크가 집요하게 파고들었다.

"둔야, 제발. 기억을 해내야 해."
"나는 그때 드디어 행복을 찾았다고 생각했어."
"둔야, 모든 게 너무 유감스러워."
"우리 부모님이 거의 굶어죽다시피 한 덕에 내가 대학 공부를 할 수 있었어. 부모님은 내가 당신들보다 잘살기를 바라셨어."
"아직 당신의 삶은 끝나지 않았어."
"끝났어. 더는 할 수 있는 게 없어. 더 이상은 되돌릴 수 없어."
"부모님은 아직 살아 계셔?"
"모르겠어. 나중에 부모님을 이리로 모시고 오려고 했어. 나는 그럴 수 있다고 생각했어. 부모님에게 약속했었지."
"둔야, 우리가 그 남자들을 찾아야 해. 그들은 저지른 짓에 대해 응당한 처벌을 받아야 해. 그리고 당신은 새 삶을 얻을 거야. 내가 마련해줄게. 그리고 부모님도 다시 만날 수 있어."
"왜 그런 말을 해?"

"내가 믿으니까."

"믿는 걸로는 충분치 않아. 나에게 어떤 희망도 심어주지 마."

"아니, 당신에게 희망을 심어줄 거야. 그럴 거야. 앞으로는 좋아지기만 할 거야. 둔야. 하지만 당신이 나에게 모든 것을 이야기해야 해. 알고 있는 모든 것을. 호텔에서 뭔가 이상한 점이 있었는지, 일이 시작되기 전날 밤에 어떤 낌새가 있었는지. 내가 구체적인 정황을 얻기 전까지는 사건을 공식적으로 조사할 수 없어. 지금까지 내가 하는 일은 여가시간을 내서 하는 거야. 공식적으로는 당신은 세상에 존재하지 않아. 그러니까 둔야, 얘기해봐. 뭔가 단서가 필요해."

"우리는 그날 밤 카드놀이를 하고 있었어. 이레나와 나. 평상시와 다름없었어. 하루 일은 다 마쳤고, 사택은 무척 좋았어. 심지어 작은 수영장도 있었으니까. 호텔업자는 우리 종업원들이 잘 지내는 걸 중요하게 생각했어."

"호텔업자는 어땠지?"

"좋았어."

"요하네스 쉰보른?"

"응."

"그는 현재 정치인이 되었어. 호텔은 더 이상 그의 소유가 아니야. 4년 전에 팔았어."

"그러면 왜 우리가 호텔을 찾아가야 해?"

"호텔에 가서 당신이 모든 걸 다시 기억하라고."

"아무 생각도 나지 않아. 대체 몇 번째 묻는 거지? 나는 잠이 들었고 깨어나 보니 지하실에 있었어. 호텔에서 잠들었는데 깨고 나니 호텔이 아니었어. 이레나와 요운의 경우도 똑같았어."

"다른 두 사람 말이군."

"응. 이레나는 나와 같은 버스를 탔어."

"몰도바에서 온 버스 말이지."

"맞아."

"이레나는 지금 어디에 있지?"

"죽었어."

"죽어?"

"피를 너무 많이 흘려서."

"왜? 무슨 일이 있었는데?"

"이레나는 아기를 낳았어. 그때 우리밖에 없었어. 나와 요운. 우리가 이레나를 도우려 했지만 피가 멈추질 않았어."

"지하실에서."

"이레나는 내 품에 안겨 죽었어. 요운이 아기를 안고 있었고."

"둔야?"

"응."

"그게 사실이야?"

"응."

"모두 사실인지 내게 정확하게 말해야 해."

"대체 몇 번을 더 이야기해야 해?"

"당신 이야기는, 친구가 아기를 낳았는데 당신의 품에서 죽었다고 했어. 당신들 모두가 감금된 어딘지 모를 지하실에서."

"응."

"나는 당신 말을 믿어. 하지만 그 말이 어떻게 들리는지 알아?"

"무엇 때문에 내가 이야기를 꾸며내겠어? 대체 왜?"
"아기는 어떻게 되었지?"
"그들이 데리고 갔어."
"어디로?"
"내가 그걸 어떻게 알아?"
"그러면 이레나는?"
"남자들은 막 욕설을 퍼부으며 소리를 질러댔어. 다들 머리끝까지 화가 나서 제정신이 아니었어. 사방이 온통 피범벅이라는 것, 이레아가 죽었다는 건 안중에도 없었지. 사냥꾼이 와서 우리에게 마취제를 놓고 불을 껐어. 이레나는 어떻게 되었는지 몰라."
"사냥꾼이라고?"
"몇 번이나 더 말해야 해? 난 당신들에게 모든 얘길 다 했어."
"알아. 조서를 읽어봤어. 하지만 당신에게 직접 이야기를 듣고 싶은 거야. 제발 다시 한 번. 나를 위해서. 둔야, 이건 중요한 이야기야."
"사냥꾼은 항상 우리에게 마취용 화살을 쏘았어. 우리를 사냥했지. 우리는 지하실 안에서 도망치고, 사냥꾼은 활을 쐈어. 동물을 상대로 하는 것처럼. 그게 사냥꾼의 취미였어."
"요운은 어떻게 되었지?"
"몰라. 그때 여전히 지하실에 있었어. 아마 요운도 죽었을 거야. 모르겠어."
"왜 요운과 같이 나오지 않았어?"
"요운은 마취제에서 아직 깨어나지 않았어. 요운을 깨어나라고 흔들어서 데리고 나오려 했지만 너무 무거웠어. 나는 기다릴 시간이 없었어. 문이 열려 있으니 그 틈에 빨리 도망쳐야 했어. 알아? 난 요운과 같이 나오려 했어. 난 할 수 있는 모든 걸 했어. 그들이 문을 잠그지 않아서 그냥 열려 있었어. 무조건 밖으로 나가야 했어. 빨리 도망쳐야 했어."

"그때 무엇을 보았지?"

"아무것도 못 봤어."

"당신이 도로에 나왔을 때 본 건 무엇이었어? 누군가와 마주쳤거나, 기억에 떠오르는 어떤 건물이 있었거나, 당신에게 누군가 말을 걸었거나. 당신은 도와달라고 소리쳤었나? 당신은 그때 무슨 행동을 했어? 제발 기억해내."

"냅다 달리기만 했어."

"어디로?"

"도망쳤어. 계속."

"하지만 어디엔가는 있었을 거 아니야. 당신이 본 도로 표지판, 특이하게 생긴 산, 가게, 공장, 당신이 기억할 수 있는 뭔가가."

"얘기했잖아. 계속 달리기만 했다고. 달아나고 싶었어. 내가 어디에 있었는지 모르겠어. 어느 순간 내가 트럭에 앉아 있었어."

"차를 세워서 타려고 했어?"

"모르겠어."

"둔야, 어디였지? 거기가? 우리는 요운을 찾아야 해. 뭐든 기억해 봐. 표지판, 거리에 있는 광고, 뭐든지 말해봐. 당신이 어디에 있었는지, 그 빌어먹을 지하실이 어디에 있었는지."

"몰라."

"사람들이 많이 있었나? 지방이었어?"

"지독한 냄새가 나는 트럭 운전수만 있었어."
"그가 당신을 도와주려 했어?"
"아니. 운전수가 그냥 재미 좀 보려고 한다고 말했어. 그건 기억이 나."
"운전수는 당신에게 도움이 필요하다는 걸 몰랐어?"
"모르겠어."
"당신의 상태가 좀 이상하다는 것을 운전수도 봤을 텐데."
"그래서 그가 나를 차 밖으로 밀어냈어."
"운전수의 모습은 어땠어?"
"기억이 안 나."
"차 종류는?"
"몰라."
"뭐라도 제발, 둔야."
"전혀 없어. 그냥 남자가 음탕한 농담을 했어. 난 그때 정신이 몽롱했어. 난 바깥세상에 전혀 제대로 서 있지 못하고 항상 넘어졌지. 거긴 그냥 도로였을 뿐이야. 운전수는 막 웃었어. 내가 도망쳐 나온 거잖아. 5년 후 지하실에서. 5년이라고. 무슨 말인지 알겠지. 그러더니 또 한 남자의 손이 내 허벅지를 더듬었어. 그 운전수. 나는 소리를 질렀어. 그냥 마구 소리를 지를 수밖에 없었어. 그랬더니 운전수가 문을 열었어. 나를 밖으로 내동댕이쳤지. 간단하게."
"내 동료들이 당신을 발견한 휴게소에서 그랬어?"
"몰라."
"내 동료들이 휴게소에서 당신을 발견하고 데리고 왔어."

"그래, 어쩌면."

"내가 어디서부터 지하실을 찾아야 할지 제발 알았으면 좋겠다. 둔야."

"아주 기분이 좋았어."

"뭐라고?"

"드디어 혼자 있다는 것, 그냥 누워 있다는 것. 아스팔트 위에, 뭐 거지 같은 주차장 어디에. 나는 다시 자유였어. 거긴 그들이 없었어. 아무도. 오직 나만. 내 말 알겠어. 거긴 나만 있었다고."

11장

우마가 먹지 않으려 한다. 넬라는 부엌 바닥을 어지럽히고, 물을 쏟고, 국수를 내던진다. 때는 점심, 블룸은 아이들을 지켜본다. 블룸은 두 가지를 알고 있다. 첫째, 아이들을 보살펴야 한다는 것. 아이들을 사랑하고 블룸 자신이 갖지 못했던 모든 것을 아이들에게 주어야 한다는 것. 둘째, 둔야를 찾아야 한다는 것. 핸드폰에 있는 여자. 마르크가 죽기 전에 아주 자주 만났던 여자. 블룸은 두 눈으로 볼 것이다. 마르크가 옳았는지 직접 볼 것이다. 마르크가 본 것을 볼 것이다.

두 사람은 두 번째 만났을 때부터 벌써 말을 놓았다. 마르크

가 그녀를 데리러 간 것 같았다. 장소는 아마 찻집인 것 같고, 둔야는 그곳에서 식사를 했다. 두 사람은 호텔로 가서 계속 대화를 나누었다. 마르크가 집요하게 물었지만 얻은 것은 없었다. 남자들이 어떻게 둔야를 자고 있던 침대에서 데리고 나왔는지에 대한 단서가 나오지 않았다. 둔야는 아무것도 알지 못했다. 누군가 마음만 먹으면 호텔 사택에 들어갈 수 있는 가능성은 얼마든지 있었다. 사실 어떤 여행객이라도 아무런 제지를 받지 않고 호텔 직원의 방에 들어갈 수 있었을 것이다. 현관문은 늘 열려 있었고, 무슨 일이 일어나리라고는 아무도 생각지 않았다. 바로 그 때문에라도 사건은 너무도 믿을 수 없고 비현실적으로 들렸다. 누군가가 둔야를 의식을 잃게 만들고 사택에서 끌고 나왔다는 것. 세 명의 성인이 아무도 모르게 한 호텔에서 납치당했다는 것. 5년 전. 한밤중에 쇨덴 지방에서. 겨울 관광지 호텔에서. 여행철이다. 스키 활주로와 가게는 사람들로 북적이고 호텔들은 서로 경쟁한다. 티롤 지방의 매력을 최대한 판다. 통나무집에서 캐비어와 샴페인을 내놓고, 바에서는 스키를 탄 후 뒤풀이로 술을 마신다. 편안하게 마음껏. 블룸은 그곳을 안다. 마르크와 함께 쇨덴에 스키를 타러 간 적이 있었다. 두 사람은 테킬라를 취하도록 마시고 아무 뜻 없는 노래에 맞춰 춤을 추었다. 쇨덴 지역은 티롤의 다른 지방과 마찬가지로 관광지. 그곳에서 납치할 생각을 하는 사람이 있다는 것은 누가 들어도 의심스러운 이야기였다. 그러나 마르크는 의심하지 않았다. 블룸도 의심하지 않았다.

블룸은 왜 마르크의 일에 끼어드는가? 왜 그 일에 관심이 가는가? 그녀는 달리 어쩔 수가 없다. 뭔가 마음속에서 몰아대는 게 있다. 블룸은 추적해야 한다. 두 손 놓고 가만히 앉아 아무것도 모른다는 듯 있을 수는 없다. 밖에 두려움에 떠는 여자가 있다. 납치당해 5년 동안 감금당한 여자. 강간당한 여자. 폭행당한 여자. 블룸은 녹음기에서 들은 내용을 추호도 의심할 수 없다. 이제 그 일이 사실이었는지 알아내는 것이 블룸의 숙제가 되었다. 혹시 마르크가 끔찍하고 거대한 사건임을 예감한 건 아니었을까. 무엇 때문에 내가 이야기를 꾸며내겠어? 둔야는 말했다. 블룸은 알아내고 싶다. 그리고 우마가 이제는 국수를 먹기를, 넬라가 토마토를 얼굴에 문대는 짓을 그만두기를 바란다. 블룸은 자신이 들은 이야기를 더 이상 생각하지 싶지 않다. 이레나가 임신했다는 것. 그녀가 비명을 질렀다는 것을.

이레나, 요운, 둔야. 그리고 자신들이 즐길 목적과 그들에게 고통을 줄 목적으로 항상 찾아왔던 다섯 남자. 블룸은 그 일에 대해 더 이상 생각하지 싫다. 순진무구한 아이들이 웃으면서 앞에 앉아 있는 동안은 몇 초라도. 그 대화, 녹음, 마르크의 질문과 둔야의 대답에 대해. 블룸은 단 몇 초도 생각하고 싶지 않다. 하지만 그렇게 되지 않는다. 생각이 하염없이 맴돈다. 생각은 사라지지 않는다. 블룸은 그 생각밖에 할 수 없다. 그 외에 다른 생각은 없다. 아주 긴 이야기다. 쉴덴에서부터 이탈리아 국경 근처에 있는 고속도로 휴게소까지. 일어났던 모든 일이 떠나지 않는다. 끊임없이 맴돈다. 그 이야기는 하루 종일, 밤, 그리고 다음 날에도 계속해서 머리에 맴돈다. 둔야.

12장

블룸은 더 이상 고통을 느끼지 않는다. 3주 내내 마음을 갉아먹던 그 느낌, 죽을 만큼 짓누르던 마르크에 대한 그리움, 그 느낌은 더 이상 없고, 둔야에 대한 생각만 있다. 그리고 마르크. 왠지 모르게 마르크가 다시 살아난 것만 같다. 블룸은 마르크와 무언가를 공유한다. 블룸은 전혀 모르던 것을 발견했다. 마르크가 숨기려고 했던 일. 마르크, 블룸의 남편. 아이들의 아버지. 마르크는 계속 살아 있다. 블룸이 시내를 돌며 찾아다니는 사이에 들었던 대화 속에서. 둔야. 낯선 여인, 얼굴 없는 여자. 블룸은 그녀의 목소리만 안다. 둔야가 어떻게 생겼는지 알지 못한다. 몰도바 출신이라는 것만 안다. 그녀가 독일어를 유창하게 하고, 길거리에서 노숙자로 지내는데 그곳이 고속도로 근처라는 것만 안다. 둔야. 성이 없는 여자, 그녀가 갑자기 모든 것을 변화시켰다. 블룸의 일상은 더 이상 며칠 전과 같지 않다. 모든 것이 흔들린다. 모든 것이 변한다.

아무에게도 말하지 않는다. 블룸은 아직 말하지 않기로 결심했다. 우선 둔야와 이야기를 할 것이다. 그런 후에 칼이나 마시모에게 도움을 청할 것이다. 이야기가 사실이라면. 블룸이 실제로 둔야를 찾아낸다면. 인스부르크는 큰 도시는 아니지만 사람이 숨으려고 마음먹으면 찾기 힘들어진다. 블룸은 둔야를 찾는 데 오래 걸릴 것 같은 생각이 든다. 찻집에서 일하는 사람들과 제르비텐클로스터 수도원 내 식당에 있는 사람들은 도움이 되지 않는다. 아무도 둔야라는 이름을 알지 못한다. 둔야라는 이름은 아무 소용이 없다. 블룸과 이야기를 나눈 거리의 떠돌이들도 둔야에 대해 전혀 알지 못한다. 노숙자들에게 돈을 주어도 둔야를 찾는 데 도움이 되지 않는다. 둔야의 흔적은 전혀 없다. 블룸에게는 도시 내에서 둔야를 찾는 것 외에 달리 남은 게 없다. 공원, 다리 밑 빈터, 고속도로 아래. 블룸은 몇 시간이고 차를 몰고 돌아다니고, 몇 시간째 걸어 다니고, 도움이 될 만한 사람들에게 말을 건다. 하지만 아무 소득이 없다. 둔야는 없다. 독일어를 유창하게 하는 몰도바 출신의 여자는 존재하지 않는다. 둔야에 대한 흔적이 없다. 사흘 내내 아무것도.

그러다 갑자기 둔야가 나타난다. 허름한 옷을 입은 날씬한 여자. 블룸에게는 수많은 여자들 중에 한 여자일 뿐이다. 둔야는 노숙자로 보기에는 너무도 아름답고 너무도 환한 광채를 발산한다. 블룸과 둔야. 두 사람은 슈퍼마켓에 있다. 둔야는 재활용 병을 담은 주머니를 들고 있다. 빈 병을 반납하고 돈을 받으려는데 자동지급기가 고장이 났다. 판매원이 와서 둔야의 병을 받아 상자 속에 정리해 넣고 쪽지를 적어준다. 아직은 모든 상황이 조금도 변하지 않은 상태다. 계속 찾아다니던 블룸이 결국 포기하려던 순간이었다. 블룸은 도시의 모든 구석을 뒤지고, 사람이 들어갈 수 있는 구멍도 전부 찾아보았다. 둔야는 없었다. 둔야는 사라졌다. 지금 그녀가 블룸 옆에 서 있다.

둔야는 판매원이 주는 쪽지를 받아들고, 블룸은 선반에서 꺼낸 쌀국수를 카트에 넣고 계속 걷는다. 블룸은 둔야가 고개를 저으며 입을 여는 것을 보지 못한다. 다만 외국 여자가 판매원에게 다시 한 번 계산해달라는 소리만 듣는다. 외국 여자는 50센트가 모자란다고 말한다. 판매원은 계속해서 하던 일만 하려 한다. 다시 계산하기 싫은 판매원은 계산이 틀림없다고 확신한다. 하지만 50센트를 세어보라고 요구하는 귀에 익은 목소리가 그치지 않는다. 블룸은 돌아본다. 판매원은 단돈 50센트 가지고 야단 떨고 싶은 생각이 없다고 말한다. 하지만 둔야는 고집한다. 공손하게 50센트를 달라고 한다. 크고 단호한 목소리로 쪽지에 쓴 금액을 고쳐달라고 판매원에게 요구한다. 블룸이 사흘 동안 찾아다니던 목소리가 크고 또렷하게 들려온다.

둔야의 얼굴, 몸매, 눈동자. 블룸은 둔야를 쳐다본다. 블룸은 둔야를 다른 모습으로 상상했다. 상처받은 여자, 다친 여자. 블룸이 들은 모든 내용에 따르면 이 여자는 밑바닥까지 파괴되었어야 하고 더 이상 남은 것이 없어야 했다. 그녀의 얼굴에서 드러나는 아름다움과 희망의 불꽃은 존재하지 않아야 했다. 하지만 둔야의 얼굴은 일어났던 일을 한 점도 드러내지 않는다. 블룸은 정말 둔야의 목소리인지 잠시 의심이 든다. 아주 잠시. 하지만 블룸은 그녀, 둔야가 맞다고 확신한다. 의심할 여지가 없다. 블룸은 그녀의 뒤를 따라간다. 둔야가 슈퍼마켓에 들어와 곧장 계산대로 가서 계산원에게 쪽지를 건네고 돈을 받아 나간다. 블룸은 뒤따라간다. 카트는 세워 두었다. 그녀를 놓쳐서는 안 된다. 반드시 그녀와 이야기를 해야 한다. 그녀를 따라간다.

블룸은 즉시 뒤따른다. 생각할 시간이 없다. 둔야는 빠르게 걷는다. 블룸은 주차장을 가로질러 인 강가로 달린다. 둔야는 빠른 걸음으로 산책길을 쭉 따라 걸어가고, 블룸은 그녀를 바짝 따라간다. 지금은 모든 것을 실수 없이 해야 한다. 블룸은 둔야에게 말을 걸 것이다. 그보다 더 좋은 장소는 없을 것이다. 사람들이 거의 없는 곳이다. 블룸은 잠시 숨을 들이쉬고 침착하게 생각한다. 모든 게 너무도 빨리 진행된다. 블룸이 막 포기하려던 바로 그 순간, 목표물을 찾았다. 보행자 전용 다리에서 둔야에게 말을 걸 것이다. 마음속에 문득 떠오른 이미지를 버릴 시간은 아직 있다. 순간 타인에 대한 질투심이 솟아오른다. 온몸으로 느껴진다. 블룸의 마음이 다시 비명을 지른다. 고통이 다시 찾아온다. 모든 것이 고통스럽다. 마르크가 다른 여자와 같이 있었다는 상상. 어쩌면 마르크는 그 여자를 사랑했는지도 모른다. 마르크와 둔야. 두 사람은 나란히 산책길을 걸었을 것이다. 두 사람은 친밀하게 벤치에 앉아 서로 이야기를 나누었다. 둔야는 마르크에게 마음을 열고, 그에게 모든 것을 맡기고, 가장 깊은 마음을 그에게 열어 보여주었다. 둔야는 마르크에게 나체로 있었다. 블룸은 상상한다. 마르크가 그녀를 품에 안는 광경. 아름다운 낯선 여자를. 마르크의 태도. 그의 선량함, 약한 자를 구원하려는 충동. 블룸이 걸음을 옮길 때마다 머릿속에 그려지는 광경들로 고통스럽다. 블룸은 이 여자와 이야기할 생각이 없어진다. 그 자리를 떠나버리려 한다. 그냥 가버리면 된다. 블룸은 그 자리에 선다. 눈을 감는다.

더 이상 보지 않기, 더 이상 느끼지 않기. 블룸은 자신이 이 삶

을, 모든 것을, 둔야를 해결할 수 있는지를 알고 싶지 않다. 왜 핸드폰을 그냥 버리지 못했을까? 왜 모든 이야기를 들어야 했을까? 왜 둔야는 이토록 아름다운가? 왜 블룸은 둔야와 쉽게 이야기를 하지 못하고, 모든 것을 꺼버리지 못할까? 왜 마르크가 속였다는 두려움이 일어날까? 왜? 무엇을 언제, 마르크가 둔야를 애무했을까? 마르크는 그녀에게 키스를 했다. 절망 속에 사로잡혀 있는 그녀는 자신을 쓰다듬는 마르크의 손을 가졌다. 둔야가 만일 그대로 응했다면, 모든 것을 받아들였다면 어떻게 되었을까. 마르크가 그녀에게 준 모든 것을. 블룸이 8년 전에 했던 것처럼. 둔야는 끔찍한 일을 당했다. 때문에 마르크의 목소리에는 동정심보다 더 많은 것이 깃들어 있었다. 훨씬 더 많은 것이. 그리고 그것에 블룸은 두려움이 인다. 블룸은 눈을 뜨고 멀리 쳐다본다. 둔야에게 달려가 사실을 알아내는 것이 두렵다. 어마어마한 두려움. 그럼에도 불구하고 블룸은 한다. 눈을 크게 뜨고 달려간다. 둔야. 블룸이 외친다.

"잠깐 서보세요. 둔야, 제발, 당신과 얘기 좀 하려고요."
"왜 그러세요? 내 이름은 어떻게 알죠?"
"마르크에게서요."
"가세요."
"나는 마르크의 아내예요."
"어서 가세요."

"잠깐 기다려요. 우리 이야기 좀 해요. 잠깐이면 돼요. 제발."
"난 할 말 다 했어요."
"알아요."
"당신은 아무것도 몰라요."
"전부 다 알아요. 모든 걸 다 들었어요."
"개자식."
"왜 그런 말을 해요?"
"그래서 당신들은 재미있었어? 들으니까 좋았어? 들으면서 팝콘이라도 먹었어? 무척 좋았어?"
"아뇨."
"그가 아무도 들을 사람이 없다고 말했는데."
"그는 아무도 속이지 않았어요."
"하지만 지금 당신이 여기 있잖아, 안 그래?"
"그건 우연이었어요. 난 그의 핸드폰에 저장된 데이터를 지우려 했을 뿐이에요. 그러다 그 대화를 발견했어요. 당신들의 만남."
"난 당신이 당장 내 앞에서 사라지고, 나를 더 이상 절대로 성가시게 굴지 않길 바라."
"내 이름은 블룸이에요."
"그리고 내 이름은 둔야지. 그러니까 이제 꺼져."
"마르크는 모든 걸 무척 진지하게 받아들였어요. 당신에게 일어났던 모든 일을."
"난 당신이 내 이야기를 아는 걸 원치 않아."
"이젠 너무 늦었어요."
"가라니까."

"마르크는 당신을 믿었어요. 그리고 당신을 좋아했고요. 그건 녹음을 들어보면 알아요."
"그는 도움이 되지 않았어."
"그는 당신을 위해 할 수 있는 일이라면 무슨 일이든지 했을 거예요. 둔야. 확실해요."
"그렇지. 처음에 그는 내게서 레몬을 짜내듯 모든 것을 짜냈어. 그러더니 아주 간단하게 사라지더군. 그도 다른 사람들과 다를 바 없어."
"그는 달랐어요."
"그럼 왜 다시 나타나지 않지?"
"그도 당신에게 다시 나타나려 했어요. 내 말은 틀림없어요."
"그가 나에게 말했지. 자기가 모든 걸 알아서 한다고. 나를 도울 거라고. 왜 그는 모든 게 다시 좋아지는 데 힘을 기울이지 않지? 왜?"
"죽었으니까요."
"뭐라고?"
"4주 전에 죽었어요."
"어떻게?"
"사고였어요."
"아니야."
"맞아요. 매일, 매 순간. 그래요. 그는 죽었어요. 다시는 돌아오지 않아요. 결코 다시는. 우리는 홀로 남겨졌어요. 무슨 말인지 알겠어요?"
"어떻게 죽었다고? 무슨 일이었지?"

"차에 치였어요."

"그럼 운전수는? 운전수는 어떻게 되었어?"

"뺑소니. 아무 흔적도 없어요. 완전히 사라졌어요."

"그건 아니야."

"맞아요. 그는 즉사했어요."

"난 가야 해."

"우린 이야기를 해야 해요."

"아니. 당신은 나를 피하는 게 좋아. 내게서 멀리 떨어지는 게 좋다고."

"왜요?"

"나는 모든 게 다시 잘될 거라고 정말로 믿었어. 정말이야. 내가 바란 건 그게 아냐."

"뭐가요?"

"그가 죽는 것."

"그건 사고였어요."

"아니, 사고가 아니야."

13장

부엌 식탁. 블룸은 모두를 위해 요리를 했다. 레자, 칼, 아이들 그리고 둔야까지. 블룸은 여자를 그냥 데리고 왔다. 무턱대고 주차장으로 끌고 와서 차에 집어넣었다. 블룸은 반항을 허용하지 않았다. 둔야의 변명을 단호하게 무시했다. 블룸은 그녀를 시야에서 잃을 위험수를 두고 싶지 않았다. 블룸은 그것이 사고가 아니었다는 말이 무슨 뜻인지 알아야 했다. 마르크가 단순한 사고로 죽은 것이 아니라는 것. 블룸은 둔야에게 소리를 질렀다. 둔야가 알고 있는 게 무엇인지 알려달라고 애원했다. 하지만 둔야는 아무 말도 하지 않았다. 고개만 세차게 흔들며 계속 미안하다고만 했다. 둔야는 도망치려 했지만 블룸이 붙잡았다. 두 사람은 차에 나란히 앉아 집으로 왔다. 말없이, 두려워하며. 둔야는 더 이상 아무도 다치는 것을 원치 않았다. 정말 미안해. 둔야가 말했다.

둔야. 젊은 노숙자 여인. 정원, 호화주택, 둔야는 자신이 장의사 건물에 온 것에 놀라는 것 같았다. 둔야는 겁을 먹은 채 레자와 칼과 악수를 했고, 블룸의 옆에서 떨어지지 않으려 했다. 둔야는 부엌에서도 블룸에게 딱 붙은 채 불안해했고, 손님에게 친절한 식구들의 태도를 부담스러워했다. 아무도 그녀가 누군지 알지 못했다. 식구들은 누군지도 모르면서 그녀에게 미소를 지었다. 블룸과 칼. 칼은 와인 병을 따고, 둔야가 속삭이는 소리를 듣지 않았다. 둔야는 왜 블룸이 그랬는지, 왜 자기를 데리고 왔는지, 왜 그냥 모르는 척 눈을 감지 않았는지 알고 싶어 했다. 다른 사람들이 모르는 척하는 것처럼. 왜 그러지 않았어? 둔야가 물었다.

블룸은 속이 끓었지만 웃으려고 애썼다. 블룸은 둔야를 쳐다보기만 하고 침묵했다. 블룸은 진실을 원했다. 의심하고 싶지 않았다. 더 이상 한 순간도. 블룸은 마르크에게 무슨 일이 일어났는지 알고 싶었다. 둔야를 머물러 있게 하고 싶었다. 블룸은 말없이 끓는 물에 국수를 넣었다. 둔야는 블룸에게서 아무 말도 들을 수 없었다. 블룸의 생각을 전혀 알 수 없었다. 의혹, 분노, 혐오. 블룸은 소리 없이 진실을 찾아 외쳤다. 만일 네가 거짓말을 한다면 그 입을 다물어. 네가 진실을 말한 후에는 우리 집에서 사라져. 우리를 조용히 내버려두고 위험에 처하게 만들지 마. 나는 네가 기어이 입을 열게 할 거야. 둔야. 이제 입을 열어. 나는 무슨 일인지 알려고 해. 그런 다음에 너를 다시 바다 속으로 처넣을 거야. 둔야. 나는 그게 가능한 일인지 알고 싶을 뿐이야. 네가 한 이야기 말이야. 혹시 너 미친 거 아니야. 그 모든 게 결코 사실일 수 없으니까. 결코 누가 너를 해칠 수 없었을 테니까. 그런 범죄는 존재하지 않아. 둔야. 말해. 네가 마르크를 이용했을 뿐이라고, 네가 외로워서, 네 말을 들어줄 누군가가 필요해서, 너를 안아줄 누군가가 필요해서라고. 말해. 다 망상이라고. 어떤 사람도 그런 일을 견딜 수 없어. 나에게 말해, 전부 사실이 아니라고. 제발.

둔야. 블룸은 억지웃음을 지으며 둔야를 노려보았다. 고통스러운 억지웃음, 이 억지웃음이 마침내 여자의 입을 열게 만들 것이다. 국수를 삶으면서 지은 미소, 둘은 몇 분 동안 말없이 서로 시선만 교환했다. 블룸이 양파를 썰면서 보낸 시선이었다. 블룸은 울고, 소리 지르고, 일을 그냥 내버려두고 싶었다. 모든 것을 베어 내버리고 싶었다. 둔야. 하루, 삶을. 토마토를 잘게 썰면서 썩둑 베어내버리고 싶었다. 블룸은 다만 잠시 마치 모든 것이 좋다는 듯, 아무 일도 없었다는 듯 행동하려 했다. 그냥 미소를 짓기, 입가를 추켜올리지만 입술을 꼭 다물고 있어 마음속에서 무슨 일이 일어나는지 아무도 볼 수 없게 하기. 얼마나 속이 들끓어 오르며 온갖 생각이 덮쳐오는가. 상상만 해도 끔찍했기 때문이다. 블룸이 들었던 모든 것, 이 여자가 겪었던 모든 것이.

그리고 이제 이탈리아식 식사. 둔야는 커다란 가족 식탁에 예

전부터 늘 앉아 있었기라도 했던 것 같았다. 블룸은 사실 아무것도 하고 싶지 않았다. 그들은 마르크에 대한 이야기도, 장례 사업에 대한 이야기도 하지 않는다. 죽은 사람에 대한 이야기는 입에 올리지 않는다. 그저 날씨, 다가오는 가을, 정원, 며칠 후에 난방을 준비하려는 칼과 레자에 대한 이야기만 한다. 그리고 아이들에 대한 이야기. 우마와 넬라는 호기심을 가진다. 아이들은 낯선 여인을 알고 싶어 한다. 둔야에게 모든 것을 보여주며 흔쾌히 자신들의 방을 내놓았다. 아이들은 엄마의 새 친구, 아빠가 예전에 알던 여성, 둔야의 손을 잡고 집안을 여기 저기 돌아다녔다. 둔야가 말수가 적은 것에는 개의치 않는 것 같다. 다른 식구들도 개의치 않는다. 대식구가 식탁에 둘러앉아 저녁을 먹고 술을 마신다. 스파게티, 샐러드, 와인. 많은 와인. 블룸이 꼬마 괴물들을 침대에 데려다 놓은 후 두 사람은 와인 병을 새로 딴다. 거의 아름다운 저녁 시간이라 할 만하다. 마르크가 죽은 후 식구들이 다 같이 식탁에 모인 것은 처음이다. 칼과 레자도 예전처럼 마음을 푹 놓다시피 한 것 같다. 와인이 암흑을 잠시 바깥거리로 몰아냈다. 칼은 심지어 농담도 한다. 눈이 스르르 감기고 앉은 채로 잠이 들 때까지. 레자는 밤 인사를 하고 노인을 위로 데리고 올라간다.

 2분 전부터 이제 두 사람만 남았다. 식탁에 앉은 블룸과 둔야. 앞에는 와인이 가득 찬 두 개의 잔. 타인의 생활에서는 지금이 하루가 끝나는 때일지 모른다. 하지만 두 사람에게는 하루가 계속된다. 필요하다면 아직 몇 시간이 있다. 블룸은 참으로 많은 질문을 품고 있다. 그녀는 아주 많은 대답을 듣기 위해 소리친다. 둔야가 오전에 말한 모든 것이 방 안에 가득 찬다. 단 둘이 남은 때부터 블룸은 둔야가 두려워진다. 둔야의 말뜻에 대한 의문. 사고가 아니었다는 말. 살인이라고 했다. 둔야는 사고라는 말을 듣기 전에 이미 알았다고 했다. 로버 차가 우연히 나타난 것이 아님을. 둔야는 그것이 의도적으로 일어난 일이었고, 그들이 마르크를 죽이려고 했다고 확신하는 것 같다. 살해당했다. 블룸이 가장 사랑하던 사람이.

식탁에서 자정. 둔야가 다시 한 번 말한다. 그녀는 누군가가 마르크를 기다리고 있었다고 생각한다. 마르크가 오토바이를 타고 집 입구에서 나타나기를. 다섯 남자 중에 한 사람, 그중에 한 남자가 전속력으로 차를 몰아 마르크를 치었다고 생각한다. 마르크를 없애버렸다. 둔야는 안다. 직감적으로 우연이 아니었음을 안다. 그건 살인이었어. 둔야가 말한다. 블룸은 처음으로 생각한다. 사실일 수 있다는 것을. 더 많은 게 있을 수 있다는 것을. 훨씬 더 많은 것이.

"둔야, 제발."
"뭐?"
"네가 그토록 확신하는 이유는 뭐지?"
"내가 그 인간들을 잘 아니까. 그들은 눈에 띄는 걸 원치 않아.

외부로 드러나지 않으려고 무슨 일이든 다 해. 밖으로 드러나면 자기들이 저지른 일 때문에 평생 감옥살이를 면치 못할 테니까."
"넌 살인이라고 했어."
"그랬지."
"마르크는 누구에게도 나쁜 짓을 하지 않았어."
"그는 위험한 말벌 집을 건드린 거야. 우리가 마지막으로 만났을 때 마르크가 말했어. 아마 남자들 중에 한 사람을 찾아낸 것 같다고. 사진사를."
"그가 뭘 했다고?"
"더 이상은 몰라. 마르크는 그냥 내가 아무 걱정하지 않아도 된다고만 했어."
"말도 안 돼. 그 말은 녹음 내용에 없어. 그런 얘긴 없었어. 그럴 리 없어."
"정말이야."
"아니."
"마르크는 핸드폰을 껐어. 누가 듣는 걸 원치 않았거든. 아무도. 알겠어. 그게 마르크가 나에게 한 마지막 말이었어. 그리고는 갔지. 그는 다시 오지 않았고. 그래서 그를 미워했어."
"그런데 남자들은 다 가면을 쓰지 않았어? 모두가. 항상 그랬어? 너희들은 남자들을 5년 내내 한 번도 보지 못했잖아."
"못 봤어. 가면만 봤지. 우리는 그들의 얼굴을 본 적이 한 번도 없어."
"그런데 마르크가 어떻게 그가 누구인지 알아낼 수 있었지? 어떻게 사진사를 찾아낼 수 있었지? 어떻게?"

"몰라."

"티롤에는 수백 명의 사진사가 있어. 그리고 그가 티롤 출신이라고 말한 사람도 없어. 그 지하실이 어디에 있는지도 아무도 몰라. 넌 바이에른이나 이탈리아에 있었을 수도 있어. 둔야 너를 이탈리아 국경에서 겨우 5킬로미터 떨어진 곳에서 발견했으니까."

"미안해. 내가 말할 수 있는 건, 내가 마르크에게 했던 이야기뿐이야."

"넌 지금 나에게 다시 한 번 모든 걸 이야기해야 해."

"내 이야기가 마르크를 파괴했어. 그들은 너도 파괴할 거야."

"아니, 그렇지 않아."

"난 무서워."

"이야기해줘. 사진사에 대해 모든 걸, 아주 사소한 것들도 모두. 네 기억에 떠오르는 것 모두."

"넌 이미 모든 것을 들었잖아. 핸드폰으로. 핸드폰에 모든 이야기가 들어 있어."

"둔야, 제발."

"제발 그만해."

"둔야, 제발. 마르크를 위해서."

14장

블룸은 속도를 올려 날아간다. 다시. 그녀는 헬멧을 쓰고 가죽 재킷도 사 입었다. 블룸에게는 아이들이 있다. 블룸은 그 사실을 계속해서 되뇐다. 죽지 않으려고, 살기 위해, 우마와 넬라를 위해 조심해야 한다. 때문에 헬멧을 쓰고 가죽 재킷을 입었다. 그럼에도 불구하고 블룸은 속도를 낸다. 고속도로를 지나 외츠탈로 가는 다리를 지나 속도를 올린다. 위로 올라가는 수많은 커브길, 생각하기에 좋은 수많은 커브길, 혹시 대답을 찾게 될지도 모르는 마을에 도착하려면 20분 정도 남았다. 둔야가 이야기한 모든 것은 그곳에서 시작되었다. 이 호텔에서, 5년 전에, 호텔 사택에서. 누군가는 뭔가를 알고 있을 것이다. 누군가는 둔야를 그리워할 것이다. 블룸은 모든 사람들과 이야기하려 한다. 뭔가를 발견할 때까지 계속 추적할 것이다. 사진사라는 사람을 찾을 수 있는 일말의 이야기를 들을 때까지. 모든 것이 망상이 아니라는 무언가를 들을 때까지.

블룸은 제한 속도보다 두 배로 속력을 낸다. 티롤의 작은 마을 외츠를 통과한다. 도로가에서 고개를 절레절레 젓는 사람들을 무시한다. 번개같이 마을을 뒤로 하고 계속 달려야 한다. 쇨덴까지 가야 한다. 빨리. 마크르가 뭔가 발견했음을 블룸은 안다. 블룸은 둔야의 이야기가 사실임을 안다. 의심은 전혀 하지 않는다. 기둥에 걸려 있는 그리스도 십자가상을 지나고 굽이진 산길에 올라 쏜살같이 달린다. 블룸은 둔야에게 일어난 일이 모두 바로 앞에 있음을 예감한다. 상처받은 여자가 얼마나 두려워하는가. 둔야는 겁을 먹었다. 계속되는 공포, 더 이상 멈추지 않는 공포, 더 이상 다시 빠져나갈 수 없는 공포. 과거의 쓰레기를 파헤치는 사람들을 모두 죽여버리는 남자들에 대한 공포. 둔야는 그 사실을 무엇보다 잘 안다. 둔야가 겪은 일은 다른 결말을 허용하지 않는다. 둔야가 얼마나 많이 말했던가. 끔찍했다고. 세상에 그보다 더 끔찍한 일은 없을 것이라고. 공포의 잔혹 동화, 둔야를 주인공으로 삼았던 공포 영화, 블룸으로 하여금 보게 만든 공포 영화. 다섯 남자, 사진사에 대한 공포 영화. 둔야가 마크르와의 대화에서는 말하지 않은 세부, 둔야가 이야기하면서 끝내 울음을 터뜨리며 블룸의 품을 보호처로 삼아야 했던 끔찍한 일들. 블룸은 밤이 새도록 둔야의 공포를 잠재우려 애써야 했다. 둔야의 머리를 쓰다듬으며 이야기에 귀를 기울였다. 둔야의 목소리. 그녀의 상처. 도처에 존재하는 깊은 두려움. 그리고 블룸의 무릎에서 잠이 들 때까지 흘린 수없는 눈물. 둔야. 둔야는 잠들기 전에 고맙다고 했다. 고마워. 그런 후에 블룸은 이야기의 잔상들과 홀로 남아 있었다.

다섯 명의 남자. 사진사, 사제, 사냥꾼, 요리사, 어릿광대. 둔야는 다섯 남자 모두를 묘사했다. 남자들이 그들에게 행한 짓을 모두 기억하려고 애썼다. 둔야는 블룸을 도우려 했다. 블룸에게 사진사가 찍은 사진에 대해 전부 이야기했다. 사진사가 얼마나 열광적이었으며, 자신의 작업과 기획에 대해 이야기하는 데 얼마나 열정적이었는지를. 사진은 그를 유명하게 만들어줄 예술 작품이었다. 더없이 독특한 사진, 고통의 구성이었다. 사진사는 다른 이들에게 열광해서 이야기했다. 그는 자신을 찬양하고 끊임없이 사진 찍는 일에 신들려 있었다. 사제가 뒤에서 요운을 강간할 때의 요운의 얼굴. 요운의 비명. 벌어진 그의 입, 절망. 그리고 더 이상 아무것도 고통스러운 느낌이 없기에 텅 빈 이레나의 눈동자. 오직 텅 빈 공허만 있었다. 그들이 이레나를 얼마나 격하게 찔러대든, 얼마나 자주 박아대든 전혀 상관없었다. 어릿광대가 그녀를 얼마나 때리든, 그의 주먹이 이레나의 배를 얼마나 가격하든. 오직 텅 비고 마취된 눈만 있었다. 사진사는 그것에 미치도록 열광했다. 사진사는 텅 빈 시선을 찍은 사진이 얼마나 유일무이한 것인지를 한참 읊어댔다. 참으로 사실적이고 꾸미지 않은, 참으로 진솔한 표현이라고 했다. 사진사는 둔야를 탁자에 묶어놓고 강간했다. 사진사는 둔야의 사진을 찍었다. 둔야가 고개를 옆으로 돌리면 사진사는 얼굴을 때렸다.

"사진사가 너를 강간하면서 사진을 찍었어?"
"응."
"넌 나체였어?"
"사진사는 얼굴만 찍었어. 자기가 얼굴만 찍는다고 우쭐댔지. 그게 대단한 아이디어라고. 사진으로 크게 성공할 거라면서."
"얼굴만 찍어?"
"응. 우리가 옷을 벗고 있든 입고 있든 상관없이."
"포르노 사진이 아니야?"
"아니, 오직 고통만."
"개새끼."
"맞아."
"다른 사람들도 같이 덤볐어? 다른 사람들이 그러는 걸 좋다고 했어? 아무도 뭐라고 말리는 사람은 없었어?"
"아니, 다들 좋아했어. 그들이 우리에게 하는 짓을 기록해두는 것. 우리 얼굴을 볼 수 있게 만들어 놓는 것. 모든 것을."
"사진사는 몇 살이었어?"
"마흔 살이 안 되었어."
"그의 목소리는?"

"부드러웠어. 다정하고. 하지만 목소리만 그랬어. 나머지는 절대 그렇지 않아."

"사진사가 달리 한 말은?"

"수천 가지."

"뭐?"

"내가 죽는 모습을 찍겠다고 했어."

"그게 무슨 말이야?"

"말 그대로야."

"사진사가 널 죽이려 했어?"

"사진사가 말했어. 그는 내가 죽을 때까지 내 엉덩이에 대고 박을 거라고. 그러고 나서 사진을 찍을 거라고. 내 입술 사진. 사진사는 내 입술이 무척 아름답다고 했어. 그래서 내가 죽을 때 내 입술을 찍는댔어. 그가 나를 완전히 뻗을 때까지 박은 후에 사지가 더 이상 움직이지 않을 때. 모든 게 잠잠해지면. 사지가 더 이상 꼼짝도 하지 않으면."

"둔야, 넌 지금 우리 집에 있어."

"내게 남은 건 아무것도 없어."

"모든 게 너무 마음 아프다. 그나마 네가 도망칠 수 있어서, 지금 여기에 있다는 게 얼마나 다행인지."

"하지만 나 때문에 네가 지금 혼자가 되었잖아."

"그래도."

"마르크를 죽인 건 그 남자들이야. 둔야 네가 아니라."

"드디어 내 말을 믿는 거야?"

"그래. 둔야, 그리고 내가 너를 보살필게."

"난 무서워."

"나도 알아."

"나를 안아줄 수 있어?"

블룸은 둔야를 안아주었다. 그 순간 세상에서 둔야보다 더 블룸의 품을 필요로 하는 사람은 없었다. 둔야보다 더 기댈 곳이 없는 사람은 없었다. 그녀보다 더 많은 눈물을 흘린 사람은 없었다. 갑자기 블룸에게 자신의 슬픔을 위한 자리가 없어졌다. 둔야에 대한 슬픔밖에. 블룸의 품에 안긴 둔야, 갈기갈기 찢긴 둔야. 상처, 온통 상처였다. 둔야는 블룸의 부엌에서 비명을 질렀다. 온몸을 부들부들 떨고, 말 한마디마다 공포가 서려 있고, 매 생각마다 고통스러워했다. 블룸은 둔야를 힘껏 안았다. 둔야는 흐느꼈다. 그런 후에 그녀는 떨면서 잠이 들었다. 어젯밤. 블룸의 품에 안긴 낯선 여자.

오토바이를 탄 블룸. 그녀는 그를 찾아야 한다. 사진사를. 그는 마르크의 죽음에 책임이 있는 다섯 남자 중에 하나다. 사진사가 문을 여는 열쇠다. 마르크는 별러오던 일에 착수하고 그 일 때문에 죽었다. 사고는 우연이 아니라고 둔야가 말했다. 우연이 아니었다. 로버 차량, 누군가는 마르크의 죽음에 책임이 있다. 누군가가 살인 명령을 내렸다. 마르크는 죽을 수밖에 없었다. 마르크는 수천 번의 흔적을 남긴 남자, 사진기를 가진 남자를 찾아냈다. 남자는 사진을 찍었다. 그는 사진찍기를 즐겼다. 5년 동안 사진기로 잔혹의 순간들을 포착했다. 갇힌 사람들의 비명, 절망을 사진으로 영원히 남겼다. 어딘가에 범죄의 증거가 숨겨져 있다. 둔야가 갖고 있지 못한 증거가 어딘가에 숨겨져 있다. 아무도 둔야를 믿지 않았다. 오직 마르크만 믿었다. 이제는 블룸도 믿는다. 잔혹함이 블룸을 몰아댄다. 얼마나 빨리 달리든지 상관없이, 잔혹함이 따라온다.

시속 160킬로미터로 오르는 산길. 블룸은 두려움을 느끼지 않는다. 한순간도. 오직 분노뿐. 죽음에 대한 공포는 없다. 다섯 남자들에 대한 공포는 없다. 다만 혐오 그리고 그녀 아래의 도로, 바퀴, 그녀 앞으로 점점 다가오는 모든 것밖에 없다. 쇨덴. 그녀 뒤에는 마르크. 남자들이 둔야에게 한 짓, 폭력, 실신이 모두 있었다. 블룸은 남자들을 찾을 것이다. 블룸은 누가 로버 차량에 탔었는지 찾아낼 것이다. 추적을 포기하지 않을 것이다. 이를 악물고 더 이상 방치하지 않을 것이다.

블룸은 쇨덴으로 들어간다. 도처에 문을 닫은 호텔, 텅 빈 거

리. 겨울철에는 많은 사람들이 흥청망청거리던 거리가 지금은 고요하다. 마을 사람들이 여름철 관광객을 끌어 모으려 아무리 애써도 관광객들은 오지 않는다. 호텔들은 몇 안 되는 손님들을 위해 음식을 만드느니 차라리 문을 닫고 만다. 산악 관광지, 쉴덴, 스키 타는 사람들의 메카, 몇 년 전부터는 부유한 러시아인들을 끌어들이는 게 마을의 목적이다. 하지만 지금은 러시아 관광객들의 자취가 없다. 금빛으로 번쩍이는 스키복도, 넉넉한 팁도, 음악과 술에 취한 사람들로 북적이는 천막 술집도 없다. 스키 활강로에는 풀만 자라고 있다. 고요하고, 보기 흉하고, 텅 빈, 죄악의 건물이 블룸이 둘러보는 곳 어딘가에 산악 풍경을 배경으로 서 있다. 스키 활강로는 언제나처럼 계곡의 끝 쪽에 있다. 산 하나만 있군. 블룸이 생각한다. 그리고 천천히 그곳을 지나간다. 닫힌 술집, 호텔을 알려주는 표지판, 알프스의 풍경, 에델바이스, 산악 풍경, 알펜로제, 펠제네크, 지르벤호프, 레르헨호프, 로젠호프. 그리고 안넨호프. 리프트 주차장 뒤. 모든 게 황폐하고 음침하다. 이곳에서 산다는 상상, 이처럼 겨울을 기다리는 것, 이 생활, 절반만 돌아가는 생활, 닫힌 상점, 잠든 마을. 블룸을 향해 오는 두 방랑자는 고독해보이고 회색 하늘이 풍경을 더욱 우울하게 만든다. 두 늙은이가 여름날 텅 빈 주차장을 가로지른다. 노인들은 계단을 올라간다. 열려 있는 몇 안 되는 안넨호프 호텔로. 모든 것이 시작된 호텔. 블룸은 오토바이의 시동을 끈다.

블룸은 홀을 지나 바로 들어간다. 우선 웨이터부터. 그녀는 조용히 맥주를 한 병 주문하고 웨이터와 이야기할 것이다. 격식 없이, 어쩌면 웨이터와 농담 따먹기를 하며 시시덕거릴지도 모른다.

필요하다면 모든 것을. 블룸은 더 많은 것을 알아낸 다음에야 호텔을 떠날 것이다. 호텔이 팔렸다는 정보보다 더 많을 것을. 블룸은 잡담, 뜬소문을 원한다. 배경 뒤를 들여다보려 한다. 뒤를 봐야만 뭔가 알 수 있지. 마르크가 항상 한 말이었다. 블룸은 미소를 띠고 앉아 술을 주문한다. 바에 혼자다. 블룸은 호텔에 자신 혼자밖에 없다는 기분마저 든다. 웨이터는 술잔을 닦는다. 블룸과 과거에 대해 이야기하는 것 외에는 아무 할 일이 없다.

"맥주 한 잔 주세요."
"큰 잔으로요?"
"물론이죠."
"먼 데서 오셨습니까?"
"얼마 멀지 않은 곳에서요."
"여긴 참 좋은 곳이죠, 그렇지 않습니까?"
"그렇게 생각하세요?"
"마을이 마음에 안 드시나요?"
"네."
"그럼 왜 오셨지요?"
"그럼 왜 여기에 왔냐고요? 그 말은 동독에서나 듣는 소리 같은데요. 동독이 여기서 제일 가까운 곳도 아닌데 말이에요."
"여기엔 일이 있어요. 그리고 당신같이 아름다운 여성분의 시중을 들 수도 있고요."

"고마워요."

"천만에요. 아무튼 맥주도 동독 맥주입니다."

"왜요?"

"주인도 동독 출신이거든요."

"정말이에요?"

"손님은 그게 못마땅하세요?"

"네, 조금."

"왜요?"

"예전에는 독일 사람들이 이곳에 손님으로 왔었거든요."

"독일 사람들은 지금도 와요."

"그런데 이제 독일 사람들이 독일 사람들을 시중드는군요."

"그래서요?"

"내 말 오해하지 마세요. 나는 당신이 여기서 일을 찾은 게 좋다고 생각해요. 단지 내가 의아하게 생각하는 건 이 직업에 종사하려는 티롤 토박이가 더 이상 보이지 않는다는 거예요."

"그건 옛날에도 이미 그랬어요."

"옛날에도요?"

"여기선 루마니아 사람들이 일했지요. 동구권에서 떼로 몰려왔고, 예전에도 여기에 티롤 출신은 드물었어요."

"동구권 사람들이라고요?"

"네."

"합법적으로요?"

"아뇨."

"불법 노동자들?"

"무엇보다 불법 노동자 문제 때문에 호텔이 문을 닫았을 걸요."
"정말이에요?"
"자세히는 몰라요. 저 같은 동독 사람이 뭘 알겠어요. 게다가 당시 저는 여기에 없었어요."
"동독 사람들은 좋은 사람들이에요."
"그건 지금 내가 손님을 타지인 혐오자로 여기지 말라고 하는 말이죠."
"맞아요."
"손님은 재미있는 분이시네요."
"내가요?"
"게다가 무지하게 아름다우시고요."
"아부도 잘하시네요."
"제가 그밖에 할 일이 뭐가 있겠습니까? 제발 불쌍한 동독 출신을 관대하게 봐주세요."
"좋은데요."
"고맙습니다. 그리고 당신의 아름다운 미소도 고맙고요."
"그런데 여기 얼마나 있었어요?"
"3년 되었어요."
"그러면 예전 주인 밑에서는 일하지 않았겠군요?"
"안 했죠. 지금 이 호텔에 있는 사람은 아무도 예전 주인 밑에 있지 않았어요. 직원들은 싹 바뀌었어요. 아마 예전 주인은 하던 일을 계속하려는 생각이 없었던 것 같아요."
"유감이네요. 여기서 5년 전에 일했던 사람하고 할 이야기가 있는데요."

"왜요?"

"당시 난 한 웨이터와 사랑에 빠졌어요. 근데 내가 너무 늦게 깨달았고, 지금은 어디서 그 사람을 찾아야 할지 모르겠어요."

"무척 낭만적이군요."

"네, 낭만적이죠. 혹시 당신이 도와주실 수 있을까요? 확실하게 알 만한 사람이 없나요? 이곳에서 일했던 토박이는 없어요? 당시 여기서 일했던 사람들을 아는 사람이 꼭 있을 텐데요."

"아마 호텔이 하룻밤 사이에 텅 비어버렸을 걸요. 직원들의 4분의 3이 정식 등록을 하지 않았고요. 당시 사장은 그런 일에 너무 무신경했어요."

"그는 지금 주 의원이에요."

"저도 들었어요. 예전 주인이 제때 일을 접은 거죠. 동독 투자가가 수주를 받았지요. 모든 일이 일사천리로 진행되었어요. 제 생각인데, 그 쇤보른이라는 작자가 엄청나게 나쁜 짓을 많이 해서 여기에 머물 수가 없었던 것 같아요. 아마 철창 신세를 질 수도 있었을 겁니다. 그는 한마디로 비상 브레이크를 밟은 거지요."

"마을에 그런 이야기가 떠돌아요?"

"그럼요."

"또 다른 이야기는요?"

"그 밖에는 없어요. 그 밖의 소문들은 그리 신빙성이 없어요. 모두 헛소리죠. 당시 관리인에 대한 소문이 있어요. 관리인은 쇤보른을 좋아하지 않았어요. 그러니까 호텔 주인을 혹평했지요. 게다가 관리인은 좋은 사람이기는 한데 술을 좀 많이 마시는 편이라 아무도 그의 말을 믿지 않아요. 다 헛소리죠. 그래서 저는 그냥 잠자코 입을 다무는 편이고, 떠도는 이야기는 객관적 사실에만 국한하려고 하지요."

"관리인이 무슨 이야기를 했는데요?"

"몰라요. 직접 물어보세요. 하지만 조심하세요. 관리인은 머리가 조금 이상하거든요."

"그래요?"

"관리인은 예전에 여기 우리 바에 자주 왔어요. 제가 그 사람을 잘 알아요. 그가 여기서 얼마나 고함을 질러댔는지 아세요? 관리인은 자신의 망해버린 인생을 쉰보른 탓이라고 하죠. 일이 뜻대로만 되었으면 관리인 자신이 호텔을 이끌었을 거라고요. 약간 과대망상 끼가 있지만 선량한 사람이죠."

"관리인과 얘기를 좀 했으면 좋겠네요."

"그냥 안 찾아가는 게 나아요. 만일 관리인이 한때 당신의 애인이 어디 있는지 알았다고 해도 틀림없이 어느덧 잊어버렸을 걸요."

"그래도 시도는 한번 해보는 게 좋지 않겠어요?"

"손님이 지금 저를 혼자 두시면 안 되죠."

"미안해요, 다정한 웨이터씨."

"잔인하시네요. 저를 이렇게 막 버리시다니요."

"미안해요. 꼭 해야 할 일이 있어요."

블룸은 미소를 짓고 일어선다. 웨이터에게 가는 길을 묻고 밖으로 나온다. 호텔을 돌아 사택 쪽으로 가서 모든 것을 살펴본다.

블룸은 한밤중에 쥐도 새도 모르게 세 사람이 한 차에 태워지는 광경을 상상한다. 천국에서의 납치. 하늘에서 지옥으로. 이제 블룸은 그 지옥이 어디에 있는지 찾아낼 것이다. 오토바이에 올라 그곳을 떠난다.

15장

2층의 방. 모든 것이 낡았고, 입구가 어디인지조차 찾을 수 없을 지경이다. 집 주변에 쓰레기가 산더미처럼 쌓여 있다. 블룸은 이끼 낀 바깥 계단을 올라 문을 두드린다. 불빛이 눈부시고 관리인은 집 안에 있다. 인기척이 나지만 관리인이 문 쪽으로 오는 데는 한참 걸린다. 블룸은 잃을 게 없다. 호기심이 일어난다. 그녀는 남자가 무슨 말을 하는지 알고 싶다. 그냥 돌아가는 것보다 백번 낫다. 관리인의 주름투성이 손과 화주, 그리고 악마 같은 얼굴들이 도처에 있다.

관리인의 이름은 세바스티안 하크슈필이다. 블룸은 낡아서 구

멍이 숭숭 뚫린 소파에 그와 마주앉아 있다. 블룸은 집 안으로 쭉 걸어 들어가면서 속에서 올라오는 구역질을 억지로 참으며 그가 앉으라고 한 곳에 그냥 앉았다. 하크슈필, 나에게 말해. 하크슈필은 그녀가 왜 왔는지 꼬치꼬치 캐묻지도 않고 바로 문을 열었다. 블룸은 복도를 쭉 지나 제일 뒷방에까지 그를 따라 들어왔다. 블룸은 직업상 이미 많은 것을 보아왔다. 죽은 사람을 데리고 나오기 위해 수많은 집에 들어가 보았다. 그녀는 항상 사전 예고 없이 개인의 방에 들어갔고, 항상 타인의 생활을 있는 그대로 보았다. 하지만 세바스티안 하크슈필이 그녀에게 보여주는 광경은 참으로 가관이다. 이 집, 이 방, 벽에 걸려 있는 가면, 손에 조각용 칼을 들고 있는 무뚝뚝한 난쟁이 남자. 사방에 널린 나무토막. 염색 도가니, 솔, 칼, 나무, 담배꽁초. 그리고 술병. 맥주와 화주. 한 잔하겠소. 그가 묻는다. 블룸은 웃으며 그러겠다고 대답한다. 그녀는 단숨에 잔을 비우고 다시 잔을 채우는 그를 쳐다본다.

"악마 때문에 왔지?"
"아뇨."
"그럼 재수가 없네, 아가씨. 나는 악마만 조각하는데."
"안넨호프에 대해 이야기하러 왔어요."
"좋은 악마가 진짜 물건이지. 쩍 벌린 주둥이, 모양이 잘 잡힌 혀, 영민한 뿔을 가진 게 좋은 악마야."
"작업이 멋지네요."

"이건 작업이 아냐. 악마지."
"당신의 악마가 맘에 들어요."
"옳지, 그렇게 말해야지."
"당신의 악마가 맘에 들어요."
"훌륭한 악마들이야. 수작업이라고. 알지. 여기에 내 모든 사랑이 들어갔지. 모든 악마들마다 내 온 정성이 깃들었어."
"그렇게 보이네요."
"맘에 드는 아가씨네."
"건배."
"안넨호프에 대해 이야기하고 싶다고. 왜지?"
"남편이 죽었거든요."
"그게 안넨호프하고 상관이 있나?"
"네, 어느 정도는요."
"안됐구먼. 당신 남편 일 말이야. 죽었다니."
"네."
"아가씨, 뭘 알고 싶은가?"
"모든 거요. 당시에 무슨 일이 있었는지, 호텔이 넘어가기 전에요. 불법 노동자와 무허가."
"그 얘길 어디서 들었지?"
"당시 여직원이 이야기해주었어요."
"누가?"
"둔야요. 몰도바 출신."
"그 여자는 모르겠는데. 당시 직원들이 엄청 많았어. 사택이 외국인들로 가득 찼다니까."

"혹시 기억하실지도 몰라요. 그녀는 예쁘고, 검은 머리에 검은 눈동자. 키는 약 160센티미터예요. 그리고 이레나와 같은 방을 썼어요. 이레나도 몰도바 출신이에요."

"아가씨, 아무 이름도 기억이 나지 않는구먼. 나는 다른 일을 했어. 건물을 살펴야 했지."

"하지만 외국인이 불법으로 일했다는 것은 알죠?"

"물론이지."

"그리고 그에 대해 아무 말도 하지 않았고요."

"쉰보른이 우리들에게 입을 다물라고 돈을 주었지."

"우리들?"

"그 사실을 알고 있는 모든 사람들에게. 입을 막느라 들어가는 돈도 호텔에서 숨어서 일하는 직원을 모두 관청에 등록하는 것에 비하면 몇 배나 쌌지. 외국인 노동자들은 먹고 살기 위해 일을 했어. 그들은 우리의 아름다운 티롤에 있어도 된다는 것만으로도 좋아했어. 그들은 조용하고 얌전했어. 사택으로 몰래 숨어 들어왔지."

"당신이 쉰보른을 고발했지요? 왜 그랬어요?"

"그가 나를 뜨거운 감자마냥 툭 떨어뜨리려고 했으니까. 나를 엿 먹였어. 그는 호텔을 독일인에게 팔아버리고 슬쩍 튀었어."

"당신 생각에는 쉰보른이 당신에게 해주었어야 할 일이 무엇이었어요?"

"나는 늘 입을 다물었어. 언제나 그의 편이었지. 그 개자식을 위해 모든 일을 했다고. 그런데 그 자식이 나에게 500유로를 손에 쥐어주더니 안녕이라는 거야."

"그게 적은 돈이었어요?"

"말도 안 되는 돈이지. 그건 무례한 짓, 굴욕이었지. 내가 그를 위해 온갖 뒤를 다 봐주었는데, 내가 아니었으면 호텔은 돌아가지도 못했어."

"당신이 안넨호프의 수호천사였어요?"

"그래."

"당신은 쇤보른이 음모를 꾸미는 걸 도와주었네요."

"그래서?"

"왜 그랬어요?"

"돈 때문이지. 여기를 둘러봐."

"그러면 불법 노동자들은요?"

"그들은 모두 잘 지냈어. 자기들 나라에서 사는 것보다 수백 배 나았지. 심지어 수영장도 있었으니까."

"알아요."

"그렇다니까."

"하크슈필?"

"왜?"

"화주 한 잔 더 주세요."

"아가씨, 실컷 마셔."

"난 당신을 비난하려고 온 건 아니에요."

"그렇다면 좋군."

"이 호텔에 대해 더 많은 걸 꼭 알아야 해서 왔어요."

"그러려면 돈이 들지."

"얼마나요?"

"200유로."
"그만한 가치가 있나요?"
"물론이지."
"좋아요, 그럼 건배. 이제 이야기해보세요."
"아주 민감한 건데."
"200유로면 머뭇거릴 필요가 없을 텐데요."
"어떤 자식들도 내 말을 들으려 하지 않았지만 쉰보른은 지하실에서 유곽을 운영했어."
"뭐라고요?"
"바로 그거, 유곽 말이야. 창녀와 섹스. 아가씨, 내가 민감한 이야기라고 했잖아."
"유곽?"
"공식적으로는 그냥 마사지실이었지."
"그런데요?"
"최고급 화냥질이었지. 뭔 말인지 알지."
"당신도 해봤어요?"
"아니, 안타깝게도 못 해봤어. 그건 내 주머니 사정으로 해결할 수 있는 곳이 아니었어. 하지만 여자들은 아주 끝내주는 애들이었어. 손님들이 거액을 아래에다 썼지."
"아래요?"
"즐기는 곳에."
"매춘이요?"
"그래."
"누가 그런 말을 해요?"

"내가 하지."

"누가 또 그런 얘기를 하죠?"

"아가씨, 여기엔 입을 잘못 놀려 화를 자초하려는 사람은 아무도 없어. 그 일을 아는 사람들은 얘기하고 싶어 하지 않는다니까."

"왜요?"

"그들이 유곽에 있었으니까, 마누라들이 좋아할 리가 없잖아."

"그럼 마을 주민들도 마사지를 받았다는 말이에요?"

"내 말이 그 말이야."

"하지만 당신은 물론 누가 그랬는지는 모르겠지요. 그리고 매춘이 행해졌다는 것도 증명할 수 없고요."

"매춘이 있었다는 건 확실해. 나는 수년 간 안넨호프에서 그 멍청이를 위해 온갖 일을 다 했어."

"그럼에도 불구하고 그 사실을 확인해줄 사람을 나에게 알려주지는 않겠지요?"

"아가씨, 나는 이 마을이 더 이상 시끄러워지는 걸 원치 않아. 하지만 한 가지만은 알려줄 수 있지. 그 지하실에서 수년 간 일이 있었어. 그러다 모든 게 끝장나기 직전에 쉰보른이 호텔을 팔았어. 불안한 낌새를 챈 거야. 아마 잘 되었던 건 두 달도 채 되지 않았을걸. 불법 노동자, 유곽, 그리고 그밖에 내가 아는 모든 일들이."

"그러니까 모든 게 다 뜬소문에 불과하다구요? 200유로치고는 너무 적은데요. 좀 더 이야기해주셔야죠."

"꼭 그렇게 알아야겠다면 화주 한 잔 더 할 수 있겠지. 아가씨, 건배."

"저는 사진사를 찾고 있어요."

"내가 말했잖아. 여기는 악마만 있다고. 사진사는 없어."

"안넨호프와 어떤 것이든 관련이 있는 사진사요. 뭐 떠오르는 거 없어요?"

"그거야 간단하네. 내가 아가씨를 도울 수 있겠구먼."

"그래요?"

"쉰보른의 아들이 바로 사진사야. 그의 아들도 고향에 오면 이런 저런 마사지를 즐겼지. 내가 확신해. 그 건방진 애송이, 이름은 에드빈이라고 해."

"쉰보른의 아들이 사진사라고요?"

"그래. 그게 아가씨하고 무슨 상관이 있나?"

"그렇게 간단할 수 있어요?"

"아가씨가 무슨 뜻으로 하는 소리인지는 모르겠지만 그래. 아들 쉰보른이 사진사야. 그놈은 인스부르크에 스튜디오를 가지고 있어. 애송이 예술가. 전부 아버지가 돈을 대지. 그놈은 완전 무능한 한량이야."

"하크슈필."

"왜?"

"정말 대단해요. 당신이 나에게 큰 도움이 되었어요. 200유로 받으세요."

"잘 됐네. 그런 의미에서 우리 한 잔 더 마시지."

"네, 그래요."

블룸은 독한 화주를 마신다. 놀랍기 그지없다. 일이 이렇게 간단하리라고는 상상도 못했다. 예전 호텔 주인의 아들이 적어도 그 자일 수 있다는 것을. 사진을 찍었던 남자. 다섯 고문자 중의 한 사람, 어쩌면 그는 마르크의 살인자일 수도 있다. 둔야가 그곳에서 일했을 때 그는 항상 드나들었다. 하크슈필은 그가 주말에 찾아왔다고 한다. 그는 친구들과 함께 파티를 열었다, 산악에서의 파티. 그는 호텔 주인의 아들이었고 또 신분에 걸맞게 행동했다. 하크슈필은 아들을 혐오했다. 그에 대해 좋은 소리를 하지 않았다. 에드빈 쉰보른은 사장의 아들로서 버르장머리 없는 응석받이였다. 하크슈필이 이야기를 늘어놓는다. 하지만 그렇다고 쉰보른이 살인자라고는 할 수 없다. 하지만 블룸의 마음속에 드는 느낌이 있었다. 쉰보른에 대한 이야기가 뭔가 이상하고, 제대로 찾아왔다는 직감이다. 하크슈필은 다시 한 번 잔에 술을 따르고 악마 가면을 하나 사라고 꼬드긴다. 블룸은 씩 웃기만 한다. 술이 블룸의 속을 온통 화끈하게 만들고, 그녀는 흥분한다. 블룸은 다음 단계를 계획한다. 에드빈 쉰보른을 찾아가 그와 이야기를 할 것이다. 그가 뭔가 관계가 있는지 알아낼 것이다. 아니면 모든 것이 우연이었는지.

블룸은 계속 술을 마신다. 어떻게 집으로 돌아갈지는 생각지

않는다. 낡은 소파에 앉아 악마 조각가의 말을 듣는다. 블룸은 그가 이야기하는 것 중에 많은 것이 헛소리임을 알 수 있다. 하지만 많은 것이 사실일 수도 있다. 이 미친 노인이 블룸으로 하여금 단숨에 목표에 이르게 했다. 그녀는 제일 간단한 해답을 믿으려 한다. 마르크도 가장 가까이에 있는 것부터 철저하게 파고들었으리라는 생각이 든다. 둔야가 있었고, 그가 있었다. 이레나와 요운도. 에드빈이 납치를 계획하고 전혀 눈에 띄지 않은 채 실행했을 가능성도 있다. 에드빈 쉰보른. 티롤에서 가장 영향력이 큰 인사의 아들. 블룸은 그를 찾아갈 것이다. 내일. 모든 게 빙빙 도는 현기증이 멈추는 즉시.

화주 일곱 잔. 큰 잔으로 한가득, 블룸은 더 이상 마실 수 없다. 더 이상 오토바이를 몰 수 없다. 블룸은 떠나려 하지만 하크슈필이 붙든다. 그는 블룸의 열쇠를 빼앗고 그녀를 소파에 눌러 앉힌다. 아가씨, 여기에 그냥 있어. 하크슈필이 말한다. 그러고 나서 그는 평온하게 계속 조각을 한다. 블룸은 칼과 잠시 통화를 하면서 아이들을 자러 보내고 둔야를 보살펴달라고 한다. 블룸은 사고가 있었다고, 오토바이 바퀴가 펑크났다고, 내일까지 기다려야 한다고, 하지만 걱정하지 말라고, 아이들에게 밤 인사를 전해달라고 말한다. 그런 후에 블룸은 소파에 누워 조각칼이 무른 잣나무 속으로 파고드는 모양을 처다본다. 한 시간이 넘도록 오직 악마만 있다. 악마는 나무를 벗고 모습을 드러낸다. 블룸의 눈동자는 악마가 형상을 띠는 것을 지켜본다. 서서히 악마의 입이 크게 벌어지고 이빨이 드러난다. 악마가 세상으로 나온다. 악마들이 둔야의 인생을 앗아갔다. 가면을 쓴 남자들, 이력도 이름도 없는 남자들, 미지의 남자들이 벽 사방에, 블룸의 머릿속에, 도처에 있다. 블룸은 눈을 감는 것이 두렵다. 갑자기 모든 것이 빙빙 돈다. 눈을 뜨고 있으려고 애쓸수록 도저히 그럴 수 없다. 눈꺼풀이 너무 무겁다. 악마들이 블룸을 땅속으로 꽉 누른다. 깊고 넓게. 모든 것이 깜깜해질 때까지.

16장

블룸은 지방 형사부 건물 앞에 오토바이를 세운다. 눈을 떴을 때부터 다른 생각은 전혀 하지 않는다. 도움이 필요하다는 확신이 든다. 자신에게는 너무 큰 사건이다. 블룸이 아는 것은 둔야가 이야기한 것, 마르크의 녹음 기록뿐이다. 블룸은 마시모와 이야기를 해야 한다. 그에게 털어놓아야 한다. 블룸은 눈을 뜨자마자 마시모를 찾아가야 한다고 생각한다. 혼자서는 할 수 없고, 할 생각도 없다. 의지하고 기대려 한다. 일을 마시모에게 넘겨주려 한다. 마시모가 키를 잡아야 한다. 그가 계속 파헤쳐야 한다. 블룸은 뒤로 물러설 것이다. 아이들을 보살피기 위해. 둔야를 보살피기 위해. 둔야를 위한 망명을 청원하기 위해. 어쩌면 둔야는 일자리를 얻을 수 있을 것이다. 블룸은 사건을 더 이상 혼자 해결할 수 없다.

블룸이 눈을 떴을 때 밖은 아직 어두웠다. 하크슈필은 조각을 하다 그대로 의자에서 잠이 든 것 같다. 사지를 쭉 뻗은 하크슈필이 요란하게 코를 골며 바닥에 누워 있다. 블룸은 코 고는 소리에 잠이 깨어 꿈에서 되돌아왔다. 다행이었다. 꿈이 끔찍했으니까. 어지러운 집 안에 하크슈필 옆에서 눈을 뜬 것이 구원 같았다. 블룸은 숨을 크게 내쉬고 일어나 하크슈필의 가슴에 200유로를 놓아두고 어두운 밖으로 나갔다. 새벽 5시. 거리에는 아무도 없고 고속도로에는 블룸 혼자였다. 인스부르크로 가까워질수록 점점 더 구체화되는 블룸의 생각과 결심만 있었다. 혼자 사진사를 찾아가는 것은 위험했다. 블룸은 그 남자들이 어떤 극단적인 일을 더 저지를지 알고 있었다. 아마도 둔야가 옳았던 것 같다. 만일 둔야가 최악의 일이 벌어질 것이라고 예상했다면, 두 번째 살인을 두려워하지 않을 것이라고 예상했다면. 블룸은 집에 있는 아이들에게 가려 했다. 아이들을 위험에 빠뜨리지 않고 싶었다. 또 다른 일이 일어나는 것을 막고 싶었다. 블룸은 칼, 레자, 가장 가까운 사람들을 보호해야 했다. 만일 그것이 모두 사실이라면 블룸은 뒷조사를 그만두어야 했다. 블룸은 마시모에게 가야 했다. 빨리, 시속 200킬로미터로 티롤의 고산지대를 달리면서 두통이 일었다.

지방 형사부 입구에서 블룸은 마시모를 찾는다. 블룸은 마시

모가 당직이라는 것을 안다. 어제 쉴덴으로 가기 전에 잠시 통화를 했다. 마시모는 블룸이 어디로 가는지 물었다. 마시모는 블룸을 위해 모든 일을 다 하리라. 블룸을 위해 만사를 제쳐둘 것이다. 그의 아내, 그의 지금까지의 인생을 모두. 블룸을 바라보는 마시모의 눈길에 블룸은 감동을 느낀다. 블룸은 그것을 안다. 그리고 마시모가 곁에 있는 것이 좋다. 블룸이 작아지고 상처를 받을 때 의지할 어깨가 있다는 것. 블룸은 계단을 올라 3층으로 간다. 이곳을 잘 알고 있다. 얼마나 자주 마르크를 데리러 이곳에 왔던가. 얼마나 신나게 난간을 타고 아래층으로 미끄러져 내려가곤 했던가. 마르크는 어떻게 웃으며 그녀를 따라 계단을 뛰어 내려왔던가. 블룸은 마시모의 사무실 문을 열고 마시모를 깜짝 놀라게 한다. 마시모의 환한 얼굴을 보는 것, 그가 포옹해주는 것이 얼마나 기쁜가. 나를 도와줘야 해. 블룸이 말한다.

마시모와 블룸. 블룸은 마시모에게 모퉁이에 있는 카페로 가자고 굳이 설득할 필요가 없다. 마시모는 블룸이 찾아와서 반가워한다. 그는 블룸의 머릿속에 든 악마, 둔야가 심어놓은 잔상들을 몰아낸다. 블룸은 마시모를 보자 마음이 편안해진다. 작은 찻집에서 마시오의 옆에 앉아 있는 것이. 마시모가 블룸의 손을 잡는다. 블룸이 떨고 있기 때문이다. 블룸은 손을 잡힌 채로 마시모가 다른 손으로 얼굴에 흘러내린 머리카락을 쓸어올려주는 것도 그대로 둔다. 이야기를 어디서부터 시작해야 할지 생각해본다. 마시모에게 무엇을 이야기해야 하나. 아침식사 시간에 지독하게 끔찍한 이야기. 머리가 아프다. 물을 마시고 마시모에게 모든 것을, 지금 당장 이야기해야 한다. 맨 처음부터. 블룸은 조심스럽게 마르크의 작업실부터 이야기를 꺼내기 시작한다. 그의 물건들이 어떻게 정리되어 있었는지, 그의 녹음 기록, 낯선 여자의 목소리를 어떻게 발견했는지. 마시모는 주의 깊게 듣는다. 처음에 그는 아무 말도 하지 않고 긴장한 채로 블룸의 이야기를 듣는다. 마시모는 아직 블룸이 무슨 이야기를 하는지 알지 못한다. 블룸이 너무 두서없이 하는 이야기, 둔야의 이름을 말하기 전까지 마시모는 가만히 듣고만 있다. 이제 마시모는 다정하게 블룸의 말을 끊고 진정시킨다. 블룸은 마르크의 핸드폰에 저장된 이야기를 더 이상 하지 못한다. 둔야를 찾았다는 것도, 둔야와 이야기를 나누었다는 것도, 둔야가 집에서 블룸을 기다리고 있다는 것도 말하지 못한다. 블룸은 쉴덴에 다녀왔다는 것, 사진사 에드빈 쇤보른이 둔야를 폭행한 다섯 남자들 중에 하나일 거라는 추측도 이야기하지 못한다. 마르크의 죽음이 사고가 아닌 살인일 가능성이 있다는 이야기는 입밖에 내지도 못한다. 마시모가 모든 것을 오해하기 때문이다. 마시모는 일을 전부 뒤죽박죽으로 만든다. 마시모는 블룸을 진정시키며 모든 게 헛소리라고 일축한다. 그 여자가 한 이야기 모두가. 둔야는 너무도 진짜처럼 거짓말을 잘할 뿐이다, 그냥 정신이 이상한 여자의 헛소리라고 한다. 모든 게 거짓말이라고 한다. 마시모는 둔야에 대해 아주 명료하게 기억하고 있다고, 정신병원의 수석의사가 망상 환자라고 진단했다고 한다. 둔야는 약에 취해 있었고, 모두가 도우려고 했지만 병원에서 도망쳤다고 한다. 마르크. 마시모. 그리고 다른 많은 사람들이.

블룸은 듣는다. 그녀의 입은 다물어진 채로 있다. 하려고 했던 모든 이야기를 덮고 만다. 할 말이 없어진 블룸은 마시모를 쳐다보기만 한다. 마시모가 말하는 것. 마르크에 대해. 둔야에 대해. 세상을 바라보는 블룸의 시선, 그 모든 것이 얼마나 갑자기 다시금 바뀌는가. 블룸이 믿었던 것은 모두 거짓이었다. 둔야가 진실을 말한다고 절대적으로 믿으려 한 사람은 마르크뿐이었다. 오직 마르크뿐. 마시모가 당시 마르크에게 사건을 그냥 내버려두라고, 더 중요한 일에 신경을 쓰라고 충고했지만 마르크는 듣지 않았다. 마르크는 석유를 찾는다고 석유가 나지 않는 곳을 들이팠다. 다만 사람을 구원하려는 또 하나의 시도였을 뿐이다. 보트 위에 있던 젊고 아름다운 여자를. 정신병원 침대에 누워 있는 젊고 아름다운 여자를. 둔야를.

블룸은 침묵한다. 아주 많은 이야기를 하려 했지만 지금은 잠자코 있다. 10분 전에만 해도 믿었던 둔야의 이야기는 더 이상 중요치 않다. 블룸의 마음에는 단 한 가지 생각이 왕왕거리며 들고일어난다. 모든 사람들이 말렸음에도 왜 마르크는 둔야를 만났을까? 왜 마시모의 얼굴에는 이처럼 유감스런 표정이 떠오를까? 마시모가 알고 있는 것은 무엇일까? 마르크가 한 행동은 무엇일까? 둔야의 이야기와는 전혀 상관없는 일이었을까? 블룸은 모든 것이 복잡했고, 혹시 마르크가 둔야를 괴롭히지 않았는지 두려웠다. 블룸은 마시모의 손을 잡고 진실을 말해달라고 한다. 하나도 남김없이. 혹시 마르크가 둔야와 관계를 했는지 알고 싶으니 말해달라고. 하지만 마시모는 아무 말도 하지 않는다. 마르크는 자신의 친구였다고만 한다. 마시모는 회피한다. 마르크가 바람을 피웠는지, 그래서 모든 것을 위태롭게 만들려고 했는지에 대해서는 말하지 않는다. 마시모는 모든 것을 깨끗이 잊어버리라고 한다. 정신 나간 여자의 헛소리 녹음 내용에 대해서는 손을 떼고 더 이상 아무 생각도 하지 말라고 한다. 마르크를 의심하지 말라고 한다. 단 한순간도.

악몽. 블룸은 자리에서 일어나 나간다. 인사도 없이 밖으로 나간다. 문을 열고 거리로. 블룸은 숨을 쉬어야 한다. 숨을 크게 들이마시고 방금 일어난 일을 차분히 이해해보려 한다. 블룸은 망연히 걸어간다. 한쪽 다리를 앞으로 옮긴다. 오토바이가 서 있다. 공기. 계속 걸어간다. 마시모의 시선. 마르크. 모든 게 다시 엉망진창이 되고 마르크가 블룸의 가슴을 찢는다. 모든 것이 다시 견딜 수 없이 소란스럽고 모든 것이 고통스럽다. 둘이 나누었던 모든 것이, 그 기억이 마시모의 말에 의해 위태로워진다. 마시모가 말하지 않은 것. 블룸은 그러지 않으려 했지만 저절로 상상이 떠오른다. 호텔에 있는 마르크와 둔야, 네 번째 만남 이후에 둘은 달리 어쩔 수가 없었다. 둘은 사랑에 빠졌고, 마르크는 둔야에게 연민을 느꼈다. 처음부터 들었던 그 생각이 벌레처럼 블룸의 몸을 갉아먹는다. 그 생각이 다시금 되돌아온다. 마르크가 평생 블룸을 기만하지 않았다는 철석 같은 믿음이 지금은 너무도 의심스럽다. 왜냐하면 마르크는 더 이상 존재하지 않기 때문에, 자신을 변명할 수 없기 때문에, 블룸을 품에 안고 잠에서 깨라고 할 수 없기 때문에. 꿈에서 깨어나라고.

눈물. 며칠 전부터 눈물은 흐르지 않았다. 블룸은 눈물을 회피할 수 있었다. 그녀는 마르크와 다시 가까이 있었다. 블룸이 마르크가 했던 일을 했기 때문이다. 마르크처럼 같은 단서를 찾아 다녔다. 같은 목적을 가졌다. 두 사람은 같은 느낌을 가졌다. 둔야가 단순히 마약에 전 노숙자가 아닐 것이라고. 둔야의 말, 모든 말이 잔인한 진실이라고. 마르크는 그렇게 믿었다. 블룸도 믿었다. 그리고 블룸은 질투심이 그녀를 마비시키고 숨 쉴 공기를 거의 앗아가는 것 같음에도 불구하고 여전히 믿는다. 기억에 오점이 생길 수도 있다는 생각을 길거리에 내던져버린다. 블룸은 연신 마음을 진정해야 한다고, 명료하게 생각해야 한다고 혼자 중얼거린다. 의심하지 않는다. 마르크를 의심하지 않는다. 둔야를 의심하지 않는다. 둔야가 말한 그대로 모든 일이 일어난 것이다. 블룸은 둔야를 믿는다. 마르크를 믿는다. 마르크는 둔야를 돕기 위해 만난 것이다. 단지 그 때문이다. 마시모가 무슨 말을 하든 상관없다. 모든 게 불가능한 일처럼 들려도 상관없다. 블룸 자신이 그 지하실과 남자들이 존재한다는 것을 믿는 세상에서 유일한 사람일지라도 상관없다. 블룸은 둔야의 눈을 보았다. 마르크처럼. 때문에 블룸은 지금 가던 길을 멈춰 서서 몸을 돌린다. 숨을 깊이 들이쉬고 오토바이가 있는 곳으로 가서 집에 갈 것이다. 아이들을 안아주고 사진사의 주소를 추적할 것이다. 둔야의 이야기에 대한 증거를 찾아낼 것이다. 마시모에게 증거를 대고 그것이 허구의 이야기 이상이라는 것을 확신시킬 것이다. 마르크는 그녀와 전혀 관계를 맺지 않았다는 것을. 전혀. 다만 연민이었을 뿐임을.

17장

둔야는 하루 종일 침대에 누워 시간을 보냈다. 칼이 계속 둔야를 들여다보았다. 둔야는 넬라의 침대에 누워 분홍색 이불을 푹 뒤집어쓰고 아이들의 달콤한 냄새로 아늑하게 보호받았다. 둔야는 몇 시간 내내 잠만 잤다. 칼이 들어가 가끔 식사를 하라고 할 때만 잠시 아이들 방을 벗어났다. 블룸이 그날 밤 집에 돌아오지 못한다는 전화를 할 때 둔야는 이미 잠들어 있었다. 칼은 둔야가 마치 상처받은 짐승이 안전한 구석으로 도망쳐 숨어 있는 것같이 보인다고 했다. 둔야는 상냥했다. 연신 친절하게 대해줘서 고맙다고 하면서도 혼자 있고 싶어 했다. 둔야는 칼과 레자와는 꼭 필요한 말만 했고, 아이들에게는 늘 미소를 지었지만 그 이상은 해줄 수 없었다. 칼은 우마와 넬라에게 둔야를 가만히 두라고 일렀다. 엄마 친구가 무척 피곤하다고, 오랫동안 잠을 자지 못했다고 했다. 다른 이야기는 하지 않았다.

블룸은 다섯 시간 전에 집에 왔지만 둔야는 여전히 잠들어 있었다. 마치 어린아이처럼 잔뜩 웅크리고 다리를 구부린 자세로 누워 있었다. 블룸은 넬라가 침대에 누워 있을 때처럼 둔야 옆에 서 있었다. 블룸은 둔야를 찬찬히 훑어보며 최후의 의심마저 사라지는 기분이 들었다. 둔야는 기댈 곳이 없었다. 침대에 누워 있는 그녀의 모습이 어떤가. 얼마나 망가졌는가. 마치 갈기갈기 찢어진 종이 같았다. 아마도 둔야는 몇 년 만에 처음으로 제대로 된 침대, 아무것도 두려워할 필요가 없는 침대, 아무도 그녀를 괴롭히지 않는 침대, 아무도 내몰지 않을 침대에서 잠을 잤을 것이다. 둔야의 얼굴은 평온했다. 그녀는 이불을 꼭 붙들고 있었다. 블룸은 문을 닫고 칼에게 올라갔다. 아이들이 할아버지 등을 타고 방 안을 돌아다니고 있었다.

블룸은 시간을 낸다. 아이들과 함께 부엉이를 만든다. 작은 천 주머니를 꿰매고 안에 종이를 쑤셔 넣고 아이들에게 부엉이의 눈과 코와 입을 붙이게 한다. 부엉이. 아이들이 부엉이를 좋아하기 때문이다. 왜 아이들이 늘 부엉이를 좋아하는지는 모르지만 신이 난 아이들은 부엉이 인형을 들고 집 안을 뛰어다닌다. 엄마, 우리가 날아요. 우리는 부엉이예요. 엄마, 부엉부엉, 부엉부엉. 두 아이들은 그토록 걱정거리가 없다. 그 순간 아이들의 표정에는 아빠를 그리워하는 흔적이 조금도 나타나지 않는다. 아이들은 아빠가 돌아오지 않는다는 것을 안다. 아무것도 생각지 않는다. 오직 부엉이가 있어서 좋다는 것만. 왜냐하면 아이들은 부엉이가 날아다니는 숲이 불에 타는 것을 바라지 않기 때문에. 아이들은 불 속에서 자신들의 목숨을 걸고 뛸 힘이 없기 때문에. 아이들은 달리 어쩔 수 없다. 아이들은 그 일에 대해 이야기하지 않으려 하고 기억하지 않으려 한다. 너무 슬프기 때문에. 너무 나쁜 일이고 위협적이기 때문에. 어린 가슴이 찢어지기 때문에. 무시하는 것이 자연스러운 방법이다. 할 수 있는 한 생활에서 끊임없이 생각을 불러일으키지 않으려 한다. 고통, 눈물, 아빠에 대한 그리움을. 부엉이, 장난감 강아지와 고양이와 놀기, 그림책에 빠져 들어 깔깔거리기. 가능한 한 그렇게 한다. 대부분의 시간을. 아이들은 아주 가끔씩만 마음대로 되지 않는다.

나흘 전 길에 서 있는 우마. 우마는 길에 서서 소리를 질렀다. 끊임없이. 아빠, 집에 돌아와. 제발. 아빠, 돌아와. 우마는 혼자서 아래층으로 내려가 아빠가 죽은 곳으로 걸어갔다. 우마의 외침이 위층에까지 크게 들려왔다. 블룸은 황급히 뛰어 내려가 아이를 번쩍 들어 껴안았다. 우마는 고통을 표현할 능력이 없었다. 블룸과 우마는 절망적이었다. 텅 빈 거리가 가슴을 저리게 했다. 거리에는 아무것도 보이지 않았다. 피도 없었다. 아무 일도 일어나지 않았던 것처럼 모든 것이 그대로였다. 마르크의 것은 아무것도 없었다. 우마의 전율만 있었다. 현실이 우마를 두렵게 했기 때문이다. 블룸은 우마를 껴안았다. 그런 다음에 넬라를. 아이들을 한참 껴안고만 있었다. 두 팔로 힘껏.

부엉이. 눈, 코, 입을 풀로 붙인 부엉이. 부엉이는 블룸이 인터넷으로 에드빈 쇤보른을 찾는 동안 거실을 날아다닌다. 블룸은 쇤보른의 홈페이지를 찾아내서 그의 전화번호를 돌린다. 블룸이 전화를 걸어 예약 날짜를 잡는 사이에 부엉이는 욕실에 내려앉는다. 모든 게 매우 즉흥적이다. 블룸은 게임을 하기로 결심한다. 블룸은 선불을 내는 것으로 쇤보른에게 미끼를 던진다. 그녀는 그에게 누드 사진을 찍고 싶다고, 그가 국내 최고의 사진작가라고, 반드시 그가 찍어주는 누드 사진을 원한다고만 말했다. 블룸은 하루도 지체하고 싶지 않다. 당장 알아내고 싶다. 쇤보른과 사진 촬영에 대해 이야기하려 한다. 그에 대해 구체적으로 계획을 짰다. 블룸은 우연히 이 도시에 들렀고, 돈은 얼마가 들어도 상관없다고 말했다. 모든 것을 내주고 약속 날짜를 받는다. 한 시간 후에 그의 아틀리에에 간다고 하자 그가 좋다고 했다. 블룸은 일이 이처럼 빨리 진행되리라고는 생각지 못했다. 전화를 끊고 칼에게 아이들을 다시 한 번 보살펴달라고 부탁한다. 그리고 샤워를 하고 옷을 입고 시내로 간다.

두근거리는 가슴. 더 이상 잃을 시간은 없다. 때는 오후. 헤어초크 프리드리히 가, 인스부르크 구시가. 집세를 내자면 큰돈이 드는 시내에서 가장 좋은 구역. 블룸은 문 앞에 선다. 초인종을 누른다. 위로 올라간다. 숨을 크게 들이쉬고 내쉰다. 평정을 잃지 않고 침착하게. 그녀는 편견을 배제하고 그를 대할 것이다. 그냥 그와 대화를 할 것이다. 사진, 누드, 그의 작업에 대해. 그리고 블룸은 그의 목소리를 녹음할 것이다. 그의 목소리를 집으로 가지고 와서 둔야에게 들려줄 것이다. 블룸은 녹음 버튼을 누르고 나서 아틀리에로 들어가는 문을 향해 올라간다. 에드빈 쇤보른이 웃으며 악수를 청한다.

아름다운 공간. 오래된 궁륭 천장, 높은 지붕, 내부의 모든 곳이 하얗고, 큰 창문에 하얀 가죽 소파, 블룸이 소파에 앉는다. 에드빈 쇤보른이 환하게 빛난다. 하얀 치아, 말끔하고 값비싼 옷, 30대 중반의 세련된 남자, 그가 블룸에게 커피를 권한다. 아틀리에는 훌륭하다. 커다란 하나의 공간에 갖추어진 사진을 찍는 세트, 책상, 소파, 화장대. 쇤보른은 완벽한 주인이다. 매력적인 남자, 첫 순간에 블룸을 두렵게 만드는 구석은 전혀 없다. 그를 당장 적으로 대해야 할 부분이 전혀 없다. 어쩌면 쇤보른은 사건과 전혀 관련이 없을지도 모른다. 왜 그가 하필 블룸이 찾아내야 하는 악마여야 하는가? 쉰보른은 커피를 가지고 와서 자리에 앉는다. 두 사람은 이야기하기 시작한다. 모든 것이 정상으로 보인다. 블룸은 거짓말을 한다. 즉흥적으로 말을 지어낸다. 블룸은 헛수고를 하고 빈손으로 계단을 다시 내려갈 것 같은 생각이 든다. 대화가 본격적으로 진행되자 비로소 자신이 찾고 있는 남자라는 생각이 든다. 쉰보른은 무의식중에 차츰 본색을 드러낸다. 점점 더 확실해진다. 인사와 대화의 끝맺음 사이에 수천 가지 일이 일어난다. 밀물과 썰물이 번갈아 일어나고 형상이 갖추어진다. 범죄의 형상.

"저를 찾아주시니 기쁩니다."
"네, 그러네요. 제가 제대로 찾아왔다는 생각이 들어요."
"아름다운 누드 사진의 전제 조건은 신뢰입니다. 당신의 누드 사진을 저에게 맡겨주신다면 대단히 기쁘겠습니다."
"당신의 작업이 아주 훌륭하네요."
"칭찬해주셔서 고맙습니다."
"사진에 감정이입이 잘 되어 있는 것 같아요. 당신의 온 마음을 사진에 담았다는 게 느껴져요."
"제가 가진 모든 것을 담았지요. 사진마다 예술품이 되어야 하니까요. 사진은 당신의 영혼을 반영해야 합니다. 당신의 쾌락을 반영해야 하지요."
"쾌락?"
"당신이 내 사진들에서 퍽 마음에 든 것이 있다면 그것은 바로 눈에는 보이지 않는 것이죠."

"눈에는 보이지 않는 것이요?"

"눈에는 보이지 않는 것은 그럼에도 불구하고 상상할 수 있지요. 욕망, 애욕을 느낄 수 있어요. 너무 많은 것을 보여주면 사진을 망칩니다. 에로티시즘을 파괴하죠."

"저도 그렇게 생각해요."

"당신은 영민한 여성입니다. 아름답기도 하고요."

"고마워요."

"누드는 남편을 위해 찍는 겁니까?"

"네."

"좋아요."

"깜짝 놀라게 해주려고요."

"속옷?"

"무슨 말씀이에요?"

"란제리를 입은 모습을 원하세요?"

"아뇨, 완전히 누드를 원해요."

"좋은 생각입니다."

"그리고 자위 장면을 담고 싶어요."

"와아."

"제가 오르가슴에 오른 순간을 당신이 찍어주었으면 좋겠어요."

"정말입니까?"

"네."

"당신이 자위행위를 하는 장면을?"

"바로 그거에요."

"전 좋습니다."

"단 내 얼굴만 찍어야 해요."

"네?"

"제 쾌락을 드러내는 초상화요. 당신이 조금 전에 그랬잖아요. 사진은 비밀을 간직해야 살아 있다고요. 그러니까 가슴, 손가락, 음부는 안 보여야죠. 오직 얼굴만."

"그거 아주 특이하네요."

"만일 당신이 내 초상화를 찍는 데 문제가 있다면 그냥 없던 일로 해요. 어쩌면 시시한 아이디어인지도 모르죠."

"아뇨, 그렇지 않습니다. 그 반대예요. 훌륭합니다."

"그래요?"

"아주 훌륭해요. 완전히 천재적인 아이디어예요."

"정말요?"

"제 자신이 이미 그와 비슷한 아이디어를 가지고 있었다는 걸 고백해야겠군요."

"그게 사실이에요?"

"네."

"그럼 우리 그렇게 하는 걸로 하죠?"

"아주 좋습니다."

"숲 속에서?"

"뭐라고요?"

"전 숲 속에서 사진을 찍고 싶어요. 이글스와 파취 사이에 무척 아름다운 숲이 있어요. 그곳에서 이끼 낀 바닥에 눕고 싶어요."

"숲 속에서 자위행위를 하고 싶다고요? 사람들이 언제든 지나갈 수 있는 곳인데, 숲에서는 사람들에게 방해를 받지 않을 수 없는데요. 정말로 그러길 원합니까?"

"네."

"왜죠?"

"그런 게 저를 흥분시키니까요."

"와아."

"그런 게 날 불타게 만들죠. 밖에서 하면 오르가슴에 더 쉽게 올라요. 누가 지나갈 수 있다는 것, 누가 나를 지켜보고 있다는 걸 알면 전 완전히 가버리거든요."

"완전히 가버린다."

"네. 그래서 제가 여기 온 거죠."

"진짜 죽이는 넌이네."

"뭐라고요?"

"황홀합니다."

"뭐라고 했지요?"

"아뇨."

"진짜 죽이는 년이라고 했죠."

"미안합니다. 용서하세요."

"미안해할 거 없어요."

"정말요?"

"네."

"잘됐네요. 정말 좋아요."

"네, 그래요. 그 순간이 막 기대되요."

"그럼 다시 한 번 확인하죠. 오해가 없도록. 당신이 오르가슴의 절정에 오를 때 내가 당신의 얼굴을 찍는 거죠."

"네."

"좋아요. 아주 좋습니다."

"내일 오후 4시에 봐요. 제가 차를 가지고 올게요. 주립극장 앞에서 만나요. 차는 두고 오세요. 시간에 늦지 마세요."

블룸은 일어나 나온다. 쉰보른이 대답하기 전에 이미 계단에 나와 있다. 중단, 출발, 도망. 블룸이 말한 것은 미친 소리였다. 순간 블룸에게 떠오른 생각은 초상화 이야기였다. 문득 그 생각이 떠올랐다. 블룸은 게임의 판돈을 올리고 그가 어떤 식으로 반응하는지, 무슨 말을 하는지 보려 했다. 하지만 그처럼 적중하리라고는 생각지 못했다. 에드빈 쉰보른. 블룸은 둔야가 그의 목소리를 기억하리라는 확신이 든다. 욕정에 사로잡힌 그의 눈, 블룸이 그 자리에서 했어야 할 말이 내면에서 소리를 지른다. 이 변태 새끼. 그는 이미 비슷한 아이디어를 가졌다고 했다. 더러운 새끼. 블룸은 빠르게 계단을 내려와 뒤돌아보지 않는다. 그가 부르는 소리에 응답하지 않는다. 블룸은 건성으로 내일 봐요라는 말을 남기고 거리로 나온다. 블룸이 그곳에 계속 있으면 무슨 일이 벌어질까? 쉰보른은 블룸을 붙들려고 했다. 그녀의 팔을 잡았다. 블룸은 당장 둔야에게 가야 한다. 가서 둔야의 얼굴을 살필 것이다. 그의 목소리를 들을 때 둔야의 표정이 어떻게 변하는지를. 블룸은 둔야의 표정에서 두려움을 볼 것이라 확신한다. 두려움과 험오. 블룸은 10분 후면 둔야를 깨워 자신의 생각이 옳았는지 알게 된다. 둔야는 그의 목소리를 기억할 것이다. 다른 가능성은 존재하지 않는다.

18장

 장의차를 타고 시내를 지난다. 아주 오래된 캐딜락 슈페리어, 1972년 형. 블룸의 아버지가 손님에게 좀 더 특별한 서비스를 제공하기 위해 그 차를 미국에 주문해 가져왔다. 하겐은 차를 타고 가는 고인의 마지막 길이 특별해야 한다고 생각했다. 블룸은 하겐이 죽은 후 장의차를 팔아버릴까 오랫동안 숙고했다. 하지만 팔지 않기로 결심했다. 화려한 장의차는 블룸에게 여러 해에 걸쳐 사랑스런 존재가 되었다. 하지만 하겐이 계속 생각나지 않도록 검은 장의차의 색을 바꾸었다. 눈처럼 새하얀 장의차. 블룸은 참다못해 칠장이에게 소리를 지를 뻔했다. 칠장이가 하얀색으로 칠하는 게 확실하냐고 적어도 열 번 넘게 되물었기 때문이다. 하얀 캐딜락. 천천히 우아하게. 하얀 옷을 입은 노부인이 조심스럽게 승객을 모시고 간다. 검은색이 아닌 흰색. 죽음이 아닌 삶. 블룸은 색

다르고 싶었다. 경쟁자 장의사들과 차별화되기를 원했다. 하얀 장의차는 완전히 도발이었다. 블룸의 동료 장의사들의 눈에는 죽음과 어울리지 않았다. 애도는 예전부터 항상 검은색이었다.

블룸과 마르크는 하얀 장의차를 타고 휴가를 떠났다. 아이들이 아직 태어나기 전, 둘이 처음으로 같이 살던 해였다. 두 사람은 지중해의 사르데냐 섬 해변에서 차의 적재면 위에서 잠을 잤다. 차에 예쁜 커튼은 블룸이 직접 만들어 달았다. 두 사람은 하얀 장의차 속에서 행복했다. 사랑을 나누고, 부둥켜안고, 파도 소리에 귀를 기울였다. 트렁크 문을 열어놓고 담배를 피웠다. 지금처럼. 음악 그리고 손에는 담배. 죽은 사람은 어차피 담배를 필 수 없으니까. 마르크가 다시 블룸의 가까이에 있으니까, 블룸이 그를 느낄 수 있으니까. 그자, 쇤보른을 만날 때 마르크가 곁에 있기를 원하기 때문에. 블룸은 담배를 빨아들이며 눈을 감는다. 빨간 신호등에서 그를 본다. 마르크. 그가 웃는 모습. 블룸의 손에 있던 담배를 받아서 밖의 모래로 던지던 그의 모습. 마르크가 키스하던 모습. 그의 따뜻한 피부. 블룸의 귀에 경적 소리가 들려온다. 블룸은 눈을 뜨고 싶지 않다. 원치 않지만 눈을 떠야 한다. 신호등은 다시 녹색으로 바뀌고, 5분 후면 블룸은 쇤보른을 만날 것이다. 블룸은 두렵지 않다. 담배를 한 모금 빨아들이고 계속 차를 몬다.

둔야는 말이 없었다. 아무 말도 하지 않았다. 고개만 끄덕였다. 블룸은 더 이상 물을 필요가 없었고, 둔야에게 녹음을 끝까지 들려줄 필요도 없었다. 작은 스피커에서 그의 목소리가 나오자 둔야는 움찔했다. 에드빈 쉰보른이 그녀를 두렵게 만들었다. 그의 말, 그의 음성이. 둔야는 몸을 잔뜩 웅크리며 쪼그라들었다. 맞아. 그 남자야. 나를 계속 계속 강간했던 남자. 아니, 틀림없어. 확실해. 맞아, 그 남자야. 확실하게 그 남자의 목소리라는 걸 알 수 있어. 그의 목소리 그리고 사진기가 찰칵대는 소리. 그는 나에게 폭력을 휘둘렀어. 자주, 항상, 이 목소리가 맞아. 그는 인간도 아니야. 이름도 없어. 둔야는 고개만 끄덕였다. 말없이. 내리깐 시선만으로. 둔야는 보복당할 것을 두려워했다. 얼굴을 때리는 주먹을 느끼게 될 것을. 그래. 그가 나를 때렸어. 그래. 계속해서 언제나. 온몸을. 아픔을 느끼는 곳이면 어디든 닥치는 대로. 그는 주먹, 신발, 자신의 머리로 나를 쳤어. 그가 더 힘이 셌으니까. 둔야는 고개를 끄덕이며 울었다. 말없이, 몸을 부들부들 떨면서, 어제. 블룸은 아이의 방에서 둔야를 껴안았다. 블룸은 흥분에 휩싸여 있었다. 그를 찾는 일이 너무도 간단했으니까. 호텔 주인의 아들, 블룸의 예감은 적중했고, 그를 속이고, 불씨를 붙였다. 블룸은 이제 끝장을 내야 하는 일을 시작했다.

블룸은 차창 밖으로 담배를 던진다. 3분 후면 그에게 도착한

다. 계획도 없이, 혼자서. 블룸은 다른 선택을 할 수 없었다. 쉰보른과 마주 앉았을 때였다. 그를 밖으로 불러내 어디론가 데려가 마취를 시킨 후에 집으로 데리고 와서 적의 힘을 못 쓰게 만들겠다는 생각이 즉흥적으로 떠올랐다. 완전히 정신 나간 생각이었다. 어떤 방법으로 일을 진행할지 전혀 예상도 하지 못한 상태였다. 블룸은 그에게 캐물을 것이다. 그에게서 모든 것을 짜낼 것이다. 다른 남자들의 이름, 모두의 이름, 자백, 증거, 녹음 기록을 모두. 쉰보른은 다른 남자들이 누구인지 안다. 그는 마르크가 차에 치어 죽은 것을 알지도 모른다. 만일 안다면 누구 짓인지 알아낼 것이다. 에드빈 쉰보른. 어제부터 내내 블룸은 그를 그려보고, 그의 목소리를 듣는다. 그가 진짜 죽이는 년이라고 했다. 블룸은 그의 정체를 드러내게 할 것이다. 그의 가면을 벗기고 친절한 아틀리에 주인이 사실은 색욕으로 침을 흘리는 더러운 새끼임을 밝히리라. 사람을 능멸하는 잔인함. 2분 후면 블룸은 그에게 간다. 쉰보른은 주립극장 앞에서 블룸을 기다리고 있으리라. 쉰보른은 와 있을 것이다. 블룸은 그가 놓치지 않으리라는 것을 안다. 누드 초상화를. 블룸을.

오후 내내 그리고 저녁에도 블룸은 깊이 생각했다. 어떻게 일을 진행해야 할지, 쉰보른이 알고 있는 것을 어떻게 털어놓게 할지를. 쉰보른이 블룸을 덮치기 전에 어떻게 의식을 잃게 만들 수 있을까? 블룸은 그가 안심하고 있는 동안, 섹스 생각에만 골몰하고 있는 동안 재빨리 일을 처리해야 한다. 그를 시체 처리실로 데리고 와야 한다. 그곳에는 블룸을 방해할 사람이 아무도 없다. 레자는 외출 중이다. 내일이나 되어야 돌아올 것이다. 칼과 아이들은 시체 처리실에 들어오지 않으니 블룸은 쇤보른과 단 둘이 있을 수 있다. 쇤보른이 의식을 되찾으면 그와 이야기할 것이다.

블룸은 작은 도시에서 사람들의 눈에 띄지 않게 쇤보른을 쓰러뜨릴 수 있는 장소를 찾아다녔다. 서부역, 공업 지역, 지하 주차장. 블룸은 장소를 정할 수 없었다. 모든 곳이 누군가가 그녀의 행위를 볼 수 있는 가능성이 있었다. 돌로 쇤보른의 머리를 내려친다. 그녀의 사진을 찍기로 한 숲 속에서, 쇤보른이 카메라 장비를 집어 올리려고 몸을 굽힌 순간 뒤에서. 블룸이 생각 속에서 돌을 들고 얼마나 세게 내리쳤는지 그의 머리에서 피가 솟구쳤다. 쇤보른의 이마에서 피가 철철 흐른다. 블룸은 당황해서 쇤보른을 장의차 속으로 들어 올리는 운반대로 질질 끌어올린다. 사방에 피가 묻고, 쇤보른은 신음한다. 블룸은 힘에 부쳐 그를 들어 올리지 못한다. 조깅하는 사람이 길을 따라 달린다. 아니다. 그런 경우는 제외한다. 쇤보른은 너무 무거웠다. 족히 100킬로그램은 넘는 것 같다. 블룸은 쇤보른을 장의차 안에 가두어야 한다. 그를 때려눕히지 않으면 쇤보른은 저항하고 오히려 그녀를 차에서 끌어내려서 구타할 것이다. 그가 둔야의 얼굴 표정이 마음에 안 든다고 무자비하게 구타했던 것처럼. 그를 마취시킬 방법은 딱 한 가지 있다. 블룸은 구글에서 정보를 탐색했다. 다른 사람들, 강간자, 살인자들이 하는 것처럼.

블룸은 효과가 빠른 약을 찾았다. 그가 눈치채지 못하게 입으로 넘겨줄 수 있는 것. 수면제인지 뭔지는 20시간 후에나 합법적으로 구할 수 있었다. 블룸은 마약을 구해본 적이 없었다. 때문에 마약을 파는 사람들을 알지도 못했다. 그래서 그것은 고려 대상에서 제외되었다. 수많은 약을 온라인으로 구입할 수 있었지만 시간이 충분치 않았다. 배송까지 닷새나 걸렸다. 블룸은 욕설을 내뱉었다. 쇤보른과의 약속 시간을 미룰 생각은 없었다. 블룸은 쇤보른을 당장 처리할 수 있기를 원했다. 그에게 생각할 시간을 주어선 안 된다. 쇤보른은 블룸의 음부만 생각할 뿐 다른 생각은 전혀 하지 않는다. 그가 이상하게 생각하거나 의심을 품어서는 안 되었다. 일은 불가능해 보였지만 블룸은 밤새 내내 해결책을 찾았다. 신들린 것처럼. 마침내 한 사이트에서 블룸의 차고에만 가면 되는 방법을 알려줄 때까지.

자동차 휠 클리너. 접착제용 강력 용해제. 흔히 쓰이는 마약 GHB, 액체 엑스터시라고도 불리는 마약 및 제약 원료 부티로락톤, 일반인이 자유롭게 구할 수 있는 세척제 GBL. 1리터에 60유

로. 블룸은 인터넷 사이트에서 내용을 읽었고, 약품이 차고에 있다는 것을 안다. 수년 전부터. 하겐이 10년도 더 전에 용해제를 사두었다. 청소년들이 정원의 담에 스프레이로 낙서를 해놓았을 때였다. 용해제는 차고에서 제일 구석진 곳 스노타이어 부근에 있다. 하겐이 심근경색이 있기 전에 그 용해제를 보관했다. 청소년들에게 마약으로 오용된 공업용 세척제. 가장 싼 14센트짜리 흥분제는 시장에서 파는 것으로 합법적으로 살 수 있는 것이었다. 인터넷 사이트의 글을 끝까지 다 읽은 블룸은 지하로 뛰어 내려간다. 약효는 액체 엑스터시와 똑같다. 용해제 깡통은 다른 세척제들 옆, 눈에 띄지 않는 곳에 놓여 있었다. 모든 게 완벽하다.

차 안에 있는 블룸. 쉰보른에게 가는 길. 술병은 그녀의 무릎에 놓여 있다. 투명한 술병 안에 든 맑은 화주. 블룸은 용해제의 고약한 맛을 가리기 위해 설탕과 레드 불 드링크를 섞었다. 용해제의 냄새가 거의 나지 않을 때까지 한참 흔들었다. 세척제 GBL을 듬뿍 넣었다. 인터넷에서 설명하는 양의 두 배를 넣었다. 위험수를 줄여야 했다. 쉰보른이 한 모금만 마셔도 충분하다. 그가 차에 타면 블룸은 병을 입에 대고 마시는 척할 것이다. 그런 후에 그에게도 한 모금 마시라고 권할 것이다. 그래야 기분이 오른다고 할 것이다. 그녀는 병을 건네주며 쉰보른에게 마시라고 권할 것이다. 마시라고. 에드빈 쉰보른. 블룸의 시야에 쉰보른이 들어온다. 쉰보른이 극장 앞에 서 있다. 사진기가 든 검은 가방이 바닥에 놓여 있다. 20초 후에 문이 열릴 것이다. 블룸은 모든 것을 건다. 둔야를 위해, 10초 후. 마르크를 위해.

19장

 남자라는 인간이 얼마나 역겨울 수 있는가. 오로지 충동만이 남자를 조종할 때 모든 것이 얼마나 눈에 뻔히 보이는가. 색욕, 욕정, 변태. 쇤보른. 블룸은 그에게 예기치 않은 놀라움을 주었다. 쇤보른은 순순히 술병을 받아 마시고는 씩 웃는다. 아무 생각 없이, 묻지도 않는다. 구역질나는 개자식. 블룸은 마음속으로 생각하며 그에게 예쁘게 웃어 보인다. 그의 입에 고인 화주, 손에 들린 술병 그리고 씩 웃는 웃음. 2분도 채 지나지 않아 쇤보른은 계약대로 실행하자며 이야기를 꺼낸다. 그는 기다릴 수가 없다. 다른 얘기는 할 생각이 없다. 쇤보른은 우선 그때 한 약속대로 하기, 블룸의 생각이 바뀌지 않았음을 확인한다. 블룸은 고개를 끄덕인다. 우리가 세운 계획대로죠. 쇤보른이 묻는다. 블룸은 마치 원격조종으로 움직이듯 미소를 지으며 그의 말 속에 들어 있는 음탕한 느낌을 무시하자고 마음을 다잡는다. 쉰보른은 욕정을 숨기려 하지 않는다. 오히려 그 반대다. 내가 거들어주어도 괜찮겠지? 자위행위를 할 때 말이야. 내가 그런 거에 어떻게 해주어야 하는지 잘 안다는 거. 내가 대놓고 먼저 말해줄 수는 없었지. 쉰보른은 크게 웃으며 화주를 한 모금 더 들이킨다. 더러운 그의 웃음 소리. 블룸은 그 웃음 소리를 없애기 위해 실제로 돌을 들어 머리를 내리치고 싶다. 그가 입을 다물고 조용해지기를 바란다. 주절거리는 소리를 그치게 하고 싶다. 블룸은 단 1초도 그가 자신의 몸에 손을 대는 것을 상상하기 싫다. 쉰보른이 그녀의 사진을 찍는 것, 그의 앞에서 옷을 벗어야 한다는 것도 생각하기 싫다. 단 1초도. 그래서 차를 천천히 몬다. 시내를 빙 돌아 벗어난다. 블룸은 자신이 유일하게 이름을 아는 유명한 사진작가 헬무트 뉴톤에 대해 이야기하기 시작한다. 사진에 대한 사사로운 이야기로 쉰보른에게 제동을 걸어 시작 속도를 늦추려 한다. 블룸은 10분을 더 참아야 한다. 숲에 도달할 때까지, 그때면 쉰보른은 의식을 잃을 것이다. GBL 마약이 그를 발밑으로 쓰러뜨릴 것이다. 10분이면 충분하다. 블룸은 미소를 짓는다. 최선을 다한다. 이미 지거슈트라세 거리가 보인다. 그때 갑자기 쉰보른이 질문을 던진다. 블룸은 그 생각을 미처 하지 못했다. 가슴이 터질 듯 심하게 두근거린다. 왜 미처 생각하지 못했을까? 블룸은 자신이 밉다. 눈 깜짝할 사이에 대답을 생각한다. 바로 지금이 조심해야 할 때다. 실수를 해서는 안 된다. 블룸은 어떻게든 자연스럽게 대답한다. 거짓말을, 재빨리, 동요하지 않고, 어물거리지 말고.

"이건 장의차 아닌가?"

"응."

"낡은 차군."

"사람은 다 익숙해지기 마련이야. 신경 쓸 것 없어."

"왜 장의차를 몰고 다니지?"

"내 차가 마음에 들어?"

"왜 장의차를 타고 다녀?"

"왜냐하면 내가 딱 그만큼 오래되었다고 생각하니까. 인터넷을 뒤져서 구했어."

"누가 자발적으로 장의차를 사?"

"내가."

"그냥?"

"미국에서 이 차를 샀어. 아마 케네디 대통령이 이 차에 실려 댈러스에서 워싱턴으로 갔을 걸. 그냥 이 차를 사고 싶었어."

"장의사하고는 아무 관계가 없어?"

"뭐라고?"

"자기는 시체를 태우고 산책해?"

"미쳤어?"

"시체 옆에 가까이 눕나보지. 안 그래?"

"그 뒤에 눕는 사람은 나밖에 없어. 나는 얼마 전에 사르데냐섬에서 왔어. 이 차에서 자는 게 얼마나 편안한데."

"나도 한번 자보고 싶네."

"왜 모두들 그런 걸 꺼림칙하게 여기는지 이해가 안 가."
"나는 그렇지 않아."
"이건 그냥 차일 뿐이야. 차는 깨끗이 세차하면 그만이고."
"예전에 시체를 날랐다는 게 조금도 꺼림칙하지 않다는 거지?"
"자기는?"
"전혀. 차가 멋있네."

쇤보른의 머릿속에서 무슨 생각이 스치든 블룸은 그것을 날려 버린다. 블룸은 인스부르크 근교, 이글스로 차를 몰고 위로 올라가면서 마침내 기다리던 일이 이루어지기를 기다린다. 쇤보른의 머리가 드디어 뒤로 젖혀질 때까지. 그런데 그의 머리가 기울어지지 않는다. 쇤보른은 계속 떠들어댄다. 연신 음탕한 뜻이 담긴 농담을 던지고 곧 일어날 일을 상상하며 웃음을 실실 흘린다. 그는 열에 뜬다. 블룸은 초를 센다. 그녀는 되돌아가야 할지, 이글스 마을 중심지에 멈춰 서야 할지 생각해본다. 시간을 벌어야 한다. 무슨 일이 있어도 이 남자와 단 둘이 숲에 있기는 싫다. 무슨 구실을 찾아야 한다. 두 사람은 이미 이글스와 파취 사이의 국도에 와 있고, 숲이 양쪽에서 그들을 에워싸고 있다. 쇤보른은 그녀가 옷을 벗을 장소가 대체 어디냐고 묻는다. 그는 깨어 있다. 잠들지 않는다. 계속 떠들어댄다. 어서 그곳에 가자고 자꾸 재촉한다. 블룸은 곧 도착한다고 대답한다. 블룸은 위험을 무릅쓰고 계속 가야 할지, 어떻게 해야 할지 알 수 없다. 일단 차를 멈추어야 한다.

내리자. 더 이상 오래 지체할 수는 없다. 그럼에도 불구하고 블룸의 머릿속에 광경이 떠오른다. 블룸은 계속 머뭇거린다. 초조해진 쇤보른은 블룸을 땅바닥에 쓰러뜨리고 그녀 위에 올라타서 바지를 벗긴다. 그는 블룸의 머리를 이끼 바닥에 짓이긴다. 하지만 블룸은 길을 꺾어 숲으로 들어간다. 달리 어쩔 수가 없다. 해야만 한다. 블룸은 차를 좁은 숲길로 몰고 가며 마르크를 생각한다. 그녀의 옆에 앉아 웃는 모습을. 마르크가 멋있는 손가락으로 그녀의 뺨을 쓰다듬는 것을. 다 잘될 거야. 마르크가 말한다. 마르크가 이번에는 틀릴지 블룸은 아직 알 수 없다. 상상했던 것보다 훨씬 더 좋지 않은 일이 벌어질지도 모른다. 훨씬 더 나쁜 일이.

20장

"와줘서 고마워."
"아이들은?"
"자. 들어와."
"블룸, 무슨 일이야?"
"별로 좋지 않아."
"당신 왜 그래?"
"오늘 밤은 혼자 있고 싶지 않아."
"내가 있잖아. 그리고 내가 당신을 위해 모든 일을 한다는 거 알고 있지."
"고마워."
"블룸, 내가 도와줄 일이라도 있는 거야?"
"모르겠어."

"당신 떨고 있잖아."
"응."
"제발 말해봐. 내가 뭘 도와줘야 하는지."
"지금 당신이 왔잖아. 그게 도와주는 거야."
"블룸, 당신이 전화했잖아. 나는 당신이 부르면 언제나처럼 이렇게 왔으니 우리가 해야 할 일을 해야지."
"나를 안아줄 수 있어?"
"지금?"
"나와 같이 소파에 누워. 그리고 그냥 나를 꼭 안아줘."
"그래."
"그게 도움이 되는 유일한 일이야."
"그래?"
"응."
"잘될 거야. 당신은 두고 보기만 하면 돼."
"그럴까?"
"그래."
"그도 항상 그렇게 말했는데."
"마르크가?"
"응."
"지금은 내가 당신 곁에 있어."
"고마워. 마시모."
"다 잘될 거야."
"그런 말은 하지 마. 그냥 꼭 안아주기나 해."
"알았어."

"그런데 마시모?"
"또 뭐?"
"나랑 같이 잘 수 있어?"
"그게 무슨 말이야?"
"할 수 있어?"
"응."

 마시모는 블룸을 따라간다. 블룸은 그의 손을 잡고 거실을 지난다. 침실을 지나 마르크의 작업실로 들어간다. 마시모는 잠자코 블룸이 이끄는 대로 따라가며 그녀가 원하는 대로 한다. 마시모는 블룸을 쳐다본다. 그녀가 어떻게 옷을 벗을지. 나체로 그의 앞에 서 있는 모습은 어떨지. 블룸은 조금이라도 좋은 기분을 느끼고 싶다. 생각을 다른 곳으로 돌리고 싶다. 더 이상 쉰보른에 대해 생각하고 싶지 않다. 블룸은 마르크의 소파에 누워 마시모에게 옷을 벗으라고 한다. 마시모는 망설인다. 확신하지 못한다는 듯이, 블룸이 자신과 즐기는 것이 괜찮은 일인지 확실치 않다는 듯이. 마시모와 블룸. 블룸은 마시모를 자기 쪽으로 끌어당긴다. 마시모가 블룸의 옆에 눕는다. 마시모는 가만히 있다. 조심스럽게, 다정하게. 블룸은 그의 손을 잡아 가슴에 올려놓는다. 그녀는 말하지 않는다. 눈은 감겨 있다. 마시모가 자신을 행복하게 해주길 바란다. 지금, 빨리, 느끼고 싶다, 전율을 원한다. 삶을, 그를, 무엇이든 빨아들이고 싶다. 쉰보른에 대한 생각만은 하고 싶지 않다. 마시모의 입, 그의 피부, 그의 손, 블룸은 모든 것을 받아들인다. 마시모가 그녀의 위에서 키스한다. 그녀는 키스하게 둔다. 잠시 쉰보른이 사라진다. 그의 얼굴이, 그가 했던 모든 짓이. 그녀가 한 행위가. 블룸은 그를, 마시모를 껴안는다. 마시모를 꽉 껴안고 몸에 밀착시킨다. 남편의 가장 친한 친구, 블룸은 마시모가 곁에 있어주기를, 그가 따뜻하게 해주기를 원한다. 그녀는 그의 온몸을 더듬는다. 마시모가 보호해주고 도와주기를 바란다. 말없이. 자정에 은밀하게. 블룸은 아이들이 깨는 것을 원치 않는다. 둔야도. 아무도 이 사실을 알아서는 안 된다. 마시모가 블룸과 같이 누워 있는 것을. 그가 그녀를 껴안고 있는 것을.

두 사람은 오랫동안 말이 없다. 블룸은 눈을 감고 있으려 한다. 눈을 뜨고 싶지 않다. 그녀가 한 행위를 보고 싶지 않다. 마시모가 그녀의 몸속으로 밀고 들어온 것을, 그녀의 혀가 그의 입으로 들어간 것을. 그녀는 마시모의 몸을 보려 하지 않는다. 그의 체취를 느끼고 싶지 않다. 그와 이야기하고 싶지 않다. 블룸은 그럴 수 없다. 예상했던 대로 일어났던 일을 마시모에게 털어놓지 않을 것이다. 블룸은 그 모든 것을 어떻게 설명해야 할지 알 수 없었다. 사실, 마시모가 도와줄지도 알 수 없었다. 블룸은 그에 의해 수갑이 채워지고 그는 법을 따라야 할 것이다. 마시모는 전혀 블룸을 도울 수 없을 것이다. 마시모, 사진사 에드빈 쇤보른이 우리 지하실에 누워 있어. 당신이 나를 곤경에서 빼내줄 수 있을까? 내가 쇤보른을 마취시켜서 납치해 왔어. 그는 시체 처리실에 누워 있어. 마시모, 제발. 그냥 눈감아주고 없던 일로 처리해줘. 그때 내가 너무 심했어. 아마 내가 지나치게 과도한 반응을 했는지도 몰라. 어쩌면 그런 일이 일어나지 않았어도 되었을 텐데, 일이 그냥 그렇게 되어버렸어. 그러니까 당신이 날 도와줘야해. 당신도 알잖아. 내게 아이들이 있다는 거. 난 지금 감옥에 갈 수 없어. 그러니까 사랑하는 마시모, 나를 위해 제발 일을 좀 처리해줘. 고마워, 자기 정말 사랑스러워. 아니, 모든 게 다르다. 그녀는 지금 마시모를 문까지 데려다줄 것이다. 마시모는 옷을 입고 집으로 갈 것이다. 그러면 블룸은 쇤보른이 있는 곳으로 내려갈 것이다. 혼자서 해결책을 찾을 것이다. 뭔가 생각이 떠오르리라. 배의 방향을 다시 제자리에 놓을 것이다. 당장. 시간을 잃을 수 없다. 마시모의 맨살의 느낌이 얼마나 좋았든 상관없다. 그토록 좋은 느낌이 들었던 것에 블룸 자신이 혐오스러워져도 상관없다. 블룸은 마시모에게 키스하고 벌떡 일어난다. 당신, 지금 당장 가야 해. 그녀가 말한다. 또 와도 되지. 그가 묻는다.

21장

세 시간 전. 블룸은 시체 냉동 저장고의 문을 연다. 쉰보른은 알루미늄 작업대 위, 두 개의 관 사이에 누워 있다. 블룸은 그를 단단히 묶어 관 사이에 놓아두었다. 꾸러미처럼 단단히 묶어서. 블룸은 그에게 다시 오기 전에 그가 깨어날까 두려웠다. 아이들이나 칼이 무심코 시체 처리실에 들어올 경우를 생각해서 쉰보른을 숨겨놓아야 했다. 블룸은 혼자 그와 같이 있다.

그가 누워 있다. 그녀가 사로잡은 괴물. 블룸은 그를 때려눕히고, 잠자코 있는 고깃덩어리처럼 차에서 끌어내렸다. 그때 그에게서 위험한 요소는 더 이상 없었다. 블룸은 그를 눈에 띠지 않게 장례 준비실로 데리고 온 후, 알루미늄 작업대 위에 있는 그를 힘들이지 않고 밀어 냉동고로 굴렸다. 모든 게 아이들 장난처럼 완벽하게 이루어진 것같이 보였다. 그녀가 기대했던 모든 것이 시작되었다. 그는 두 시체 사이에 누워 있다. 두 개의 관과 쉰보른. 5도. 블룸은 냉동고 문을 닫고 그를 홀로 둔다. 이곳에서 쉰보른은 블룸이 오기를 기다려야 한다. 아이들이 잠들 때까지, 그녀가 아무 방해도 받지 않고 그와 단 둘이 있을 수 있을 때까지.

하지만 아이들이 자지 않았다. 아이들은 블룸을 놓아주지 않았다. 블룸은 아이들에게 책을 읽어주고, 이야기를 들려주어야 했다. 계속. 그리고 또 다시. 쉰보른이 냉동고에서 잠들어 있는 사이에 블룸은 우마와 넬라 옆에 누워 있었다. 엄마. 같이 있어줘. 무서워. 엄마. 우리가 잠들 때까지 같이 있어줘. 엄마. 제발. 블룸은 쉰보른을 깨워 캐묻고 싶은 생각에 초조했지만 아이들 곁에 있어야 했다. 아이들과 같이 있는 것보다 중요한 일은 없었다. 우마와 넬라는 눈을 감는 것을 무서워했다. 아이들은 안전하다는 느낌을 원했다. 그리고 블룸은 아이들이 안심할 수 있도록 같이 있었다. 아이들이 나란히 누워 깊고 편안하게 잠이 들었을 때 비로소 블룸은 다시 그에게로 갔다.

쉰보른. 떡 버티고 서서 사진기를 들고 있던 모습. 땅바닥의 이끼는 얼마나 시퍼랬던가. 그는 얼마나 블룸이 옷을 벗기를 기다렸나. 숲에 있는 블룸. 블룸 혼자. 모든 계획이 뒤죽박죽이 되었다.

블룸은 패닉 상태에 빠지며 신경이 극도로 과민해졌다. 블룸. 그녀는 무엇이든 해야 했다. 쉰보른은 잠들지 않았다. 완전히 생생했다. 마취제가 전혀 듣지 않는 것 같았다. 모든 것이 순서대로 진행되기를 짜기라도 한 것 같았다. 이제 블룸이 옷을 벗어야 할 차례였다. 블룸은 벗을 생각이 없었다. 게임은 여기서 끝나야 했다. 결정을 내려야 했다. 블룸은 그가 기절해 바닥에 쓰러지기를 기대했다. 그리고 그가 다시 깨어났을 때 그에게 질문을 하고 대답을 얻으려 했다. 일에 가담한 다른 사람들이 누구인지 알아내려 했다. 지하실은 어디에 있는지. 요운은 어떻게 되었는지. 때문에 블룸은 일이 빨리 진행되도록 손을 써야 했다. 그가 그녀를 덮칠 때까지 기다리는 것은 예정에 있는 일이 아니었다.

블룸은 그냥 다 던져버리고 도망칠 수 없었다. 때문에 망설이지 않았다. 쉰보른이 카메라 가방에서 물건을 집으려고 몸을 숙이는 순간, 블룸은 그의 머리를 쳤다. 돌이 옆에 있었다. 옆에 놓인 돌을 들어 쉰보른의 뒤통수를 쳤다. 쉰보른은 그녀가 상상했던 그대로 쓰러졌고, 다만 피가 많이 나오지는 않았다. 스르르 잠에 빠지는 대신 둔탁하게 쓰러졌다. 쉰보른이 앞으로 고꾸라지며 쓰러졌다. 마치 괴물에게서 바람이 빠지듯 소리가 거의 나지 않았다. 그가 꼼짝도 하지 않고 쓰러져 있고, 그녀는 지체 없이 그를 묶었다. 손과 발, 블룸은 그를 저항하지 못하게 만들었다. 돼지를 불에 구울 준비를 마쳤다.

블룸은 기계적으로 움직였다. 차에서 운반대를 꺼내 쇤보른의 옆에 세웠다. 그를 운반대 위로 밀어 올려야 했다. 어떻게든, 그리고 운반대를 차로 끌고 가는 수밖에 없었다. 블룸은 온 힘을 짜내 그를 밀어 세운 후 자신의 몸으로 받쳤다. 블룸은 욕설을 퍼붓고, 소리를 지르고, 그에게 침을 뱉었다. 블룸은 할 수 없었다. 쇤보른은 너무 무거웠고, 그녀는 어느새 힘이 쭉 빠졌다. 일이 쉬우리라 생각했다. 생각으로는 아주 간단했는데 사람을 끌고 가는 게 실제로는 나무뿌리에 걸리고, 땅바닥은 울퉁불퉁하고, 10미터가 한없이 멀었다. 블룸은 잠시 포기하고 쇤보른을 눕혀둔 채 마시모에게 전화를 하려 했다. 눈에 눈물이 고였다. 블룸은 또 다시 쇤보른에게 침을 뱉고 그를 들어올렸다. 운반대 한쪽 끝을 차의 적재면에 걸치고 운반대의 다른 쪽 끝을 들어올렸다. 그러자 개자식이 차 안으로 굴러 들어갔다. 임시변통으로 싣자니 그의 사지가 제멋대로 구겨진 채로 들어갔다. 장례식장으로 가는 길에 들어선 에드빈 쇤보른. 블룸은 옳은 일을 했다고 확신했다. 다른 선택은 없었다. 잠깐 동안은 모든 일이 잘 되었다.

　블룸의 품에 안겨 잠든 아이들. 블룸이 다시 그에게 가기 전, 이 평화로운 조그만 얼굴들. 계단 아래. 시체 처리실로. 블룸은 천천히 문을 연다. 그리고 한참 서서 그를 쳐다보기만 한다. 블룸은 꼼짝도 않고 쳐다보기만 한다. 알기 때문에. 그녀가 너무 지체했음을, 너무 오랫동안 아이들 곁에 있었음을. 블룸은 더 일찍 와서 그를 깨워 신체의 순환체계를 되돌려 놓았어야 했다. 기온이 너무 낮았다. 네 시간 넘도록 5도, GBL 마약, 머리의 상처. 블룸은 냉동 저장고의 문을 열자마자 알아차렸다. 그가 더 이상 숨을 쉬지 않는 것을. 그의 가슴이 더 이상 움직이지 않는 것을. 쉰보른은 블룸이 살면서 보아온 다른 모든 시체와 같았다. 생명이 없는 육신, 차가운 살점 덩어리, 뼈와 살. 냉동고에는 더 이상 뛰는 심장이 존재하지 않았다. 살아 있다는 표시가 없었다. 냉동 모터 돌아가는 소리만 들렸다. 거기에는 오직 그의 얼굴, 헤벌어진 입만 있었다. 말없이 벌어진 입. 죽어버렸으니까.

블룸은 얼마나 오래 그 자리에 서서 꼼짝하지 않았는지 더 이상 알 수 없다. 어쩌면 30분, 아니면 그 이상. 마치 몸이 얼어붙은 것처럼. 자신의 잘못이라는 것을 파악하기 위해 절망적으로 안간힘을 썼다. 쉰보른의 침묵에 대해. 그가 죽은 것에 대해. 블룸은 그를 쳐다보기만 한다. 그녀의 몸이 차가워진다. 떨린다. 그 자리에 그대로 서 있기만 한다. 그리고 마시모에게 전화를 건다. 내게 좀 와줘. 그녀가 말한다. 20분 내에 도착할게. 그가 말한다.

22장

 자정. 마시모는 갔고, 사방이 피로 범벅이다. 하이드로 흡기기가 피를 빨아들이고 또 빨아들인다. 블룸은 복부를 열었다. 복부를 절개해 벌렸다. 내장을 떼어낸다. 복부에서 장을 꺼내 파란색 쓰레기 자루에 담는다. 콩팥, 간, 끄집어낸 것을 모두 자루에 쑤셔 넣는다. 집게로 흡기기를 복부 내에 고정시켜 놓자 엄청난 양의 피와 체액이 호스를 통해 하수 장치 속으로 사라진다. 측면용 메스로 흉부를 연다. 심장과 폐를 떼어내고, 몸통을 잘게 절단하기 전에 속을 비운다. 동력톱으로 뼈를 자른다. 피가 튀어 욕조를 타고 흐른다. 피를 빨아들인다. 사방에 그의 살점, 지방 덩어리가 있다. 끔찍한 그의 머리를 톱으로 단숨에 썬다. 쉰보른을. 블룸은 동정심도 없이, 망설임도 없이 그를 분해하고 조각조각 잘라 비닐 자루에 담는다. 깨끗하고 정결하게 포르말린 용액에 담근다. 쉰보른을 저장한다. 블룸은 그가 썩은 냄새를 풍기기 시작하는 것을 원치 않는다. 사람들이 시체 썩는 냄새를 맡으면 안 된다.

블룸은 날이 밝도록 자루를 싸고 닦아낸다. 가능한 한 빨리, 있는 힘을 다해. 몇 시간 후면 레자가 보스니아에서 돌아오고, 두 건의 장례식에 이어 오후에 두 건의 매장이 예약되어 있다. 레자가 조금이라도 눈치채거나 짐작을 하면 안 된다. 레자가 떠날 때와 똑같이 모든 것을 원상복구시켜 놓아야 한다. 블룸은 냉장실에 들어 있는 관들을 꺼낸다. 문득 생각이 떠올랐다. 마시모 옆에 나체로 누워 있었을 때. 두 사람이 아주 가까이 붙어서 살과 살을 맞대고 있을 때. 마시모가 그녀를 애무할 때 번뜩 생각이 떠올랐다. 노부인의 관 속에 들어 있는 쉰보른의 다리, 장기, 그의 머리가. 그의 몸통과 팔은 사고를 당한 산악인과 같이 관에 들어간다. 포장해서 보관 처리된 에드빈 쉰보른은 바로크식 테두리를 두른 하얀 관 뚜껑 아래 숨겨진다. 그것이 블룸이 감옥에 가지 않을 유일한 가능성, 아이들을 어려움에 처하게 하지 않을 구원의 아이디어다. 블룸은 그렇게 해야 했다. 마시모를 집으로 돌려보낸다. 지하실로 간다. 메스를 잡는다.

블룸은 작은 자루를 집어 들어 관 속에 차곡차곡 쌓는다. 고인

의 다리 사이에 조각난 시체 부위를 딱 붙여 보이지 않게 숨긴다. 쉰보른의 모든 것을 영원히 숨긴다. 블룸은 관 뚜껑을 닫고 나사를 돌려 잠근다. 아무도 어느 때이든 그를 찾아낼 수 없을 것이다. 아이디어는 훌륭하다. 시체에게 관과 묘지보다 좋은 곳은 없다. 아무도 쉰보른을 찾아서 죽은 노처녀 여교사의 무덤을 파헤치지는 않을 것이다. 아무도 한순간도 상상하지 못하리라. 블룸은 씩 웃는다. 몸은 완전히 녹초가 되었지만 행복한 기분으로 두 관을 다시 냉동고로 밀어 넣는다. 아무 일도 일어나지 않았다. 모든 게 좋다.

23장

아무도 눈치채지 못했다. 마시모가 옷을 벗고 그녀의 옆에 누워 있었다는 것, 두 사람이 키스를 나누었다는 것을 아무도 모른다. 아이들은 전혀 모른다. 칼도 모른다. 칼은 소파에서 깊이 잠들었다. 블룸은 아이들에게 돌아가 눕기 전에 칼에게 담요를 덮어주었다. 아이들이 눈을 떴을 때 블룸은 옆에 누워 미소를 짓는다. 엄마가 너희들을 지켜줄 거야. 엄마는 너희들을 사랑해. 엄마는 이제 너희들의 아기 햄스터에게 아침 먹이를 줄 거야. 블룸은 아이들을 품에 꼭 껴안는다. 아이들은 얼마나 순진무구한가. 얼마나 작은가. 세상만사로부터 얼마나 멀리 떨어져 있는가. 쇤보른의 육체. 블룸이 그의 몸뚱이에서 옷을 어떻게 잘라냈는가. 메스로 지방 덩어리를 어떻게 절개했는가.

몇 시간 후면 쉰보른은 땅속으로 사라질 것이다. 몇 시간 후면 블룸은 레자와 함께 오스트프리드호프 묘지로 가서 일을 마무리할 것이다. 온갖 형식을 갖춰 작별하리라. 근조 화환, 양초, 애도의 연설. 블룸이 밑에 더러운 개자식을 깔아 놓은 고인을 위해. 레자가 애도문을 준비했고, 블룸이 그것을 읽을 것이다. 슬픈 표정을 짓고 고인의 삶에 대해 이야기하면서 그러나 쉰보른을 생각할 것이다. 무덤으로 가는 쉰보른을 따라가 짐꾼들이 땅속에 관을 내리는 과정을 지켜볼 것이다. 오후 2시에 다리와 머리, 4시에는 몸체와 팔. 두 건의 장례, 그러면 쉰보른의 이야기는 기억으로만 남는다. 실종, 사라짐. 영원히.

 블룸은 쉰보른의 옷을 태워버린 후 그의 집으로 갈 것이다. 아이들이 다시 잠든 밤에. 그의 재킷 주머니에서 발견한 집 열쇠를 가지고 몰래 숨어 들어가 손을 댔던 모든 물건을 깨끗하게 닦아 흔적을 없앨 것이다. 그리고 사진을 찾을 것이다. 블룸이 아직 가지지 못한 증거, 쉰보른이 더 이상 털어놓을 수 없는 사실을 말해 주는 사진들을 찾아 뒤질 것이다. 사진을 찾아내 정의를 밝힐 것이다. 마르크를 위해. 둔야를 위해.

그녀는 그에 대해 묻지 않는다. 둔야. 한마디도 없다. 블룸의 계획은 무엇인지, 그 남자가 누군지 알아낸 지금 무엇을 할 것인지 묻지 않는다. 둔야는 알려 하지 않는다. 블룸이 말을 꺼내자 회피한다. 블룸은 둔야에게 자신이 할 수 있는 일은 아무것도 없다고 말하려 한다. 어떤 식으로 둔야를 도와야 할지 모른다고, 속수무책이라고. 블룸은 그렇게 거짓말을 하려고 하지만 둔야는 피한다. 손가락을 입술에 대고 고개를 가로젓는다. 아니, 말하지 마. 제발. 난 더 이상 아무것도 알고 싶지 않아. 그녀의 눈에, 도처에, 두려움이 존재한다. 둔야에게는 더 이상 할 말이 남아 있지 않다. 모든 것을 다 말했다. 둔야에게 설명할 필요가 없어진 블룸은 마음이 가벼워진다. 두 번째 만남에서 예기치 않게 그를 죽였다는 것을. 그 일에 대해 아무것도 말할 필요가 없어졌다. 블룸은 아무 말도 하지 않고, 둔야는 그것을 고마워한다. 둔야는 시장을 다녀왔으면 한다고, 자신이 집에 쓸모 있는 일을 하고 싶다고 부탁한다. 둔야는 고개를 숙인 채 블룸이 주는 돈을 받는다. 그리고 밖으로 나간다. 아침에 먹을 빵, 달걀, 오렌지 주스. 모든 게 제대로 된 것 같다. 폭풍은 지나간 것 같다.

빵, 달걀, 오렌지 주스. 블룸은 아직도 기다린다. 아이들은 요구르트를 먹은 후 할아버지에게 올라간다. 블룸은 식탁에 앉은 채 둔야를 기다린다. 벌써 2시간째. 둔야가 돌아오지 않을지도 모른다는 생각은 하지 않는다. 블룸은 둔야가 집에서 편안해했다는 것, 블룸의 도움을 받아들일 것임을 안다. 둔야가 집에 있으려 한다는 것을. 블룸은 둔야가 자신의 집에 있을 수 있도록 배려할 것이다. 어떻게든 할 수 있을 것이다. 그러기 위해 온 힘을 쏟을 것이다. 둔야를 위해. 그래서 언젠가는 둔야의 두려움이 가시도록. 둔야가 편안하게 잠들고 깨어날 수 있도록. 그런데 둔야는 돌아오지 않는다.

블룸은 생각한다. 둔야가 어디론가 숨어버렸구나. 이 도시의 가장 후미진 구석에 숨을 곳을 찾았구나. 어디인지 아무도 모르는 곳으로, 다른 도시로 가겠지. 둔야는 자신이 안전하기를 원한다. 블룸의 핸드폰에 있는 목소리로부터 멀리 벗어나려 한다. 주머니에 단돈 50유로를 넣고. 빨리. 아주 멀리. 블룸은 이제 창밖을 응시하기를 그친다. 둔야는 가버렸다. 둔야는 목소리일 뿐이다. 지하실에 대한 이야기를 한 목소리. 블룸은 마음속으로 그녀의 목소리를 듣는다. 이레나, 둔야, 요운, 사진사, 사제, 사냥꾼, 요리사, 어릿광대. 가면을 쓴 다섯 남자에 대한 이야기. 사제, 사냥꾼, 요리사, 어릿광대. 블룸은 그들을 찾을 것이다.

24장

오후. 모든 것이 여느 때와 같다. 고인과의 작별, 눈물, 땅속으로 들어가는 관. 블룸은 몇 주 만에 처음으로 다시 장례 일에 참여한다. 레자가 기뻐한다. 일처리를 못해 티격태격하던 임시 고용인들 때문에 레자의 신경은 완전히 나가떨어진 상태였다. 레자는 블룸을 껴안으며 고마워한다. 블룸도 기쁘다. 다시 일을 하시니 좋아요. 블룸이 없으면 도무지 일이 제대로 돌아가지 않아요. 꽃이 없는 꽃병처럼. 레자. 그는 검은 양복을 입고 서 있다. 레자는 제시간에 맞춰 집에 돌아오려고 밤새 차를 몰고 왔다. 보스니아. 블룸은 보스니아에서 레자가 무엇을 했는지 모른다. 레자는 말하지 않는다. 보스니아에 아직 누가 남아 있는지, 혹시 고향에 돈을 보내는지. 레자는 아무 말도 하지 않고 블룸도 묻지 않는다. 레자. 목사가 남은 사람들에게 위로의 연설을 하는 동안, 수많은 눈물이 흘러내리는 동안 레자는 블룸에게 미소 짓는다. 블룸에게 보내는, 거의 눈에 띄지 않는 여린 미소. 우리 같이 해내요. 둘이서 같이. 당신과 나. 말이 필요 없는 이해. 레자와 블룸, 조화를 이룬 팀. 두 사람은 이미 얼마나 많은 장례 준비를 같이 해왔는가, 둘이서 얼마나 많은 시신들을 운반해왔는가, 얼마나 많은 매장 일을 마무리했는가. 레자는 선물 같은 존재다. 레자가 블룸을 보고 미소를 짓는다. 블룸은 눈웃음으로 응대한다. 두 사람은 모든 장미가 땅속에 떨어질 때까지, 모든 사람들이 무덤 앞에서 마지막으로 이별할 때까지, 마지막 조문객이 묘지를 떠날 때까지 기다릴 것이다. 두 사람은 묘지에 서서 5중주단의 연주를 듣고, 친구들의 마지막 작별인사를 듣는다. 블룸은 저 아래에 있는 관을 내려다본다. 쇤보른을 내려다본다. 다시 레자를 쳐다본다. 레자는 내내 블룸을 쳐다보고 있다. 블룸은 레자의 희망이다. 오스트리아에서의 레자의 생활, 그가 몇 주 전까지만 해도 이제 끝장이라고 생각했던 삶이다. 블룸이 없으면 불가능하다. 레자 혼자서는 감당해낼 수 없다. 오스트리아에서의 삶을. 그리고 블룸은 레자가 자신을 필요로 한다는 것을 안다. 블룸 또한 레자가 필요하다는 것을 안다. 레자.

레자는 아무것도 눈치채지 못했다. 두 개의 관이 이전에 비해 무거워졌다는 것을. 무거워진 무게를 알아채지 못했다. 레자는 블룸이 한 행위를 짐작하지 못한다. 레자의 의구심, 레자는 관에 던지는 단 한 번의 시선으로 블룸을 곤경에 처하게 할 수 있는 유일한 사람이다. 하지만 그런 일은 일어나지 않는다. 레자가 집에 돌아온 후부터 블룸은 억지로 레자를 대화에 끌어들였다. 레자는 뭔가 미심쩍은 낌새를 챌 시간이 없었다. 레자는 아무 말도 하지 않았다. 그에게서 달라진 것은 없었다. 의심스러워하거나 이상하게 여기지 않았다. 레자는 전혀 달라진 태도를 보이지 않았다. 블룸의 생활은 평소와 다름없다. 쇤보른이 이 세상에 더 이상 존재하지 않는 것, 그가 죽었다는 것이 오히려 편안한 느낌을 줄 만큼. 블룸은 편안한 기분이 든다. 마르크는 생각하지 않는다. 울고 싶지도 않다. 그녀가 생각하는 것은 오직 저 아래에 놓인 조각난 몸통과 팔뿐이다. 블룸은 쇤보른을 죽였다. 블룸은 그에게 과도한 양의 약물을 주고, 그를 돌로 때려눕히고, 고깃덩어리처럼 냉동고에 넣었다. 그것이 블룸이 행한 일이었다. 그를 한 마리 돼지처럼 부위별로 절단했다.

블룸은 레자에게 만족스런 미소를 지어 보인다. 이제 블룸은 입술을 움직여 웃어 보인다. 입가를 아주 살짝 추켜올린다. 잘된 것 같은 기분이 든다. 편안한 기분이 든다. 죄책감은 없다. 수치스럽지도 않다. 블룸의 얼굴에 떠오른 미소만이 눈에 거의 띄지 않으면서도 크게 울려퍼진다. 개자식은 죽었어. 블룸이 노래한다. 악단은 옛 민요를 연주하고, 블룸은 만족에 겨워 춤을 춘다. 블룸이 한 행위는 옳았다. 후회는 없다. 다만 쇤보른이 더 이상 말을 할 수 없다는 것이 유감스러울 뿐. 다른 남자들이 누구인지, 어디서 그들을 찾아야 하는지 실토할 수 없다는 것뿐. 다른 것은 모두 잘된 일이라고 확신한다. 다시 찾아 나서리라. 지체 없이. 블룸은 또 찾아낼 것이다. 둔야를 위해. 마르크를 위해.

흙이 밑으로 떨어진다. 흙이 관을 덮는다. 블룸은 평소보다 더 오래 머문다. 레자는 블룸 옆에 서 있다. 두 사람은 인부가 무덤을 덮는 과정을 지켜본다. 관 위로 떨어지는 흙, 두두둑, 흙이 나무 관에 떨어지는 소리, 숨겨져야 하는 일을 덮는 소리. 안전함을 가져다주는 아름다운 소리. 아무도 이 무덤을 다시 여는 일은 없을 것이다. 아무도 무덤을 파헤쳐가며 쉰보른을 찾지 않을 것이다. 블룸은 여전히 춤을 춘다. 악몽이 행복한 결말로 끝나 무척 기쁘다. 두 사람은 끝까지 머문다. 묘지에 둥그렇게 흙더미가 덮이고 그 위에 꽃만 놓일 때까지. 그런 후에 두 사람은 떠난다. 레자와 블룸, 나란히, 말없이. 그리고 두 사람은 바에서 맥주를 앞에 두고 옆에 앉는다. 친밀하게 나란히 앉아 맥주를 마신다. 맥주 두 잔, 30분 간. 그런 후에 두 사람은 나갈 것이다. 블룸은 레자에게 포옹한 후 나갈 것이다. 내가 처리해야 할 일이 있어. 블룸은 말할 것이다. 레자는 고개를 끄덕일 것이다. 블룸은 구시가로 걸어갈 것이다. 그녀는 문을 열고 계단을 올라가 아틀리에 문을 열고 안쪽에서 다시 문을 잠글 것이다. 샅샅이 뒤질 것이다. 구석구석, 사진을 찾을 때까지 모든 하드 디스크를 열어볼 것이다. 이레나, 둔야, 요운의 초상화. 블룸은 장갑을 끼고 이틀 전에 자신이 손을 댔던 모든 흔적을 지울 것이다. 쉰보른의 실종 신고가 날 때 사람들은 블룸의 흔적을 발견하지 못할 것이다. 아무 단서도 남기지 않을 것이다. 블룸은 그가 달력에 적어놓은 그녀와의 첫 번째 약속 기록을 지워버릴 것이다. 실수하지 않을 것이다. 남의 눈에 띄지 않게 사진을 가지고 나와 마르크의 작업실로 돌아와 사진을 들여다볼 것이다.

블룸은 지하실에서 일어난 일을 눈으로 볼 것이다. 그들의 얼굴에서 볼 것이다. 일어난 모든 일을. 그러면 블룸은 울게 되리라는 것을 안다. 남자들을 미워하게 될 것이다. 서서히, 사진을 한 장 한 장 볼 때마다 점점 더. 몇 시간 후면. 블룸. 이제 그녀는 맥주잔을 비우고 자리에서 일어나 레자를 포옹한다. 구시가로 걸어가 문을 열 것이다. 나는 처리해야 할 일이 있어. 블룸이 말한다.

25장

칼의 상태가 점차 좋아진다. 칼이 자신의 생활에 아이들을 다시 들인 후부터다. 칼은 아이들과 많은 시간을 보낸다. 칼이 다시 웃는다. 아이들은 치료약이나 다름없다. 아이들은 세상에서 볼 수 있는 유일한 아름다움이다. 블룸의 인생에서, 칼의 인생에서. 정원의 벤치에 나란히 앉아 아이들을 바라볼 때 블룸과 칼의 마음은 서로 같아진다. 우마와 넬라. 마르크의 아이들. 아이들은 스스로는 알지도 못한 채 매일 배가 전복되지 않게, 엄마가 아침에 일어나 하루를 시작할 수 있게, 할아버지 칼이 망연히 자리에 누워 있지 않게 힘을 준다. 아이들의 조그만 얼굴 속에 마르크는 계속 살아 있다. 그것으로 블룸과 칼은 위안을 삼으며 삶을 포기하지 않는다.

"네가 다시 일을 시작하니 잘됐다. 정말 잘되었어."

"아버님, 고마워요. 아이들을 돌봐주시는 걸로 제 일을 덜어주서서요."

"아이들이 나를 돕는 게다."

"아버님이 안 계셨다면 제가 어떻게 되었을까요?"

"그런 말 말아라."

"왜요?"

"그 반대니까. 네가 없었으면 내가 무얼 하겠냐? 너희들이 나를 받아주지 않았다면 나는 지금쯤 양로원 같은 데서 벌써 죽고 없을 테지."

"그런 말씀 마세요."

"아가, 그게 사실이라는 거, 알지 않냐."

"아버님은 우리 식구예요. 우리들은 다 아버님을 사랑해요."

"그런데 너는 누가 사랑하지?"

"아버님이요."

"요즘 보니 네가 따로 하는 일이 있는 것 같구나."

"아버님, 조금도 걱정하실 것 없어요. 저는 잘 지내고 있어요."

"뭔가 있어. 내가 너를 안다. 그 여자와 관계된 일이지."

"아휴, 아버님."

"나는 네가 옳은 일을 한다고 믿는다."

"어휴, 어휴. 왕년의 형사님의 감이 다시 살아나셨군요?"

"그 여자는 어떻게 된 거냐?"

"그 여자가 어떻게 되다니요?"

"인사도 없이 사라졌잖니."

"그래서요? 아버님이 불안해하실 일은 조금도 없어요. 아버님, 현재 모든 게 최상이에요. 둔야는 저의 옛 친구예요. 그애는 원래 자기 좋을 대로 왔다가 횡하니 가버리곤 했어요."

"엉터리."

"엉터리라뇨, 뭐가요?"

"그 여잔 네 친구가 아니잖니. 넌 그 여자에 대해 아는 게 거의 없고 말이다."

"아버님, 그 일은 잊어버리세요. 부탁이에요."

"내가 너를 도와주마."

"아버님이 아이들을 돌봐주시는 게 저를 돕는 거예요. 다른 건 다 제가 스스로 해요."

"뭔가 이상해. 그런 낌새가 들어."

블룸은 늙은 칼이 진드기에게 물려 병들기 전에 그가 어떤 사람이었는지를 상상할 수 있다. 칼 자신이 바로 진실을 밝힐 때까지 끈질기게 파헤쳐 수색하는, 가차 없는 흡혈귀였다. 칼은 훌륭한 경찰이었다. 마르크는 아버지에게서 모든 것을 배웠다고 했다. 그의 직관, 끈기. 칼. 블룸은 칼에게 아무것도 말하지 않을 것이다. 칼에게 털어놓아 그를 위험에 처하게 만들지 않을 것이다. 칼이 결코 블룸을 경찰에 고발하지 않고, 심판하지 않을 것임을 블룸은 안다. 하지만 블룸은 침묵한다. 아무것도 말하지 않는다. 칼이 혼자 어두운 예감에 싸여 있게 내버려둔다. 블룸은 칼의 손을 잡은 손에 힘을 준다. 두 사람은 더 이상 이야기하지 않는 채 나란히 앉아 있다. 칼은 블룸의 고집과 완고함을 안다. 블룸을 잘 안다. 칼은 블룸이 아무 말도 하지 않으리라는 것을 안다. 칼은 오래전부터 블룸을 알아왔다. 어느 샌가 블룸을 좋아하게 되었다. 그녀의 모든 것을. 그녀가 아닌 것을. 블룸은 침묵할 것이다. 칼에게 자신이 사람을 죽였고, 죽인 자를 토막 내서 땅에 묻었다는 것을 말하지 않을 것이다. 블룸은 죽은 남자가 마르크를 살해한 자일지도 모른다는 이야기를 하지 않을 것이다. 그리고 또 네 명의 남자가 더 있다는 것을. 그들에 대해 하나도 말하지 않을 것이다. 칼의 손 안에 있는 블룸의 손만으로도 충분하다. 그는 블룸을 믿을 것이다. 칼.

칼이 있으니 얼마나 다행인가. 블룸이 일을 하는 동안 아이들과 함께해주는 칼. 그녀가 계속 추적하는 동안. 마치 신들린 듯. 네 남자들을 찾아, 네 남자 중의 한 사람, 실마리를 찾아서. 아이들. 칼은 아이들에게 식사를 챙겨주고, 침대에 눕히고, 책을 읽어준다. 네 남자들. 그들은 어딘가에 있을 것이다. 블룸은 어떻게든 그들을 찾아야 한다. 그들에 대해 아는 게 거의 없어도 그들을 찾아내고 실토하게 만들 것이다. 네 남자 모두를. 둔야는 마침내 안전해질 것이다. 블룸이 둔야의 안전을 마련할 것이다. 블룸은 필사적으로 생각한다. 어디서부터 시작해야 할지 알 수 없다. 어느 지방에서 숨은 바늘을 찾아야 할지 알 수 없다. 어디에든 있을 수 있고, 누구든지 가능하다. 30대에서 60대 사이의 남자들. 어쩌면 그들은 소박하고 상냥한 사람일지도 모른다. 어쩌면 세상 사람들은 그들이 그런 악행을 저질렀다고 털끝만큼도 상상할 수 없을지도 모른다. 새하얗고 순결한 양들이 어딘가의 초원에서 풀을 뜯고 있다. 어쩌면 네 남자들은 지극히 평범한 생활을 하고 있을지도 모른다. 어쩌면 블룸과 아주 가까이, 시내 어딘가에 있을 수 있다. 쉰보른처럼 평판이 좋은 시민. 명망이 높은 남자들, 정신병자, 살인자들. 블룸은 그들이 마르크를 죽인 남자들임을 어느덧 확신한다. 의심의 여지가 없다. 모든 일이 아귀가 맞는다. 둔야가 말했던 모든 것이. 지하실의 일은 실제로 있었던 일이다. 블룸은 행동해야 한다. 무엇이든. 지금.

26장

50대 중반쯤 되는 것 같다. 양복을 입은 남자. 요하네스 쇤보른, 에드빈의 아버지, 지방 의원, 쉴덴 호텔의 옛 주인. 블룸은 무턱대고 주정부청사를 찾아갔다. 그리고 3층으로 올라가 의원을 만나러 왔다고 했다. 의원님을 만날 수 없다는 대답이 돌아왔다. 의원을 만나려면 최소한 5주 전에 약속을 잡아야 한다는 것이다. 블룸은 인사를 하고 나와 의원 집무실 앞에서 기다렸다. 블룸은 한 시간 내내 벽에 붙어 있는 그림을 뚫어지게 쳐다보았다. 사슴 머리를 한 여성, 가슴과 뿔을 가진 여성의 그림. 블룸 그리고 사슴 여성. 더 많은 것을 알아낼 다른 가능성은 없었다. 쇤보른은 마사지 구역에 있었다는 유곽, 손님으로 왔을 사람들, 둔야, 요운, 이레나에 대한 진실을 이야기할 수 있는 유일한 사람이었다. 쇤보른은 뭔가 알고 있을 것이다. 그는 그 일과 관계가 있었을 것이다.

어떤 일이든. 때문에 블룸은 쉰보른이 집무실에서 나왔을 때 그를 뒤쫓아갔다. 쉰보른은 레스토랑으로 갔고, 블룸은 바에 앉아 그를 지켜보았다. 쉰보른이 혼자 식사를 하는 것은 행운이었다. 그의 맞은편 의자가 빈 채로 블룸을 기다리고 있었다는 것도.

블룸은 이 남자에게서 발산되는 여유만만한 안정감에 의아해한다. 얼마나 여유롭게 끊임없이 먹고 있는가. 마치 블룸의 등장을 기꺼운 기분 전환으로 즐기고 있다는 느낌이 들 정도다. 아무것도 두려워하지 않는 남자, 모든 상황에 확실한 대비책을 갖춘 남자, 자신이 가진 권력의 힘을 알고 있으며 언제든 그 힘을 행사할 태세의 남자. 재정부 의원. 그리고 여성 시체 매장인. 쉰보른 그리고 블룸.

"당신의 유곽에 대해 할 이야기가 있어요."
"뭘 이야기하신다고요?"
"당신의 유곽, 안넨호프의 유곽이요. 기억하시죠?"
"내가 당신 말을 제대로 들은 건지 모르겠습니다."
"네, 제대로 들으셨어요."
"난 편안하게 식사를 좀 하고 싶습니다만."
"당신이 당시에 한 일에 대해 이야기해주신다면 식사를 하면서 말씀하셔도 저는 괜찮아요."

"당신, 지금 진심으로 하는 말입니까?"

"그럼요."

"당신, 이래도 되는 거요? 내 점심시간을 방해하면서 감히 옛날 일을 끄집어내 비난하면서 입맛을 떨어뜨릴 작정입니까?"

"말씀드렸듯이 편안하게 식사하셔도 저는 상관없어요."

"실례지만 우리가 서로 아는 사이입니까?"

"아뇨. 하지만 제가 옛날에 당신을 위해 일했었다는 것만은 여기서 말씀드릴 수 있어요."

"대체 무슨 말이요?"

"당신의 웰빙 호텔에서요. 제가 지금 말씀드릴 수 있는 것은요, 제가 당신을 위해 할 일을 다했다는 것뿐이에요. 제가 이 자리에서 멋진 장면을 보여드릴 수도 있겠지요. 그러면 몇몇 사람들은 저의 말을 믿는다는 건 보장해요. 제가 그런 일을 썩 잘한다는 걸 반드시 아셔야 해요."

"당신, 대체 왜 이러는 거요?"

"당신의 호텔에 유곽이 있었는지 알고 싶어서요."

"당신 참 웃기는 사람이군요."

"제가 웃겨요?"

"아주 재밌어요. 네. 게다가 여기 스파게티 면은 맛이 아주 훌륭하답니다. 꼭 한번 먹어보시오. 이미 이 식당에 온 적이 있다면 말이죠."

"자 그럼, 당신이 하실 말은요?"

"유곽은 없었습니다. 어느 시절이던, 결코."

"거짓말."

"여자들이 마사지를 해주었을 뿐 그 이상은 아닙니다. 평범하기 짝이 없는 등 마사지, 초음파 마사지, 림프액 유도, 수압 마사지, 인도식 마사지, 온돌 마사지 등, 마사지 프로그램이 많았습니다. 우리 손님들은 마사지를 즐겨했습니다."

"유곽 손님들이."

"호텔 투숙객이요. 아가씨, 서비스에 만족해하는 투숙객 말입니다. 심지어 마을의 사제도 우리 호텔의 단골이었답니다."

"사제요?"

"그게 당신이 원하는 대답인가 보군요. 그렇죠? 성직자가 모든 이들에게 축복을 내려주었지요. 사제는 추간판 부위에 마사지를 받았어요. 여성분들이 사제에게 큰 도움을 주었습니다. 그게 마사지에서 하던 전부였습니다."

"그러니까 여자들이 사제를 행복하게 해주었다는 거네요."

"네, 사제는 모습에서 풍기는 것처럼 아주 선량한 사람이었어요. 그분은 아마 곧 차기 주교가 될 겁니다."

"사제가 단골이었다고요?"

"그래요. 그럼 이것으로 당신의 모든 질문에 대답한 게 되었기를 바랍니다. 그리고 우리 기분 좋게 와인 한잔합시다."

"저야 좋죠."

"옛날에 잘못된 일이 있었을 거라는 생각은 도대체 어떻게 하게 된 겁니까? 그리고 왜 하필 지금에야 와서 옛날 일을 캐묻습니까? 그토록 오랜 세월이 지난 지금에 와서 말입니다. 그리고 왜 당신은 그런 불유쾌한 주제에 관심을 가지게 되었지요?"

"당신이 사냥꾼이죠. 그렇죠?"

"네?"

"유희를 즐겼던 다섯 남자."

"뭐라고요?"

"이레나, 둔야, 요운."

"대체 당신이 무슨 이야기를 하는지 모르겠소. 하지만 계속해 보시오. 나를 뽑아줄 유권자들은 언제나 환영해요. 특히 당신처럼 예쁜 분이라면 더욱 더."

"당신은 강간자죠?"

"뭐라고요?"

"다섯 남자 중에 한 사람이죠?"

"당신 술 취했소? 그게 대체 무슨 얘기요? 이제 그만 가보는 게 좋겠소."

"납치, 감금, 폭행, 강간, 그리고 살인."

"그만하시오."

"아버지와 아들. 혹시 둘이서 같이 즐겼나요?"

"내 아들이 어쨌다고요? 지금 하는 이야기는 대체 다 뭐요?"

블룸은 돌아서서 나간다. 더 이상 한마디도 하지 않는다. 쳐다보지도 않는다. 즉시 나간다. 그가 한 말이 모두 블룸의 귀에 남아 있다. 그가 하지 않은 말이 모두. 쉰보른은 그녀가 한 말을 이해하지 못한다. 쉰보른은 블룸이 댄 이름들을 들어본 적이 없다.

이레나, 둔야, 요운. 그는 어리둥절해한다. 그는 기억을 더듬어보았지만 아무것도 찾아내지 못한다. 쇤보른은 블룸을 모른다. 그는 의아해하며, 그의 의아함은 진짜다. 유곽에 대한 그의 거짓말과 똑같이. 쇤보른은 너무도 태연하게 사실을 왜곡하고 일어났던 일을 지운다. 단지 마사지였을 뿐이라고. 사제의 건강을 위한 마사지. 가소롭다.

쇤보른이 사제에 대해 언급한 일은 선물이나 마찬가지다. 누군가 블룸의 손에 꼭 쥐어준 소포, 그냥 열기만 하면 되는 소포. 끈이 풀리고 종이 박스가 구겨진다. 요하네스 쇤보른이 부지불식간에 블룸에게 준 선물. 그것으로 그가 일으킨 일. 눈사태. 블룸은 욕정에 눈먼 사제를 상상한다. 사제가 어떻게 둔야의 죄를 벌했는지를. 유곽에서 신을 섬기는 사제, 지옥 어딘가에 있는 지하실에서 기도하는 신의 충복. 호텔 주인의 아들은 사진사. 단골손님으로 온 사제. 블룸은 사제를 안다. 장례식에서 사제를 한 번 본 적이 있다. 블룸은 얼굴을 안다. 사제가 어떻게 연설하는지, 그가 어떤 동작을 하는지. 블룸은 사제의 모습을 뚜렷하게 떠올린다.

헤르베르트 야우니히. 그는 얼마나 선량해보이며 장례식 연설은 어떠한가. 그가 뒤에 남은 사람들과 악수를 나누는 모습은 또 어떠한가. 그가 요운을 어떻게 강간했던가. 그가 창살 안에 갇힌 소녀들을 어떻게 끄집어내고 채찍질을 했는가. 블룸이 들었던 모든 것이 다시 떠오른다. 둔야의 모든 이야기, 사소한 것 하나하나

까지 모두. 사제는 둔야의 죄를 벌하며 허리띠로 연신 그녀의 등을 후려쳤다. 살을 파고드는 버클. 사제는 소년을 탁자에 묶는 동안 성경 문구를 인용해 읊조렸다. 사제는 소년의 머리카락을 움켜쥐고 뒤에서 박아댔다. 사제는 소년의 머리를 뒤로 낚아채고, 소년의 죄를 사해주는 사제의 성스러운 성기가 뒤에서 소년을 박아 댔다. 항상, 수년에 걸쳐. 길 잃은 영혼을 옳은 길로 인도하는 구세주, 자신의 어린 양을 사랑스럽게 돌보는 차기 주교. 때리고 또 때리고, 박고 또 박고. 그의 희생자들이 내몰리는 부도덕한 성 행위에 대한 처벌. 소년의 등을 내리치는 사제의 주먹. 그래서 소년은 숨도 제대로 쉬지 못한다. 우리 속에 갇힌 둔야는 그것을 지켜본다. 도울 수가 없다.

블룸은 레스토랑에서 나온다. 추호도 의심하지 않는다. 유곽이 안넨호프에 있었다는 사실을, 사제가 마사지 때문에만 간 것이 아니라는 것을. 사제가 에드빈 쉰보른과 관계가 있다는 것, 사제가 에드빈을 비롯해 다른 세 남자들과 상상을 넘어서는 악행을 저질렀다는 것을. 의심의 여지가 없다. 되돌아볼 필요가 없다. 동정할 필요가 없다. 블룸의 눈앞에는 다만 사제의 얼굴뿐, 에드빈 쉰보른이 찍은 사진만 있을 뿐. 계속 떠오르는 얼굴들. 블룸은 얼굴들을 보았다. 밤새 내내 그 얼굴들을 낱낱이 살폈다. 블룸이 쉰보른의 아틀리에에서 찾은 사진. 사진들은 밀봉되지 않은 상자 안에 깨끗하게 정리되어 쌓여 있었다. 사진들. 블룸은 사진을 보기를 그치지 않았다. 그 눈동자. 벌어진 입, 경악, 공허. 지하실에서 일어났던 모든 것을 다 보았다. 헤르베르트 야우니히가 한 모든 행위를. 이제 그가 대가를 치러야 할 모든 일. 선량한 사제, 나라에서 가장 사랑받는 사람 중의 한 사람. 블룸은 그의 입을 열게 할 것이다.

27장

마시모. 그는 블룸을 또다시 애무하고 싶어 한다. 그녀의 맨살을 자신의 맨살에 맞대고 싶어 한다. 마시모가 나지막하게 의향을 밝힌다. 그는 식탁에서 블룸의 옆에 앉아 있고, 아이들은 바닥에서 논다. 저녁식사. 마시모. 그는 특별한 용건 없이 그냥 집에 들른다. 블룸과 함께 있고 싶어서다. 그의 기꺼운 도움, 보살핌, 그녀를 어루만지는 따뜻한 마시모의 손. 나는 시간이 필요해. 제발. 그때 일이 현명한 행동이었는지 잘 모르겠어. 나는 외로웠어. 마시모, 고마워. 우리 너무 서두르지 말아. 마시모, 생각 좀 해봐야겠어. 당신은 참 좋은 사람이야. 그렇지만 그때 일은 잘못된 일이었어. 마르크를 생각한다면. 당신도 알지. 미안해. 블룸은 말없이 뜻을 전한다. 그에게 닿은 손가락만으로. 블룸의 손가락이 말한다. 마시모를 어루만지며 위로한다. 왜냐하면 블룸은 마시모가 그보다 더 많이 원한다는 것을 알기 때문이다. 그녀 옆에 있기를 원한다는 것을. 밤이나 낮이나. 마시모 그리고 블룸. 하지만 블룸은 그럴 수 없다. 아직 안 된다. 블룸은 두렵고, 그런 두려움을 원치 않는다. 아이들이 보는 것을. 칼이 보는 것을. 갑자기 두 사람 사이에 생겨난 친밀감. 그 친밀감을 블룸은 지금 떨쳐내려 한다. 지우려 한다. 갑자기 부담스러워진다. 마시모가 옆에 있다는 것, 그녀에게 더 많은 것을 원한다는 것에 대한 부담감. 마시모. 블룸이 그에게 말해야만 하는 것, 그는 가야 한다는 것, 집에 찾아오기 전에 미리 전화를 하는 편이 좋다는 것, 그때 일은 그녀의 실수였다는 것, 그때는 오직 그녀 자신만 생각했다는 것, 그가 이제 가야 한다는 말, 혼자 있고 싶다고 하면 그에게 상처가 되리라는 것. 블룸은 안다. 그리고 마시모의 손가락도 역시 그것을 느낀다. 그의 손가락은 그녀를 붙들고, 그녀를 원한다고 외친다. 마시모는 말없이 사랑을 애원하지만 블룸은 손을 뗀다. 더 이상 애무를 원치 않는다. 그런 생각에 빠지는 것을 더 이상 원치 않는다. 결정을 내려야 하는 일을 원치 않는다. 지금은 아니야, 마시모. 내게 시간을 줘. 블룸은 그를 바라보며 가달라고 부탁한다. 아이들을 재우러 가야 해. 내가 전화할게. 고마워. 당신은 천사야. 이제 블룸은 마시모를 문까지 배웅하고 그를 포옹하면서 따스한 온기를 느낀다. 하지만 블룸은 마음을 거두고 그에게서 떨어져 나와 문을 닫는다. 블룸은 다시 혼자다. 아이들과. 다른 남자는 없다. 마르크만 있다. 그들이 한 가족이다. 블룸은 가족을 유지하고 싶다. 이 상태가 계속되기를 바란다. 행복. 과거의 삶.

블룸은 잠시 현관에 선 채로 있다. 울어선 안 된다. 아이들에게 이를 닦게 하고, 같이 놀아줘야 한다. 아이들에게 책을 읽어주는 좋은 엄마가 되려 한다. 블룸은 아이들을 위해 존재해야 한다. 칼이 집안일을 너무 많이 떠맡은 것에 대한 미안함을 덜어내야 한다. 아이들과 같이 있어주는 것에 있어서. 지금 블룸은 다른 일에 신경을 쓰고 있기 때문에. 블룸. 5주 전부터 그녀의 인생을 헤집어놓은 모든 일을 도저히 떨쳐버릴 수 없다. 블룸은 그 일들에 신경을 쏟으며 매 순간 골똘히 생각에 잠긴다. 아이들이 잠잘 때, 아이들이 깨어 있을 때. 블룸은 둔야에 대해 생각한다. 쉰보른에 대해, 사제에 대해. 항상. 블룸이 아이들에게 잠옷을 입히는 동안, 춤추는 말 이야기를 읽어주는 동안, 어둠 속에 아이들 옆에 누워 노래를 흥얼거리는 동안. 그것이 마치 열병과도 같기 때문에. 그 기분, 분노, 마르크가 살 수도 있었으리라는 확신. 모든 것이 유동적이다. 모든 것이 변한다.

밤. 아침. 블룸이 시작하는 일상. 장례일 처리, 레자, 아이들, 시신 수습, 장례식과 가족들의 눈물. 그 사이에 항상 똑같은 의문. 일을 어떻게 처리할까? 어떻게 하면 그를 제압할 수 있을까? 어디서 그와 단 둘이 있을 수 있을까? 언제 착수할까? 블룸은 해답을 찾아 하루 종일 그 생각만 한다. 헤르베르트 야우니히. 블룸은 인터넷에 나와 있는 그에 관련된 모든 기사를 읽는다. 그리고 그가 어디서 사는지, 어떻게 사는지 알아낸다. 야우니히를 관찰하고 추적한다. 그가 대성당에서 미사를 집전하는 모습을 지켜본다. 그가 손을 들어올리고, 빵을 자르고, 황금 성배에 담긴 포도주를 마시는 모습을 본다. 신에게 봉사하는 사람들과 조금도 다름없는 한 사제.

하겐은 일요일마다 블룸을 성당으로 끌고 갔다. 블룸은 일요일마다 수도복을 입은 남자가 도와주기를 빌었다. 블룸이 더 이상 살고 싶지 않다고 고백했던 그 남자. 그때 블룸은 여덟 살이었다. 오후에 그와 단 둘이 있었다. 블룸과 사제만. 고해성사 의자에 앉아, 편안하면서도 슬프게, 사제와 단 둘이. 블룸은 사제에게 말했다. 더 이상 숨을 쉴 수 없다고. 자기를 껴안아주는 품이 그립다고. 가진 용기를 다 짜낸 여덟 살짜리 여자아이. 자신의 불행을 말로 표현해서 도움을 청하려는 시도. 수도복을 입은 남자에게. 항상 사랑, 형제애, 자애에 대해 이야기하는 남자에게. 그때 블룸은 울었다. 아주 나지막하게 흐느꼈던 것을 기억한다. 사제는 울음을 그치라고 말했다. 그의 목소리는 창살 너머로 들려왔다. 그는 사제로서 더 잘했어야 하는 행동을 전혀 하지 않았다. 블룸을 안아주는 대신 행복해지는 처방을 주었다. 주기도문 두 번과 성모 기도문 한 번 외우기. 행복한 유년기를 위한 기도 세 번. 죽으려고 하는 아이. 그리고 신을 섬기는 사제.

일요일마다 블룸은 사제가 그녀의 편이 되어 도와주기를 바랐다. 그녀가 이미 아주 여러 번 했던 이야기를 사제가 기억해주기를 바랐다. 블룸은 사제가 도움을 주리라는 믿음을 오랫동안 가졌다. 믿어 의심치 않았다. 왜냐하면 예수는 선량한 사람이었으니까, 블룸이 그 이야기를 믿을 만큼 어리석었으니까. 30년 전에. 사랑에 목말라 절규하던 어린 블룸. 이제 성당은 아주 먼 기억의 저편에 있다. 어른이 된 블룸이 제단을 쳐다본다. 블룸은 마음에서 우러나는 아무런 감흥도 없이 헤르베르트 야우니히가 축복의 연설을 하는 모습, 그가 두 팔을 벌리고 교인들에게 천국의 행복을 약속하는 모습을 본다. 위선자, 연기자, 신의 충복이 아니다. 예수가 아닌 한낱 50대 중반의 한 남자. 양이 아닌 늑대.

28장

"블룸?"
"응?"
"얼마나 더 있어야 해?"
"조금만 더. 좀 진득하게 기다려봐. 아직 사람이 다니는 소리가 들려. 종업원들이 다 갈 때까지 기다려야지."
"자기가 미쳤다는 말, 내가 벌써 했나?"
"응, 했어. 그런 말 해봤자 아무 소용없어. 우리는 지금 진득하게 참아야만 하니까."
"내가 경찰이라는 거, 당신도 알잖아."
"그렇게 안절부절 좀 하지 마. 아휴, 착하지."
"우리는 아까 전에 샴페인 한 병을 딸 수도 있었는데."
"마르크, 우린 지금 옷장 속에 들어앉아 있잖아."

"그래서? 옷장 속에서는 샴페인을 마시면 안 된다는 법이라도 있어?"

"우리는 매트리스 판매 코너에서 축하하기로 했지."

"당신이 그러기로 한 거야."

"자기가 물침대가 싫다고 하니까 그런 거지. 그러니 난들 어떡하겠어."

"그래. 난 물침대가 싫어. 그리고 그 때문에 우리가 가구 판매점에 몰래 들어와 있는 거지."

"바로 그거야."

"사람들한테 들키면 나로선 무척 불편한 상황이 될 텐데."

"마르크, 제발 안달복달 좀 하지 마."

"난 지금 자기랑 당장 건배할 거야."

"좀 더 기다려야 한다니까."

"그럼 자기에게 키스할래."

"지금은 안 돼."

"그럼 언제?"

"부스럭거리면 안 된다고."

"어쨌든 난 당장 키스할 거야. 지금 바로 당신이 나에게 키스하지 않으면 소리 지른다. 그럼 당신이 원하는 물침대는 저 멀리 물 건너가는 거야."

"자긴 절대로 소리 안 질러."

"천만에, 소리 지른다."

"꼭 그래야만 하겠어?"

"응."

"그럼 이리 와."

블룸은 옷장 문을 열고 나갔다. 발뒤꿈치를 들고 살금살금 대형 가구점을 지났고 마르크는 블룸의 손을 잡고 계단을 올라갔다. 침대 코너, 물침대. 두 사람은 물침대에 몸이 푹 빠진 채 킥킥대며 껴안았다. 키스를 나누었다. 4년 전 결혼기념일의 마르크와 블룸. 금지된 구역에서 나눈 행복, 온몸이 막 간질거리는 느낌. 블룸은 생각만 하면 지금도 여전히 그 느낌이 든다. 느닷없이 두 사람 앞에 나타난 경비원의 얼굴이 선하게 떠오른다. 불 켜진 손전등, 손전등 빛 아래 누워 있는 두 사람. 사랑하는 남녀가 부둥켜안은 채 천연덕스럽게 물침대에 누워 있었다. 두 사람은 그저 경비원을 쳐다볼 뿐이었다. 유니폼을 따라 경비원의 얼굴을 쭉 훑으며. 그중 아무도 말이 없었다. 경비원도 꼼짝하지 않았다. 마르크와 블룸의 입술에 떠오른 미소뿐이었다. 두 사람은 반항하지 않고 순종했다. 그 자리에서 달아나지 않고 껴안은 채로 경비원의 반응을 기다리기만 했다. 손전등을 든 검은 형상의 경비원, 법의 수호자. 두 사람은 최악의 경우를 예상했지만 결과는 달랐다. 경비원은 두 사람을 윽박지르고 권력을 행사하고 처벌을 하는 대신 씩 웃으며 정중하게 가구점은 벌써 문을 닫았노라고 알렸다. 그런 후에 경비원은 두 사람을 입구까지 동반했다. 그게 다였다.

4년 전, 대형 가구점 주차장에 선 마르크와 블룸. 두 사람은 방금 일어났던 일을 믿을 수 없었다. 그들이 들켰다는 것 그리고 잠

입한 행위에 상응하는 처벌이 없었다는 것을. 오직 주차장에 울려 퍼지는 큰 웃음 소리만 있었다. 그리고 샴페인 병을 딴 마르크, 샴페인을 병째 둘러 마신 블룸, 두 사람은 차 안에 들어가 앉았다. 눈이 내리기 시작했기 때문에. 4년 전, 자그마한 폴로 자동차 안에서, 지금 블룸은 그 차 안에서 야우니히를 기다린다. 4년 전 두 사람이 마신 샴페인, 서로 맞잡은 손. 그리고 그칠 줄 모르던 웃음. 샴페인 병이 빌 때까지. 둘은 차에 앉아 내리는 눈을 바라보았다. 하늘에서 내리는 수많은 눈송이. 눈이 차 유리에 하얗게 쌓일 때까지 오랫동안, 단 두 사람만 남을 때까지 오랫동안. 눈의 이불 밑에서 포근하게. 마르크 그리고 블룸.

지금 블룸은 혼자다. 차 유리에는 눈이 쌓여 있지 않다. 옆 좌석은 비어 있다. 지금은 여름, 마음 아프고 아직은 아름다운 기억일 뿐이다. 블룸이 기다리는 동안 떠오르는 기억. 야우니히를 기다리며. 그가 비탈길에 올라올 때까지. 블룸은 야우니히가 곧 이쪽을 따라 달리기를 할 것임을 안다. 더 오래 기다리지 않아도 된다. 야우니히는 지난 나흘 동안 항상 같은 시간에 나타났다. 블룸은 사제관 앞에서 그를 기다렸다. 그는 저녁마다 회색 운동복을 입고 대성당 광장에 나타나 달리기를 시작했다. 구시가의 어둠이 깔리기 직전에. 인 강의 다리를 건너고 회팅어 길을 따라 숲으로 올라가는 길을 달렸다.

블룸은 기다린다. 작은 폴로 자동차에 앉아 야우니히가 나타나기를. 백미러를 자꾸 쳐다본다. 얼굴, 눈동자. 블룸은 자신의 모습을 본다. 거울에 비친 피부, 입매, 입술. 마르크가 블룸에게 항상 한 말이 있었다. 입매가 우울해 보인다고. 그녀가 슬플 때면 언제나, 더 이상 아무것도 느낄 수 없을 만큼 피곤할 때면 언제나. 마르크와 더불어 생겨난 온화함. 예전에 있었던 모든 불행을 몰아낸 온화함. 그 온화함은 다시 사라졌다. 거울 속에 비친 블룸의 얼굴이 말한다. 얼굴은 차갑고 공허하다.

블룸. 그녀는 그가 오리라 확신한다. 그가 올 것임을 안다. 그녀는 모든 계획을 세웠다. 쉬기 위해 이틀이 필요하다고 말했다. 바다에서 보내는 이틀. 아버님, 부탁해요. 모든 일을 알아서 해주세요. 대신 돌봐주셔서 고마워요, 아버님. 블룸은 아이들에게 조개며 모래 등, 바다에 갔다가 선물을 가져온다고 약속했다. 블룸은 칼을 껴안았다. 그런 후에 부엌에서 와인 한 잔을 마셨다. 아이들은 점토를 가지고 놀고, 블룸은 다음 단계를 결정했다. 길 끝에서 헤르베르트 야우니히가 나타나는 즉시 일어나게 될 모든 일을. 온 정신을 집중해 기억을 되살린다. 현재 더 이상 존재하지 않는 모든 것에 대한 기억, 아름다운 모든 것에 대한 기억, 마르크에 대해. 곧 일어날 일을 위해 블룸에게 도움이 되어줄 모든 것에 대해.

신을 섬기는 사제. 그가 블룸을 향해 달려온다. 차 안에 있는 블룸. 시동을 켤 준비를 한 채. 사제는 블룸을 볼 수 있다. 길가에 서 있는 작은 자동차. 하지만 사제는 아무 생각 없이 계속 달린다. 사제가 블룸에게 가까이 올 때까지, 그녀가 시동을 켜고 페달을 밟을 때까지. 20초 전. 블룸은 해야 한다. 지금 당장.

헤르베르트 야우니히. 그의 몸뚱이가 차에 받힌다. 차기 주교는 어떻게 땅에 떨어지는가. 언뜻 보이는 그의 경악한 얼굴, 블룸은 한 치도 망설이지 않는다. 그를 차로 깔아뭉개고 뼈를 부순다. 그는 차 밑으로 사라진다. 블룸은 브레이크를 밟고 차를 후진시킨다. 동정심은 없다. 일이 빨리 진행되어야 한다. 사제를 차 안으로 끌어들여야 한다. 그를 트렁크에 쑤셔 넣는다. 그의 다리, 팔, 몸통을. 누가 오기 전에, 빨리. 블룸은 차에서 뛰어내려 있는 힘을 다해 사제를 끌어당겨 작은 트렁크 안에 집어넣는다. 다만 살덩어리, 뼈일 뿐이다. 그를 구겨 넣는다. 그가 고통을 느끼는지는 생각지 않는다. 사제가 움직이지 못하게 접착테이프로 단단히 묶어 놓는다. 차 사고야. 안타까운 사고일 뿐, 아무것도 아니야. 블룸은 생각한다. 블룸은 숨을 헐떡이며 트렁크 문을 닫고 다시 차에 올라 자리를 뜬다. 6시간 후면 트리스트에 도착한다. 6시간 후면 블룸은 사제와 이야기를 할 것이다. 그가 아직 살아 있다면.

고속도로 위. 교통경찰은 없다. 블룸은 고속도로에서 눈에 띄지 않으려 애쓴다. 차에 미리 휘발유를 가득 채워 놓아 중간에 차를 세우지 않는다. 사제에 대한 동정심은 없다. 블룸은 사제의 신음 소리, 트렁크에서 나는 소리를 듣지 않는다. 엔진 소리는 점점 더 커지고, 이탈리아 풍경이 눈앞에 펼쳐진다. 지나치는 모든 휴게소, 도로 표지판, 모든 것이 친숙하다. 바다로 향하는 길에 있는 블룸과 야우니히. 여러 가지를 숙고하기에 많은 시간이 있다. 사람을 납치하는 상황에 익숙해지기 위한 많은 시간, 사람을 살해한 일에 대해, 어쩌면 다시 살해하게 될 것임을 생각할 많은 시간. 블룸은 시리즈 드라마를 본 기억을 되살린다.

덱스터 시리즈. 마르크는 그 시리즈를 좋아했다. 밤새 작업실에 앉아 시리즈를 보면서 법의학자가 자신의 여가를 이용해 어떻게 사적인 심판을 하는지를 지켜보았다. 법의학자 덱스터가 어떻게 악당을 처치하는지. 그가 어떻게 인간쓰레기들로부터 세상을 구하는지. 덱스터 모건. 제7급 광기, 마르크는 드라마를 매회 빼놓지 않고 보면서 열광했다. 마르크는 블룸에게 자기와 같이 연쇄살인자의 세계로 빠져들자고 한사코 설득했고, 블룸은 그런 마르크를 계속 비웃었다. 현실이 결코 드라마처럼 되지 않는다는 사실을 마르크가 대체 어떻게 받아들이는지 알 수 없었다. 웃기지 마.

블룸은 말하며 그의 옆 소파에 앉았다. 덫에 걸려든 악당을 보살피는 경찰, 아무도 나서는 사람이 없다는 이유로 정의의 사도가 되어 악을 처단하는 경찰, 모든 게 억지로 갖다 붙이는 이야기였다. 복수의 동화, 비현실적 구성, 시간 죽이기였다. 그럼에도 불구하고 블룸은 마르크의 옆에 드러누워 화면에 나오는 덱스터가 희생자들을 비닐 랩으로 탁자에 묶는 장면을 지켜보았다. 희생자들의 심장을 칼로 찌르는 모습, 이어 희생자들을 조각조각 잘라 바다에 던지는 장면. 블룸은 그런 장면을 보면서 실소할 수밖에 없었다. 마르크에 대해, 덱스터에 대해. 덱스터는 살인자일 뿐 더 이상은 아니었다. 블룸은 마르크에게 그 점을 인식시키려 했다. 하지만 마르크는 덱스터 편에 서서 열변을 토하며 그의 행위를 옹호했다. 그가 살인한 행위를. 마르크가 경찰이었음에도. 마르크는 그를 이해했고 덱스터가 유죄라고 하지 않았다. 덱스터. 마르크.

베로나에 도착 직전. 블룸은 미소 짓는다. 그녀는 사람을 납치했다. 사람을 토막 냈다. 연쇄 살인범 시리즈에 나오는 것처럼. 관 속에 든 시체 부위. 장의차, 장례식장, 냉동고, 시체 처리실. 완벽한 전제 조건이다. 블룸의 대본이 더 훌륭하다.

블룸은 계속 차를 몬다. 마음은 차분하다. 냉정에 가까운 상태. 내면에서 나오는 평온. 비록 세상이 거꾸로 뒤집어졌다 한들. 블룸은 똑바로 차를 몬다. 예전 보트에서 있었을 때와 똑같이. 8년 전 태양 아래. 그녀를 막는 것은 아무것도 없었다. 블룸은 자신이 한 일을 안다. 트리스트에 도착하기 직전 한밤중. 헤르베르트 야우니히는 아직도 살아 있다. 차를 아주 천천히 몰면 그가 내는 소리가 들린다. 신음 소리와 아스팔트를 지나는 차바퀴 소리. 바람, 엔진 그리고 재갈을 통해 나오는 꼴사나운 외침. 고통, 절망, 공포. 블룸은 차를 계속 몬다. 동정심은 없다. 그는 아직 숨을 쉰다. 말을 할 수 있다. 그는 털어놓게 될 것이다. 일어난 일에 대해. 곧 목적지에 닿는다. 구불구불한 길을 내려가 항구로. 친숙한 방파제, 트리스트의 항해등, 오래된 돛단배, 바다. 그리고 블룸.

29장

블룸이 트렁크 문짝으로 그의 머리를 사정없이 내리친다. 분노에 차서 두 번째로 있는 힘껏 트렁크 문짝으로 야우니히를 내리친다. 막 일어서려던 야우니히는 도와달라고 외치려 한다. 하지만 블룸은 또다시 문짝으로 내리친다. 단 1초도 잃지 않기 위해 차를 배에 바짝 붙여 세웠다. 야우니히는 기회가 없다. 그의 눈은 아무것도 말할 수 없다. 눈은 감겨 있다. 그를 도와줄 사람은 없다. 블룸이 그를 트렁크에서 끌어내서 배로 끌고 가는 것을 막아줄 사람은 없다. 블룸은 그가 얼마나 무겁든 상관하지 않고 재빨리 배로 끌고 간다. 가능한 한 빨리 해야 한다. 언제든 사람이 올 수 있기 때문에. 야우니히는 바지에 오줌을 지렸다. 축축하게 젖었다. 한 점의 고깃덩어리, 블룸은 그자를 선박의 식당으로 던져 넣는다. 야우니히는 탁자 위로 곧장 떨어진다. 배 한가운데서 아연실색해서. 어린아이처럼 의지할 데 없이.

블룸은 차를 주차해놓고 닻줄을 푼다. 10분도 채 지나지 않아 배를 띄운다. 블룸은 가능한 빨리 항구를 벗어나려 한다. 야우니히가 깨어날 때 단둘이 있기 위해서. 눈앞에는 바다만 한없이 펼쳐져 있다. 그리고 총에 맞아 상처를 입은 늑대. 그는 더 이상 다리로 버티고 설 수 없다. 하지만 여전히 물어뜯을 수 있다는 것을 블룸은 안다. 야우니히를 탁자에 단단히 묶고 그의 몸에 벤젠을 붓는다. 그런 후에 배의 모터를 돌린다. 그리고 조심스럽게 큰 배를 조종해 방파제를 벗어난다. 혼자 키를 잡고, 혼자 항구에서 출발한다. 바다 냄새는 얼마나 좋은가, 얼마나 친숙한가. 아래 칸에 있는 야우니히가 이제 정신을 차린다. 바다 위의 밤은 서서히 밝을 것이다. 참으로 아름답다. 블룸은 생각하며 숨을 들이마신다. 길게 그리고 깊이. 이탈리아.

모든 것으로부터 떠나 바다 위에. 자유. 지금도 그렇다. 무슨 일이 일어나든 상관없다. 결국 블룸은 바다에 혼자 남을 것이다. 오직 바다의 푸른 빛, 파도, 피부에 붙은 소금기. 어쩌면 태양이 떠오를 수도 있고, 어쩌면 비가 올지도 모른다. 어떤 날이 시작되든 야우니히는 잠잠해질 것이다. 웅얼거림, 신음 소리는 곧 조용해지리라. 곧 지나갈 것이다. 블룸은 잠시 갑판에 나와 배를 조종해서 파도를 가르며 13마일 밖의 탁 트인 바다로 간다. 이제 배가 저절로 가게 두고 야우니히가 있는 아래로 내려간다. 그에게 소란 피우지 말라고 경고한다. 그에게 불을 붙이겠다고 소리 지른다. 그럼 다음, 입에 붙인 테이프를 잡아챈다. 야우니히가 지독한 고통을 느낀다. 표정에서 고통의 크기를 알 수 있지만 그는 아무 소리도 내지 않는다. 야우니히는 몸을 부들부들 떨면서도 정신을 차리려고 애쓴다. 그는 두려워하지만 두려움을 밖으로 드러내지 않는다. 블룸을 쳐다본다. 그는 몸을 까닥도 할 수 없다. 단 한 치도. 야우니히는 누운 채로 기다린다. 블룸이 그의 옆에 선다. 손에 라이터를 들고.

"거짓말을 하면 너에게 불을 붙인다."
"내 다리. 다리를 움직일 수 없소. 나를 좀 도와주시오."
"내 말 알아들었어?"
"나를 병원에 데려다주시오."
"당장 모든 이야기를 털어놔."
"대체 내게서 무엇을 원하는 거요? 이건 미친 짓이오. 나를 보내주시오. 제발."
"나는 다른 세 남자들이 누구인지 당신한테 들어야겠어. 그들을 어디에서 찾을 수 있는지, 그들의 이름이 뭔지."
"내 통증을 멈추게 할 수 있는 게 필요하오."

"네 통증은 지금 중요치 않아."

"맙소사. 그 라이터 좀 치우시오."

"너희들은 모두 다섯 명이었지. 에드빈 쉰보른, 너 그리고 다른 세 남자."

"대체 그게 무슨 얘기요?"

"허튼 소리는 집어치워. 기회는 두 번 다시 오지 않을 테니까."

"나는 사제요."

"네가 사제라는 사실도 어린 소녀들과 소년에게 도움이 되지 못했어."

"우리 찬찬히 얘기합시다. 당신이 생각하는 것과는 달라요."

"더 나빠. 훨씬 더 나빠. 그리고 너도 그 사실을 알지."

"나는 그 남자들을 모르오. 그들은 가면을 썼소. 나는 다른 사람들이 누구인지 전혀 모르오. 내 말을 믿으시오."

"왜 거짓말을 하지?"

"거짓말이 아니오."

"지금 그들 중에 아무도 너를 도와줄 수 없어."

"당신, 돈을 원하시오? 주교구에서 모든 것을 알아서 할 거요. 나는 당신이 원하는 만큼 돈을 줄 수 있어요."

"네가 지금도 대성당으로 되돌아가 위선적인 행동을 계속할 수 있다고 생각하는군. 아무 일도 없었던 것처럼 말이야."

"나는 절대로 다른 짓은 하지 않았소. 내 말을 믿어야 합니다."

"둔야. 이레나. 요운."

"그들은 길 잃은 영혼이었소. 그리고 나는 그들을 보살폈다오. 알겠소?"

"그랬어?"

"이제 라이터를 치우고 나를 풀어주시오."

"소년은 어떻게 되었지? 당신들이 그를 데리고 뭘 했어?"

"난 당신을 도와줄 수 있어요. 당신도 아직 개과천선할 수 있어요. 모든 게 이런 식으로 끝나면 안 됩니다. 신이 당신을 용서할 거요, 내 말을 믿어야 합니다. 신의 자비는 한이 없습니다."

"빌어먹을 주둥이 닥쳐."

"보아하니 당신이 지금 불행하다는 것, 길을 잃었다는 것, 더 이상 올바른 길을 찾을 수 없다는 것을 알겠소. 당신은 의지할 데가 없고 절망한 상태에 있어요. 내가 당신 곁에 있겠소. 제발. 나를 풀어주시오."

"한때 난 무척 행복했지."

"당신은 다시 행복해지시게 됩니다. 하시만 지금 제발 라이터를 버려야만 해요. 당신이 여기서 이러는 건 아무에게도 이득이 되지 않아요."

"내 행복은 죽었어."

"내가 제안하겠소. 우리 같이 기도합시다. 당신에게 닥치는 어떤 불행도 다 극복할 수 있습니다. 나를 보시오. 당신이 나를 차로 치어 뼈가 부러졌소. 당신은 나를 트렁크 안에 집어넣고, 구타하고, 내 몸에 벤젠을 부었소. 하지만 그럼에도 불구하고 나는 기꺼이 당신에게 존재하는 선량한 측면을 보려 하오. 사람은 신의 도움으로 어떤 고통도 견딜 수 있습니다."

"당신들이 차로 치어 죽인 경찰이 내 남편이었어."

"정말로 유감이오. 하지만 사람은 어떤 상실도 극복할 수 있다오. 당신은 다시금 앞을 내다보아야 하오. 삶을 다시 인정하시오."

"그래. 그러고 있어."

야우니히가 하는 말. 그가 하지 않는 말. 이어지는 말 한마디 한마디마다 그 얼마나 무의미한가. 야우니히는 입을 열지 않을 것이기 때문에, 실토를 하느니 차라리 죽으려고 작정하기 때문이다. 블룸은 안다. 때문에 야우니히에게 불을 붙인다. 천천히 그리고 침착하게 몸을 앞으로 숙여 그의 옷에 불을 붙인다. 마치 초에 불을 켜듯 사제에게 불을 붙인다. 이성이 지금 하는 행위가 미친 짓이라고 말함에도 불구하고. 화염. 놀라서 휘둥그레진 사제의 눈. 그는 울부짖고 블룸에게 욕설을 퍼붓는다. 늑대가 그녀를 찢어놓으려는 듯이, 말로써. 야우니히는 불에 탄다.

블룸은 천천히 몸을 일으켜 계단을 오른다. 뒤돌아보지 않는다. 사제의 비명 소리를 더 이상 듣지 않는다. 갑판으로 나가 하늘이 서서히 밝아오는 광경을 바라본다. 야우니히가 화염에서 벗어나려 발버둥치는 모습, 절망적으로 뒹구는 모습은 보지 않는다. 살려달라고 절박하게 외치는 소리, 화염에 얼굴을 가리는 모습은 보지 않는다. 불타는 그의 옷, 머리카락, 피부. 블룸은 그것을 보지 않는다. 갑판에 서서 새벽의 여명을 바라볼 뿐이다. 2분 동안 갑판에는 블룸과 밝아오는 새벽빛만이 있다. 주위는 고요하다. 블룸은 바다 내음을 들이마신다. 숨을 깊이 들이마시고 내쉰다. 한 번 더. 그런 후에 다시 아래로 내려간다.

소화기 분말로 배가 화재로 인해 크게 파손되는 것을 막았다. 블룸은 야우니히 주위의 모든 것을 안전하게 치워놓았다. 소화기 세 개의 내용물을 바닥과 선반에 골고루 뿌려놓았다. 야우니히를 탁자 위에 단단히 묶어놓아 화염이 멀리 번지지 않게 했다. 화염은 야우니히에게만 활활 타올랐다. 블룸은 모든 일을 잘 대비해놓았다. 블룸은 번개같이 움직인다. 야우니히에게 담요를 덮어 불을 끈다. 사방이 연기와 그을음, 연옥이다. 야우니히는 그녀 앞 탁자 위에서 축 늘어져 있다. 더 이상 숨을 쉬지 않는다. 사랑의 신이 그를 곤경에 빠뜨렸다.

블룸은 그 자리에 서서 쳐다본다. 배가 화재로 약간 손상되었다. 바닥, 쿠션, 천장, 돛대. 그래도 블룸은 미소 짓는다. 배의 식당 칸을 새로 고칠 것이다. 수년 전부터 배에서 헤르타와 하겐의 망령을 몰아낼 작정을 했다. 하겐이 아니라 그녀의 취향대로 개조하려 했다. 이제 블룸은 그 일에 착수할 것이다. 야우니히가 화재라는 이유를 제공해주었다. 봄에 배를 싹 뜯어고칠 것이다. 낡은 가구는 쓰레기장에 갖다 버릴 것이다. 블룸은 작은 보금자리를 지으려는 꿈을 이룰 것이다. 5월에 아이들과 함께 배를 타기. 지금도 그녀 앞에 놓여 있는 것은 모두 과거가 될 것이다. 더 이상 생각하지 않을 것이다. 야우니히에 대해. 더 이상 아무것도.

30장

블룸이 지켜본다. 대성당 광장의 벤치에 앉아 이미 두 시간 넘게 기다리고 있다. 때는 이른 아침, 블룸은 밤새 차를 몰아 이리로 왔다. 트리스트에서 인스부르크까지 네 시간 24분 만에. 블룸은 아이들에게, 가족에게 가려고 했다. 드디어 야우니히와 작별하고 그를 떨쳐버리려 했다. 그리고 그의 남은 시신과도. 하지만 아직 아무도 자루를 보지 못했다. 지금까지 아무도 발견하지 못했다. 슈퍼마켓에서 산 비닐 봉지. 대성당 광장에 어울리지 않는 물건이라 눈에 띄는 비닐 봉지. 그것을 누군가 발견한 후 비명을 지르고 대성당 정문에서 떼어낼 것이다. 블룸은 두 시간 전에 비닐 봉지를 대성당 정문에 매달아놓고 벤치에 앉아 있었다. 지금까지 기다린다. 무슨 일이 일어나기를. 누군가 와서 그것을 발견하기를.

 블룸. 그녀는 어제만 해도 바다에 있었다. 햇빛이 눈부신 날이었다. 블룸은 하루 종일 바다에서 정처 없이 배를 몰았다. 피곤하면서도 행복하게. 블룸이 한 일은 잘한 일이었다. 야우니히는 죽었다. 불에 탄 그가 블룸 앞에 누워 있었다. 야우니히의 옷, 피부, 머리카락, 두피. 화재로 희생된 사망자를 시체 처리실에서 본 적은 몇 번밖에 없었다. 블룸은 배의 아래층으로 내려가 불에 탄 야우니히를 찬찬히 들여다보았다. 화염이 단 2분 사이에 그에게 해놓은 일에 매료되었다. 그의 얼굴, 손, 신체가 노출된 곳은 어디든 가리지 않고 불이 무자비하게 파괴했다. 야우니히. 블룸이 머리를 절단한 죽은 사제.

 모든 게 간단했다. 모든 게 무리 없이 잘되었다. 블룸은 탁자 밑에 대야를 받쳤다. 야우니히의 머리가 떨어질 때까지 도끼로 한참 내리쳤다. 피가 대야에 뚝뚝 떨어지기 시작했다. 모든 것이 잘되었다. 블룸이 한 일은 모두 옳았다. 블룸은 시체를 없애야 했다. 피를 깨끗하게 씻어내야 했다. 선실에서 발생한 경미한 화재였을 뿐이다. 식당 칸에서 생긴 사고, 실수로 켜놓은 초를 잊은 것이다. 천장의 그을음, 시커멓게 타버린 탁자. 블룸은 박박 닦고 문질렀다. 거의 아무 일도 일어나지 않은 상태로 만들었다. 야우니히의 머리를 비닐 봉지에 넣었다. 몸통은 상어에게 던져주었다.

마르크가 블룸에게 상어 떼에 대해 이야기해주었다. 트리스트 해안에 상어들이 실제로 있다고 했다. 상어들이 화물선을 따라 대양에서 육지까지 왔다고 했다. 휴가 온 사람들을 위협하는 상어, 해수욕장 모래사장에 창살을 침으로써 사람들에게 다가오는 것을 막는 상어. 블룸이 배를 모는 곳에 상어가 다닌다. 그녀의 발아래, 24미터 깊이 바다 속에 상어가 있다. 야우니히를 위해 안성맞춤인 곳. 그의 머리가 아니라 몸통을 위해. 블룸은 성가신 피가 멈추자 밧줄로 몸통을 칭칭 감아 위로 끌어올렸다. 머리가 없는 몸통, 그것에 보조닻을 달아 무겁게 만들었다. 몸통만 바다에 던졌다. 헤르베르트 야우니히. 머리가 없는.

블룸은 야우니히가 홀연히 사라짐으로써 모든 것이 묻혀버리기를 원치 않는다. 블룸은 이 남자가 어떤 일을 저질렀는지 사람들이 알기를 바란다. 그가 죽어야만 하는 어떤 일. 블룸은 두 주먹으로 쾅쾅 두드려 지하에 숨은 비열한 자들을 밖으로 내몰려 한다. 그들을 놀라게 만들어 쫓아내고, 그들에게 공포를 심어주려 한다. 어떤 일이 일어날 것이다. 그 어떤 일이 블룸에게 곧이어 다가올 일을 알려줄 것이다. 야우니히는 죽었다. 그는 실토보다 침묵을 택했다. 자백하기. 그가 저지른 일. 그것은 죄악이었다고. 그는 한마디도 하지 않았다. 이름도 대지 않았다. 블룸은 아무것도 알아내지 못했다. 다만 야우니히도 그곳에 같이 있었고, 그가 마르크의 죽음에 대해 알고 있었다는 것. 야우니히가 마르크의 죽음을 놀림거리로 만들었다는 것만 알아냈다. 사람은 어떤 상실도 극복할 수 있다오. 당신은 다시금 앞을 내다보아야 하오. 삶을 다시 인정하시오. 야우니히의 말이 아직도 귀에 쟁쟁하다. 그가 그녀에게 했던 말. 그리고 라이터가 켜지는 소리.

열두 시간 전에 블룸은 바다에 있었다. 지금은 비닐 봉지를 응시한다. 야우니히의 머리에서 50미터 떨어진 나무 아래에 앉아서. 그녀의 모습은 눈에 잘 띄지 않는다. 블룸은 평화로운 광경에 어울린다. 대성당, 광장, 분수. 그리고 블룸. 아침에 책을 읽는 여인. 누군가 봉지를 열고 불쾌한 머리통을 꺼내기를 기다리는 여인.

31장

목을 매달아 죽은 84세의 남자. 레자와 블룸은 그가 매달려 있는 끈을 지붕의 들보에서 끊어냈다. 시신은 아래층 냉동고에 들어 있다. 넬라는 그림을 그리고 우마는 설사를 한다. 모든 것이 일상이다. 마시모가 여러 번 전화했다. 9월 중순. 술 취한 청년들이 헤르베르트 야우니히의 머리를 발견했고, 신문이란 신문은 죄다 그 기사로 가득했다. 청년들은 처음에 그게 공인 줄 알았다고 했다. 블룸은 청년들이 자루에서 나온 둥그런 것을 던지는 모습, 사제의 머리를 발로 차는 모습을 지켜보았다. 그러던 청년들이 갑자기 우뚝 서더니 그중 하나가 토했다. 블룸은 그 모습을 보았다. 블룸은 신문을 읽는다. 헤르베르트 야우니히 사제가 잔인하게 살해당했다는 기사였다. 바깥세상 사람들에게는 모든 게 이해할 수 없는 일이었다.

블룸은 아이들과 아침식사 식탁에 앉아 있다. 출입금지 줄이 쳐진 대성당 광장 사진이 실린 신문, 어제의 기억. 블룸의 손에는 직접 만든 과일 잼과 버터 바른 빵이 들려 있다. 우마와 넬라는 알몸으로 거실을 뛰어다닌다. 엄마. 벗어. 응? 우리 벗기 놀이 해. 블룸은 빵을 씹는다. 아이들을 쳐다본다. 얼마나 걱정거리가 없는가, 얼마나 가벼운가. 아이들이 아버지를 생각하지 않는 순간, 마치 아무 일도 없었던 것처럼 행동하는 순간. 우마와 넬라. 두 아이는 아버지를 잃었다. 그것이 아이들의 현실이다. 차기 주교의 머리는 그저 신문기사일 뿐 그 이상은 아니다. 작은 지방 도시를 발칵 뒤집어놓은 범죄. 세상 사람들의 분노를 일으키는 기사. 머리를 잃은 사제. 블룸은 미소를 띠고 두 번째 빵에 버터를 바른다.

블룸은 이제 어떤 일이 일어나게 될지 모른다. 아마 야우니히의 머리는 방부 처리나 냉동될 것이고, 사람들은 그것을 법의학부로 보내고 그의 몸통을 찾기 위해 필사적으로 수색할 것이다. 신도들은 장례를 치러야 한다고 아우성칠 것이다. 하지만 야우니히의 머리는 몇 달, 몇 년 동안 냉동고에 들어 있을 것이다. 그의 몸통이 발견되지 않기 때문에, 상어들이 먹어버렸기 때문이다. 흔적은 남지 않는다. 지하실, 블룸의 흔적은 없다. 아무도 둔야의 말을 믿지 않았다. 경찰 입장에서 둔야의 이야기는 꾸며낸 망상일 뿐이었다. 야우니히의 주변에서는 아무것도 발견되지 않을 것이다. 그의 친구들과 지인들이 조사를 받겠지만 그들 중에는 죄 있는 사람이 없을 것이다. 그들은 야우니히의 죽음과 아무 관계가 없기 때문에. 실제 살인자는 숨어 있다. 일을 처리한 자는 남자가 아니라 여자다. 그녀가 야우니히가 더 이상 아무도 괴롭히지 못하게 만들었다. 다시는 절대로 괴롭히지 못하도록.

블룸. 그녀는 식탁에 앉아 아이들을 바라본다. 조금 더 앉아 있을 것이다. 그런 후에 칼이 아이들을 맡고, 블룸은 레자와 함께 목매달아 죽은 사람을 처리할 것이다. 하겐은 아침의 시체 처리가 일상의 걱정거리를 잊게 만든다고 말하곤 했다. 하겐과 헤르타. 쇤보른. 야우니히. 네 구의 시체. 블룸은 크게 숨을 들이쉬고 내쉰다. 그녀는 양심의 가책을 느끼지 않는다. 다시 살인을 하게 될 것이다. 모두 다. 마시모도. 블룸이 그를 필요로 했을 때 그가 있었고, 관계하게 되었다. 블룸은 그 일에 대해 부끄러워하지 않는다. 하지만 블룸은 제거할까 고려한다. 핸드폰에 뜬 이름, 마시모가 다섯 번 전화했다. 블룸은 잠시 망설이다 전화를 건다.

"어디 있었어?"
"바다에."

"왜?"

"마시모, 제발 그러지 마."

"내가 뭘 했는데?"

"제발."

"블룸, 당신이 보고 싶어."

"당신은 그럴 시간 없잖아. 경찰이 발칵 뒤집힌 것 같던데."

"하긴 그렇긴 해."

"그런데 무슨 일이야?"

"블룸, 나도 몰라. 하지만 꽤 악의적인 사건이야. 모든 게 음침해. 아주 음침해."

"사람들이 그의 머리를 자른 거야?"

"그런 것 같아."

"그런 일을 대체 누가 저지를까?"

"난들 알겠어."

"세상에 대체 누가 사제를 살해해?"

"그걸 내가 알아내야지."

"그래, 마시모. 당신이 꼭 알아내."

"오늘 하루 종일 경찰서에서 할 일이 있어. 블룸, 하지만 일이 끝나고 당신한테 갈 수 있는데."

"지금 어디에 있어?"

"야우니히의 사제관에."

"거기 얼마나 있을 거야?"

"오랫동안."

"내가 당신에게 갈게."

"블룸, 그건 안 돼. 난 일해야 해."
"잠깐이면 돼. 당신을 느끼고 싶어서. 아주 잠깐만."
"안 돼."
"제발."
"대성당 광장 5번지야. 도착하면 전화해."
"당신이 없으면 내가 어떻게 살겠어."

32장

 마시모. 그는 블룸을 돌려보내지 않는다. 야우니히가 살던 곳. 블룸은 일이 어떻게 진행되고 있는지 알아내려 한다. 그의 집에 진실을 누설하는 무엇인가가 있는지를. 둔야에 대한 단서. 둔야를 찾을 수 있는 무엇인가. 블룸은 마시모에게 보고 싶다고, 그를 원한다고 했다. 블룸은 즉시 차에 올랐다. 마시모는 가볍게 블룸을 포옹했다. 블룸은 흰색 작업복을 입은 사람들 틈을 비집고 슬그머니 야우니히의 집으로 들어간다. 집 앞에 도착한 블룸은 먼저 마시모에게 전화해서 불러내지 않고 곧장 그가 있는 곳으로 올라간다. 블룸은 많은 경찰들과 안면이 있다. 예전에 경찰 동료들과 같이 블룸의 정원에서 그릴 파티를 했다. 마시모에게 할 말이 있어서 왔다고 하자 아무런 제지 없이 안으로 들어갈 수 있었다. 블룸은 흔적 확보에 대해 잘 안다. 지금까지 얼마나 많은 시신을 법의학부로 이송해 왔던가. 범죄가 저질러졌다는 결과가 나오는 시신들을. 흰색 작업복을 입은 남자들이 흔적과 지문을 채취해 DNA 검사를 한다. 블룸은 마시모가 어디에 있는지 물은 후 그에게 간다. 담당관들이 모두 출동해 수사에 도움이 될 수 있는 물건들을 모조리 수집한다. 하지만 경찰들은 무엇을 찾아야 할지 알지 못한다. 마시오의 얼굴에 낭패감이 드러난다. 모든 것이 수수께끼다. 살인의 희생자가 된 사제. 세상에 적이라곤 없는 남자. 신의 충복이라는 직업을 가졌던 남자. 선을 행한 남자. 누가 그를 해치려 했을까? 누가 그를 불태우고 목을 자를 이유를 가지고 있었을까? 그리고 경고의 신호처럼 사제의 머리를 대성당 정문에 매달아놓았다. 경찰들이 할 수 있는 유일한 일은 흔적을 확보하고, 친구와 지인들을 소환해 면담을 통해 사제의 생활을 조사하는 것, 앞뒤가 맞지 않는 것, 석연치 않은 것을 조사하는 일뿐이다. 경찰들은 전혀 감을 잡지 못한 채 피상적으로 집을 둘러본다. 마시모는 아무런 감도 잡지 못한 채 블룸의 양쪽 뺨에 키스한다. 나가지. 잠시 아래 와인 바로 가요. 마시모가 말한다. 근데, 잠깐만 여기 있게 해줘. 블룸이 말한다.

블룸은 마시모를 설득할 수 있다. 블룸은 그곳에 머물러도 된다. 잠시. 블룸은 마르크 때문이라고 말한다. 블룸은 마르크를 기억하고 싶어 한다. 그가 했던 일을 기억하고 싶어 한다. 그를 떠올려본다. 보통 때라면 여기에 마르크가 있었으리라. 조사할 물건들을 봉투에 담고, 지문을 채취하며. 어제 새벽에 경찰이 야우니히를 발견한 후부터 마르크는 지금의 마시모처럼 연장 근무에 들어갔을 것이다. 현재 사건 때문에 다들 걱정에 싸여 있다. 교회, 정계, 신자들, 모두가 절실하게 해명을 요구한다. 블룸은 그들의 소리를 듣는다. 괴물에 대한 사람들의 경악, 공포. 야우니히가 처형당했고, 모두가 그의 심판자를 찾는다. 모두가 블룸을 찾는다.

블룸은 눈에 띄지 않게 슬며시 야우니히의 책상 모서리에 앉는다. 여기는 이미 다 처리했어. 마시모가 말한다. 블룸은 야우니히의 의자에 앉아 방 안을 두루 살펴본다. 야우니히가 보았던 모든 것을 본다. 헤르베르트 야우니히. 그는 결코 다시는 이 의자에 앉지 못할 것이다. 절대로 다시는 책꽂이에서 책을 꺼내지 못할 것이고, 결코 기도를 하지 못하리라. 결코 다시는 강간하지 못하리라. 블룸이 그렇게 만들었다. 그녀는 만족스런 기분으로 의자에 앉아 둘러본다. 마시모에게 도움을 청하지 않은 것은 잘한 일이었다. 마시모가 어떻게 블룸을 도울 수 있었겠는가? 그는 블룸을 위해 모든 것을 다 할지도 모른다. 자신의 신념을 버릴지도 모른다. 그녀를 위해 거짓말을 해야 할지도 모른다. 범죄를 덮을 수도 있다. 블룸은 마시모에게 그러기를 요구할 수 없다. 마시모를 그런 상황으로 몰고 갈 수 없다. 블룸은 그럴 수 없다. 원치도 않는다. 이것은 블룸의 이야기이지 마시모의 이야기가 아니다. 블룸이 이야기를 시작했으니 끝도 스스로 맺을 것이다. 어떻게든.

블룸은 10분 동안 의자에 앉아 있다. 그러자 마시모가 그만 나가자고 한다. 마시모는 아래층으로 블룸을 배웅하면서 현관 입구에서 그녀를 포옹하고 키스했다. 마시모는 몸이 달아 어쩔 줄 몰라 했다. 그는 블룸을 원했다. 마시모의 입술이 갑자기 블룸의 입술을 덮친다. 사전 예고도 없이 그의 혀가 그녀의 입 속으로 파고든다. 마시모의 몸이 그녀에게 바짝 붙었다. 블룸은 그를 그냥 내버려두었다. 마시모의 행동, 그가 갈구하는 사랑. 마시모는 절절히 사랑을 원한다. 하지만 블룸의 마음에서는 그런 생각이 일어나지 않는다. 블룸도 사랑을 원하지만 대상을 찾을 수 없다. 다만 마시모만 있다. 그의 욕구, 그녀에게 얹은 손, 그의 속삭임, 그의 애욕. 마시모. 블룸은 그를 물리치기가 몹시 힘들다. 그를 받아들일 수 없음을 이해해달라고 말하기 어렵다. 블룸은 오직 마르크만을 생각한다는 것. 그리고 야우니히를. 블룸에게서 마르크를 앗아간 남자들, 그녀의 육체로부터 마르크, 그의 부드러움, 그의 사랑을 채어간 그들. 블룸의 생각은 오직 그것뿐이다. 그들에 대한 추적을 그만두지 않으리라는 것. 다른 남자들도 찾아내리라는 것. 어릿광대, 요리사, 사냥꾼을.

33장

그가 블룸의 팔을 잡았다. 그 이후. 마시모와 헤어진 후. 블룸은 조금 더 앉아 있으려 했다. 와인 바에서 잠시 더 앉아서 한 잔 마시며 일어난 일에 대해 조용히 생각해보려 했다. 키스. 블룸이 사제의 집 안에서 본 것. 블룸은 마시모를 포옹했고, 바에 가서 백포도주를 주문했다. 다음 번 시체를 만들기 전, 다음 번 출정 전의 한 잔. 와인 한 잔, 그 한 잔이 일을 더 수월하게 만들 것이다. 블룸이 와인잔을 막 입에 대는 순간, 갑자기 쉰보른이 옆에 서서 그녀의 팔을 잡았다. 블룸의 아래팔을 잡은 두툼한 손가락, 그 손가락은 그의 심각함을 말하고 있었다. 쉰보른의 얼굴이 아주 가까이 있다. 그는 잡았던 블룸의 팔을 다시 놓았다. 그가 무슨 말을 하는가. 어떻게 말하는가.

"내 아들을 어떻게 했소?"

"뭐라고요?"

"아들이 없어졌습니다. 며칠째 아들과 연락이 되지 않아요. 나는 여기서 무슨 일이 일어나고 있는지 알아야겠소."

"다시 내 몸에 손을 대면 소리를 지르겠어요."

"나는 내 아들이 어디 있는지 알아야겠소."

"난 당신 아들을 몰라요."

"당신이 알고 있는 것을 지금 이야기하지 않으면 크게 후회하게 될 거요."

"지금 나를 협박하는 거예요?"

"그렇소."

"당신은 두려워서 그러는 거죠. 그거 잘되었네요."

"헛소리 마시오. 내가 대체 무엇을 두려워해야 합니까? 나는 뭔가 잘못되었다는 것을 알기 때문에 여기 온 거요. 에드빈이 한마디 말도 없이 사라진 게 석연치 않소. 그리고 당신이 내 아들에 대해 물었소. 사제에 대해서도 물었소. 그건 우연이 아니오."

"사제를 끌어들인 건 당신이에요. 내가 아니라."

"그리고 지금 사제는 죽었소."

"그러니까 두려운 거죠?"

"이제 그만두시오. 지난번 식사 때 당신은 나를 몹시 성가시게 했습니다. 내게 비난을 퍼부었소. 당신에게 수상한 점이 있소."

"마음대로 생각하세요."

"나는 당신이 누군지 압니다."

"잘되었네요."

"당신, 장의사죠."

"훌륭해요. 조사를 정확하게 하셨네요. 장례사 블룸. 전통 사업. 당신도 우리 장의사에 와서 미리 당신의 무덤에 대해 상세하게 계획을 짤 수 있어요. 내가 기꺼이 개인적으로 모든 절차를 신경 써서 해드릴게요."

"지난 번에 당신이 내게서 들으려고 했던 내용을 지금 말해보시오. 당신은 내 아들이 어디에 있는지 알고자 했습니다. 왜 당신이 그 오래된 쓰레기를 뒤지고 다니는지 말해보시오."

"쓰레기가 그리 오래되진 않았어요. 보시는 바와 같이 당신은 예전이나 지금이나 쓰레기 속에 숨어 있죠."

"내 아들이 곤경에 처하지 않기만을 기도하시오."

"기도는 아무 도움이 안 되지요."

"만일 당신이 내 아들이 없어진 일과 추호라도 관계가 있으면 내가 당신을 반드시 끝장내버릴 거요."

"그럼 나도 우리에 가둘 건가요?"

"당신의 얼굴에서 웃음기가 싹 사라지게 될 거요."

"일이 그렇게 간단할 수 있다는 건 미처 생각지 못했네요."

"내가 당신을 내내 주시하겠소."

"아버지와 아들. 사냥꾼과 사진사. 그리고 마을의 사제. 참 절묘한 트리오네요! 이제 요리사와 어릿광대만 빠졌군요."

"이미 말했지만 나는 당신이 무슨 말을 하는 건지 모르겠소. 하지만 그게 무슨 뜻인지 내가 알아내겠소."

"부디 그렇게 하시죠."
"또 봅시다."

그는 돌아서서 갔다. 블룸은 한마디를 더 하려다 참았다. 그가 했던 말이 블룸의 머릿속에서 맴돌았다. 블룸이 누구인지 안다는 말, 그게 무슨 뜻인지 알아내겠다는 말. 블룸은 요하네스 쉰보른이 사냥꾼이라고 생각했다. 아버지와 아들. 그처럼 가까운 사이이니 참으로 간단해보였다. 블룸은 그와 이야기하면서 그를 시체 처리 작업대에 올려놓고 사지를 절단하는 상상을 했다. 한 마리 가축처럼 그를 큰 덩어리로 잘랐다. 블룸은 그가 범죄를 저질렀다고 생각했다. 하지만 그는 그 일과는 아무 관련이 없었다. 블룸은 알 수 있었다. 요하네스 쉰보른은 지하실에 있던 다섯 남자 중의 한 사람이 아니었다. 그 사실이 얼굴에서 드러났다. 레스토랑에서 그리고 지금도 어리둥절해하는 그의 표정, 의아해하는 눈빛은 꾸며낸 것이 아니라 진짜였다. 그는 블룸이 하는 말을 전혀 알아듣지 못했다. 그는 감옥, 마취용 화살에 대해 알지 못했다. 세 명의 이름도 전혀 알지 못했다. 아버지 쉰보른은 다만 불안해할 뿐이었다. 걱정에 싸여 자신의 아들을 되찾고 싶어 했다. 그는 목숨을 부지할 것이다. 블룸은 그의 사지를 절단하고 인수해온 다른 시체들과 같이 땅에 묻지 않을 것이다.

차를 몰고 법의학부로 가는 블룸. 사망자의 시신이 병원에서 블룸을 기다리고 있다. 관례적 부검. 블룸은 법의학부 정문에 차를 세운 후 내려서 시체를 인도해주는 동료를 기다린다. 이곳에 이미 얼마나 자주 왔으며, 모든 게 얼마나 익숙한가. 시체 저장 냉동고, 복도에 이리저리 놓인 시체들. 블룸은 더 이상 조금도 무섭지 않다. 그것은 그저 시체일 뿐이다. 자루 속에 든 낯선 자들은 해부되었다가 다시 꿰매진다. 블룸의 감정을 조금도 건드리지 않는 낯선 자들은 한낱 운반물일 뿐이다. 이 냉동고에서 저 냉동고로 옮겨지는 육신. 더는 아니다. 덜도 아니다.

블룸이 복도를 왔다 갔다 한다. 하루가 잘 시작되었다고 생각한다. 그리고 야우니히의 집무실을 생각한다. 그의 책상에 놓여 있던 식당 메뉴판을 생각한다. 자신의 직감이 맞기를 바란다. 마시모와 함께 야우니히의 집에서 나왔을 때부터 떠오른 것이었다. 시신 인계를 기다리는 동안 다음 번에 착수할 일에 대해 곰곰이 생각한다. 몇 분 더 기다려야 한다고 한다. 기다림. 숙고. 복도를 왔다 갔다 하기. 그리고 갑자기 그녀가 있다. 문득 블룸 옆에 있는 친숙한 얼굴, 그녀의 육체, 머리카락. 블룸의 눈길이 스치듯 지나갔다. 비닐 백 속에 든 그녀를 알아보지 못한 것처럼. 블룸은 망연히 서 있었다. 그녀가 비닐 백 속에 들어 있다. 절개된 그녀의 흉곽 그리고 창백한 피부. 익사한 시체. 블룸은 처음에는 자신이 본 것이 무엇인지 파악할 수 없었다. 어리둥절했다. 그녀가 죽어서 누워 있다. 법의학부 지하실에. 저장 냉동고가 시신으로 가득 차서 더 이상 들어갈 자리가 없어 그냥 들것에 눕혀져 있다. 블룸은 그 자리에서 비명을 지르고 싶었지만 그럴 수 없다. 갑자기 으스스해지기 때문에. 사방이 고요하다. 그것은 하나의 시체, 아무도 찾지 않는 육체 이상의 의미다. 아무도 그녀를 모른다. 한낱 이름 없는 여성. 둔야.

아무 말도 없다. 모든 게 조용하다. 한동안 아무것도 없다. 둔야뿐. 오직 그녀뿐. 반응할 힘도, 차분하게 생각할 수도 없다. 둔야뿐. 그리고 그것이 전부였다. 블룸이 그녀를 어떻게 알게 되었나. 처음에는 목소리만, 그리고 얼굴, 이어 미소까지도. 블룸은 그녀를 응시한다. 도움이 될 수 있는 말이 전혀 없다. 없었던 일로 만들 수 있는 생각도 나지 않는다. 블룸은 애써 울음을 참는다. 감정을 드러내지 않으려고 애쓴다. 자신이 둔야를 안다는 사실, 그녀와 어떤 관계가 있다는 사실을 아무도 눈치채지 못하기를 바란다. 부검 담당 조수가 블룸을 둔야에게서 떼어놓는다. 조수는 블룸이 이 여성의 시체 옆에서 꼼짝 않고 서 있는 것을 이상하게 여기는 것 같다. 블룸의 시선이 너무 굳어 있고, 너무 공허하기 때문이다. 조수는 블룸에게 괜찮냐고, 도울 일이 있냐고, 물이라도 한 잔 마시겠냐고 묻는다. 블룸은 다 거절하며 아무렇지도 않은 듯 행동한다. 블룸은 원래 인수받으려 했던 시체를 넘겨받는다. 그리고 그곳을 떠난다.

둔야. 부검 담당 조수는 블룸의 질문에 모두 대답했다. 조수는 블룸이 왜 알려고 하는지 이유를 모르면서도 전부 답해주었다. 아마 자살이었던 것 같다. 아니면 사고였을 수도 있다. 부검은 의심할 바 없이 익사라는 결과가 나왔다. 외부 영향은 배제되었다. 인 강 발전소의 격자 갈퀴 속에서는 시체들이 자주 발견되곤 했다. 쓰레기와 나무둥치가 모이는 곳의 물속에서 준설기가 그녀를 건져냈다. 격자 갈퀴는 몇 주마다 한 번씩 추진 시설에서 분리되는데, 거기에서 우연히 발견되었다. 익사한 시체, 아마 무숙자인 듯 신분증도 없고 실종자 신고도 없었다. 그녀를 아는 사람은 아무도 없다. 술에 취해 강에 빠진 것 같다. 아니면 더 이상 삶을 지탱하지 못하고 강에 뛰어들었을 것이다. 언제나 그렇듯이, 죽은 건 죽은 거지요. 부검 조수가 말했다.

블룸. 50대 중반의 여성을 실은 장의차 안. 여성은 폐 이식 수술 후에 경색이 왔고, 가족들은 이미 그녀의 옷을 장례식장에 가져다 놓았다. 블룸은 집으로 가는 중이다. 비닐 백에서 그녀를 꺼내 상처를 다듬고 입을 꿰맬 것이다. 옷을 새로 입힐 것이다. 블룸은 둔야에게도 기꺼이 그렇게 해주고 싶다. 그녀를 손질하고, 두피가 벗겨진 머리를 손으로 어루만진다. 둔야를 다시 한 번 부드럽게 어루만져주고 싶다. 존중하고 싶다. 기꺼이. 하지만 둔야는 지금 있는 곳에 머물러야 한다. 그녀는 장기 보존 냉동고에 들어간다. 그곳은 온도가 더 낮고, 시체들은 여러 달 동안 냉동고에 들어 있기도 한다. 신원 미상의 모든 시신. 조사 기술상의 이유로 넘겨줄 수 없는 살해당한 시신. 야우니히와 같은 희생자. 둔야도 야우니히와 같은 냉동고에 들어갈 가능성이 크다. 범행자와 희생자, 둘이 평온하게 겹쳐 쌓여 있다. 운명은 잔혹하다. 그리고 블룸은 운명에 대항할 수 없다. 물이 없는 수영장에 뛰어들기. 머리를 앞으로 곤두박질, 숨을 들이쉬지도 못한 채 곧장 떨어진다. 장의차를 타고 시내를 통과하는 블룸. 소리 없이 눈물이 흐른다.

34장

사람에게 얼마나 많은 눈물이 있을까. 눈물을 셀 수 있다면. 눈물을 모아 대야에 한가득 채우고, 통에 한가득 채운다. 눈물로 가득 채운 수영장. 그렇게 해서 수영장에 뛰어들 때 더 이상 아프지 않게. 머리부터 뛰어들기. 블룸. 사흘 내내 쉼 없이 일한다. 아이들 곁에 있으면서 계속 살아가기 위해 애쓴다. 슬픔이 다시 밀려온다. 블룸은 얼어붙는다. 둔야를 도울 수 없었다는 것이 한없이 괴롭기만 하다. 더 세심하게 주의를 기울여야 했다. 보호해야 했다. 블룸은 실패했다. 둔야를 혼자 슈퍼마켓에 보내지 않았어야 했다. 둔야는 여전히 살아 있을 수도 있었다. 그 생각이 블룸을 괴롭힌다. 둔야가 죽었다는 것. 몰도바에서 지하실로, 지하실에서 냉동고로. 수년 간 좋은 일은 아무것도 없었고, 오직 공포뿐이었다. 아침에 눈을 떠서 잠을 자려고 눈을 감을 때까지. 다시 생겨난 공포. 그들에게 발견될 거라는 공포. 그들이 둔야를 잊지 않을 거라는 공포, 결코 벗어날 수 없다는 공포. 그녀의 머리에서, 몸에서 떠나지 않는다. 공포.

사흘 내내 블룸은 생각에 깊이 잠겨 있다. 물러설 것인가 공격할 것인가. 모든 게 잘되었다는 듯이 행동할 것인가, 아니면 모든 것을 때려 부술 것인가? 사흘 동안의 정지 상태. 작전 타임. 블룸의 내면에 다시금 분노가 일어난다. 악행을 저지른 사람들에 대한 증오. 블룸은 그것이 살인이었음을 전적으로 확신한다. 둔야는 스스로 물에 뛰어든 것이 아니다. 단순히 물에 빠진 것이 아니다. 도망진 것도 아니다. 둔야는 아이들 방에서 편안해했다. 둔야는 집에 돌아오려 했을 것이다. 누군가 둔야의 입을 영원히 막아버린 것이다. 그들은 둔야를 죽인 후에 흐무러진 조그만 물고기인 양 물속에 던져버린 것이다. 둔야의 입. 법의학부에서 그녀의 입은 벌어진 채로 있었다. 말없이 차갑게.

살인. 한 사람 이상. 이레나, 마르크, 둔야. 블룸은 사흘 내내 다른 생각은 전혀 할 수 없다. 괴로움에 싸여 모든 일에 대한 명쾌한 답을 찾아내기 위해 고심한다. 블룸은 순간 모든 것을 다 잊자고, 그냥 아이들과 행복하게 지내기로 마음먹을지도 생각해본다. 하지만 그럴 수 없다. 마르크는 없다. 예전의 생활은 더 이상 존재하지 않는다. 새로운 생활이 이제 첫 형태를 드러낸다. 블룸은 테라스에서 와인을 마신다. 생각은 어지럽게 휘돌고 아이들은 그녀의 무릎에서 잠들어 있다. 아이들의 존재, 아이들의 모습, 아이들이 한 말, 그 모든 것으로도 블룸에게 위로가 되지 않는다. 넬라가 잠이 들기 전에 한 말은 무엇인가.

"엄마?"

"응, 우리 아가."

"내 뱃속에서 행복이 뽀글뽀글거려."

"행복?"

"응. 행복이 아주 많이."

"왜?"

"아빠를 봤거든."

"뭐라고?"

"엄마, 아빠는 잘 지내고 있어. 아빠가 오토바이를 타고 나를 보고 웃어줬어. 그리고 윙크도 해줬어."

"아니야."

"진짜야, 엄마. 그리고 아빠가 나더러 슬퍼하지 말라고 했어."

"아빠가 그랬어?"

"응, 아빠가 그랬어."

마르크는 이미 얼마나 오래전에 죽었는가. 마르크의 마지막 손길, 마지막 웃음은 아득히 먼 과거가 되었다. 넬라가 보았다는 것을 블룸도 기꺼이 보고 싶다. 블룸은 진정으로 딸에게 아무것도 겪지 않게 해주고 싶다. 그러려면 강해져야 한다. 매일, 어떻게든 살아야 한다. 왜냐하면 살인자들이 밖에 있으니까. 모든 것을 파괴한 살인자들. 블룸은 와인을 마시며 아이들을 쓰다듬는다. 아름다운 가을 밤, 하늘은 청명하고 모든 것이 참으로 단순하다. 고통마저도 단순하다. 그들이 공격했다. 블룸은 되받아친다. 달리 할 수 있는 것이 아무것도 없기 때문이다. 어떤 것도 그녀에게 마르크를 되돌려줄 수 없기 때문이다. 블룸은 다른 사람들도 찾아낼 것이다. 이제 아이들과 함께 자러 갈 것이다. 아이들을 재운 후에 다시 일어나 그들을 찾을 것이다.

밤. 아침. 아이들을 늘 맡아주는 칼. 오늘 할 일은 무엇이냐고 블룸에게 묻는 레자. 블룸은 아무 말도 하지 않고 레자에게 웃어 보인다. 마르크가 넬라에게 보여주었던 웃음처럼. 레자, 내 걱정은 하지 마. 난 돌아올 거야. 그래, 조심하게, 알았어. 걱정하지 않아도 돼. 고마워. 레자. 블룸이 올라탄 오토바이가 집 입구에서 나와 거리로 나간다. 키츠뷔엘로 가는 블룸. 의미 없는 일이라는 것, 아무 소득이 없을 수도 있다는 것을 알지만 그래도 한다. 갑작스런 계시

와도 같았다. 블룸은 레스토랑 메뉴판을 보고 이게 왜 책상에 놓여 있는지 의아했다. 인스부르크 사제의 책상 위에 있는 키츠뷔엘 레스토랑의 메뉴판. 사제가 왜 메뉴판을 집어 들고 왔을까? 사제가 메뉴판을 훔쳤나? 메뉴판을 가져가도 될 만큼 레스토랑 주인과 친한 사이였나? 키츠뷔엘 레스토랑까지 54킬로미터가 남았다. 푸흐 식당. 오직 직감뿐.

 숲으로 이어지는 곳에 위치한 키츠뷔엘의 외곽. 벼락부자들이 사는 수많은 저택. 휴양소. 별장. 그 사이에 있는 원추형 레스토랑. 40개의 좌석밖에 없는 눈에 띄지 않는 작은 레스토랑. 블룸은 요리사를 찾는다. 모든 사람들이 블룸이 찾는 요리사를 안다. 모두가 그 남자, 베르틀 푸흐를 안다. 텔레비전 방송에 나오는 요리사. 고급 레스토랑, 가격이 무척 비싸다. 블룸은 오토바이를 세운다. 때는 점심 때, 사람들이 드레스와 양복을 갖춰 입고 스프 접시 앞에 앉아 있다. 키츠뷔엘. 블룸은 이 부자들의 중심지, 돈과 권력의 집합소가 싫었다. 부자들은 자기들끼리 작당하고 흰 소시지와 캐비어로 배를 가득 채운다. 부자들은 자기들끼리 모여 외부 세계를 차단한다.

 키츠뷔엘. 9월말, 레스토랑의 점심식사. 웨이터가 블룸에게 식

당에서 나가달라고 한다. 레스토랑의 복장 규정이 있다고 한다. 하지만 블룸은 선 채로 버틴다. 블룸은 잃을 게 전혀 없다. 자신의 직감이 맞는지, 그들이 서로 아는 사이인지 알아내려 한다. 요리사와 사진사. 요리사와 사제. 블룸은 알아낼 것이다. 블룸은 옷을 벗는다. 모든 사람들이 쳐다보는 가운데 가죽 재킷, 바지, 부츠를 벗는다. 가방에서 하이힐을 꺼낸다. 그녀의 긴 다리, 맨발. 이제 블룸은 백조처럼 서 있다. 화려한 여름옷을 입은 블룸이 가죽 재킷을 배낭에 집어넣는다. 웨이터는 눈을 휘둥그레 뜨고 블룸을 쳐다본다. 웨이터는 이를 갈며 블룸에게 레스토랑에 들어가도 된다고 한다. 블룸에게 자리를 안내한다. 블룸이 자리에 앉는다.

블룸은 이곳에 오고 싶어서 온 게 아니다. 불편한 기분이 든다. 블룸은 부유함을 으스대는 사람들을 싫어한다. 블룸은 둔야를 위해 행동한다. 주문을 하며 웨이터에게 말을 걸려고 시도한다. 하지만 웨이터는 신중한 태도를 유지한다. 레스토랑 주인에 대해 묻는 블룸의 질문을 무시한다. 베르틀 푸흐가 언제 다시 오나요? 혹시 헤르베르트 야우니히가 이 식당에 자주 왔나요? 대답이 없다. 전채를 내오는 동안에 대답이 없다. 중간 코스 때에도 대답이 없다. 그런데 갑자기 옆 식탁에 있던 부인. 부인이 블룸에게 다가와 앉는다. 수다스러운 여자, 블룸이 바라는 바다. 대답, 세부 사항, 배경에 대한 정보. 주요리 코스에 모든 것이 제공된다. 나는 코둘라 하이드만이라고 해요. 여자가 말한다. 엄청나게 부유한 50대 중반의 낯선 여자. 블룸은 반가워 귀를 쫑긋 세운다. 성형 수술한 얼굴, 무척 비싸 보이는 옷, 시계, 디자이너 제품의 핸드백. 여자가 가진 모든 것에서 돈 냄새가 난다. 여자는 이곳에 자주 온다고 한다. 여자가 알려줄 수 있다고 블룸에게 속삭인다. 그리고 여자는 신이 나서 떠들어댄다. 블룸은 여자가 보내는 하루의 하이라이트, 점심 대화 상대다. 여자는 화려한 여름옷을 입은 블룸의 이국적인 아름다움을 찬찬히 뜯어본다. 코둘라 하이드만이 말한다. 왜 블룸이 그런 것에 관심을 가지는지 묻지도 않은 채. 블룸은 접시에 시선을 던진다. 초콜릿을 입힌 곡물 빵을 곁들인 오리 가슴살. 코둘라 하이드만이 베르틀 푸흐에 대해 이야기하는 동안 블룸은 나이프로 오리 가슴살을 자른다.

"유감스럽게도 셰프가 없네요."
"셰프는 어디에 있죠? 그를 만나보고 싶은데요. 티롤 도시 전체가 온통 셰프에 대한 이야기를 하거든요."
"티롤 전체라고요? 아이, 나라 전체이겠죠. 우리 요리사는 재능이 있어요. 황금 손을 가졌다고요. 우리에게 그런 요리사가 있으니 얼마나 행운인지 당신을 모를 거예요."
"네, 그런 것 같군요."
"요리사는 지금 출연하는 요리 방송의 새로운 팀과 녹화하는 중이에요. 무척 부지런한 사람이죠. 그리고 아직 젊기도 하고요. 타의 모범이 되는 대단한 경력을 가졌어요. 존경스럽죠, 그 남자.

전국에서 그의 요리를 즐기기 위해 이곳으로 온답니다. 음식이 정말 대단해요. 당신은 어떻게 생각해요?"

"대단하다, 정말 그러네요."

"메추라기 알을 꼭 한번 드셔보세요. 그리고 새끼 양고기도요. 그렇게 부드러운 고기는 먹어본 적이 없을 걸요."

"제가 뭘 좀 물어봐도 될까요?"

"물론, 뭐든지 물어봐요."

"헤르베르트 야우니히, 그 사람을 아세요?"

"아, 네. 그분처럼 좋은 사람에게 그런 끔찍한 일이 일어나다니요. 그분은 여기 요리를 좋아했어요. 그분은 미식가에 향락주의자였지요. 그분이 돌아가셨다는 소식에 푸흐 레스토랑 사람들이 모두 크게 충격을 받았답니다. 나도 소식을 듣고 얼마나 충격을 받았는지 당신은 상상도 못할 거예요."

"야우니히와 친분이 있었어요?"

"아뇨, 아뇨. 하지만 그분 옆에 앉아서 보게 되었어요."

"어디서요?"

"여기서 식사하면서요."

"그렇군요."

"사제님은 참 좋은 분이셨어요."

"네, 그랬죠."

"그분은 항상 저쪽 테이블에 앉았어요. 늘 같은 자리에요. 식사를 하면서 그분을 쳐다보는 건 무척 행복한 일이었지요."

"그분은 혼자 식사했나요?"

"대개는 혼자 드셨어요. 내가 한번은 그분과 같이 식사를 하려고 했는데, 마침 기도 중이시더라고요. 사제님은 우리들을 위해 언제든 기회만 있으면 기도를 드린다고 하시더라고요. 정말 훌륭한 분이었어요. 그런데 그런 끔찍한 일이 일어났어요. 세상에, 목이 잘리다니! 왜 그런 일이 일어났는지 난 아직도 정말이지 이해가 안 돼요."

"네, 이해할 수 없는 일이죠."

"대체 어떤 인간이 그런 끔찍한 일을 저지를까요? 그런 자는 틀림없이 짐승일 거예요. 사람이 아니죠."

"사제님이 그럴 일을 당해도 될 만했을지도 모르죠."

"맙소사, 어떻게 그런 생각을 해요? 절대로 아니에요!"

"그럴 수도 있죠."

"세상에 그런 일을 당해도 될 만한 사람은 아무도 없어요. 그렇게 선량한 분이 대체 그런 끔찍한 악행을 당해도 될 만한 일을 했겠어요? 내가 이야기 하나 할게요. 그 사건은 정신질환이 있는 살인자의 짓이라고요."

"당신 말이 맞는 것 같아요."

"그런데 레스토랑 주인은요?"

"주인이 왜요?'

"주인과 야우니히는 서로 아는 사이였겠지요."

"아는 사이 정도가 아니라 절친한 친구였어요. 두 사람 사이에는 비집고 들어갈 틈이 아예 없었답니다. 더 이상 가까울 수가 없는 사이였죠. 세상에 둘도 없이 좋은 남자들의 우정이었다고 생각해요."

"그런 우정은 드문 일인 것 같은데요."

"사제님 사건이 베르틀에게 큰 충격이 되었어요. 베르틀은 지금 세상의 종말을 맞이한 것이나 다름없어요."

"아마 두 사람은 오래전부터 알던 사이였겠지요?"

"외츠탈에서 서로 알게 된 것 같아요."

"외츠탈?"

"네. 베르틀이 예전에 그곳에서 요리사로 있었어요. 여기에 식당을 열기 전에요. 안넨호프 호텔에서요. 소박한 호텔이죠. 가정식 식사였대요. 그리고 갑자기 베르틀이 뜨기 시작했어요. 그는 5년도 안 되어서 요리계의 슈퍼스타가 되었죠."

"우와!"

"키츠뷔엘에서 여기보다 좋은 레스토랑은 없어요."

"조그만 지방 호텔에서 미식가의 꼭대기까지 오른 거네요."

"빈손으로 시작해 엄청난 부자가 되었죠."

"그런 성공은 모든 사람들이 감탄하겠죠. 훌륭하네요. 그런데 당신은 물론 이 레스토랑에 드나드는 사람들을 잘 알고 있겠죠?"

"다 아는 건 아니지만. 뭐랄까, 이곳은 유명하고 이름 있는 사람들이 모두 드나드니까요. 여긴 최고급 레스토랑이에요. 아시겠어요? 연방 대통령부터 아놀드 슈워제네거까지 온답니다. 모두들 이곳에 와서 식사를 해요."

"그럼 에드빈 쉰보른에 대해서도 해주실 말씀이 있겠네요?"

"그 사진사, 물론이죠. 그 사람도 당연히 여기 단골이죠."

"사진사도 베르틀과 친구 사이에요?"

"베르틀은 두루두루 모르는 사람이 없어요. 그리고 모두가 베르틀과 친구가 되길 바라죠. 당신도 잘 아시잖아요. 명성이 드리워진 그늘 아래서 마시는 와인이 제일 향기로운 법이라는 거."

"그런가요?"

"그럼요."

"그렇다면, 우리 건배해요."

블룸은 입을 닦는다. 문득 아이들의 레고 블록이 떠오른다. 차곡차곡. 블룸이 어떤 블록을 잡든 그것은 항상 잘 들어맞는 블록이다. 블록 하나마다 들어맞는 자. 쉰보른. 야우니히. 푸흐. 둔야는 모든 것을 제대로 해놓았다. 마르크와 블룸에게 중요한 것을 이야기했다. 둔야는 그들의 얼굴도 이름도 알지 못했다. 그럼에도 불구하고 블룸은 그들을 찾아냈다. 그들 중에 두 사람, 이제 곧 세 사람이 될 것이다. 그들은 서로 아는 사이였다. 같이 식사를 하고 술을 마셨다. 요리사는 육체의 건강을 위해 힘썼다. 친구들과 희생자들의 건강을 위해.

둔야는 이야기했다. 요리사가 그들에게 했던 행위를. 요리사가 어떤 식으로 그들을 살찌웠는지를. 내 돼지새끼들을 잘 사육해야 해. 요리사는 항상 말했다. 훌륭한 사육, 훌륭한 먹이, 훌륭한 고기. 미닫이창을 통해 우리 속으로 최고의 것만, 사육 돼지들에게 최고의 먹이만 들어갔다. 요리사가 어떤 식으로 그들을 감정평가하고 저울로 무게를 쟀으며, 그들은 또 어떻게 옷을 벗어야 했나. 요리사가 지하실에 올 때마다. 요리사는 우리에 갇힌 사람들이 살 집이 두툼하게 잘 잡혀 있는지 확인하면서 모든 것을 검사한다고 말했다. 요리사는 그들의 무게를 재고 기록했다. 그리고 그들이 싱싱한 상태를 유지하도록 운동을 시켰다. 그리고 잘 먹는 게 제일 중요하다고 했다. 요리사는 굶어서 앙상한 노루와 섹스를 하는 건 하나도 재미가 없다고 말하며 그들을 허리띠로 때렸다. 그들이 팔굽혀 펴기를 너무 많이 한 후에 지쳐서 잠시 누워 있기라도 하면 즉시 허리띠를 휘둘렀다. 그들이 더 이상 먹을 수 없어하면 허리띠를 휘둘렀다. 등 뒤로 두 손이 묶인 상태에서 먹는 플라스틱 접시에 담긴 거위간과 소 엉덩이살 스테이크. 버섯소스를 얹은 근육살 요리를 핥아 먹었다. 그들은 또 손가락으로 입에 음식을 쑤셔넣어야 했다. 가축처럼 사육되었다. 짚더미에서 잠을 자고, 화장실에 갈 수 없기 때문에 앉은 자리에서 수도 없이 변을 봤다. 똥오줌 냄새와 미식가의 요리. 돼지 목에 진주야. 어릿광대가 말했다. 그래도 요리사는 한사코 풍성한 먹이를 고집했다. 우리가 작은 돼지새끼들을 잘 먹여야지. 요리사가 말했다. 우리는 더러운 돼지들을 깨끗하게 씻겨야 해. 어릿광대가 말했다. 요리사와 어릿광대는 웃었다. 그리고 사제가 물을 뿜어 그들을 씻겼다. 사제는 정원 호스로 그들을 깨끗하게 씻었다. 압력이 센 물을 얼굴과 상처에 가차없이 뿜었다. 그들은 옷을 다 벗어야 했다. 그리고 우리 바닥도 박박 닦아 깨끗하게 청소해야 했다. 그들은 시키는 모든 일을 해야 했다. 수년 간. 송아지 지라를 곁들인 달팽이 스튜.

블룸은 계산하고 자리를 뜬다. 그곳을 떠나고 싶다. 더 이상 듣고 싶지 않고, 둔야의 이미지를 더 이상 떠올리고 싶지 않다. 지하실의 광경. 블룸이 처음에는 믿지 않으려 했던 일들. 여전히 우리 속에 갇혀 먹이를 기다리는 누군가가 있다는 상상. 요운. 블룸은 요운을 찾아야 한다. 누군가는 실토해야 한다. 블룸은 또 일이 벌어지는 것을 방관할 수 없다. 누군가가 또 죽는다는 것을. 선량한 누군가가. 안 된다. 절대로 안 된다.

오토바이를 모는 블룸. 고속도로를 타고 빠르게 그녀의 생활, 그녀의 집, 작지만 온전한 세계로 향한다. 마르크가 죽었음에도 온전하다. 블룸이 자유롭기 때문에, 자신이 원하는 모든 것을 할 수 있기 때문에. 아무도 블룸을 제지할 수 없다. 아무도 블룸을 보고 미쳤다고 손가락질하지 않는다. 아무도 그녀를 멈추게 할 수 없다. 아무도 절단된 그의 몸뚱이에 대한 생각을 앗아가지 못한다. 베르틀 푸흐. 블룸은 그가 어떤 자인지 알고 싶다. 블룸은 그녀의 교양부족을 보충하려 한다. 모든 사람들을 자신의 매력으로 끌어들이는 그 남자와 친분을 만들려 한다. 모두를 자신의 허리띠로 때린 남자, 둔야를 채찍질하면서 자위행위를 한 남자. 블룸의 컴퓨터 화면에 나타난 베르틀 푸흐. 유튜브에. 씩 웃으며 티롤 사투리를 쓰는 텔레비전에 나오는 요리사. 하늘 꼭대기로 치솟은,

몸집이 작고 부지런한 요리사. 국민의 보물, 모든 주부들에게 요리 주걱으로 세상을 바꿀 수 있다는 생각을 심어주는 스타 요리사. 스키 강습사의 매력을 가진 코미디언, 배우. 베르틀 푸흐. 블룸은 뒤를 바짝 쫓아 그가 실제로 둔야가 묘사한 것과 같은지 알아낼 것이다. 푸흐와 이야기를 할 것이다. 그리고 푸흐를 죽일 것이다. 지금 곧.

35장

 빈. 제7구역, 노이바우가세, 3층. 길 쪽에 위치한 작은 주택. 문이 잠긴 것은 문제가 되지 않는다. 마르크가 몇 년 전에 블룸에게 잠긴 문을 따는 방법을 보여주었다. 예전에 두 사람이 갇힌 적이 있었는데 마르크는 몇 분도 걸리지 않아 문을 딸 수 있었다. 식은 죽 먹기였다. 예전에도 오늘도. 베르틀 푸흐는 방송을 위해 가는 중이다. 하루 종일 스케줄이 잡혀 있다. 제1스튜디오에서 일주일이 넘도록 요리 쇼를 진행한다. 베르틀 푸흐는 요리 쇼의 고정 출연자다. 블룸은 어제 방송국 앞에서 푸흐를 기다렸다. 그리고 뒤를 따라가 그가 들어간 같은 술집에서 맥주를 마시며 푸흐가 친구들을 만나는 것을 지켜보았다. 호감이 가는 남자, 겉모습을 봐서는 다른 이들과 마찬가지로 순진무구해보인다. 그의 친구들 중 누구도 그가 그런 짓을 했으리라고는 생각지 않을 것이다. 푸흐는 계산을 하고 집으로 갔다. 블룸은 그를 따라갔다. 두 사람은 같은 지하철에 앉아 여섯 개의 역을 지난 후 내려서 10분 간 더 걸어갔다. 푸흐가 주택의 문을 열고 안으로 들어갔다. 3층에 불이 켜지고 블룸은 길에 서서 그의 모습을 보았다. 창문에 드리워진 그의 실루엣. 빈 도시의 자신의 집에 있는 베르틀 푸흐, 잠자기 직전의 스타 요리사. 20분이 흐른 후 불이 꺼졌다. 블룸은 조금 더 기다리다 차를 가지고 왔다. 주택의 문이 보이는 위치의 주차 장소가 빌 때까지 기다렸다. 그리고 뒷좌석에 가서 눕고는 알람시계를 맞췄다. 새벽 5시까지 잠을 잔 후에 다시 앞좌석으로 왔다. 블룸은 푸흐가 집을 나갈 때까지 기다렸다. 일하러 나가는 베르틀 푸흐.

노부인이 블룸을 주택 안으로 들어오게 했다. 블룸은 부인 옆에 바짝 붙어 자연스럽게 끼어들어 정문을 통과했다. 노부인에게 미소를 지어보였다. 노부인도 웃음으로 인사하고 1층의 문을 열고 들어갔다.

3층에 올라온 블룸. 문패는 없다. 자물쇠. 드라이버, 나무토막, 망치. 잠시 두드리는 소리가 나고 곧이어 문이 열렸다가 다시 닫힌다. 푸흐의 방에 들어온 블룸. 신발에 비닐 덮개를 신고, 머리에 비닐 캡을 쓰고 손에 장갑을 낀 블룸. 마르크는 간혹 우둔한 범행자들이 있다고 여러 번 블룸에게 말했다. 범행자들이 현장에 얼마나 많은 자취를 남기는지 모른다고, 머리카락, 땀, 피부, 지문들을. 블룸은 모든 것을 빈틈없이 하려고 한다. 누군가 침입해 집을 뒤졌다는 사실을 전혀 남기기 않을 것이다. 범행의 증거. 비디오.

페스워드가 없는 컴퓨터. 탁자 위에 놓인 노트북, 그 옆에 감자칩 그리고 빈 맥주캔 두 개, 담배꽁초로 가득 찬 재떨이. 청소를 하지 않아 지저분하기 짝이 없는 방, 컴퓨터 화면에 들러붙은 기름때. 블룸은 컴퓨터를 켠다. 푸흐는 얼마나 어리석은가. 얼마나 조심성이 없는가. 블룸은 데이터를 훑어보기 위해 컴퓨터를 켠다. 베르틀 후프는 집을 지독하게 엉망으로 어질러 놓았음에도 불구하고 정리할 줄 아는 사람이었다. 그의 컴퓨터는 깨끗하게 정리되어 있고, 모든 내용을 한눈에 볼 수 있게 정렬해 두었다. 블룸이 찾는 것이 눈에 들어온다. 철자가 밝게 외친다. 돼지 사육이라는 글자가 있다. 돼지 사육.

낯선 집에 있는 블룸. 몇 달 전만 해도 상상하지 못했던 일을 한다. 오래 생각하지 않는다. 아직 더 많은 일을 할 것이다. 이 남자가 실제로 마르크의 죽음과 관련이 있는지를 알아내기 위해 필요한 모든 일을. 둔야의 일과 관련이 있는지도. 쇤보른에게 GBL이 든 화주를 손에 쥐어주었을 때 블룸은 이미 경계를 넘어섰다. 그를 죽여 냉동고에서 꺼냈을 때. 경계는 열려 있었다. 경계선에는 더 이상 철망이 존재하지 않았다. 블룸은 야우니히에게 불을 붙였다. 그의 목을 잘랐다. 그때 블룸은 둔야를 생각했다. 그녀의 공허한 눈동자를 보았다. 에드빈 쇤보른의 사진. 비인간적. 쇤보른과 야우니히. 그리고 요리사 푸흐.

돼지 사육. 요리사가 핸드폰으로 촬영한 비디오. 노트북에 보안되지 않은 상태로 저장되어 있다. 누구라도 파일을 발견하고 지하실에서 일어났던 일을 볼 수 있었을 것이다. 그것은 비밀이 아니었다. 베르틀 푸흐는 누군가 파일을 열 수도 있다는 것, 누군가 그의 노트북에 손댈 수도 있다는 생각을 하지 않았다. 그는 안전하다고 여겼다. 데이터를 지울 이유가 없었다. 17개의 단막 공포 영화. 먹이 주기, 육체 단련, 사육의 다큐멘터리. 거기에 둔야, 이레나, 요운이 있다. 비디오에서 둔야는 블룸이 알게 되었을 때와 똑같고, 좀 더 말랐다. 더 학대당해 더 많은 상처를 입었다. 둔야는 지옥의 도가니에 있었다. 그곳에는 출구가 없었다. 그들의 얼굴에는 더 이상 일말의 절망감마저 나타나지 않고 그저 체념만 있었다. 구원을 향한 말없는 절규만 있었다. 말이 없었다. 더 이상 말할 힘이 남아 있지 않았기 때문이다. 오직 죽고자 하는 소원, 끝이 나기를 바라는 소원만 있었다. 범행자들이 자리에 없을 때, 셋만이 남아 우리 속에서 기다릴 때. 모든 게 어떻게든 끝이 나기를 소원했다. 둔야는 이야기했다. 세 사람 모두가 끊임없이 끝낼 수 있는 방법을 생각했다고. 죽기를 염원했다고, 하지만 죽을 수 없었다고. 자살. 때문에 그들은 굴욕과 폭행을 견뎠다.

17편의 짧은 비디오. 병든 세계에 대한 일견. 목적에 의해 만들어진 공간, 사람을 가둔 우리가 있는 곳에는 타일이 깔려 있다. 타일을 깔아 물로 씻어낼 수 있게 하기 위해. 더러운 구역, 강간하는 구역. 서로 철저하게 분리되어 있다. 음식을 먹는 비디오 장면. 인간능멸. 우리에 갇힌 사람들이 먹는 동안 발로 밟고 때리기. 욕정과 분노와 처벌. 요리사의 유흥을 위해. 그것이 그의 기획이었다. 요리사는 그들을 촬영하면서 이야기를 남겼다. 요리사는 자신의 작은 가축들을 보여주었다. 감사할 줄 모르는 작은 돼지 새끼들, 훌륭한 레스토랑에서 나오는 코스 요리를 거부하는 그들을 찍었다. 베르틀 푸흐는 그들을 피가 나도록 때렸다. 한 손에는 허리띠를 잡고, 다른 손에는 핸드폰을 쥐고. 더러운 구역 내의 사육. 바닥에 누워 있는 임신한 이레나. 그녀는 더 이상 움직이지 않는다. 요운은 모든 것을 깨끗이 먹어야 한다. 먹이가 남지 않을 때까지. 변기통에 들어 있는 먹이.

블룸은 베르틀 푸흐의 집에 앉아서 비디오 파일을 하나하나 클릭한다. 몇몇 비디오에서 호스를 틀고 요운을 씻기는 사제가 보인다. 사제는 요운에게 고통을 가하기 전에 그를 씻기고 매만진다. 사제의 체격, 그의 목소리. 그리고 카메라를 들고 있는 쉰보른도 나온다. 블룸은 그가 쉰보른임을 100% 확신한다. 아무리 가면을 썼더라도 말이다. 블룸은 쉰보른의 나체를 보았다. 그의 신체를 조각조각으로 절단했다. 블룸은 그자가 쉰보른이라는 것을 안다. 현장은 마치 망아적 도취의 축제와도 같다. 지하실은 법이 없는 국가로서 모든 것이 허용되고 아무것도 금지되지 않았다. 사냥총에서 발사되는 마취 화살도 금지되지 않았다. 둔야가 묘사한 내용을 비디오에서 그대로 볼 수 있다. 도망쳐봐야 소용이 없다. 사냥꾼이 총을 쏜다.

네 남자. 미지의 한 남자. 다른 사람들보다 더 큰 가면. 흔한 체격. 블룸이 확실하게 말할 수 있는 단 한 가지는 그는 쉰보른의 아버지가 아니라는 것이다. 요하네스 쉰보른은 체격이 더 탄탄하고, 몸무게는 비디오에 나오는 남자보다 20킬로그램 정도 더 나갈 것이다. 사냥꾼은 방아쇠를 당길 때 환호성을 지른다. 요들송을 부른다. 눈에 들어오는 장면이 블룸을 황당케 한다. 미친 사람의 등장이다. 반쯤 나체의 남자가 승자의 포즈를 취하고 벨벳으로 사방을 도배해놓은 강간 구역에서 덩실덩실 춤을 춘다. 사냥꾼은 대상을 격추한 것에 기뻐한다. 그는 삶을 기뻐한다. 잔뜩 뻐기는 목소리로 세상에서 가장 유명한 노래를 부른다. 오 나의 태양 너 참 아름답다. 요운은 바닥에 쓰러져 있다. 사냥꾼은 사방이 쩌렁쩌렁 울리게 노래를 부른다. 나의 몸에는 사랑스런 나의 해님뿐. 열정적으로 열렬하게, 거의 아름다울 지경이다. 그는 어떻게 노래하는가. 눈에 보이는 영상이 없고 목소리만 있다면 블룸은 그를 좋아했을 것이다. 오 솔레미오. 사냥꾼이 요운을 강간하는 동안.

사냥꾼. 카메라에서 어떻게 노래하는가. 그는 자세를 잡는다. 요리사를 위한 사적인 출연이다. 작은 비디오는 블룸이 알아야 하는 사실을 누설한다. 아주 짧은 순간 그의 얼굴을. 블룸은 그가 스스로 비밀을 드러낼 줄은, 2분 간 가면을 벗으리라고는 예상치 못했다. 비디오가 끝나기 전에 잠깐. 그의 눈, 코. 그는 카메라를 보고 씩 웃는다. 웃음으로 자신의 등장에 정점을 찍는다. 2분 간, 그리고 다시 가면을 쓴다. 짧은 2분 간의 강간자, 살인자. 범죄에 대한 증거. 블룸은 비디오를 되돌려 또 보고 또 본다. 정지 버튼을 누른다. 화면을 멈춘다.

화면에는 그의 얼굴과 그의 웃음뿐. 그 웃음, 블룸이 아는 웃음이다. 본 적이 있는 얼굴. 블룸은 그를 안다고 100% 확신한다. 어디서 봤는지는 모르지만 본 건 확실하다. 그의 얼굴에는 이름이 존재한다. 배우, 시리즈물의 주인공. 리모컨으로 채널을 돌리다 얼핏 본 적이 있다. 산악, 아름다운 풍경과 사랑이 충만한 온전한 세계. 그가 이중생활을 하고 있다는 사실을 누구도 털끝만큼도 상상하지 못할 것이다. 사냥꾼.

블룸은 개가를 올린다. 블룸은 집 전체를 샅샅이 찾아야 할 것이라고 예상했다. 증거를 찾아 하루 종일 집을 뒤져야 할 것으로 생각했다. 하지만 블룸은 한 시간 후 다시 밖으로 나왔다. 무엇을 추적해야 할지 알아냈다. 블룸은 USB에 비디오 파일을 저장하고 요리사의 노트북에 있는 원본 파일은 지웠다. 흔적을 전혀 남기지 않았다. 아무도 곧 일어나게 될 일의 이유를 짐작하지 못해야 한다. 베르틀 푸흐는 소리 없이 사라지게 될 것이다. 그냥 그렇게. 그는 더 이상 방송국에 나가지 못할 것이고, 더 이상 촬영도 하지 못할 것이다. 그는 결코 키츠뷔엘로 돌아가지 못할 것이고, 다시는 코둘라 하이드만을 위해 요리를 하지도 못할 것이다. 그냥 영원히 사라질 것이다. 블룸은 비디오를 보는 순간순간 결심을 다졌다. 심판은 요리사 스스로가 받은 것이다. 블룸은 끝장을 낼 것이다. 요리사를 꼼짝 못하게 만들 것이다. 요리사와 사냥꾼. 둘 다. 빨리.

빈에 있는 블룸. 어느 누구도 블룸을 제지할 수 없다. 누구도 그녀의 팔을 붙잡고 그만두라고 설득하지 못한다. 블룸이 베르틀 푸흐에게 당장 전화해 만나자고 하는 계획을. 그를 죽이고, 도끼로 머리를 절단하고, 마취시키고, 칼로 찌르고 구타하는 것을. 아무도 블룸을 막지 못한다. 블룸이 계획을 짜면서 갑작스레 생기는 도취와도 같은 기분만 존재한다. 푸흐를 눈에 띄지 않게 차로 끌어들이고 인스부르크로 옮겨 와 전등을 끄듯 그를 꺼버릴 계획. 버튼을 눌러 전등불 끄기, 그의 얼굴, 입, 손, 손가락, 몸을 마비시키기. 푸흐는 그저 그녀의 작업대 위에 놓인 또 하나의 육체가 될 것이다. 블룸이 바늘로 꿰매는 피부와 지방덩어리. 간단하게 플러그를 뽑아 장난감처럼 망가뜨리기. 더 이상 소리가 나지 않을 때까지, 더 이상 작동하지 않을 때까지 벽에 대고 수백 번 내리치기. 구원이 손을 내밀 때까지 오랫동안. 고통이 사라지고 푸흐의 얼굴에 나타난 공포가 사라질 때까지. 그저 숨이 붙어 있지 않은 몸뚱이가 될 때까지 오랫동안 벽에 대고 장난감을 패대기치기. 도전을 받아들이기. 그를 처벌하기. 둔야를 위해. 그를 멈추게 하기. 그를 죽이기.

36장

"베르틀 쑤흐입니다."

"지금부터 내 말 잘 들어."

"누구십니까?"

"네가 저지른 짓이 텔레비전에 방송되는 걸 원치 않으면 잘 들어. 나는 다 알고 있어. 지하실에 대해. 쉰보른에 대해, 배우에 대해. 나는 너희들이 한 일, 경찰을 죽인 사실을 알고 있어. 그리고 여자도 죽였지. 증거가 있어. 그리고 그 증거는 공증인에게 있어. 공증인은 나와 연락이 안 되면 자료를 방송국에 내놓을 거야. 내 말 무슨 말인지 알아들었어?"

"네."

"이제 넌 조금도 실수를 해선 안 돼. 이제 이 길 끝까지 쭉 걸어가. 오른쪽에 지하 주차장이 있어. 지하 2층으로 내려가. 204번 주차 위치까지. 그곳에 가서 나를 기다려."

"당신은 어디에 있습니까?"

"네 뒤에."

"어디요?"

"하얀색 차."

"이게 대체 무슨 일입니까?"

"다시 한 번 말한다. 내가 말한 대로 하지 않으면 네 인생은 곧 악몽으로 변할 거야. 그건 내가 보증하지."

"무엇을 원하는 겁니까? 내 주소는 어떻게 알아냈어요?"

"네가 돼지를 사육했다는 걸 내가 어떻게 아냐고?"

"당신이 내게 뭘 원하는지, 그것을 알고 싶습니다."

"뒤돌아서서 계속 걸어가. 204번 위치까지. 내가 차를 세우면 너는 트렁크 문을 열고 관 속에 들어가."

"뭘 하라고요?"

"내 말 알아들었잖아."

"당신 미쳤소?"

"넌 선택권이 있어. 네가 관 속에 드러눕느냐, 아니면 온 세상이 한 시간 후에 너의 훌륭한 비디오를 보느냐."

"내 집에 갔었습니까?"

"네 레스토랑에도 갔었지."

"당신이 원하는 걸 알고 싶습니다."

"네가 알고 싶어 하는 건 중요치 않아."

"이건 장의차 아닙니까. 당신 미쳤소?"

"캐딜락 슈페리어야. 1972년식. 아주 아름다운 차지. 차 안에 있으면 편안한 기분이 들 거야."

"나를 괴롭히지 마세요."

"나는 가지 않을 수도 있고, 갈 수도 있다. 그건 너에게 달렸어."

"당신 대체 누구야?"

"내게 반말하지 마. 그러지 않으면 가버린다."

"이런 말도 안 되는 일이 어딨습니까? 이럴 순 없지 않습니까."

"계속 걸어."

"이제 전화를 끊겠습니다."

"이미 말했어. 지금 지하로 내려가지 않으면 나는 떠난다."

"난 관 속에 들어가지 않을 겁니다."

"아니, 넌 들어갈 거야. 204번 위치. 네 핸드폰을 차 지붕 위에 놓고 트렁크를 열어. 만일 네가 운전석의 문을 열거나 나를 공격하겠다는 생각을 하면 즉시 끝나는 거야. 넌 그냥 관에 기어들어가 누우면 돼. 나는 차에서 내려 관 뚜껑을 닫을 거다."

"당신, 정신병자요?"

"내가 말한 대로 하지 않으면 넌 기회를 잃어."

"어떤 기회요?"

"그건 네 스스로 알아내야지. 하지만 뾰족한 수가 없을 걸."

"왜 이런 짓을 합니까?"

"넌 왜 그 모든 짓을 했지?"

204번. 블룸은 시동을 끈다. 이쪽을 향한 감시 카메라는 없다.

사각지대. 돼지 사육자를 초대해 스스로 자신의 운명을 결정하도록 하는 데 더없이 이상적인 장소다. 베르틀 푸흐. 그는 차 뒤에 서서 망설인다. 선 채로 고민한다. 그는 핸드폰을 통해 거칠게 숨을 내쉬고 있고, 블룸은 그 소리를 들을 수 있다. 요리사의 숨소리를. 역겨운 생굴을 훑어 먹는 더러운 돼지새끼. 그는 선 채로 도망갈 출구를 찾는다. 10초 동안 아무 일도 일어나지 않고 그의 숨소리만 들린다. 그는 침묵한다. 무슨 일이 일어날지 가만히 기다린다. 차 뒤에 서 있는 베르틀 푸흐, 도망치기 직전. 아니면 공격하기 직전이다. 10초 동안의 절망과 분노. 블룸은 그것을 들을 수 있고, 볼 수 있다. 영원과도 같은 10초. 블룸은 계획이 틀어지는 것을 원치 않기 때문에, 그가 돌아서서 도망치는 것을 원치 않기 때문에 더 이상 지체하면서 그에게 출구를 찾을 기회를 주어선 안 되겠다고 판단한다. 블룸은 시동을 켜고 후진한다. 네가 이렇게 되길 원한 거야. 블룸은 핸드폰을 통해 말하고 끊는다.

경악. 요리사는 재빨리 옆으로 피한다. 그는 블룸의 차를 멈추려 한다. 그녀가 떠나지 못하게 막으려 한다. 손바닥으로 다급하게 차창을 친다. 떠나지 말라고 외친다. 블룸이 브레이크를 건다. 고개를 돌려 그를 쳐다본다. 블룸의 입술에 미소가 떠오른다. 걱정하지 마. 그냥 관에 들어가서 나를 믿기만 하면 돼. 친절한 미소. 왜냐하면 요리사가 핸드폰을 차 지붕 위에 올려놓고 두 손을 번쩍 들었기 때문이다. 네가 원하는 대로 할게. 그의 두 손이 말한다. 시키는 대로 할게. 네가 말한 대로 한다고. 끝장나는 건 원치 않아. 아직은 아니지. 나는 일이 어떻게 진행되는지, 너의 계획이 무엇인지 알아야겠어. 나는 아직 기회가 있어. 너를 죽일 수 있는 기회가 생기겠지. 그 때문에 내가 빌어먹을 관 속으로 들어가는 거다. 이 미친 잡년아. 그의 두 손, 그의 눈, 그의 입이 말한다. 그는 차창을 통해 노려본다. 핸드폰을 차의 지붕에 올려놓고 트렁크 문을 연다. 그가 관에 들어간다. 반항하지 않고. 도살장으로 끌려가는 어린 양처럼. 베르틀 푸흐. 그는 저항하지 않는다. 저항해봐야 소용이 없다는 것을 알기 때문이다. 그는 기다린다. 블룸이 말한 대로 해야 한다. 조용히, 그는 아무 말도 해서는 안 된다. 블룸은 뚜껑을 닫기 직전에 조용히 하라는 의미로 검지를 입술에 갖다 댄다. 찍소리도 하지 마. 그녀가 말한다. 이제 블룸은 나사를 조인다. 이제 요리사는 남의 도움 없이는 관에서 나올 수 없다. 관은 블룸이 가진 최고의 모델이다. 튼튼한 참나무 관, 2,500유로짜리 훌륭한 관이다.

빈의 이름 모를 지하 주차장. 블룸은 다시 운전석에 앉아 그곳을 떠난다. 남아 있는 것은 아무것도 없다. 베르틀 푸흐는 사라졌다. 블룸 외에 아무도 그를 다시 보지 못할 것이다. 그는 실종 상태로 있을 것이다. 영원히. 사람들은 푸흐를 찾아 수색할 것이다. 하지만 아무리 파헤쳐도 그를 찾지 못할 것이다. 블룸이 푸흐를 안다는 사실, 그와 어떤 관련이 있다는 사실은 아무도 모른다. 아무도 블룸을 의심하지 않을 것이다. 아무도 진상을 모른다. 아무도 법의학부에 있는 신원불명의 시신이 단순 익사가 아니라는 사실을 알리고 하지 않는다. 그녀의 이야기를 아무도 들으려 하지 않는다. 오직 블룸만. 블룸과 그 남자들. 요리사, 사냥꾼, 그리고 어릿광대. 오직 그들만 실제로 무슨 일이 있었는지 안다. 그 외에는 아무도 없다. 일이 위험해지면 뒤에서 나타날 공중인, 돌격대도 없다. 안전망은 없다. 블룸은 혼자다. 블룸은 자신의 말에 힘을 싣기 위해 그렇게 말했을 뿐이다. 그런 것은 텔레비전과 책에서 아주 많이 보고 읽었다. 내 말을 듣지 않으며 사냥개를 풀겠다. 내 생명보험은 사서함에 들어 있다. 저격수가 너를 겨냥하고 있다. 이렇게 간단하다. 블룸은 알고 있는 사실을 그의 머리에 던져 위협을 가했다. 사실이 요리사를 겁먹게 했다. 그가 저지른 일이 도망칠 수 있는 모든 출구를 없애버린 것이다. 베르틀 푸흐는 자발적으로 관 속으로 들어갔다. 베르틀 푸흐는 빈의 왼쪽 도로를 따라 떠난다. 베르틀 푸흐는 죽을 것이다.

37장

오후. 린츠에 도착하기 직전. 요리사는 한 시간이 넘도록 악을 쓰고 주먹으로 관 뚜껑을 쳐댔다. 블룸은 음악을 듣는다. 베르틀 푸흐에 맞서 프레디 머큐리가 큰 소리로 노래 부른다. 쇼는 계속되어야 해. 고속도로에 시끄러운 음악이 울려퍼진다. 블룸의 뒤에 있는 관에서 시끄러운 소리가 나온다. 텔레비전에 나오는 몸집이 작은 요리사가 차가 멈추지 않는다는 것, 아무리 소리를 질러봐야 소용이 없다는 것을 파악할 때까지. 상 푈텐을 지나서는 머큐리의 소리만 들리고 관 속은 잠잠해진다. 더 이상 저항하지 않는다. 린츠를 지난다. 다만 고속도로를 쏜살같이 달려가는 장의차일 뿐이다. 블룸은 빠르게 달린다. 티롤에 도착하려면 세 시간 반을 더 달려야 한다. 세 시간 반 동안의 관에서 나오는 오줌 냄새. 회상을 위한 충분한 시간. 하겐과 그 노파에 대해.

블룸이 열 살 때였다. 하겐은 노파의 시신을 처치할 때 블룸에게 옆에 있으라고 강요했다. 때는 한여름, 무척 더운 여름날이었다. 블룸은 시키는 일을 하기에 너무 어렸다. 하겐은 블룸을 쥐어짜기를 그치지 않았다. 브륀힐데, 여기 있어라. 이제 이 일을 지켜봐야 한다. 이게 네 직업이다. 브륀힐데. 저는 아직 어려요. 블룸이 대답했다. 이어 하겐은 시신에서 늙은 여자의 옷을 잘라내기 시작했다. 노파는 뚱뚱한 몸 이상이었다. 블룸이 그때까지 보아온 시신 중에 가장 끔찍한 것이었다. 하겐은 블룸이 밖에 나가는 것을 허락하지 않았고, 블룸은 엉엉 울었다. 네 명의 장정이 노파의 시신을 차에서 내리고 크레인으로 들어 올려 작업대 위에 올려놓았다. 시신은 거대한 살덩어리로 이루어진 산이었다. 거대한 몸에 어마어마한 크기의 지방과 살이 넘쳐났다. 블룸은 구역질이 나서 밖으로 뛰쳐나가려 했다. 냄새 때문에. 하지만 하겐이 블룸의 팔을 꽉 붙들고 놓지 않았다. 브륀힐데, 여기 있어라. 이제 넌 똥오줌을 어떻게 처리하는지 배워야 해. 블룸은 그 자리에 있었다. 그리고 하겐은 장이 꽉 차 있는 상태의 시체를 어떻게 처리하는지 블룸에게 보여주었다.

사방에 오줌 냄새가 진동했다. 오줌을 싼 노파의 몸에서 코를 찌르는 지린내가 났다. 노파의 온몸에서 구역질나는 냄새가 났다.

오줌과 똥. 하겐은 하얀 장갑을 꼈고, 노파의 항문에서 변이 줄기차게 나왔다. 하겐이 계속 꺼내도 끝이 없었다. 노파에게서 뭉클뭉클한 변이 끊이지 않고 나왔다. 사방이 똥 천지였다. 하겐의 두 손에, 작업대에, 노파의 허벅지에. 하겐의 동료가 노파의 다리를 들어올리고 하겐이 직접 항문을 꿰맸다. 이게 이런 상황에서 처치할 수 있는 유일한 방법이다. 브륀힐데. 달리 어쩔 수가 없다. 브륀힐데, 이럴 땐 항문을 꿰매야 한다. 노파에게서 흘러나오는 오물은 그치지 않았다. 똥, 코를 찌르는 냄새가 나는 누런 똥이 뚱뚱한 노파의 시신에서 나왔다. 블룸은 노파 앞에 서서 지켜보았다. 블룸은 아무 일도 하지 않고 보기만 해도 되었다. 그런데 그저 보고 있기만 하는 게 더 나빴다. 다른 날처럼 블룸이 직접 손을 써야 할 때에는 깊이 생각할 겨를이 없었다. 역겨움을 느낄 새가 없었다. 온 신경을 집중해 피부와 지방에 바늘을 집어넣어야 했다. 그냥 지켜보기만 하는 게 더 나빴다. 훨씬 더 나빴다. 하겐의 누런 손가락이 눈 깜짝할 사이에 노파의 항문을 기웠다. 뚱뚱한 죽은 여자, 똥오줌을 천지에 싸놓은 노파. 블룸은 오줌이나 똥 냄새를 맡을 때마다 항상 그 광경이 떠오른다.

상 푈텐을 막 지날 때 베르틀 푸흐는 참나무 관 속에서 오줌을 지렸다. 그가 뿜어낸 공포의 냄새를 느낄 수 있다. 약 25년 전, 블룸은 이 지린내 때문에 도망치려 했다. 이 지린내로 모든 것이 시작되었다. 이 지린내를 이제 끝내야 한다. 블룸은 그런 식으로는 영원히 계속될 수 없다는 것을 너무도 잘 알고 있다. 블룸은 비록 그런 생각은 하고 싶지 않지만, 그녀의 수호천사들은 떠났다. 수호천사들은 더 이상 존재하지 않는다. 하늘이 다시 빙글빙글 돌기 시작했다. 블룸은 휘청거린다. 한 치의 틈도 없이 꽉 붙어 있던 모든 것이 균열되기 시작한다. 잘츠부르크에 도착하기 전, 블룸은 차를 세워야 한다. 너무 빨리 달렸다. 젊은 교통경찰이 차창을 내리라고 지시한다. 차에서 흘러나오는 시끄러운 음악 그리고 차창을 내리는 대신 블룸이 차에서 내린다. 달리 선택할 게 없다. 차문을 재빨리 닫아 차에서 나오는 음악 소리가 그의 외침과 두드려대는 소리를 덮어야 한다. 그가 다시 소리를 지르기 시작했기 때문이다. 그가 발로 관의 벽을 차기 시작했기 때문이다.

블룸의 뒤를 따라온 순찰대, 경찰관은 고속도로에서 벗어나라고 지시한다. 고속도로 주차 구역에 차를 대라고 지시한다. 블룸은 음악을 더 크게 틀고 경찰관이 요리사의 아우성을 듣지 못하기만을 바란다. 베르틀 푸흐. 블룸은 웃음을 보이려고 애쓴다. 쓰레기 같은 경찰임을 무시하려고 한다.

"운전면허증과 자동차등록증."
"제가 좀 과속을 했죠?"

"당신이 과속을 했다는 건 알고 있습니까? 그 말은 당신이 고의로 했다는 뜻이죠. 제한 속도를 무시함으로써 고의로 다른 운전자를 위험에 빠뜨렸다는 말입니다."

"정말 죄송해요. 완전히 정신이 나가 있었어요."

"정신이 나가요? 술을 마셨습니까?"

"제 말은요, 속도 제한 표시를 못 봤다는 거예요. 생각에 잠겨 있느라."

"벌금이 세게 나올 겁니다. 그리고 운전면허증은 한 달 후에 잘츠부르크에서 찾아갈 수 있을 겁니다."

"세상에, 안 돼요. 그럴 순 없어요."

"되고 안 되고는 내가 결정합니다. 당신은 제한 속도보다 시속 약 50킬로미터나 과속을 했습니다."

"그건 용서받지 못하겠네요."

"이 문제는 용서받을 수 있는 게 아니죠. 문제는 당신에게 벌금이 얼마나 많이 떨어지느냐, 그리고 당신이 견인차를 불러야 한다는 것입니다."

"제발요, 제가 운반하는 게 뭔지 경찰관님도 아시잖아요."

"이 차는 장의차죠. 그렇죠?"

"네. 장의사 블룸, 인스부르크."

"흰색 장의차?"

"네. 아버지가 기필코 이 차를 가지고 싶어 하셨어요."

"당신의 아버지도 장의사입니까?"

"아버지는 돌아가셨어요. 그래서 제가 물려받았어요."

"당신은 여성이잖습니까."

"그래서요?"

"장의사는 여성 직업이 아니니까요."

"그렇게 생각하실 수도 있죠."

"왜 음악을 이렇게 크게 틀어놓았습니까?"

"음악이 일을 수월하게 해주니까요. 제가 여자라서 시체를 운반하는 데 당연히 문제가 없잖아 있죠. 그래서 음악을 틀었어요."

"이게 경건치 못하다는 생각은 안 하십니까?"

"그 점은 다시 한 번 생각해봐야겠네요."

"네, 반드시 생각해보세요."

"제발 딱 한 번만 눈감아주시고 운전면허증을 돌려주시면 안 돼요? 물론 벌금은 낼게요. 시신을 인스부르크로 운반해 가야 하거든요. 고인의 가족들이 기다리고 있어요."

"관에 누가 들었습니까?"

"나이가 좀 든 부인이에요. 물속에 오랫동안 들어가 있었어요."

"그럼 진짜 익사한 시체네요?"

"네."

"익사한 시체는 한 번도 본 적이 없는데."

"그런 건 절대로 보지 않아도 돼요. 제 말이 틀림없어요."

"그래도 한 번 봤으면 합니다. 시체요. 잠깐 열어봐도 됩니까?"

"뭐라고요?"

"열어봐도 됩니까?"

"그러지 않는 게 좋을 것 같은데요."

"난 어느 정도 시체를 봐 왔어요. 정말입니다. 바로 얼마 전에는 우리가 철도 선로에서 시체를 꺼냈죠. 머리통이 완전히 깨졌더군요. 그 사고는 4일 전 아터제에서 있었는데, 정말 끔찍한 도살 현장과 다름없었습니다."

"끔찍했겠네요."

"아무튼 내가 해결할 수 있는 일은 아니었지요. 당신은 내게 보기 드문 굉장한 시체를 보여주실 수 있지요."

"진심이세요?"

"물론 진심입니다. 익사한 시체를 볼 기회가 얼마나 되겠어요. 오늘은 내가 행운을 잡은 거나 마찬가지죠."

"좋은 생각이 아니에요."

"좀 보여주시죠. 시체를 보여주면 속도위반은 눈감아줄게요."

"시체에서 지독한 냄새가 나요. 피부도 엉망진창으로 흐무러졌고요. 게다가 얼굴은 어떤 줄 아세요. 완전히 지옥이에요. 정말이라니까요."

"상관없어요. 관이나 여세요."

"잘 아시잖아요. 여자인 제게 이런 일이 쉽지 않다는 거요. 그런 광경. 제가 시체를 넣으면서 다 토했거든요. 저는 이 시신을 당장 땅속에 묻었으면 하는 생각밖에 없어요."

"시체를 무서워하는 여자 장의사라?"

"제발 저에게 너무 심하게 하지 말아주세요."

"여자들이란. 내가 항상 하는 말이지만. 여자들은 그저 집 안에 들어앉아 살림이나 해야 한다니까."

"맞아요."

"난 당신에게 관을 열라고 지시할 수도 있어요."

"제발 그러지 말아요. 오늘만큼은 부디 좀 봐주세요."

"그러면 언제요?"
"제가 사진을 가지고 있어요."
"뭘 가지고 있다고요?"
"수많은 시체 사진요. 온갖 시체들이 다 있어요. 목이 잘린 시체, 목을 맨 시체, 차에 깔린 시체, 부검한 시체, 사지가 절단된 시체. 제가 모든 사진을 다 가지고 있어요. 정말이에요. 수천 장이 넘어요. 당신은 편안하게 그 사진들을 감상할 수 있어요. 인스부르크로 한 번 오세요. 그러면 제가 당신에게 생전 본 적이 없는 온갖 것을 다 보여드릴게요. 정말 약속해요."
"그거 귀가 솔깃해지는 소리네요. 구미가 막 당기는데요."
"진짜 절대로 후회하지 않으실 거예요."
"익사한 시체 사진도 있습니까?"
"몇 장 있어요. 젊은 시신, 늙은 시신. 전부 기록을 해놓거든요. 그리고 장점은 사진에선 썩은 냄새가 나지 않는다는 거죠."
"그거 괜찮군요."
"다행이에요."
"내가 인스부르크로 당신을 찾아가겠습니다."
"장의사 블룸. 언제든 환영해요."
"좋아요."
"네. 이게 우리에게 최선의 방법인 것 같아요."
"벌금은 눈감아 드릴게요."
"고마워요."
"당신을 찾아갑니다."
"네."

"천천히 운전하세요."

"그럴게요."

"그리고 다시 한 번 생각해보세요."

"뭘요?"

"주부도 아주 좋은 직업이라는 거."

정신병자 경찰. 그가 씩 웃는다. 블룸은 꼼짝도 하지 않는다. 역겨운 쓰레기 경찰이 차를 타고 떠난다. 블룸은 전신이 화르르 타오른다. 경찰이 트렁크를 열 뻔했다. 그는 트렁크에 손을 대기까지 했다. 조금만 더 지체했다면, 그리고 관 속에 든 시체가 살려 달라고 외치는 소리를 들었다면. 블룸은 모든 것을 다 걸었다. 모든 것이 위험했다. 그녀의 삶. 아이들. 아이들이 홀로 남게 된다는 상상은 다른 어떤 것보다 끔찍했다. 모든 것이 끝장 나는 것과 다름없었다. 블룸은 속으로 비명을 질렀다. 마음속으로. 모든 게 끝장 날 뻔했다. 블룸 스스로가 이 상황으로 자신을 몰아넣었다. 스스로 모든 것을 위험에 내맡겼다. 벌건 대낮에 사람을 납치했다. 마취도 하지 않은 채 그를 데리고 고속도로를 달렸다. 너무 빨리 달렸고, 음악을 너무 크게 틀었다. 깊이 생각도 하지 않고. 블룸은 자신이 싫어졌다. 다시 자제력을 가지려 한다. 다시 키를 잡고 더 이상 위험수를 두지 않아야 한다. 지금부터 결코 다시는 안 된다. 위험 요소는 더 이상 안 된다. 단 1분도 더는 허용되지 않는다. 때문에 블룸은 행동한다. 즉시. 요리사가 소리 지르는 것을 멈추게 하려 한다. 아무도 그의 외침을 들을 수 없게. 그를 즉시 조용하게 만들기. 당장.

블룸은 다섯 번 내리친다. 연속으로 급하게, 마음을 가다듬을 시간이 없다. 후려치기. 자제력 상실. 자동차용 잭으로 있는 힘을 다해 그의 머리를 내리친다. 그가 잠잠해질 때까지. 한 번. 그가 상황을 파악하기 전에 먼저 내리친다. 두 번. 세 번. 블룸은 동정심이 없다. 팔을 쳐든다. 네 번. 온 힘을 다해. 둔탁한 소리. 금속이 뼈와 살에 닿는 소리. 다섯 번. 그의 머리에서 피가 철철 흐르고 끔찍한 냄새가 코를 찌른다. 블룸은 재빨리 관 뚜껑을 덮고 나사를 조인다. 베르틀 푸흐는 더 이상 소리를 내지 않는다. 한순간 모든 게 잘된 것 같다. 블룸은 트렁크 문을 닫고 돌아선다. 고속도로의 작은 휴식 공간. 블룸의 심장이 터질 듯하다. 일은 전혀 잘되지 않았다. 블룸은 앞을 똑바로 응시한다. 그곳에 혼자가 아니다.

38장

한 사람이 위에서 모든 것을 내려다본다. 고속도로 갓길의 수차 구역, 장의차, 그 옆 바닥에 누운 여인. 아스팔트 위에 그녀의 얼굴, 그녀는 누워 있다. 움직이지 않는다. 입은 벌어져 있고, 그 위로 햇빛이 내리쬔다. 그녀는 꼼짝도 하지 않는다. 꼼짝할 수 없다. 움직이려 하지 않는다. 움직여지지 않는다. 눈은 뜬 채로 있다. 눈동자는 허공을 쳐다본다. 눈동자는 어디에도 고정되지 않는다. 모든 것이 해체된다. 그녀는 몸을 웅크린다. 더 이상 아무 데도 갈 수 없다. 더 이상 1미터도 갈 수 없다. 누운 채로 있다. 더 이상은 가능하지 않다. 고속도로 갓길에, 추워서 따뜻하게 덮어주기를 바라는 아이처럼. 그녀는 그렇게 누워만 있었다. 블룸. 의지할 데 없이 홀로.

 점점 더 깊은 나락의 방향으로. 남자가 갑자기 있었다. 블룸은 남자가 주차 구역으로 오는 것을 알아채지 못했다. 남자는 모든 것을 보았다. 그녀가 어떻게 베르틀 푸흐를 침묵하게 만들었는지를. 한 남자. 블룸이 몸을 돌리자 그는 급하게 자신의 차로 뛰어들었다. 그리고 번개같이 고속도로로 내달려 블룸은 반응할 기회가 없었다. 더 이상 할 수 없었다. 운명이 그녀의 한가운데를 짓밟았다. 블룸은 마지막 남은 힘을 모아 어떤 남자가 자신이 사람을 죽이는 현장을 목격했다는 사실에 직면한다. 폭력으로 무자비하게. 남자는 모든 것을 목격했다.

 목격자. 어떤 사람. 낯선 자. 그녀를 아는 어떤 사람. 블룸은 모른다. 잠시 쉬려던 운전자. 아니면 어떤 일이 일어날지 아는 사람이었을 수도 있다. 그는 달아났다. 그는 그녀를 홀로 남겨두었다. 피가 쏟아져 나오는 베르틀 푸흐 그리고 몸에서 들끓는 느낌, 끔찍한 실신의 느낌과 함께. 블룸은 어디가 오른쪽이고 어디가 왼쪽인지, 무엇을 해야 할지 알 수 없다. 자신을 위해 무엇이 좋고 무엇이 나쁜지 알 수 없다. 도와줄 이는 없고 오직 실신의 느낌만 있다. 통제력은 더 이상 존재하지 않는다. 그리고 그녀를 무릎 꿇게 만드는 고통. 마치 벼락처럼. 갑자기 힘이 하나도 없다. 블룸은 작아지고 약해졌다. 다음 단계를 행하라고 억지로 강요했던 하겐.

모든 게 다 잘될 거라고 블룸에게 말하는 사람은 아무도 없었다. 블룸의 장의차를 묘사하는 것처럼 쉬운 일도 없을 것이다. 누군가 그녀의 집 앞에 찾아와 모든 것을 영원히 망가뜨리는 데 단 몇 시간도 걸리지 않을 것이다. 우마와 넬라, 블룸이 경찰차에 타는 것을 보면 아이들은 비명을 지르리라. 아이들의 얼굴, 의아해하는 눈, 블룸을 붙들고 도우려는 아이들의 팔. 블룸은 광경을 떠올린다. 어떤 일이 일어날지. 모든 것이 어떻게 해체되는지 눈에 선하게 떠오른다.

블룸은 몸을 떤다. 바닥에 누워 있다. 블룸은 푸흐를 때려죽였나. 그의 머리가 깨졌다. 피, 오줌과 똥. 블룸은 일어나야 한다. 그리고 계속해야 한다. 최악의 사태를 막아야 한다. 사태가 더 나빠지지 않게 손을 써야 한다. 시계를 되돌려 모든 것이 무덤 속으로 사라지게 만들어야 한다. 베르틀 푸흐를. 블룸은 아이들에게 가야 한다. 아이들을 꼭 껴안고 사랑한다고 말해야 한다. 당장. 아이들에게 키스하고, 같이 웃고, 모든 게 잘된 것처럼 행동해야 한다. 블룸은 그래야 한다. 아무 일도 일어나지 않기를 희망하기. 어떤 것도 아이들과 분리시키기 못하게 만들기. 그것에 모든 것을 걸어야 한다. 그것을 위해 모든 것을 해야 한다. 거짓말, 부인, 살인도. 무슨 일이든 상관없다. 이제 블룸은 일어나 차에 오를 것이다. 차 안에 가득한 오줌 냄새를 무시하고 인스부르크로 돌아갈 것이다. 시체 처리실로 들어갈 것이다. 베르틀 푸흐는 사라질 것이다. 블룸은 관을 세척하고 모든 것을 없던 일로 만들 것이다. 먼저 해야 할 일. 다른 모든 일은 그 다음에.

장의차 속의 실신 상태에서 벗어난다. 주차 구역에서 고속도로로. 잘츠부르크에서 인스부르크로. 블룸은 자신이 매달려 있는 줄을 간신히 손으로 부여잡고 있다. 그녀는 몸을 일으켜 팔을 쳐들고 손을 운전대에 얹고, 발로 액셀러레이터를 밟는다. 그리고 전화를 건다. 기댈 곳을 찾는다. 마시모.

"당신, 지금 어디에 있어? 무슨 일이야?"
"그냥 목소리를 듣고 싶었어."
"지금 운전 중이야?"
"내가 어디 있든 상관없잖아, 안 그래?"
"블룸, 무슨 일이야?"
"아이들. 내게 무슨 일이 생기면 아이들은 어떻게 되지?"
"당신한테 무슨 일이 생긴다고 그래?"
"내가 죽을 수도 있지."
"대체 그게 무슨 말이야?"
"마르크도 죽었잖아. 나도 똑같이 죽을 수도 있어. 그러면 아이들만 남겨지겠지."

"블룸, 그런 생각은 해선 안 돼."

"아니, 그런 생각이 나. 그리고 그런 생각을 하면 무서워."

"그러지 마."

"내가 죽으면 아이들은 고아원에 가겠지."

"그런 얘기는 그만둬. 당신에겐 아무 일도 일어나지 않아. 내가 당신을 보살필게. 약속해."

"마르크가 만났던 그 여자, 기억 나?"

"응. 왜?"

"그녀가 죽었어."

"그게 무슨 소리야?"

"사람들이 그녀를 인 강에서 건져 올렸어. 내가 법의학부에서 그녀를 봤어."

"시신이 그녀라는 걸 당신이 어떻게 알아? 당신은 그녀를 모르잖아."

"그녀의 사진을 본 적이 있어. 마르크가 그녀의 사진을 찍어서 핸드폰에 저장해두었어. 나는 그녀의 모습을 알아. 그녀가 죽었어. 마시모. 물에 빠져서. 사람들은 단순한 사고래. 아니면 자살이거나."

"어휴, 블룸. 그 일로 당신이 마음의 부담을 느낄 건 없어. 그 일은 당신의 생명과는 전혀 관계가 없는 일이잖아."

"마르크의 생명과는 뭔가 관계가 있었어."

"아무튼 마르크는 죽었어. 블룸, 당신은 그 일에 상관치 말아야 해. 그 여자는 노숙자였어. 아마 술에 취해 강에 빠졌을 거야. 어쩌면 더 이상 살고 싶지 않았는지도 모르지. 삶을 그냥 끝내고 싶었을 수도 있어."

"마시모, 나는 겁이 나."

"제발 아무 걱정하지 마. 블룸, 내가 조사해볼게. 약속해. 그녀가 어떻게 죽었는지 알아낼게. 하지만 당신은 쓸데없는 걱정은 하지 않겠다고 약속해야 해."

"약속할게."

"블룸. 다 괜찮아질 거야."

"아니, 점점 더 나빠질 거야."

"아이들이 자면 당신에게 가도 돼?"

"응."

블룸은 전화를 끊는다. 마시모의 품에 안길 생각을 하니 얼마간 마음이 편안해진다. 그에게 사실을 털어놓을 생각을 하면 흥분이 된다. 실토하고 싶은 마음이 굴뚝 같다. 모든 것을 마시모의 손에 맡기고 그가 해결하도록 하고 싶다. 그를 더 이상 속이지 않기. 마시모. 그는 앞으로 더 이상 결코 친구로만의 존재가 아니라고 블룸은 확신한다. 친구 이상의 관계이기를 간절히 원한다. 마르크와의 관계와 같은 사이이기를. 그와 함께 웃으며 어려움 없이 살 수 있기를. 마시모와 블룸. 홀로 사는 것의 대안. 매력과 이성. 블룸은 마시모가 가기를 바란다. 한편으로 블룸은 마시모가 오기를, 그녀를 위해 있어주기를 바란다. 마시모에게 말하려 한다. 둔야, 쉰보른, 야우니히, 푸흐에 대한 모든 것을. 블룸은 더 이상 혼자서 그 일을 하고 싶지 않다. 고속도로 갓길의 어느 주차 구역 바닥에 혼자 누워 있는 것. 마시모. 아이들이 자면 그가 올 것이다. 아니면 그보다 더 일찍. 누군가 블룸을 신고했다면. 그녀가 자동차용 잭으로 시체를 구타했다고 보고되었다.

39장

사과나무 아래 있는 어린이용 자전거. 하늘을 향해 비눗방울을 부는 넬라. 유모차 안에서 잠들어 있는 우마. 집 뒤편에 장의차를 주차하고 처리실로 관을 밀어 넣는 블룸. 늦여름의 대낮. 평범한 정원의 풍경. 칼은 구스베리 관목의 가지를 쳐내고, 블룸은 유모차에 있는 우마를 들어 올려 입을 맞추며 잠에서 깨운다. 아이들과 엄마는 집 주위를 뛰어다니며 술래잡기를 한다. 블룸은 요리사를 잊어버리려 애쓴다. 피할 수 없는 일을 미루려 애쓴다. 두 시간 동안. 그런 후에 관이 있는 곳으로 간다. 베르틀 푸흐의 시체.

이제 이어지는 일은 직업의 일상이다. 그리고 그것이 도움이 된

다. 직접 시체를 만지는 것이 다른 사람이 시체 만지는 것을 지켜보는 것보다 더 수월하다. 블룸은 자신의 손, 팔, 다리, 신발에 비닐을 덧씌운다. 그의 어떤 것도 손으로 건드리고 싶지 않다. 피도, 살도 싫다. 그의 것은 모두 싫다. 블룸은 모든 준비를 한다. 흡입기, 톱, 비닐봉지, 포르말린. 블룸은 그를 세 시간 안에 절단할 수 있을 것이라고 예상한다. 쉰보른을 절단했을 때보다 더 빨리 처리하고 싶다. 블룸은 정원으로 되돌아갈 것이다. 아이들과 술래잡기를 할 것이다. 아무 일도 없었던 것처럼. 블룸은 그의 시신 밑으로 대를 밀어 넣고 기중기로 들어 올려 그를 작업대 위에 올려놓는다. 요리사를. 블룸은 요리사의 옷을 자르고 벗겨낸다. 그를 옆으로 굴려 잘린 옷 조각을 빼낸다. 모든 것을 쓰레기통에 버린다. 요리사는 벌거벗은 채 누워 있다. 언뜻 봐서는 죄가 없어 보인다. 그가 살인자, 강간자였다는 사실을 드러내는 것은 아무것도 없다. 그는 어쩌면 건실한 가장이었을지 모른다. 그의 피부, 육신은 아무것도 말하지 않는다. 혹시 얼굴은 드러낼 수도 있겠지만 얼굴도 침묵한다. 베르틀 푸흐는 죄가 없는 사람으로 존재했을 수도 있다. 블룸이 그 사실을 몰랐다면, 비디오를 보지 않았다면 그리고 그와 말을 해보지 않았다면 블룸은 확신하지 못하고 남을 의심하는 자신을 비난했을 것이다. 하지만 블룸이 옳다. 그녀의 행동은 불가피한 일이었다.

블룸은 음악을 튼다. 크게. 살균제를 뿌리고 오물 냄새를 덮는

다. 더러운 것을 가능한 빨리 내다버리고 싶다. 블룸은 쇤보른에게 했던 것처럼 흉곽을 열고 장기를 끄집어낸다. 가능한 한 더러움이 묻지 않게, 청소 과정을 최소한으로 줄이려 한다. 피는 하수장치 속으로 흘려보내 바닥에 떨어뜨려서는 안 된다. 살점을 자르고 포장한다. 블룸이 어렸을 때 도축업자가 했던 것처럼. 하겐은 정기적으로 사냥한 짐승 고기를 샀고, 도축업자가 고기를 절단했다. 헤르타는 고깃덩어리를 나누어 포장했다. 그런 다음에 그것을 냉동했다. 노루, 사슴, 때로는 송아지도. 뼈와 살덩어리일 뿐. 돼지. 베르틀 푸흐. 블룸은 푸흐의 팔을 절단한다. 그런 다음 다리, 그의 사지가 바닥에 떨어져 있다. 블룸은 절단된 사지를 그냥 바닥에 떨어뜨리고 계속 톱질만 한다. 몸통을 여러 조각으로 자르고, 이어 머리를 끊어낸다. 막 그의 머리가 바닥으로 떨어질 때 문이 열린다.

음악 소리가 너무 컸다. 블룸은 인기척을 느끼지 못했다. 문을 닫는 것, 문을 잠가 안전을 확보하는 것, 다른 사람의 눈을 피하는 것을 잊고 말았다. 누군가 비밀을 아는 사람이 되는 것, 누군가 범죄의 목격자가 되는 것을 피해야 했다. 블룸은 또 한 번 실수했고 다시금 통제력을 잃었다. 용서할 수 없는 일. 만일 넬라가 문을 열고 보았다면 어떻게 되었을까. 블룸은 부주의했다. 그녀는 선 채로 그를 쳐다보고만 있다. 그는 그녀를 찬찬히 훑어본다. 바닥에 널브러진 팔, 다리, 머리. 피바다, 사지가 갈기갈기 절단된 베르틀 푸흐. 재난, 범죄. 블룸은 땅으로 꺼져들어 사라지고 싶다. 무슨 말을 해야 할지 모르는 블룸은 그냥 서서 그를 처다본다. 레자. 그가 어떻게 상황을 둘러보는가. 그의 눈이 어떻게 주위를 훑어보며 벌어진 일을 파악하려 하는가. 레자가 어떻게 한 걸음 나와 문고리를 잠그고 열쇠를 돌리는가. 레자는 한마디 말도 없이 작업복을 입고 비닐을 쓴다. 앞치마를 두르고 장갑 두 개를 겹쳐 낀다. 작업 준비를 마친다. 블룸이 말리는 것을 무시한다. 레자는 블룸이 멈춘 일을 이어서 한다. 레자는 블룸의 손에서 톱을 빼앗아 베르틀 푸흐의 상체를 포장할 수 있게 자른다.

"레자, 지금 뭘 하는 거야?"
"그건 제가 해야 할 질문이 아닌가요?"
"그럼 물어봐."
"됐어요."
"복잡한 일이야, 레자."
"네, 그래 보이네요. 하지만 우리가 일을 해결해야죠. 절단한 시체를 포장하려는 거죠?"
"응."
"그런 후에 땅에 묻고요?"
"그래."
"그럼 시체 조각을 중간에 끼워 넣어야 해요. 지금 관이 하나밖에 없기 때문에 모든 부위를 밑에 깔 수는 없어요."

"맞아."

"블룸, 내가 하는 말 알아들었어요?"

"응."

"지난 번 관들이 평소보다 무거웠어요."

"뭐라고?"

"당신이 관을 너무 무겁게 채워 넣었어요. 관을 나르던 짐꾼들이 알아챘어요. 내가 짐꾼들에게 관이 새 모델이라 무겁다고 말해두었어요. 관에 나무를 더 많이 쓰고 모든 부분을 더 튼튼하게 만들어서 무거운 거라고요."

"너는 알고 있었어?"

"아뇨, 몰랐어요."

"관을 다시 한 번 열어보았어?"

"관이 너무 무거웠다니까요."

"그리고 넌 아무 말도 안 했어?"

"안 했어요."

"모든 게 엉망진창이야. 모든 게 실패로 돌아가. 레자, 모든 일이 어찌어찌 일어나고 말았어."

"저한테 아무것도 설명할 필요 없어요."

"아니, 설명해야 해."

"분명히 이유가 있겠죠."

"그래. 이유가 있어."

"그걸로 됐어요."

"그냥 모른 체하고 도로 나가."

"아뇨. 이제 우리 여길 치워요."

"내가 너에게 모든 걸 설명할 수 있어."
"그럴 필요 없어요."
"마르크의 죽음은 단순한 사고가 아니었어."
"무슨 말이에요?"
"레자, 놈들이 마르크를 죽였어."
"누가요?"
"여기 이 남자. 그리고 또 다른 네 남자들이. 그들이 마르크를 고의로 차로 치어 우리에게서 앗아간 거야. 그들이 케이크에 꽂힌 양초를 단숨에 꺼버린 거야."

레자는 아무 말도 하지 않는다. 그는 베르틀 푸흐의 오른팔을 집어 비닐 자루에 담는다. 포르말린을 뿌리고 자루를 단단하게 묶는다. 작은 꾸러미를 테이프로 둘둘 만다. 베르틀 푸흐의 팔이 거의 진공 상태로 포장된다. 레자는 몸체 부위를 하나씩 하나씩 포장하고, 베르틀 푸흐는 하나씩 하나씩 사라진다. 블룸이 레자에게 이야기를 처음부터 다 하는 동안. 대화 녹음, 슈퍼마켓에서 만난 둔야, 숲 속에서의 쉰보른, 보트의 야우니히, 법의학부에서 본 둔야, 노래를 부르는 배우가 나오는 비디오, 고속도로 갓길 주차 구역에서 현장을 목격한 남자. 일어난 일 모두. 공포 이야기. 블룸이 더 이상 깨어날 수 없는 악몽. 그 악몽 속으로 블룸은 레자를 끌어들인다. 물이 없는 수영장 속에 뛰어들기로. 몇 주 내내 항상. 이제 레자가 블룸과 함께 뛰어든다. 손을 잡고 셋을 세며.

왜냐하면 다른 가능성이 없기 때문이다. 레자에게도 다른 가능성이 없다. 나는 당신 편이에요. 레자가 말한다. 주저 없이 말한다. 레자는 상황에 적응한다. 그의 얼굴에는 어떤 동요도 드러나지 않고 너무도 침착하게 요리사의 머리통을 포장한다. 레자는 두려움이 없다. 그냥 할 일을 한다. 머리를 구석에 있는 다른 꾸러미 쪽으로 힘껏 던진다.

"블룸, 우리가 해결해요."

"레자, 너무 미안해. 난 너를 정말로 이 일에 끌어들일 생각이 없었어."

"항상 전 그랬어요. 블룸, 전 여기 있어요."

"나는 세 사람을 죽였어."

"전 열 사람을 죽였어요."

"넌 나를 나쁜 인간이라고 생각지 않아?"

"아뇨. 블룸. 이제 우리 여기 있는 것을 땅에 묻어요. 그러고 나서 같이 그 배우를 해결하죠."

"우리?"

"네. 우리. 당신과 나."

"고마워, 레자. 넌 정말 대단해."

"그런 말 마세요."

"아냐, 레자. 모든 걸 다 말하고 나니 정말 마음이 편하네. 네가 날 도와주겠다는 것도. 네가 나를 돕는다는 게 정신 나간 짓이라

해도 말이야. 내가 너라면 그냥 도망치겠어. 아주 먼 데로."

"당신에게 무슨 일이 일어나는 건 내가 결코 허용하지 않을 거 예요."

"그런데 주차 구역에 있던 남자는 어쩌지? 틀림없이 경찰에 신고했을 텐데."

"블룸, 걱정 마세요."

레자. 그가 걱정 말라고 한다. 그리고 그 말에 블룸은 편안해진다. 레자는 블룸 앞에 서서 두 손으로 블룸의 얼굴을 감싼다. 애정 어리고 부드럽게. 블룸의 뺨에서 그의 손바닥이 거의 느껴지지 않는다. 레자. 그가 얼마나 블룸에게 용기를 주는가, 그녀를 얼마나 안심시키고, 악몽에서 깨어나게 하려는가. 레자가 블룸에게 말한다. 계속될 것이라고, 지금까지의 생활이 끝나지 않을 것이라고. 우마와 넬라는 엄마를 잃지 않을 것이라고. 어떻게든 해결할 수 있을 것이라고 말한다. 레자. 시체 처리실에 있는 레자와 블룸. 요리사의 몸체는 조각난 채 아직 작업대 위에 있다. 갑자기 생겨난 친밀감, 신뢰, 결속. 점점 더 해체되는 요리사 그리고 갑자기 생겨난 도움. 마음을 편안하게 해주는 도움. 레자. 사방이 시체 부위와 피다. 두 사람은 그곳에 서서 서로를 바라본다. 말이 적은 두 살인자.

40장

몇 시간 동안은 모든 게 좋다. 혼자가 아니라는 블룸의 기분, 최악의 사태를 막을 수 있다는 희망. 둘이서 같이. 위층 거실의 블룸의 소파. 블룸과 레자. 블룸은 일을 마친 후 레자를 위층으로 데리고 왔다. 두 사람은 먹을 것을 좀 먹고 와인 한 병을 땄다. 이야기를 나누었다. 오랫동안. 레자와 블룸 단 둘이. 아이들은 자고 칼은 정원 일을 마쳐간다. 거의 모든 것이 다시 정상적이다. 거의 다시 되돌아온다. 조용히 스며드는 따스한 기분. 안전한 느낌을 주는 편안함. 블룸이 레자를 가지 않게 붙든 무엇. 두 사람은 소파에 나란히 앉았다. 피곤하다. 레자는 어느새 고개를 뒤로 젖히고 눈을 감는다. 블룸이 그를 어루만질 때 레자는 아직 깨어 있었다. 블룸의 머리만 그의 가슴에 기대게 허용한다. 오직 그녀의 손만 그를 부드럽게 붙든다. 블룸의 곁에 있어주는 단 한 명의 친구. 블룸을 공중에서 붙잡아 수영장 바닥에 머리를 처박지 않게 하는 친구. 블룸은 사뿐히 내려앉는다. 레자는 블룸을 건드리지 않는다. 그의 손은 있던 자리에 그대로 놓여 있다. 레자는 블룸을 오롯이 받아들이기만 한다. 자신의 몸에 온 손님, 블룸.

얼마나 고마운가. 얼마나 좋은 감촉인가. 레자의 가슴이 올라갔다 내려간다. 레자는 잠이 들었다. 블룸은 가만히 누워 레자를 느낀다, 그의 체취를 맡는다. 블룸은 깨어 있고 싶다. 이 결속감, 친밀함, 그의 얌전함. 그 모든 것이 블룸에게는 친근하기도 하고 낯설기도 하다. 블룸은 수년 전부터 레자와 지내왔다. 그는 충실한 사람, 동료, 친구다. 평소라면 레자를 어루만진다는 생각, 그의 품에 안긴다는 생각은 블룸에게 결코 일어나지 않았으리라. 레자는 경계심이 많다. 숲속에 숨은 야생 동물 같은 레자. 말이 거의 없다. 모든 게 조용하다. 레자는 그림자 같다. 블룸이 몸을 숨기는 그림자.

소파에서 나란히. 밖에서는 칼이 잔디를 깎는 소리가 들린다. 날은 저물고 더 이상 해야 할 일은 없다. 삶이 단번에 끝장날 것이라는 두려움은 지금 이 순간 아득히 사라진다. 지금은 레자와 블룸만 있다. 그리고 조용히 계단을 올라온 마시모. 그가 너무 조용하게 올라오는 바람에 블룸은 소리를 듣지 못했다. 칼이 마시모에게 문을 열어주었을 것이다. 블룸은 마시모를 까맣게 잊고 있었다. 마시모가 온다고 했던 것, 그가 기댈 어깨를 내준다고 했던 것. 블룸이 그러라고 했던 것을. 블룸은 그의 발자국 소리를 들으며 눈을 감는다. 자는 척한다. 눈꺼풀만 살짝 뜨고 있다. 블룸은 마시모를 본다. 그가 거실 문 앞에 서 있는 모습 그리고 소파 쪽을 뚫어지게 쳐다보는 모습. 그는 어찌해야 할지 몰라 당황해하고, 그들을 깨우기 위해 어떤 말을 해야 할지 고민한다. 눈을 둥그렇게 뜬 마시모. 얻어맞은 개의 표정을 한 얼굴. 블룸은 볼 수 있다. 그의 실망, 그녀가 그에게 가한 모욕감. 블룸이 자신의 품이 아닌 다른 남자의 품에 안겨 있다는 사실. 마시모는 빤히 쳐다본다. 잠들어 있는 두 사람을 응시한다. 블룸이 깨어 있고 부끄러워한다는 것을 마시모는 알지 못한다. 블룸이 미안하게 생각한다는 것을. 이런 모습을 보이지 않아야 했다고 후회하는 것을.

마시모. 한참 그들을 응시한다. 손에는 와인 병이 들려 있다. 마시모는 블룸과 함께 와인을 마시면서 그녀를 위로하고 두려움을 가시게 해주려 했다. 마시모는 체포하기 위해 온 게 아니라 물어보려 온 것이다. 마시모는 주차 구역에서 무슨 일이 있었는지 전혀 모른다. 또한 누가 블룸을 지켜보고 있었는지도 모른다. 목격한 남자는 신고를 하지 않았다. 만일 신고를 했다면 경찰 제복을 입은 사람들이 나타났을 것이다. 블룸은 집에서 끌려 나갔을 것이다. 경찰들이 시체 처리실에 있는 그녀를 체포했을 것이다. 그랬다면 마시모는 와인을 가지고 오지 않았을 것이다. 마시모는 상처를 받는다. 거부당한 느낌이 든다. 블룸은 그것을 느낄 수 있다. 두 사람 사이에 놓인 10미터. 그래도 블룸은 마시모의 감정을 느낀다.

아무 소리도 없다. 2분 간 마시모는 잠들어 있는 두 사람을 쳐다본다. 그리고 나간다. 조용히 계단을 내려가 사라진다. 블룸은 눈을 뜬다. 그에게 상처를 주지 않았더라면 얼마나 좋았을까. 문이 닫히는 소리, 칼이 왜 그냥 가냐고 물어보려고 잔디 깎는 기계를 끄는 소리가 들린다. 블룸은 마시모에게 설명할 것이다. 피곤했다고, 잠시 외로웠을 뿐 아무 의미도 없다고 말할 것이다. 하지만 마시모는 듣지 않으리라. 그녀의 말을 믿지 않으리라. 그가 본 것은 본 것이다. 블룸과 레자. 두 사람 사이에 갑자기 생겨난 친밀함. 마시모는 그것을 보았다. 블룸의 머리가 레자의 가슴에 놓인 것, 그녀의 손을. 블룸은 그대로 있었다. 일어나고 싶지 않았다. 마시모를 뒤따라 뛰어가고 싶지 않았다. 블룸은 레자 옆에 그대로 있고 싶었다. 밤새 내내. 레자와 같이. 마시모가 아니라.

밤. 블룸은 많은 꿈을 꾼다. 나쁜 꿈. 잠에서 자꾸 깨어나는 블

룸은 레자가 여전히 옆에서 그녀를 안고 있는 것을 확인할 때마다 기쁘다. 블룸은 자꾸 뒤척이며 레자에게서 떨어졌다가 다시 붙어 잠을 이어간다. 불안하게. 그러다 어느 샌가 눈이 떠지고 아침이 시작된다. 우마가 그녀 앞에 서서 웃으며 보챈다. 엄마, 코코아 타줘. 블룸은 화들짝 놀란다. 왼쪽을 보고 오른쪽을 둘러보며 레자를 찾는다. 하지만 레자는 없다. 블룸에게 덮여 있는 담요와 여러 개의 쿠션만 있을 뿐이다. 레자는 블룸에게 담요를 덮어주고 자리를 떠나 아이들을 보호한다.

레자는 아이들이 소파에 누워 있는 자신, 엄마가 품에 안겨 있는 모습을 보기를 원치 않았다. 레자는 가고 없다. 아래층 자신의 방으로, 시체 처리실로, 어디론가. 거실에는 우마, 우마의 웃음과 코코아를 마시고 싶어 하는 어린 마음만 있다. 그밖에는 아무것도 없다.

정원에서 먹는 아침식사. 토요일, 오늘 아이들은 아무 데도 가지 않아도 된다. 아이들은 신나게 놀고 있다. 블룸은 벚나무 아래 작은 탁자에 앉아 있다. 신문을 읽고 커피를 마신다. 그 순간 모든 것이 좋다. 깨끗하게 치워졌다. 더 이상 벌어진 상처는 없다. 블룸을 의심할 사람은 아무도 없다. 블룸의 뒤를 캘 사람은 아무도 없다. 블룸이 신경 쓰이는 한 가지는 마시모다. 블룸은 그에게 전화를 걸어서 거짓말을 하면서 그가 믿어주기를 바랄 것이다. 마시모가 등을 돌릴까 두렵기 때문이다. 마시모가 더 이상 그녀의 편이 되어주지 않을까 두렵다. 마시모.

아침 햇살이 눈부시다. 블룸은 조금 더 앉아 있다가 수영할 물건을 챙길 것이다. 아이들과 바다에 가서 하루 종일 함께 보내기로 약속했다. 바닷물 속에서, 책을 가지고 풀밭에 누워. 일은 하지 않는다. 시체도 없다. 컴퓨터 앞에 앉아 보내는 날이 아니다. 밤이 될 때까지 기다려야 한다. 블룸은 레자와 같이 그를 찾을 것이다. 이름으로 얼굴을. 사냥꾼의 얼굴. 비디오. 그가 어떻게 가면을 벗었는가. 씩 웃는 그의 표정은 어땠는가. 그리고 벤츠 차가 어떻게 집 입구로 들어오는가.

운전수와 요하네스 쉰보른. 쉰보른만 차에서 내린다. 토요일 아침 벚나무 아래 쉰보른의 분노한 얼굴. 그의 손에 들린 봉투. 쉰보른은 의자를 들고 와 블룸 옆에 가까이 앉는다. 2주 전에 블룸이 그에게 했듯이. 블룸에게 봉투를 내놓는다. 그런 후에 쉰보른은 의자에 기대고 얼굴에 햇볕을 쮜다.

"당신은 지금 똥통에 처박혔소."

"아뇨. 나는 벚나무 아래 앉아 있어요. 여긴 아름다운 곳이죠."
"아가씨, 지금 심각한 문제가 당신의 목에 걸려 있어요."
"내게요?"
"그렇소. 그러니 당장 입을 여는 게 신상에 좋을 거요."
"뭘 원하시죠?"
"이제 내 아들이 어디 있는지 말하시오. 아니면 나는 사진을 가지고 경찰서에 갈 거요."
"무슨 사진요?"
"봉투에 든 사진."

블룸은 봉투를 집는다. 여자를 찍은 사진, 자동차용 잭을 손에 든 여자. 장의차가 보이고, 차의 트렁크가 열려 있다. 나무 관과 잭으로 내려치는 여자가 보인다. 블룸. 30, 40장의 사진. 블룸의 분노의 다큐멘터리. 일어난 모든 일이 사진에 들어 있다. 베르틀 푸흐 살인 현장의 색깔 속에. 벚나무 아래의 블룸과 사진. 맞은편에 앉은 요하네스 쇤보른. 사진을 보면서 블룸은 무슨 말을 해야 할지 떠오르지 않는다. 블룸은 이 남자가 어떻게 사진을 손에 넣었는지 모른다. 혹시 사진을 찍은 자가 쇤보른이 아닐까. 쇤보른 또는 쇤보른의 앞잡이, 사설탐정. 블룸을 지켜본 누군가가 그녀를 뒤따라왔다. 블룸이 베르틀 푸흐의 집에 들어가는 것, 그녀가 푸흐를 지하 주차장으로 몰고 가는 것을 지켜본 어떤 사람. 블룸이 자제력을 어떻게 잃었는지를. 블룸. 말이 없다. 숨이 막힌다. 아이들은 이리 저리 뛰어다니고, 쉰보른은 블룸에게 몸을 기울인다. 블룸은 정신을 차리려고, 뭐든 반응을 보이려고, 뭔가 생각을 떠올리려고 안간힘을 쓴다. 블룸은 비틀거린다. 거의 또 다시 쓰러질 것만 같다. 있는 힘을 다해 몸을 가눈다.

"이제 내 아들이 어디 있는지 말하시오."
"나를 가만히 내버려두세요."
"내 아들을 본 사람이 아무도 없습니다. 털끝만큼도 아는 사람이 없어요. 내 아들은 마치 땅속으로 꺼져버린 것 같소."
"가세요."
"나는 아들에 대한 실종 신고를 했소. 하지만 경찰도 전혀 짐작도 하지 못하더군요. 경찰은 아무것도 하지 못하오. 아들의 여권이 없어졌소. 경찰은 아들이 여행을 떠났을 것이라고 추측하더군. 하지만 내 아들은 여행을 떠나지 않았소. 그건 내가 압니다."
"당신의 빌어먹을 아들이 어디로 사라졌는지는 내가 알 바 아니에요."
"당신이 뭔가 관계가 있다는 걸 알고 있소. 당신은 내 아들이 잘 지내기를 기도해야 할 거요."
"내게 사람을 붙여 염탐했군요."
"그렇소. 보시다시피 그건 아주 훌륭한 생각이었지. 내 직감은 어긋난 적이 한 번도 없으니까."
"가세요. 빌어먹을 사진을 가지고 꺼지라고요. 나는 당신을 내 집에 들일 수 없어요. 내 정원에, 내 아이들이 있는 곳에 당신이 있어서는 안 돼요."

"당신이 내 아들의 행방을 말할 때까지 여기 있을 작정이오."

"당장 가세요."

"내가 지금 자리에서 일어나면 즉시 경찰서로 갑니다. 그걸 원하는 거요?"

"나는 아무 짓도 하지 않았어요."

"하지만 사진은 완전히 다른 얘길 하고 있소."

"사진이 대체 뭘 얘기하고 있는데요?"

"당신이 누군가를 살해하고 있다는 것."

"이 사진에서 볼 수 있는 것은 단 하나, 자동차용 잭을 들고 있는 여자죠."

"당신은 잭을 마구 내리쳤소."

"나는 화가 났어요. 타이어가 펑크 났는데 갈아 끼우는 게 무척 힘들었거든요."

"당신이 그를 죽였소."

"누구를요?"

"베르틀 푸흐를."

"말도 안 돼요."

"그는 관에 들어 있었소."

"누가 그래요?"

"사진을 찍은 남자가 그럽디다."

"그 사람이 거짓말을 한 거예요."

"그는 베르틀 푸흐가 같은 지하 주차장에서 사라졌고, 그 주차장에서 당신이 차를 몰고 나오는 것을 보았소."

"우연이죠. 나는 베르틀 푸흐가 누군지 몰라요."

"그는 내 아들의 친구였소. 이건 우연이 아니지. 야우니히가 죽고, 푸흐가 죽고. 나는 당신이 내 아들에게 무슨 짓을 했는지 알아야겠소."

"당장 경찰서에 가지 그러세요? 경찰이 당신을 도울 텐데요. 여기는 잘못 찾아온 거예요. 나는 이 모든 사람들과 전혀 관계가 없어요. 전혀."

"당신이 푸흐의 집에 들어갔잖소."

"내가 그랬다고요?"

"이 사진에 당신이 푸흐가 사는 주택으로 들어가는 모습이 있지 않소."

"그것도 우연이에요."

"죽었지요. 그렇죠?"

"누가요?"

"내 아들."

"당신이 꼭 그렇게 생각하고 싶으시다면."

"나는 당신을 끝장내고 말겠소. 당신의 모든 것을 빼앗을 거요. 당신의 집, 아이들, 당신의 인생. 당신은 대가를 치를 겁니다."

"내가 대가를 치러요?"

"그렇소."

"난 그렇게 생각하지 않아요. 왜 그런지 아세요? 왜냐하면 당신은 권력에 눈이 먼 노인이니까요. 당신은 스캔들 때문에 당신의 입지가 위태로워지는 것을 방관하지 않을 걸요. 당신이 지방 장관

자리를 노리고 있다는 거 알아요. 절대로 위험수를 두지 않죠. 게다가 말이에요. 당신의 아들이 더러운 쓰레기라는 사실을 당신이 아니까요."

"그러니까 내 아들이 아직 살아 있다는 거요?"

"몰라요. 아무튼 당신에게 뭘 좀 보여드리고 싶네요. 기다리세요. 2분 안에 돌아올게요."

블룸은 일어선다. 차고로 간다. 사진을 꺼낸다. 지하실에서 찍은 초상화. 블룸은 사진들을 차고 한구석의 오래된 십자가 묘표 옆에 상자에 넣어 두었다. 블룸은 서류철을 가지고 돌아와 다시 자리에 앉는다. 말없이 쉰보른의 손에 사진을 쥐어준다.

"이게 뭐요?"

"예술이죠."

"이건 내 아들이 사인으로 사용하는 투시 무늬요."

"맞았어요. 당신의 애틋한 아드님의 사진 기획이죠."

"그래서요?"

"자세히 들여다보세요. 여성들의 눈을 보시라고요. 그리고 청년의 눈도요. 어떻게 보이나요?"

"내가 무엇을 봐야 합니까?"

"지옥이요."

"뭐라고요?"

"공포, 경악, 고통, 괴로움."

"나는 여기서 내 아들의 사진 작업에 대해 이렇다 저렇다 얘기하고 싶지도 않고, 할 수도 없소. 나는 다른 사진 때문에 온 거요. 초상화 때문이 아니라."

"내 말을 들으세요. 상황이 그렇지 않아요. 당신은 바로 이 초상화 때문에 여기에 온 거예요. 다른 이유는 전혀 없어요."

"이제 그만하시오. 당장 털어놓지 않으면 경찰을 찾아가겠소."

"마음대로 하세요. 그리고 당신 아들의 사진도 같이 가지고 가서 경찰에게 말하세요. 당신 아들이 여성들을 납치해서 감금했다고요. 당신 아들이 사진을 찍으면서 여성들을 강간했다고요. 5년 동안이나요. 당신 아들은 괴물이에요."

"대체 무슨 말이오?"

"여기 사진에 있는 여성이 나에게 이야기했어요."

"헛소리."

"헛소리가 아니에요. 당신이 정말 그런 식으로 생각한다면 내 사진을 공개하세요. 나도 당신 아들의 사진을 만천하에 공개할 테니까요. 나는 사진에 있는 여성이 내게 한 이야기도 다 말할 거예요. 사진 속 여자는 둔야라고 해요."

"그녀는 어디 있소?"

"그녀는 5년 동안 폭행과 강간을 당했어요. 당신이 상상할 수 없을 정도로 많은 고통을 당했어요. 그리고 살해당했어요. 아주 간단하게. 그런 식으로 당신 아들은 자신의 즐거움을 누렸고요."

"내 아들이 그런 짓을 할 리가 없소."

"그걸 확신하세요?"

"나는 내 아들을 압니다."

"당신이 생각하는 만큼 아들을 아는 건 아니죠. 당신의 세련된 아들은 남아메리카로 잠적했어요. 형무소에 들어가고 싶지 않았나 보죠."

"아니오."

"내 말이 옳다는 거, 당신이 아시잖아요."

"이 모든 게 사실이 아니라고 말해주시오."

"유감이지만 그럴 수가 없네요."

"일이 그렇게 단순하게 될 수는 없소."

"동감이에요."

"그러면 당신은? 당신은 그 일과 무슨 관계가 있소?"

"당신 아들은 내 남편의 죽음과도 관계가 있어요. 그러니까 이제 당신은 우리 집에서 나가고 사건은 이대로 조용히 덮어두는 게 좋을 거예요. 그래도 일을 시끄럽게 벌일 생각이 난다면 당신이 세운 미래의 정계와 관련된 계획은 전부 물거품이 될 각오를 하세요."

"내가 무슨 말을 해야 할지 모르겠소."

"게다가 또 다른 비디오도 있어요."

"무슨 비디오요?"

"그냥 얼굴보다 더 많은 것을 볼 수 있는 비디오죠."

"맙소사."

"내 사진을 찍은 사람에게 당장 일을 그만두게 하세요. 만일 내가 계속 감시당하고 사진이 찍히게 될 경우, 다 끝나는 거예요. 알아들으셨어요?"

그가 고개를 끄덕인다. 요하네스 쇤보른. 그는 일어나서 간다. 사진은 두고 간다. 그의 사진과 블룸의 사진. 쇤보른은 차에 올라 운전수에게 가자는 신호를 보낸다. 얼굴이 창백하다. 그는 단념했다. 아들보다 자신을 위한 결정을 내렸다. 그는 아들을 위해 싸워야 할지 잠시 생각해보았다. 그리고 아들을 버려야겠다는 결정을 재빨리 내렸다. 자신의 혈육을 부인하고 거리를 두기로 했다. 요하네스 쇤보른이 떠난다. 정원을 떠나 블룸에게서 멀어진다. 위험은 세서뇌었나. 악전후는 지나가고 배는 조금도 손상되지 않았다.

블룸. 그녀는 벚나무 아래 앉아 물을 마신다. 쇤보른이 그녀가 한 말, 그의 아들이 작별 인사도 없이 남아메리카로 도주했다는 말을 믿을지는 알 수 없다. 아무래도 상관없다. 전혀 상관없다. 요하네스 쇤보른은 가만히 있을 것이다. 그는 자신의 정치 경력에 금이 가는 일은 결코 하지 않을 것이다. 세간의 주목을 받는 일은 않을 것이다. 그는 자신의 아들이 실제로 어떤 사람이었는지 세상에 공개하지 못한다. 아무도 사실을 모를 것이다. 요하네스 쇤보른은 깨끗하게 손을 털 것이다. 정치적으로 승승장구할 것이다. 요하네스 쉰보른은 입을 다물 것이다. 그리고 블룸은 필요한 물건을 싼다. 공기 매트리스, 손수건, 수영복. 블룸은 수영을 할 것이다. 수영장 바닥에 머리를 처박지 않는다. 잠수 그리고 수영.

41장

"나 지금 아이들하고 바닷가에 있어."
"어제 당신에게 가지 못해 미안해. 요즘 상황이 완전히 난리야."
"괜찮아. 다음에 보면 되지 뭐."
"나를 기다렸어?"
"레자와 나는 한참 작업했어. 그리고 나서 우리끼리 한잔했거든. 그리고 소파에서 그만 잠이 들었어."
"유감이네."
"뭐가?"
"모든 게."
"그게 무슨 뜻이야?"
"사건 말이야. 다른 사람에게 절대로 맡길 수 없는 사건이야. 나도 당신을 무척 보고 싶었지만. 당신을 애무하고도 싶고. 하지만 요즘 모든 일이 점점 커지고 있어."

"무슨 일인데?"

"사건으로 당신에게 부담 주고 싶지 않아."

"말해봐."

"블룸, 사람들이 실종되고 있어."

"그게 무슨 말이야?"

"이 도시에서 사람들이 사라지고 있어. 흔적 없이. 하나씩 하나씩. 그리고 이유를 아는 사람들은 아무도 없고. 그리고 어디로 사라졌는지도."

"누구랑 누가 실종되었는데?"

"예를 들면 야우니히. 우리 경찰은 지금도 계속 그의 시체를 찾고 있어. 현재 그의 차량만 찾은 상태야. 이탈리아 국경 근처에서 야우니히의 차가 발견되었어. 하지만 그의 시신은 여전히 오리무중이야. 단서가 될 만한 것을 아는 사람도 없고, 뭘 봤다는 사람도 없어."

"그거 참 이상하네."

"그리고 사진사. 우리 주 의원의 아들이 감쪽같이 사라졌지. 하루아침에 말이야. 실종된 지 벌써 2주째야. 마치 공중으로 날아간 듯이 없어졌어. 게다가 키츠뷔엘의 유명한 요리사도 실종 상태야. 그도 감쪽같이 사라졌어. 인사도 없이, 어디로 간다는 말도 없이."

"다들 실종 신고가 된 상태야?"

"응."

"당신은 그 일이 범죄라고 생각해?"

"나는 이 사건들을 정말로 심각하게 생각하고 있어. 혹시 당신이 옳지 않았나, 이젠 더 이상 확신이 서지 않아."

"뭐에 대해?"

"당신이 법의학부에서 발견한 여자 말이야."

"그 여자가 왜?"

"내가 그녀에 대해 다시 조사하겠다고 약속했잖아."

"그런데 왜? 그녀가 살해당한 거였어?"

"자연사였어. 하지만 당시 사건 기록을 다시 들여다보았어. 그 여자가 한 이야기가 현재 다른 각도에서 조명되고 있어."

"그게 무슨 뜻이야?"

"그녀가 사제, 사진사, 요리사에 대해 이야기했거든."

"그게 관련이 있어?"

"잘 모르겠어. 하지만 내가 조사해봐야 해. 마르크가 당시 감을 세내로 잡았넌 섯 같아. 어쩌면 마르크가 옳았을 수도 있어. 그리고 그 여자가 한 이야기는 모두 사실이었어."

"그녀가 어떤 이야기를 했는데?"

"블룸, 당신도 다 알고 있잖아."

"내가 대체 어떻게 안다는 거야?"

"마르크가 그 여자와의 대화를 녹음했잖아. 그리고 당신이 그 대화 내용을 들었고."

"그래."

"내가 하나씩 하나씩 조사할 수 있어, 블룸."

"어쩌면 너무 늦었는지도 몰라."

"나도 알아. 블룸, 그때 당신의 직감을 믿어야 했는데."

"마르크가 옳았어."

"그래, 그랬던 것 같아."

"하지만 요즘 일어난 사건들을 뭐야? 누가 사제를 죽인 거야? 실종된 사람들은 다 어디에 있는 거야?"

"몰라. 블룸, 하지만 이 사건은 누군가의 복수극인 것 같아."

"복수?"

"그래. 당신은 지하실에서 일어났던 일을 알고 있잖아. 그 여자가 한 이야기가 사실이라면 어떤 자가 복수의 혈전을 벌일 충분한 이유가 있는 거지."

"하지만 누가?"

"그 여자."

"그 여자 이름은 둔야야."

"그 여자가 세 남자를 죽이고 자기는 자살한 거지."

"그렇게 생각해?"

"당신에겐 다른 생각이 있어?"

"아니."

"블룸, 그리고 또 한 가지가 있어."

"뭐?"

"마르크."

"마르크가 왜?"

"마르크의 죽음이 사고가 아니었을 가능성이 있어."

"그게 무슨 말이야?"

"모든 일이 아무튼 연관 관계가 있는 것 같아."

"사고가 아니라고?"

"응."

"그러면 뭐야?"

"타살. 그건 당신도 위험할 수 있다는 거야."

"내가?"

"블룸, 조심해."

"대체 무슨 말이야?"

"어쩌면 누군가 당신도 죽이려 할 거야."

42장

슈레틀. 처음에는 마시모, 이어 그 남자. 어쩌면 누군가 당신도 죽이려 할 거야. 블룸, 조심해. 블룸은 마시모가 한 말이 아직도 귀에 맴돈다. 바닷가에서, 아이들은 어푸어푸 바닷물을 들이키며 물속으로 블룸을 끌어들인다. 오리 튜브, 비치볼, 쇄골과 턱 사이에 낀 핸드폰. 블룸은 마시모가 그녀를 걱정하는 사이에 넬라를 물에서 안아 올린다. 마시모가 자세하게 설명한 말이 얼마나 가슴을 찌르는가. 블룸이 다음 번 희생자가 될 수 있다. 살해될 것이다. 야우니히를 죽인 누군가에 의해, 또는 쉰보른과 베르틀 푸흐의 실종에 관련되어 있을지도 모르는 사람에 의해. 마시모는 블룸이 위험에 처했다고 진심으로 믿는다. 그는 블룸이 자신의 걱정을 진지하게 받아들이기를 바란다. 하지만 블룸은 안전하다. 아니, 혹시 안전하지 않은가?

넬라는 처음으로 잠수를 시도하고 우마는 녹색 악어 장난감을 가지고 논다. 블룸은 전화를 끊고 어린이용 수영장 가장자리에 앉아 있다. 아이들을 바라본다. 아이들은 얼마나 경쾌한가, 바닷물이 아이들에게 얼마나 큰 기쁨을 주는가. 늦여름. 빨간 수영바지를 입은 뚱뚱한 남자가 블룸의 곁에 앉는다. 그는 갑자기 나타났다. 너무 가깝다. 거의 살과 살이 닿을 만큼. 남자의 목소리는 아주 낮게 속삭이듯 말한다. 슈레틀. 기생충, 거머리. 그가 블룸에게 찰싹 달라붙는다. 기식자, 돈에 눈이 벌건 진드기. 구스타프 슈레틀. 그는 자신이 흥신소 사장이라고 한다. 자신이 받은 최근의 의뢰에 대해 관심을 가지고 추적했다고 한다. 그가 블룸의 옆에 앉아 자신이 아는 바를 말하고, 그 사이에 넬라는 남자에게 물을 뿌리고 킥킥댄다. 엄마 옆에 앉은 뚱뚱한 남자. 탐욕에 찬 가련한 인간, 그에게서 엄청난 돈 냄새가 난다. 당신은 멋진 빌라를 가지고 있더군요. 멋진 삶을 누리고 있고요. 이 멋진 삶이 문득 끝장나버리는 것을 바라지 않겠지요. 그런 건 원치 않겠지요. 안 그렇습니까? 그가 말한다. 바닷가에서의 협박. 왠지 모르게 비현실적이다. 그가 수영바지만 입고 있으니 그런 모습을 한 자가 모든 것을 파괴하려 한다는 생각은 아무도 하지 않을 것이다. 그가 블룸을 협박한다는 것을. 모든 게 기이하다. 영화에서 이 장면을 보았다면 블룸은 아마 웃었을 것이다. 뭐 이런 말도 안 되는 게 있어. 블룸은 이렇게 말했으리라. 상투적인 장면, 질 낮은 위트. 하지만 슈레틀은 진짜다. 그리고 그는 가지 않는다. 슈레틀은 자신이 베르틀 푸흐를 봤다고, 요리사가 죽기 전에 잠시 상체를 세웠다고 한다. 비록 사진을 찍지 못했지만 보았다는 것이다. 요리사가 관 속에 누워 있었고, 블룸이 잭으로 내리치기 전에 여전히 몸을 움직이는 것을. 슈레틀은 물속에 발을 담근다. 블룸에게 50만 유로를 요구한다. 블룸을 조소하며 실실 비웃는다. 아름다운 호화주택을 팔면 되겠지요. 아니면 예쁜 미국산 장의차를 팔든지. 아니면 남자 친구, 경찰에게 도움을 청할 수도 있을 테고 말입니다. 그는 당신의 상황을 틀림없이 이해해줄 겁니다. 슈레틀이 씩 웃는다. 자기만족에 겨워, 빨간 수영바지를 입고 의기양양하게.

블룸은 아무 말도 하지 않고 그가 계속 떠들게 놔둔다. 그녀의 마음속 깊은 곳에서는 이런 일이 일어날 수 있다는 것을 안다. 늙은 쇤보른이 쓰레기 사진을 찍은 자를 그냥 조용히 있게 하지는 않으리라는 것을. 슈레틀은 일등 당첨을 원한다. 그런 이미지에 어울리는 자다. 사설탐정이 범죄의 목격자가 된다. 사설탐정은 사건을 해결하는 대신 입을 다무는 대가를 받는다. 통속 소설의 소재. 50만 유로를 요구하는 반쯤 벌거벗은 남자. 우스갯소리 같은 남자. 당신 자신이 웃음거리가 되고 싶으면 경찰을 찾아가세요. 블룸이 말한다. 블룸은 그에게 몸을 기울여 그를 빤히 쳐다본다. 블룸의 얼굴이 그의 얼굴에 아주 가까이 있다. 블룸의 목소리는 또렷하고 분명하다. 그럼 이제 나를 귀찮게 하지 마세요. 블룸이 속삭인다. 그는 그녀를 장악할 게 아무것도 없다. 블룸에게는 아무 일도 일어나지 않을 수 있다. 전혀. 그것은 다만 달라붙은 거머리일 뿐이다. 블룸은 붙은 거머리를 떼어내 물에 다시 던져버린다.

블룸은 일어나 아이들을 안고 떠난다. 더 이상 그의 옆에 앉아 있고 싶지 않다. 그의 숨 냄새를 맡고 목소리를 듣고 싶지 않다. 블룸은 떠나려 한다. 생각 같아서는 남자의 머리를 당장 물속에 처박고 다리를 확 잘라버려 그녀를 뒤쫓지 못하게 만들고 싶다. 탐욕스럽고 하찮은 쓰레기 자식. 그는 문제를 일으키지 않을 것이다. 그는 단지 빵부스러기, 바닥에 떨어진 빵부스러기를 조금 줍고 싶어 할 뿐이다. 블룸은 돌아서서 간다. 시내로 되돌아간다. 블룸은 그에게 먹이를 줄 생각이 없다. 무슨 일이 일어나든 슈레틀은 역할을 하지 못할 것이다.

길가에 서 있는 그의 차. 이틀 전부터 블룸은 창밖을 내다본다. 커튼 뒤에 몸을 숨기고 서서 생각에 잠긴다. 무슨 일이 일어날까. 일을 어떻게 처리해야 할까. 만일 블룸이 밖에 나가 걸어가거나 차를 타고 떠나면 그가 분명히 뒤쫓아 올 것이다. 그는 블룸을 계속 괴롭힐 것이다. 슈레틀과 경찰차 안에 있는 남자. 경찰관은 슈레틀의 차에서부터 다섯 번째 구역에 차를 세워두었다. 이틀 전부터 경찰관이 차 안에 앉아 블룸을 보호한다. 마시모가 시킨 일이다. 블룸을 위한 경찰 보호. 차 안에 탄 두 남자. 블룸의 집 앞에. 블룸이 그를 찾으러 가는 일을 방해하는 두 남자. 벤야민 루트비히를.

배우. 블룸이 바닷가에 있는 사이에 레자가 그를 찾아냈다. 레자는 고개를 끄덕이며 블룸을 맞이하고 컴퓨터 앞으로 데리고 갔다. 유튜브 비디오에 그의 이름이 나타났다. 홈스토리의 한 장면. 레자는 수없이 많은 비디오를 클릭해보았다. 그가 나오는 영화의 장면들, 인터뷰 내용, 그의 생활은 대중에 공개되었다. 한 방송국은 벤야민 루트비히를 방문해 집을 둘러보며 소개했다. 화면에 떠 있는 그의 얼굴. 가면을 잠시 벗었던 익숙한 얼굴의 남자. 그리고 그의 목소리. 만천하의 사람들이 자신의 거실에 앉아 노래하는 그의 모습을 볼 수 있다. 오 솔레미오. 그는 카메라를 쳐다보며 활짝 웃고, 아내와 두 아이들이 옆에 앉아 있다. 가족들은 그를 찬탄의 눈으로 쳐다본다.

드라마 시리즈 주인공 벤야민 루트비히 그리고 그의 가족, 텔레비전 방송국 카메라 앞에서의 연출, 문제 따윈 존재하지 않는 온전한 세상의 이미지. 지하실 녹화 내용의 대조 프로그램, 같은 노래, 같은 열정. 루트비히. 그는 2, 3년 내내 산림관 역할을 했다. 목요일마다 숲을 돌아다녔다. 활짝 웃는 비열한 그의 웃음. 사랑과 고통이 텔레비전 앞에 있는 수백만 시청자들을 한껏 열광케 한다. 스타. 사냥꾼. 그가 어떻게 요운에게 총을 겨누었는가. 방송을 위해 어떻게 아내를 껴안고 키스를 하는가. 블룸은 곧 그를 잡아올 것이다. 어떤 수를 쓰든 해낼 것이다.

집에 있는 블룸. 아래를 내려다본다. 벤야민 루트비히에게 가야 한다. 블룸은 갇혀 있다. 슈레틀이 차에 앉아 지키고 있기 때문이다. 그리고 시민 순찰대. 마시모가 블룸을 가두었다. 그는 블룸을 보호하려 한다. 좋은 남자 마시모. 비록 현재 두 사람의 사이가 좀 냉랭해지긴 했지만 그래도 마시모는 그녀를 위한다. 그가 블룸을 한시도 놓치지 않고 지키게 한다. 마시모가 사건의 추이를 파악할 수 있을 때까지 경찰이 블룸의 집 앞에서 지킬 것이다. 블룸은 경찰에게 커피를 가져다준다. 경찰, 슈레틀이 동시에 의도치 않게 블룸이 다음 행동을 착수하지 못하게 만든다. 정지. 숙고를 위한 시간. 블룸은 이틀 내내 집에서 나가지 않는다. 곰곰이 생각한다. 방법을 찾아야 한다. 블룸과 레자. 모든 것을 끝내기 위한 방법을 같이 찾는다. 레자도 블룸을 돕는 데 몸을 아끼지 않기 때문이다.

이틀 내내 두 사람은 다음 단계를 위한 계획을 짠다. 두 사람은 벤야민 루트비히가 사는 곳, 방송에서 볼 수 있는 호사스런 그의 저택이 어디에 있는지 알아냈다. 언덕 위의 전원풍. 단독 주택. 두 사람은 구글 어스에서 저택을 보았다. 그리고 루트비히가 현재 촬영 중이 아니라는 것을 알아냈다. 그가 집에 있다는 것을. 가족과 함께 휴가 중이다. 레자와 블룸. 그들은 전화 문의와 구글 검색을 했고, 이틀 밤 내내 소파에 나란히 앉아 계획을 짰다. 뮌헨으로 가는 그들의 소풍에 자세한 세부사항까지 계획했다. 블룸이 슈레틀과 경찰을 어떻게 따돌릴지. 벤야민 루트비히를 어떻게 처리할지. 모든 것이 모험이자 미친 짓이다. 하지만 블룸은 그 일을 할 것이다. 그녀는 밖의 거리를 내려다본다. 레자가 블룸의 옆에 서 있다. 가자. 블룸이 말한다.

43장

선속력. 슈레틀과 경찰관이 차로 출발하기 전에 두 사람은 떠난다. 붕, 하는 소리와 함께 길을 내려간다. 블룸이 오토바이를 몰고 레자가 뒤에서 그녀를 꽉 껴안고 있다. 레자는 처음에 절대로 안 된다고 했지만 결국 설득당하고 말았다. 두카티 오토바이를 탄 블룸과 레자. 문 입구에서부터 전속력으로 슈레틀과 경찰관을 지나간다. 가로막기에는 너무 빠른 속도다. 오토바이가 느닷없이 나타나 쏜살같이 사라진다. 그들이 어디로 가는지는 비밀에 붙여진다. 슈레틀은 혼잣말로 욕설을 퍼부을 것이고, 경찰관은 마시모에게 전화를 걸어 블룸이 떠났다고 보고할 것이다. 뒷좌석에 남자를 태우고 어디론가 갔다고. 남자의 팔이 블룸의 허리를 어떻게 감고 있었는지를. 레자의 눈이 휘둥그레진다. 두 사람은 차량 앞을 지나간다. 블룸은 자기 멋대로 속력을 낸다. 과감하게 속도를 올린다. 감시 카메라가 어디에 설치되어 있는지를 안다. 어디서 조심해야 하는지를 안다. 블룸과 고속도로뿐이다. 그리고 그녀의 배에 얹은 두 손. 빠르고 따뜻하게. 한 시간 10분 동안.

인스부르크에서 뮌헨 구간. 교통 감시에 걸리지 않았다. 아무도 그들을 멈춰 세우지 않았다. 그들은 공항으로 가서 주차장에 오토바이를 세운다. 오전 10시, 고속 전철을 타고 시내로 들어가서 거기서 다시 버스를 타고 보겐하우젠으로 간다. 이곳에는 부자들이 산다. 이곳에 벤야민 루트비히가 산다. 짐은 적다. 배낭에 필수품만 넣었다. 그들은 저녁에 인스부르크로 돌아오려 한다. 열두 시간 내에 모든 것이 진행될 것이다. 계획한 모든 일이. 그들은 고속 전철 안에 놀러가는 두 어린아이처럼 나란히 앉아 있다. 이번 모험에서 블룸은 더 이상 혼자가 아니다. 기분이 좋다. 참으로 좋다. 블룸은 그 기분을 그대로 받아들인다. 레자는 선물과 같은 존재다. 조용한 남자. 블룸은 레자를 수년 전부터 알아왔다. 그동안 한 번도 지금처럼 가까운 적은 없었다. 블룸은 일이 심각하게 될 경우, 그가 추호도 망설이지 않으리라는 것을 안다. 루트비히는 실토하게 될 거예요. 레자가 말했다. 레자는 블룸이 나머지 이야기를 들을 수 있게 하겠다고 약속했다. 블룸은 사건의 조종 칸에 앉은 사람이 누구인지 알아내게 될 것이다. 다섯 남자를 모두 찾게 될 것이다. 그래야만 비로소 평온이 찾아온다.

두 사람은 말없이 여느 여행자들처럼 배를 타고 뮌헨을 통과한다. 레자와 블룸. 루트비히의 집으로 가는 길. 언덕에서 그의 정원을 살핀다. 나무 뒤에 도둑처럼 숨어서. 몇 시간째. 루트비히가 집에 없기 때문이다. 집에는 아무도 없다. 아이들도 아내도 없다. 오직 보겐하우젠의 텅 빈 집만 있다. 루트비히가 소속된 프로덕션 회사에서 받은 정보가 틀렸다. 계획 전체가 틀어진다. 서서히 절망적인 생각이 들고 시간은 흐른다. 한 시간, 두 시간이 지날수록 점점 더 절망적으로 변한다. 그들은 기다리기만 할 수 있을 뿐이다. 아무것도 하지 않고 기다리기만 한다. 마시모는 계속 전화를 하고 블룸은 계속 거절 신호를 보낸다. 마시모는 블룸을 걱정한다. 오후가 되고, 저녁이 되고, 그들은 여전히 숨어 있다. 날이 어두워질 때까지 계속해서 나무 뒤에 숨은 채로 쇼핑 나간 가족들이 돌아오기를, 모퉁이에서 모습을 드러냄으로써 마침내 계획한 일을 착수할 수 있기를 바란다. 하지만 아무 일도 일어나지 않는다. 집은 빈 채로 있다. 이제 블룸은 배가 고프다. 아이들이 걱정된다. 블룸은 지치고 초조하다. 일을 끝내고 싶다. 그리고 레자의 침묵이 미워지기 시작한다. 그가 아무 말도 하지 않는 것, 하루 종일 거의 말이 없는 것. 레자는 블룸 옆에 앉아 집을 응시한다. 그의 머릿속에서 무슨 생각이 일어나는지 알 수 없다. 레자는 완전히 허비한 하루에 대한 그녀의 신경질을 공유하지 않는다. 평온한 그의 얼굴에는 파도와 바람이 조금도 일지 않는다. 레자는 임무가 있다. 그는 벤야민 루트비히를 기다린다. 그가 나타날 때까지. 한 걸음도 뒤로 물러서지 않는다. 일을 마칠 때까지. 블룸은 레자가 밤새도록 그 자리에 앉아 있으리라는 것을 알기에 그를 일으켜 그만 가자고 한다. 블룸과 함께 언덕을 내려가 호텔이든 레스토랑이든 아무 데나 들어가자고 한다. 블룸은 쉬고 싶다. 잠시 루트비히, 둔야, 마르크에 대한 생각을 하지 않고 싶다. 블룸은 숨을 고르고 싶다. 칼과 잠시 통화한 후 뭔가 마시려 한다. 작전 타임. 휴식. 내일도 있으니까. 블룸이 말한다.

작은 호텔 프런트에 와 있는 레자와 블룸. 블룸은 깊이 생각하지 않는다. 본능이 시키는 대로 그냥 행동한다. 2인용 침대가 있는 방 하나요, 하룻밤. 그녀의 감정이 그래야 한다고 말한다. 블룸은 혼자 있고 싶지 않다. 레자를 보내고 싶지 않다. 레자는 옆에 서 있다. 아무 말도 하지 않는다. 침묵의 동의. 레자는 블룸의 곁에 머문다. 바에서 그녀의 옆에 있다. 블룸이 아직 자고 싶지 않기 때문에, 아이들이 걱정되기 때문이다. 블룸은 칼에게 전화해 늦게 도착할 것 같다고, 밤새 아이들을 보살펴달라고, 그리고 내일 아침도 챙겨달라고 부탁한다. 칼은 평소와 달리 당장 그러겠다고 대답하지 않는다. 칼이 머뭇거린다. 블룸이 뜻밖의 일로 칼을 놀라게 한 것이다. 뭔가 이상하다. 칼은 내일 다른 계획이 있다. 블룸은 알 수 있다. 하지만 칼은 블룸을 불안하게 만들지 않으려고 청을 거절하지 않는다. 칼은 최대한 블룸을 도우려 한다. 우리는 이미 해냈다. 얘야, 걱정하지 말거라. 네가 처리하려는 일을 마저 하려무나.

그런 후에 오거라. 칼이 말한다. 그리고 전화를 끊는다. 이제 블룸은 레자와 단 둘만 있다.

두 사람은 바에 있다. 블룸이 아직 잘 생각이 없기 때문이다. 블룸은 아직 방에 들어가 그의 옆에 눕고 싶지 않다. 두 사람은 그것에 대해 이야기하지 않는다. 호텔 방에 대해, 혼자 있을 필요가 없다는 그들의 바람에 대해. 레자는 그녀의 마음을 가볍게 해 준다. 마치 세상에서 가장 자연스러운 일처럼 행동한다. 마치 두 사람이 방 하나만 필요한 연인인 것처럼. 더 이상은 아니다. 레자는 블룸을 위해 와인을 주문하고 자신은 맥주를 주문한다. 한 모금 더 마실수록 그의 입은 조금씩 열리고, 루트비히에 대한 이야기는 하지 말자는 블룸의 청을 진지하게 받아들인다. 레자는 아이들에 대해, 새로운 관 모델에 대해 그리고 시체 처리실을 보수했으면 하는 것에 대해 이야기한다. 좋다. 보겐하우젠의 낯선 호텔에서. 두 사람은 수다를 떨고 술을 마신다. 벤야민 루트비히는 중요하지 않다. 전혀 중요하지 않다. 대화 주제는 가벼운 내용이다. 그것은 전혀 고통스럽지 않다. 전혀 블룸을 위협하지 않는다. 그들은 한 잔 그리고 또 한 잔을 마신다. 모든 것이 단순하고 가볍다. 레자가 블룸을 웃긴다. 그들은 기이한 임종의 경우, 유별난 특별 소원과 피곤해하는 가족들을 기억에 떠올린다. 직업의 일상이 저녁 내내 그들의 마음이 편안해지는 데 도움이 된다. 지난 7년 동안 두 사람이 얼마나 많은 것을 공유했는가. 시체 처리실에서 보낸 시간. 수많은 시신 운반, 묘지에서 보낸 시간. 레자는 항상 있었다. 레자가 와인과 맥주를 시킨다. 레자가 웃는다. 그리고 이 웃음이 좋다. 블룸이 그와 연결된 것은 직업 이상이다. 블룸은 레자를 포옹한다. 자, 나랑 같이 춤추자. 블룸이 말한다.

작은 호텔 바. 의자와 식탁 사이. 레자는 비록 춤을 출 줄 모르지만 블룸에게 설득당한다. 잠시 거부하던 레자는 달아나려다 말고 같이 춤을 춘다. 블룸이 레자를 보고 활짝 웃는다. 블룸의 눈이 감긴다. 레자가 이끄는 대로 몸을 맡긴다. 레자의 품에 안겨 드는 음악. 레자가 붙잡아줄 수 있을지도 모른다는 느낌. 레자가 단순한 블룸의 동료, 친구, 그녀 남편의 피보호자 이상의 존재일 수 있다는 예감. 블룸은 한 번도 그런 생각을 해본 적이 없었다. 단 한순간도. 레자가 남자라는 것을. 블룸을 애무할 수 있는 한 남자. 붙들 수 있는. 그의 팔이 아주 가까이. 두 사람이 빙글빙글 돈다. 천천히 그리고 오랫동안. 레자는 바의 가구 사이에서 조심스럽게 움직인다. 그는 블룸을 단단히 붙든다. 그녀의 머리가 그의 어깨에 놓인다. 두 사람이 잘 어울린다.

위로 올라가는 계단, 손에 와인 한 병을 들고. 블룸은 마음을 놓는다. 문을 열고 작은 방으로. 레자와 블룸. 블룸은 잠시 욕실로 들어가고 레자는 침대에 앉아 있다. 보겐하우젠에서 보내는 밤. 블룸이 욕실에서 나온다. 레자 앞에 선다. 레자는 꼼짝하지 않는다. 와인 병을 꽉 쥐고 있다. 아무 말도 하지 않는다. 아무 행동도 하지 않는다. 레자는 블룸을 쳐다볼 뿐이다. 블룸. 나체.

44장

블룸만 말한다. 벤야민 루트비히는 들어야 한다. 만일 그가 입을 열면 그의 아이들이 죽는다. 블룸이 진심이라는 것을 루트비히는 보았다. 레자가 루트비히 옆에 서 있는 나무를 겨냥해 총을 쏘았다. 나무둥치에 박힌 총알. 상처 입은 나무껍질, 그것은 살짝 스친 탄흔일 뿐이었고 총소리도 거의 나지 않았지만 벤야민 루트비히에게 언덕에 있는 낯선 자들이 진심이라는 느낌을 주기에 충분했다. 낯선 자들이 그의 아이들 중 하나를 쏠 것이다. 두 아이 모두. 그가 얌전히 굴지 않는다면. 그는 듣기만 해야 한다. 블룸은 그에게 해야 할 일을 말한다. 아주 자세한 부분까지. 블룸은 자신의 진지함에 의심이 들지 않게 한다. 블룸은 자신이 알고 있는 것을 그에게 이야기한다. 블룸은 진심을 표현한다. 단 몇 마디 말로 큰 두려움을 심어준다. 먼저 아들을 죽일 거야. 그리고 딸을. 그런 다음 너의 아내. 그런 다음 너. 블룸은 말한다.

정원에 있는 화목한 가족. 레자와 블룸은 오래 기다릴 필요가 없었다. 루트비히는 10분 전에 나타났다. 두 사람이 다시 어제 숨어 있었던 나무 밑에 온 직후였다. 5분 동안 두 사람은 집을 관찰하고 이어 차에서 내리는 아이들과 그의 아내를 보았다. 아이들은 그네 쪽으로 뛰어간다. 아내는 집 안으로 들어간다.

루트비히는 꼼짝도 하지 않은 채 서 있고, 아이들은 자기들 쪽으로 오라고 아빠를 부른다. 그네를 높이 흔들어 달라고 한다. 아이들과 놀아주는 선량한 아버지. 소년을 강간한 선량한 아버지. 요운. 지하실에 잡혀 왔을 때 겨우 열일곱 살이었다. 요운과 루트비히. 블룸은 다시 한 번 들었다. 둔야가 그에 대해 이야기한 모든 것을, 사냥꾼에 대한 모든 이야기를. 그가 그들에게 가한 짓은 무엇이었나. 벤야민 루트비히. 그는 블룸이 하는 이야기에 귀를 기울인다. 핸드폰을 귀에 대고 언덕을 살핀다. 그는 아무 말도 하지 않는다. 한마디도. 듣기만 한다. 다시 총알이 날아오는 것을 원치 않는다. 소음기를 단 권총, 아무도 총소리를 들을 수 없다. 아무도 그를 도울 수 없다. 그곳에는 그에게 말하는 블룸의 목소리만 있을 뿐이다. 블룸은 루트비히에게 가방을 꾸리고 여권을 챙기라고 한다. 그는 아내와 아이들에게 떠난다는 인사를 해야 한다. 갑작스런 출발에 대한 이유를 생각해내야 한다. 무슨 구실이든 떠올려야 한다. 가족들에게 거짓말을 해. 이제 집으로 들어가 짐을 챙겨. 그리고 인사를 한 후에 다시 나와. 그런 다음 네 빌어먹을 차에 타. 블룸이 말한다.

그를 보는 순간, 블룸은 숨이 턱 막혔다. 그가 도로에 나타났을 때. 로버 차량. 그 차가 다시 나타났다. 블룸은 그 차를 다시 보게 되리라고는 생각도 하지 못했다. 차는 집 앞에 서 있었다. 아이들이 뒷좌석에서 기어오르고 있었다. 핸드폰을 손에 쥐고 있는 이 남자. 루트비히. 블룸은 어떻게 전화를 끊고, 루트비히는 어떻게 집 안으로 들어가버렸는가. 몇 분 간 레자와 블룸 단 둘이 서 있었다. 분노가 화르르 일었다. 그리고 증오. 그리고 갑자기 의문에 대한 답. 누가 차를 몰았는가. 누가 마르크를 죽였는가. 아름다운 밤을 보낸 후 그것이 꿈이 아니었다는 것, 그 차는 실제로 존재한다는 확인, 그 차가 건전하고 완전한 세상의 일부인 바이에른 지방에 숨겨져 있었다는 확인. 블룸의 앞에. 그 차가 어떻게 언덕길을 올라오는가.

남편의 살인자. 그가 블룸의 앞에 앉아 있다. 뒷좌석에 여행 가방을 놓고. 루트비히는 블룸이 시킨 대로 했다. 4분 후에 그는 다시 집에서 나왔다. 아내는 문 앞에서 손을 흔들며 인사했다. 벤야민 루트비히는 가능한 한 빨리 집에서 나오려고 서둘렀다. 그는 아이들을 사정거리에서 벗어나게 해야 했다. 아이들과 아내를 보호해야 했다. 루트비히는 블룸이 시키는 대로 해야 했다. 그는 차를 세웠고, 두 사람은 차에 오른다. 레자의 손에 들린 권총. 레자가 권총을 어디서 구했는지 블룸은 알지 못한다. 두 사람은 계획을 짜며 총을 구해야 한다는 이야기를 했고, 어느새 총이 있었다. 제가 총을 구할게요. 레자가 말했다. 이제 그 권총이 레자의 손에 들려서 벤야민 루트비히로 하여금 슈타른베르크 방향으로 차를 몰게 한다. 루트비히는 계속 침묵을 지켜야 한다. 블룸은 아무 말도 듣고 싶지 않다. 거짓말, 변명, 애원하는 소리, 흐느끼며 한탄하는 소리를 들을 생각이 없다. 한마디도. 오직 권총만 그의 등 뒤에 있다. 레자와 블룸은 나란히 앉아 있다. 그리고 있었던 일.

밤새 내내. 블룸의 알몸이 레자의 알몸에 안겨. 블룸은 그대로 레자 위에 누웠다. 그의 맨살을 느끼고 싶었다. 그와 가까이 있고 싶었다. 더 가까이. 블룸은 레자의 옷을 벗기고 그의 품속으로 사라지고 싶었다. 그의 품으로 뛰어들어 자신을 놓아버리고 싶었다. 기꺼이 그러고 싶었다. 아무런 죄책감도 없이 그렇게 하고 싶었다. 모든 것을 받아들이고 모든 것을 주었을 것이다. 왜냐하면 때가 되었다고 생각했기 때문이다. 레자에게 무언가를 되돌려줄 때가 되었다고. 사랑과 같은 것, 고마움의 정과 같은 것. 그리고 호기심도 있었다. 레자의 몸에서 나는 체취를 알고 싶었다. 레자의 혀에서 어떤 맛이 나는지, 그녀의 입안에서 그의 혀가 어떻게 움직이는지 알고 싶었다. 그녀의 몸에 닿은 레자의 손은 무엇을 하는지, 그가 어떻게 그녀의 몸속으로 들어오는지를. 블룸은 그의 모든 것을 느끼고 싶었다. 눈을 감은 채 계속 춤추기. 마치 내일이 존재하지 않는 것처럼. 오직 레자와 블룸만. 오직 이 순간만. 열 시간 전, 안 돼요, 하고 말하는 레자의 눈.

벤야민 루트비히가 차를 몰고 시내를 지나간다. 레자가 그에게 방향을 지시한다. 바닷가로 가기 전에 준비할 게 있어 한 군데를 더 들러야 한다. 박스, 비닐 랩과 접착테이프. 그들은 수많은 자동차 사이로 숨어들어 건축 자재 시장의 주차장에 차를 세운다. 레자는 블룸에게 총을 건네주고 물건을 사러 간다. 레자는 말없이 블룸을 루트비히와 단둘이 있게 한다. 배우와 여자 장의사. 10분 동안 단 둘이. 10분 동안의 침묵. 루트비히는 뒤를 돌아보지 않는다. 그는 두려워한다. 등 뒤에 닿은 총을 느낀다. 블룸은 그의 등에 총을 꽉 누른다. 당장 총으로 쏴버리고 싶다. 없애버리고 싶다. 이른바 깨끗한 남자를 지옥으로 보내버리고 싶다. 세상을 향해 그 깨끗한 남자가 개자식이었다고 말하고 싶다. 그가 무슨 짓을 저질렀는지를. 그를 죽이고 싶다. 지금 당장. 뮌헨 공업지대의 낯선 주차장에서. 그에게 고통을 가하고 싶다. 블룸은 그에게 그 남자를 사랑했다고 말하고 싶다. 그 남자, 루트비히가 차로 치어 죽인 남자를. 그 남자가 블룸에게 세상의 전부였다는 것을. 마르크. 그녀 아이들의 아버지. 마르크는 어떻게 아이들과 정원에서 뒹굴며 놀았는가. 더 이상 존재하지 않는 가족. 블룸과 루트비히만 있다. 차 안에 블룸과 루트비히만 있다. 1초, 그리고 그는 죽는다. 단 한 발, 그러면 모든 것이 끝난다. 지금. 레자가 돌아와 트렁크에 모든 것을 싣기 전에. 레자가 차에 타서 루트비히에게 차를 계속 몰라고 말하기 전에.

마치 세상에서 가장 일상적인 일인 것처럼 두 사람은 벤야민 루트비히에게 차를 운전하라고 시킨다. 텔레비전에 나오는 스타가 차를 몬다. 그가 두 사람을 슈타른베르크로 데리고 간다. 천천히, 해변을 따라. 여름은 거의 지나가고 많은 집들이 비어 있다. 부자들의 별장, 보트 트레일러, 휴가지. 레사는 계속 방향을 지시한다. 그들은 안으로 들어간 후 흔적 없이 사라지기에 이상적인 집을 찾는다. 물론, 훤한 대낮에도 아무에게도 들키지 않을 집을 찾는다. 단순히 고급 주택 앞에 주차된 비싼 차 한 대일뿐. 해변의 일상. 아무도 신경 쓰지 않는다. 세 사람이 차에서 내려 넓은 정원을 지나 보트 트레일러 쪽으로 가는 것을. 그들이 넘어가야 할 것은 울타리뿐이다. 그리고 짊어질 것은 배낭, 비닐 봉지, 박스뿐이다. 레자, 블룸 그리고 루트비히. 그가 앞서 가는 모습은 어떤가. 얼마나 자주 뒤를 돌아보는가. 얼마나 절망적으로 달아날 출구를 찾는가. 왜냐하면 그는 이제 종말에 이르렀다는 것을 알기 때문이다. 모든 것이.

레자는 어느새 잠이 들었다. 어느샌가 그의 손가락이 블룸의 몸 위에 가만히 놓여 있다. 지치고, 취하고, 피곤하게. 블룸은 몸을 움직이지 않는다. 그냥 그대로 있고 싶다. 그에게서 떨어지고 싶지 않다. 한 치도. 레자의 행동은 좋았다. 잠을 잘 때나 깨어 있을 때나. 그가 블룸을 거부한 것이 좋았다. 그가 블룸의 제의를 받아들이고 그녀의 몸과 입술과 가슴을 당장 취하지 않은 것이 좋았다. 블룸은 그렇게 하고 싶었다. 블룸 자신이 원했다. 레자는 다만 손을 잡고 그녀를 바라보기만 했을 뿐이다. 그가 얼마나 흥분해 있는지 블룸은 볼 수 있었다. 레자는 블룸을 원했다. 하지만 물러섰다.

　어제. 지금은 더 이상 그렇지 않다. 물러섬도, 거짓 수치도 없다. 레자는 척척 움직인다. 마치 기계처럼, 블룸의 충실한 군인. 레자는 모든 태세를 갖추었다. 그는 열쇠를 부수고 문을 연다. 경보기의 알람은 울리지 않고 참으로 훌륭하고 오래된 보트 트레일러만 있을 뿐. 몇 주 전부터 이곳에는 아무도 오지 않았다. 루트비히와 이야기할 수 있는 완벽한 장소. 아무도 그의 비명을 들을 수 없다. 옆의 빌라도 비어 있고 보트 트레일러의 다른 쪽은 숲만 넓게 펼쳐져 있다. 루트비히가 얼마나 크게 비명을 지르든 상관없다. 얼마나 오래 비명을 지르든. 레자는 바닥에 계획을 펼친다. 마치 식탁보를 깔듯이. 배낭에서 공구들을 꺼낸다. 접착테이프와 비닐 랩을 바닥에 놓는다. 모든 일이 번개같이 진행되어야 한다. 루트비히는 이들이 자신에게 무슨 일을 할지 생각할 겨를이 없다. 어떤 상황이 벌어질지 종잡을 수 없다. 블룸은 안다. 그의 공포, 그는 슬며시 일어난다. 달아나려 한다. 도망, 빨리 그리고 멀리. 하지만 블룸의 손에는 권총이 들려 있다. 내가 너를 쏠 거야. 블룸이 말한다.

블룸은 밤새 잠시도 눈을 붙이지 않았다. 자고 싶지 않았다. 이 기분이 멈추는 것, 레자가 일어나 가버리는 것을 원치 않았다. 블룸은 그 느낌을 간직하고 싶었다. 가능한 한 오래, 아침이 될 때까지, 레자가 다시 눈을 뜰 때까지. 블룸에 등에 놓인 레자의 손가락이 다시 움직이기 시작했다. 레자는 멈추었던 곳에서 다시 움직이기 시작했다. 블룸이 이제 시간이 되었다고 말할 때까지. 돌아가기 위한 시간. 집으로, 악몽으로 되돌아가야 하는 시간. 레자가 배 젓는 노로 쳐서 루트비히를 쓰러뜨린 것을 보기 위해 다시 돌아가야 하는 시간. 레자가 접착테이프로 그를 꽁꽁 묶는 모습. 손과 발을. 블룸과 레자. 밤이 낮과 하나로 섞여든다. 마르크가 없는 삶과 블룸의 현재 삶이 뒤섞인다. 사람들이 죽는 현재의 삶. 블룸이 원할 때.

블룸은 서서 구경한다. 마치 자신은 아무 관련이 없기라도 한 것처럼. 길을 지나가다 우연히 사고를 목격한 사람처럼 서 있다. 호기심을 채우는 구경꾼. 배 젓는 노, 작은 전동 보트, 그리고 비명을 지르는 벤야민 루트비히. 다시 정신이 든 루트비히는 입에 붙은 접착테이프를 알아채고 모든 게 막다른 골목에 다다랐음을 직감한다. 그는 더 이상 잠자코 있을 수 없다. 뭔가 행동해야 한다. 먼저 욕설을 퍼붓는다. 말로라도 자유로워지고 싶어 블룸을 욕한다. 그런 다음 마음을 가다듬는다. 숨을 깊이 들이마셨다가 내쉬며 정신을 집중한다. 자신의 역할을 다하기 위해, 진실을 말할 무대에 등장하기 전에 연습을 하는 배우. 자신의 삶에 대해 말하기 위해, 왜냐하면 그의 앞에 다가올 일을 예감하기 때문에. 다른 사람들이 죽었고 실종되었다는 사실을 알기 때문이다. 두 사람이 진지하다는 것을 알기 때문이다. 블룸. 그녀의 얼굴에서 루트비히에게 희망적인 것이 아무것도 없다는 것, 그가 할 수 있는 유일한 일은 실토하는 것밖에 없다는 것을 읽을 수 있다. 거짓말은 안 된다. 오직 진실만을. 거짓말을 하면 넌 죽어. 블룸은 그의 옆에 바닥에 앉는다. 그녀의 손에 있는 권총. 블룸은 아주 가까이에 있다. 루트비히의 이마에 총구를 들이댄다.

블룸이 루트비히와 이야기한다. 레자는 물러서 있다. 블룸은 속삭인다. 내가 묻는 말에 대답해. 짧고 분명하게. 두 번은 묻지 않겠어. 블룸은 목숨을 건지려는 루트비히의 시도를 무시한다. 그의 질문에는 대답이 주어지지 않는다. 나를 어떻게 할 작정입니까? 내게서 원하는 게 무엇입니까? 도대체 왜 이러는 겁니까? 쇤보른과 푸흐는 어디에 있습니까? 당신이 그들을 납치했지요. 그들은 아직 살아 있나요? 죽었나요? 대답은 없고 질문만 있다. 루트비히의 이마를 꽉 누르고 있는 권총과 진실. 지하실에 대한 모든 내용을 짧고 분명하게. 지하실이 어디에 있는지, 왜 그런 일이 벌어졌는지, 왜 다섯 남자들이 아무것도 제지하지 않고 모든 행동을 허용했는지. 왜 짐승이 되기로 마음먹었는지. 규율도 없는 야만. 블룸은 알고자 한다. 어떻게 그런 일이 일어날 수 있는지, 불가해한 일을 이해하고 납득하려는 의지가 블룸의 내면에서 솟아난다. 상상이 어떻게 그처럼 끔찍한 현실이 될 수 있는지. 모든 것이 허용된 한 장소. 소년을 상대로 한 섹스, 폭력, 굴욕, 처벌, 보상. 5년 간. 하나씩 하나씩 대답한다. 지하실은 키츠뷔엘에 있습니다. 레스토랑 지하에요. 레스토랑 주택은 내 소유입니다. 원래 우리 휴가용 별장이었습니다. 우리는 건물을 개조했어요. 그건 푸흐의 아이디어였습니다. 우리는 술에 취했지요. 푸흐가 모든 계획을 짰습니다. 좋은 음식. 그 다음으로 지하실에서의 유흥을 즐기자고요. 꿈을 이룬 다섯 남자. 행복한 다섯 남자.

한마디 한마디마다. 점점 더 블룸의 마음속에 총을 쏴서 그의 입을 다물게 하고 싶은 욕구가 솟아난다. 철컥. 총 한 발 그리고 끝. 하지만 블룸은 더 많은 것을 원한다. 블룸은 소년이 어디에 있는지 알려고 한다. 만일 소년이 아직 살아 있다면. 남자들이 소년을 어떻게 했는지. 나는 모릅니다. 루트비히가 말한다. 난 정말로 몰라요. 지하실은 비었습니다. 가구들은 쓰레기장에 버렸어요. 사람을 가두었던 우리도요. 모든 것을 치웠어요. 완전히 비었어요. 지금 지하실에는 아무것도 없습니다. 소년은 어디에 있는지 몰라요. 난 모릅니다. 내 말을 믿어주세요. 소년은 어느 날 문득 사라져버렸습니다. 보트 트레일러에서의 대답. 두 사람이 찾을 수 있는 것은 키츠뷔엘에 더 이상 존재하지 않는다. 실제로 일어났던 일을 증명할 게 더 이상 존재하지 않는다. 다만 사진과 비디오뿐. 그리고 벤야민 루트비히가 한 이야기. 블룸이 이미 알고 있는 것을 확인케 하는 음침한 진실. 그가 둔야를 사냥했다는 사실. 그가 항상 그 노래를 불렀다는 사실. 항상 처음부터 다시 시작했다는 사실. 둔야의 지옥. 이레나의 지옥. 요운의 지옥을 위해. 왜냐하면 다섯 남자들이 언젠가부터 한계를 넘어서기 시작했기 때문이다. 그들은 경계선을 넘은 후 되돌아올 수 없었다. 때문에 점점 더 도를 넘었다. 그들은 생활 속에 광기를 포함시키고, 광기를 합리화했다. 우리는 그들에게 항상 좋은 음식을 주었습니다. 우리가 그들을 마취시킨 이유는 그들을 위해서였어요. 마취를 시켜 고통을 덜어주려고 말입니다. 그들은 자신들의 출신 지역에서 그보다 더 좋은 생활을 보내지 못했습니다. 우리는 그들을 잘 보살폈어요. 그들에게 부족한 건 아무것도 없었습니다. 그들은 우리 곁에서 잘 지냈어요.

블룸은 일어나 루트비히를 걷어차려 한다. 있는 힘껏, 그가 찍 소리도 내지 못할 때까지. 블룸은 그가 저지른 일이 잘못된 일이었음을 느끼게 해주려 한다. 그 일이 상상할 수 없을 만큼 잔혹했음을. 그의 희생자들에게 한 모든 행동, 매일, 모든 것이. 블룸은 루트비히가 그 말을 하기를 바란다. 그것은 잘못된 일이었다고. 그도 마찬가지로 괴물을 보기를, 보트 트레일러의 바닥에 앉아 있는 괴물을. 그를 처벌하기. 그를 없애버리기. 블룸은 더 많은 것을 원한다. 블룸은 마지막 질문의 대답을 원한다. 실토의 끝, 진실. 용서에 대한 희망은 없다. 누구였는가, 혹시 그였는가? 루트비히가 차를 몰았는가? 그가 마르크를 치어 죽였는가? 세 달 전 그의 로버 차에 탄 남자. 벤야민 루트비히 또는 다른 남자. 블룸을 그것을 알고자 한다.

"넌 내 남편을 죽였어."
"내가 뭘 어쨌다고요?"
"넌 내가 누구인지 잘 알잖아."
"아뇨."
"안다고 실토해. 당장. 안 그러면 넌 죽어."
"네. 알아요. 당신이 누구인지 압니다."
"그건 네 차였어."

"하지만 나는 당신 남편을 죽이지 않았습니다."

"거짓말 집어치워."

"거짓말이 아닙니다."

"그건 네 차였어."

"하지만 내가 몰지 않았어요."

"그러면 누구야?"

"난 아닙니다."

"누구야?"

"알면 당신이 실망할 텐데요."

"당장 말하지 않으면 죽는다."

"그가 차를 몰았어요. 내가 아닙니다."

"어릿광대?"

"네, 어릿광대요."

"그가 누구야? 이름이 뭐야? 어디서 그를 찾을 수 있어? 이제 그만 빌어먹을 주둥이를 열어."

"그가 모든 일의 주범입니다. 내가 아니에요. 그가 소녀를 죽였어요. 그리고 당신 남편도. 그는 그래야만 한다고 했습니다. 우리는 그를 말리려고 했어요. 정말입니다."

"이름을 대."

"그는 나더러 사람을 차로 치라고 했어요. 하지만 나는 그 일만은 할 수 없다고 했습니다. 당신의 남편을 죽이는 일 말입니다. 그를 차로 덮치는 일이요. 하지만 그는 계속 고집했어요. 그가 그랬어요. 당신 남편이 살아 있으면 우리 모두가 형무소에 가야 한다고 말입니다."

"이제 10초를 주겠어."

"그의 잘못입니다. 내가 아니에요."

"빌어먹을 입 닥쳐, 그리고 이름이나 대."

"난 사람을 죽이기 싫었어요. 나는 그냥 그에게 내 차를 빌려주었을 뿐입니다. 나는 그 일에 잘못이 없어요. 나는 절대로 다른 사람을 죽이지 못해요."

"5초."

"당신은 정말로 누구에 대한 이야기인지 모르는군요."

"3초."

"그가 당신도 죽일 겁니다."

"2초."

"그는 추호도 망설이지 않을 겁니다."

"1초."

"그의 이름은 마시모입니다. 그리고 그는 경찰이에요."

블룸은 총을 쏜다. 검지가 방아쇠를 당긴다. 얼마나 간단한가. 옆으로 홱 돌아가는 머리. 그의 이름은 마시모입니다. 벤야민 루트비히. 몇 초 전만 해도 숨을 쉬었지만 지금은 바닥에 쓰러져 죽었다. 그의 이름은 마시모입니다. 그리고 그는 경찰이에요. 그 이름이 블룸의 가슴을 뚫고 들어온다. 깊고 빠르게. 그 이름이 그녀의 몸에 구멍을 뚫고 아직까지 가진 모든 것을 앗아간다. 모든 것이 부서진다. 그리고 그 이상이다. 그의 이름은 마시모입니다. 그리고 그는 경찰이에요. 블룸은 그 자리에 주저앉는다. 생각할 수가 없다. 구토가 올라온다. 루트비히가 그 이름을 댔다는 것 때문에. 마시모. 블룸은 모든 경우를 예상했지만 그것만은 미처 생각지 못했다. 바닥에 주저앉은 블룸. 나무 벽에 기댄 블룸의 귀에 쟁쟁하게 울린다. 그의 이름은 마시모입니다. 블룸은 꼼짝도 하지 않는다. 아무것도 할 수 없다. 주저앉은 채 죽은 루트비히를 쳐다본다. 그가 한 말을 이해하기 위해 블룸이 얼마나 애쓰는가. 그 말은 어떻게 다시 그리고 또다시 들려오는가. 블룸은 망연히 앉아 쳐다본다. 루트비히가 쓰러져 있는 모습을. 레자가 그녀 앞에 무릎을 꿇는다. 천천히. 레자는 손으로 조심스럽게 블룸의 얼굴을 감싼다. 우리는 해냈어요. 레자가 말한다. 블룸의 뺨에 닿은 레자의 손가락. 블룸이 쓰러지는 것을 붙드는 레자의 손가락.

블룸의 머릿속이 왕왕댄다. 루트비히가 한 말이. 그가 당신도 죽일 겁니다. 마시모. 그리고 레자. 레자는 블룸의 이마에 키스하고 일어선다. 그냥 앉아 있어요. 레자가 말한다. 그런 다음 레자는 루트비히의 뒤처리를 시작한다. 차근차근, 두 사람이 계획했던 그대로. 레자는 차분하게 그의 시신을 썰고 포장한다. 서두르지 않고. 피는 바다로 흘러들어간다. 보트 트레일러 안은 고요하다. 두 사람은 이야기하지 않는다. 블룸은 할 수 없다. 일어설 수 없다. 레자를 도울 수 없다. 몸을 움직일 수 없다. 왜냐하면 그를 느끼기 때문에. 몸 안 깊숙이, 그녀의 몸을 더듬던 그의 손, 그의 혀, 마시모. 그가 얼마나 그녀의 몸을 파헤쳤는가, 그가 얼마나 그녀에게 몸을 밀착했고, 그녀 안으로 얼마나 깊이 파고들었는가. 그의 이름은 마시모입니다. 그리고 그는 경찰이에요. 남편의 가장 친한 친구, 다섯 남자 중의 하나. 어릿광대. 다섯 사람들 중에 가장 악질이었어. 둔야가 말했다. 블룸은 그와 같이 잠을 잤다. 그녀의 몸을 애무하게 했다. 블룸은 꼼짝도 하지 않는다.

레자가 톱으로 루트비히의 다리를 썬다. 작은 톱으로, 도끼를 보조 도구로 쓴다. 힘든 작업, 기계도 전기도 없이 레자가 땀을 흘린다. 블룸이 도울 수 없어도 아무렇지도 않은 것 같다. 내가 처리할게요. 레자가 말한다. 다리를 눌눌 만 비닐 랩, 접착테이프, 이어 박스에 넣기 그리고 다시 접착테이프. 한 박스 한 박스가 만들어진다. 팔, 몸체, 머리. 레자가 박스를 포장한다. 이제 그는 주변을 말끔히 청소하고 차에 박스들을 실을 것이다. 두 사람은 보트 트레일러에 들어왔을 때처럼 똑같이 떠날 것이다. 그곳에서 사람이 죽었다는 흔적은 전혀 남지 않을 것이다. 흔적은 남지 않는다. 바다로 흘러든 피. 부서진 자물쇠 하나, 그것은 주변을 배회하던 아이들 짓이 될 것이다. 아무도 짐작하지 못할 것이다. 아무도 이곳에서 일어났던 일을 알 수 없을 것이다. 벤야민 루트비히, 배우. 이미 운송 처리되었다. 장례식장 주소가 적힌 소포가 되어. 레자가 미리 공항 근처의 운송업체를 알아두었다. 두 사람은 지하 주차장에 루트비히의 차를 세우기 전에 운송업체에 들를 것이다. 장갑을 끼고 차에 지문을 남기지 않을 것이다. 다시 오토바이를 타고 인스부르크로 돌아갈 것이다. 그리고 내일 루트비히는 배달될 것이다. 그들은 루트비히를 냉동고에 넣어두고 하나씩 하나씩 내다 버릴 것이다. 루트비히를 다른 시체들과 마찬가지로 여러 개의 관 속에 나누어 넣을 것이다. 루트비히는 흔적 없이 사라질 것이다. 마시모의 눈앞에서.

혹시 그가 눈치챘을까? 혹시 그는 알까? 블룸이라는 것을. 네 남자들을 없앤 사람이 블룸이라는 것을? 마시모는 블룸의 집에서 둔야를 본 것이 틀림없다. 마시모는 블룸이 사건을 포기하지 않고 계속 파헤치고 있다는 것을 안다. 혹시 그가 블룸을 믿을까? 블룸은 그렇다고 말할 수 없다. 혹시 집 앞의 순찰대는 보호할 목적이 아니라 감시할 목적으로 지키는 것은 아닐까? 마시모는 블룸이 하는 일을 알고자 했다. 그녀를 통제하려 했다. 최근에 수없이 많은 전화를 했다. 음성 녹음에 걱정한다는 말을 남기며. 다정하게. 마르크의 살인자. 그가 그녀를 찾는다. 블룸을.

고속도로 위. 레자가 오토바이를 몬다. 블룸은 그의 뒤에 앉아 있다. 레자의 허리를 껴안고 등에 머리를 기대고, 헬멧 아래로 눈물을 흘린다. 모든 것이 텅 비어버렸다. 블룸은 집으로 가고 싶다. 그를 씻어내고 싶다. 그의 존재를 원치 않는다. 그토록 단순한 것을. 블룸은 얼마나 어리석었는가, 얼마나 눈이 멀었는가. 아무것도 몰랐다. 왜 블룸이 마시모와 같이 잔 후에 둔야가 사라졌는지를. 그는 아이들 방을 들여다보았을 것이다. 아이들의 방에 갔을 때 둔야를 보았을 것이다. 그녀가 아이들 방에 누워 있는 모습, 그가 수년 동안 치욕을 주었던 여자. 위협. 둔야가 모든 것을 망칠 수도 있다. 마르크와 똑같이. 마시모는 그녀를 처단했다. 그가 둔야의 머리를 물속에 처박았다. 그러고 나서 블룸에게 입을 맞추었다.

45장

그의 무릎에 앉아 있는 우마. 넬라는 뒤에서 그를 껴안고 있다. 아이들이 자기들 방에서 떠들고 논다. 처음에 블룸은 방에 할아버지가 같이 있다고 생각했다. 아이들이 평소와 달리 위층의 할아버지 방에 있지 않고, 할아버지가 아이들 방에 있는 것이 좀 의아했다. 블룸은 살금살금 걸어가서 아이들을 깜짝 놀라게 해주려 했다. 일어난 모든 일을 뒤로 하고 잠시 동안의 안전함, 가족, 아이들의 순수함, 그 외에는 바라는 게 없었다. 아이들의 웃음과 분홍색 곰돌이 인형을 원할 뿐, 살인자는 원하지 않았다.

블룸은 문 앞에 서 있다. 엄마가 왔어. 아이들이 반갑게 외친다.

블룸은 순간 말문이 막힌다. 자리에 선 채로 그를 뚫어지게 쳐다본다. 그가 블룸을 보고 미소를 짓고, 넬라를 바닥에 내려놓는다. 블룸이 미소를 지으려 얼마나 애쓰는가. 몸이 얼어붙는다. 경악에 사로잡히지만 그럼에도 불구하고 반응을 보인다. 번개처럼 빠르게. 어머나, 웬일이야. 블룸이 말한다. 블룸은 얼어붙은 듯 그 자리에서 움직이지 않은 채 팔을 벌려 아이들을 껴안는다. 엄마, 엄마, 엄마. 블룸은 무릎을 꿇고 아이들을 두 팔로 감싼다. 블룸은 그를 쳐다보지 않는다. 눈을 마주치지 않고 아이들만 안아준다. 어떻게 해야 할지 알 수 없는 블룸은 재빨리 머리를 굴린다. 아이들을 그에게서 떼어놓아 안전을 확보하려 한다.

그를 아이들의 방과 집에서 멀리 떨어지게 만들고 싶다. 아이들에게 댄 그의 손가락. 최악의 쓰레기인간. 그가 조금이라도 눈치채서는 안 된다. 그는 블룸이 사실을 알고 있다는 것, 뭔가 이상하다는 느낌을 가져서는 안 된다. 블룸은 여느 때와 다름없이 행동함으로써 그를 속여야 한다. 그가 집을 나갈 때까지 두려워해서도 몸을 떨어서도 안 된다. 블룸 혼자 남을 때까지. 거짓말하기. 당신이 와 있으니 참 좋네. 블룸이 말한다. 이어 일어나 그를 포옹한다. 온몸에 소름이 돋음에도 불구하고 두 팔로 껴안는다. 남편의 살인자에게 보이는 다정함. 둔야의 살해자에게. 블룸은 아이들을 위해 그를 포옹한다. 그를 집에서 내보낼 수 있다면 무슨 짓이든 가리지 않고 다 할 것이다. 그가 짐승이 되지 않도록, 진짜 얼굴을 드러내지 않도록. 모든 것을. 때문에 블룸은 웃어보이며 그를 위해 연극을 한다. 블룸은 아이들을 텔레비전 앞에 앉히고 그를 거실로 데려간다.

"마시모, 여기서 뭐하는 거야?"

"아버님이 내게 전화했어. 치과에 가야 한다고."

"아버님이 내게는 아무 말도 하지 않았는데. 아버님이 외출해야 한다는 거, 난 몰랐어."

"내가 좋아서 하는 일인 거 당신도 잘 알잖아. 난 아이들하고 노는 거 좋아해."

"아버님이 아이들을 돌봐준다고 했는데."

"내가 좋아서 한 거라니까. 그런데 당신, 어디 있었는지 말해봐. 걱정을 많이 했어."

"마음이 답답해서 밖에 나가고 싶었어. 그냥 돌아다녔어. 난 더 이상 견딜 수 없었어."

"뭘?"

"모든 걸."

"밤새 내내?"

"응."

"혼자?"

"응."

"집 앞에서 지키는 동료 말로는 레자와 같이 나갔다고 하던데."

"레자는 시내까지만 데려다준 거야. 그런 다음에 난 계속 오토바이를 몰았어."

"그는 어디 있어?"

"누구?"

"레자."

"왜 그걸 나한테 물어?"

"레자에게 뭔가 이상한 구석이 있어서."

"레자의 어디가 이상하다는 거야?"

"레자를 어디로 데려다주었지?"

"지금 날 심문하는 거야?"

"아니."

"그럼 그만 물어봐. 난 그저 몇 시간동안 혼자 있고 싶었을 뿐이야. 그리고 레자는 아무 문제도 없어."

"나는 당신의 안전을 바라는 거야. 블룸. 내가 말했잖아. 당신이 위험해질 수도 있다고. 당신이 지금처럼 아무 소리 없이 사라져버리면 내가 어떻게 당신을 지킬 수 있겠어?"

"내겐 아무 일도 일어나지 않아."

"아이들에겐 당신이 필요해."

"알아."

"블룸, 내 말 알아들었지?"

"응."

"당신에게 수도 없이 전화했어."

"미안."

"블룸, 난 당신마저 죽는 것은 원치 않아."

"난 안 죽을 거야."

"내가 당신을 지키고 있어, 블룸."

"알아."

"무슨 일이 일어나든."

"이제 아이들에게 가봐야 해. 내가 전화할게. 약속."
"언제?"
"내일."
"블룸, 당신과 시간을 같이 보내고 싶어."
"나도 당신이 보고 싶어."
"그래?"
"그래."
"그럼 우리 뭘 할까?"
"당신이 원하는 거 전부 다."
"전부 다?"
"응. 그런데 우리 집을 감시하는 경찰은 그만 보냈으면 좋겠어. 당신이 내 곁에 있어주는 걸로 충분해."
"내일 언제?"
"아이들이 자면."
"어디서?"
"내가 전화할게."
"좋아."
"날 보살펴줘서 고마워."
"제발 멀리 가지 마."
"알았어. 멀리 안 갈게. 악당들이 잡힐 때까지 얌전하게 집에 있을게."
"블룸?"
"왜?"
"당신, 내가 아내를 언제든지 떠날 수 있다는 거 알지."

"응, 알아."
"당신 아이들은 아버지가 필요해. 그런데 왜 당신은 아무 말도 하지 않지?"
"생각을 좀 깊이 해봐야지."
"블룸, 당신은 정말 아름다워."
"이제 그만 가봐. 제발."
"내일이다?"
"응. 내일."

더러운 개자식. 그가 어떻게 씩 웃는가. 그가 그녀의 몸에 파고들고 싶어 얼마나 안달인가. 그가 말없이 어떻게 블룸을 위협하는가. 어떻게 윽박지르는가. 그는 블룸을 예의주시하고 있다는 사실을 분명하게 말한다. 더러운 새끼. 그보다 더하다. 블룸은 서 있을 수조차 없을 지경이다. 분노를 누르기 위해 안간힘을 썼다. 연극을 하고 자신이 싫어하는 말을 했다. 미안해. 블룸은 말했다. 당신 아이들은 아버지가 필요해. 블룸, 난 당신마저 죽는 것을 원치 않아. 블룸, 당신은 정말 아름다워. 내가 당신을 지키고 있어. 블룸. 그가 말했다. 더러운 거짓말쟁이 돼지. 그가 어떻게 계단을 내려가는가. 어떻게 문을 열고 닫는가. 블룸은 어떻게 아이들에게 뛰어가는가. 두 번 다시 우마에게 손대지 못할 것이다. 두 번 다시 넬라를 껴안지 못할 것이다. 블룸은 더 이상 한순간도 아이들 걱정으로 전전긍긍할 일이 없을 것이다. 마시모는 아이들을 다시는 보지 못할 것이다. 우마와 넬라. 텔레비전에 정신을 팔고 있는 아이들의 눈. 아이들은 텔레비전의 다채로운 세상에 머물고 싶어 한다. 블룸의 입맞춤을 간신히 참아준다. 아이들에겐 근심, 눈물, 두려움으로 보낼 시간은 없다. 엄마 조금만 더. 아주 조금만 더 볼게요. 엄마, 조금만. 제발. 오로지 텔레비전을 보는 아이들만. 블룸은 다른 모든 것에는 마음이 움직이지 않는다. 블룸이 두려워해야 할 것은 전혀 없다. 모든 것이 있어야 할 그대로 있다. 평소와 다름없는 날이다. 아무것도 블룸을 두렵게 만들지 않는다. 마시모는 블룸의 생활의 일부다. 그는 남편의 친구이고, 집에 자주 왔다. 아이들은 셀 수도 없을 만큼 그의 무릎에 앉았다. 아이들은 마시모를 두려워하지 않는다. 아이들은 인사로 그의 뺨에 뽀뽀했다. 모든 것이 좋다. 텔레비전 화면에 나오는 펭귄을 보는 아이들, 블룸은 다시금 모든 것을 제자리로 돌린다. 마시모는 갔다. 집에서 나갔다. 이제 두 번 다시 이 집에 발을 들이지 못할 것이다.

블룸. 깊이 숨을 들이마신다. 숨을 푹 내쉰다. 잠시 그 자리에 가만히 서 있다. 무엇을 해야 할지, 앞으로 어떤 일이 벌어질지 깊이 생각한다. 어떻게 일을 처리해야 할까. 그리고 어디에서. 그전에 어떤 일이 일어날 가능성이 있을까. 역겨운 사설탐정에게는 무슨 말을 해야 할까. 왜냐하면 그가 여전히 블룸의 집 앞에 주차하고 있으니까, 여전히 돈을 요구하니까. 빨간 수영바지를 입은 몸집이 작고 뚱뚱한 슈레틀. 블룸은 아래층으로 내려가면서 그를 사라지게 할 수 있는 말을 생각한다. 아이들이 여전히 텔레비전에 빠져 앉아 있는 동안 블룸은 사소한 그 문제를 세상에서 제거해 버릴 것이다. 블룸. 그녀는 정원을 지나 거리로 나가는 정문으로 나가 마르크가 죽은 장소로 간다. 차 안에 앉아 있는 슈레틀. 이제 블룸은 차창을 두드리고 말할 것이다. 여기에 있으면 죽을 것이라고.

단 한마디. 여기서 꺼지지 않으면 내가 널 죽인다. 더 이상도 아니다. 단 한마디. 왜냐하면 블룸은 느끼기 때문에, 분노가 일어나기 때문에, 모든 것을 때려 부술 수 있을 것 같기 때문에, 마시모가 아이들을 건드렸기 때문에, 블룸이 그와 같이 잠을 잤기 때문에, 마르크가 죽었기 때문에, 아무것도 예전과 같지 않기 때문에. 예전이 다 더 좋았기 때문에. 이 차가 오기 전에 블룸이 더 행복했기 때문에. 때문에 그 한마디. 차 안으로 들이미는 그녀의 머리, 그녀의 얼굴뿐. 블룸은 공격한다. 또 다시 어떤 일이 벌어질 때까지 기다리지 않는다. 블룸이 몸을 숙인다. 그를 위협한다. 죽이겠다고 말한다. 블룸은 아이들에게 입을 맞추고 난 후 당장 행동에 들어간다. 상황이 그것을 요구하니까. 다른 선택을 할 수 없으니까, 그를 쫓아버리고 싶으니까, 잠깐 동안이 아니라 영원히. 블룸은 돈을 줄 생각이 없으니까. 그런 인간을 증오하니까. 슈레틀. 여기서 꺼지지 않으면 내가 널 죽인다. 얼음처럼 차갑게. 컴컴한 한밤중에. 분노에 차서, 무슨 일이든 저지를 태세로.

집 앞 거리에서. 블룸이 말을 내뱉었을 때 그의 얼굴, 어리둥절해하는 눈. 슈레틀은 얼마나 경악했는가. 당황했는가. 그는 그녀의 입을 보고 알아챘다. 진심이라는 것을, 농담이 아니라는 것을, 그녀가 그럴 능력이 있다는 것을. 슈레틀과 블룸. 두 사람은 서로 쳐다본다. 10초 간의 침묵, 이어 블룸은 고개를 다시 차 밖으로 빼내고 간다. 돌아보지도 않고 집으로 들어간다. 블룸의 뒤에서 차가 떠난다. 슈레틀의 차가 거리를 내려간다.

블룸. 계단을 올라가 아이들 옆에 앉는다. 욱신거리는 머리가 금방이라도 터질 듯하다. 수백 가지 생각이 휘돌기 때문에, 마음 속에서 아우성을 치기 때문에, 빨리 행동해야 하기 때문에. 블룸은 소파에 아이들 옆에 앉아 텔레비전을 빤히 쳐다본다. 꿀벌 마야가 날아다닌다. 마시모는 살인자다. 블룸은 행동해야 한다. 레자와 의논해야 한다. 둘이서 처리해야 한다. 영원히 그를 없애야 한다. 마시모가 뭔가 알아채고 있기 때문에, 그가 레자를 의심하기 때문에, 눈초리에 의심의 빛이 나타나기 때문에. 마시모는 자신이 드러내보인 것보다 어쩌면 더 많은 것을 알고 있을지도 모르기 때문에. 그가 여전히 살아 있는 하루하루가 블룸에게 고통스러울 것이기 때문에. 그가 세상에 버젓이 살아 있다는 것은 독이 존재하는 것과 같다. 블룸이 그를 생각하는 것만으로도 그렇다. 그가 그녀의 마르크를 앗아갔다는 것. 그녀의 가슴을 단숨에 찢어버렸다는 것. 맨손으로. 마시모.

다섯 남자 중에 마지막 남자. 블룸은 둔야로부터 그에 대한 모든 이야기를 들었다. 블룸이 그에 대해 알고 있는 모든 것, 어릿광대 가면을 쓴 남자 마시모, 희생자를 조롱했던 남자. 둔야가 그에 대해 이야기한 내용은 다른 사람들의 모든 악행을 능가했다. 마시모의 잔인함, 폭력. 1년쯤 뒤에 합류한 그로 인해 지하실 상황은 한층 더 암담해졌다. 고문자가 넷에서 다섯으로 늘었다. 둔야는 그를 다섯 남자 중에 최악이라고 했다. 괴물들의 우두머리, 둔야는 그를 가장 두려워했다. 그가 오는 날은 고통이 프로그램으로 진행된다는 뜻이었다. 고통과 분노. 마시모. 시민에게 사랑받는 경찰, 기꺼이 도움을 베풀려는 가족의 친구, 블룸을 애모하는 남자, 불행한 유부남, 배려심 많은 남자, 블룸이 그러리라고 한 번도 생각해본 적이 없는 남자. 단 한순간도. 그가 그런 일을 저지를 수 있다고는 생각한 적이 없다. 여성을 구타하고 강간한다는 것을. 임신한 여성이 고통에 겨워 죽을 지경이 될 때까지 오랫동안. 그녀가 자칫 태아를 잃을 뻔할 때까지. 둔야가 이야기를 했다. 처음에는 마르크에게, 이어 블룸에게. 마시모가 이레나의 배를 어떻게 때렸는지를. 항상 주먹으로 태아에게. 어쩌면 자신의 아이일지도 모르는 태아에게. 그 모든 내용이 마르크의 핸드폰에 저장되어 있었다. 세부 내용, 둔야가 잊을 수 없었던 일들, 형용할 수 없이 잔혹한 일들, 어릿광대. 그들을 욕보이기 위해, 그들을 때리기 위해 어릿광대는 왔다. 때로는 둔야를 강간하지 않고 때리기만 했다. 사정없이 두들겨 패기만 했다. 그는 때리면서 웃었다. 미친 사람처럼 완전히 정신이 나가서 괴성을 지르며 자제력을 상실했다. 그는 둔야의 머리를 잡아채 바닥에 대고 쳐댔다. 무턱대고. 그녀가 미소를 짓지 않았다는 이유만으로. 그녀가 그에게 비위를 맞추지 못한다는 이유만으로. 나를 보면 예쁘게 웃어야지. 이 더러운 년아. 내가 말했잖아. 예쁘게 웃으라고. 내가 너에게 충분하지 못하냐? 날 보면 웃어야지. 그런 다음 그는 둔야의 머리채를 잡아채 빨간 양탄자가 깔린 바닥에 사정없이 처박았다. 무자비하게. 둔야가 의식을 잃을 때까지. 그러면 그는 그녀를 쓰러진 채로 내버려두었다. 그리고 갔다.

마시모. 선량한 영혼. 정의와 질서를 위해 사는 남자. 그는 마르크와 함께 지하 주차장에 서서 밤새도록 맥주를 마셨다. 하루 일과를 마친 두 남자. 서로 팔짱을 끼고 장난을 치던 두 남자, 어린애 같은 남자들, 친구. 블룸은 여전히 이해할 수가 없다. 받아들여지지 않는다. 왜 마시모가 야우니히, 쉰보른, 푸흐와 관계하게 되었는지, 왜 그가 그 남자들과 같이 지하실로 기어들어갔는지, 왜 마시모가 모든 일을 좌지우지하게 되었는지. 분노, 가면을 쓴 괴물. 호감 가지 않는 어릿광대, 살인자. 어릿광대는 그들을 웃기지 못했다. 둔야. 이레나. 요운. 결코. 그들에게 웃음은 고통이 되었을 뿐이다.

쓰레기 개자식. 블룸은 다른 형용을 붙일 수 없다. 입에서 계속 욕이 새어나온다. 텔레비전 화면에서 게으른 윌리가 꿀을 핥고 있는 사이에. 우마와 넬라가 킥킥 웃으며 그녀에게 몸을 치대는 사이에. 쓰레기 개자식. 마시모. 그리고 내가 행할 최후의 일. 너를 죽인다.

46장

블룸은 천천히 눈을 뜬다. 아주 천천히. 왜냐하면 어떤 일이 일어날지 알기 때문이다. 그곳에 무엇이 있는지 알기 때문에 보고 싶지 않다. 냄새를 맡을 수 있으니까. 그리고 소리를 들을 수 있다. 살균제, 냉동고 모터 소리. 머리 위에 왼쪽으로 오래된 형광등이 웅웅거리는 소리, 시체를 관에 넣을 때 쓰는 기중기. 블룸은 자신이 어디에 있는지를 안다. 어떻게 자신이 그리로 왔는지는 모른다. 하지만 지금 시체 처리실에 누워 있다는 것은 안다. 누군가가 그녀를 일격에 쓰러뜨리고, 옷을 벗기고, 작업대 위에 눕혀 묶어 놓았다는 것을. 살갗에 닿는 알루미늄의 선뜩함. 블룸은 움직일 수 없다. 몸을 떤다. 입은 테이프로 막혀 있고, 눈은 떠져 있다. 블룸은 장면을 그려보려고 애쓴다. 일어난 일을 파악하기 위해. 앞으로 일어날 일을 예상하기 위해. 움직일 수 있는 유일한 것은 머리뿐이다. 블룸은 머리를 이쪽저쪽으로 돌리며 눈으로 도움을 찾는다. 소리를 지르려 하지만 나오는 것은 신음소리뿐. 접착 테이프로 붙여진 그녀의 입술 아래 입이 필사적으로 도와달라고 외친다. 왜냐하면 사실을 받아들이고 싶지 않기 때문에. 일어난 일을. 그가 그녀 옆에 누워 있는 것을.

레자. 작업대 위에 흥건한 피. 팔이 없는 몸통. 머리도 없이, 레자는 죽어 있다. 레자는 움직이지 않는다. 레자는 블룸을 더 이상 도울 수 없다. 단지 레자의 일부만 있기 때문이다. 살덩어리. 레자가 마지막으로 무슨 말을 했던가. 그가 어떻게 그녀를 포옹했던가. 그녀의 손을 어떻게 잡았던가. 레자의 손과 블룸의 손. 레자는 지금 어떻게 누워 있는가. 바닥에는 그의 팔이 쓰레기처럼 떨어져 나뒹군다. 그의 다리. 절단되어. 블룸이 한 행위를 그가 레자에게 행했다. 블룸을 따라했다. 블룸의 시체 처리실에서, 그녀의 집에서. 블룸은 테이프로 막힌 입으로 비명을 지른다. 크게. 하지만 아무도 듣는 사람이 없다. 아무도 없다. 그는 보이지 않는다. 다만 레자의 몸통과 블룸 자신만 있다. 혼자서, 블룸이 아무리 절망적으로 고개를 돌리며 살펴보아도 그를 볼 수 없다. 만일 그가 여기에 있다면 그녀가 지르는 비명소리를 들었을 텐데 사방이 너무 고요하다. 그는 집 안 어디엔가 있을 것이다. 그는 블룸이 깨어나기를 기다리며 아이들과 할아버지 칼과 같이 있으리라. 그가 아이들과 할아버지에게 무슨 짓을 할까? 블룸은 상상해본다. 그녀는 빠져나가려 안간힘을 쓴다. 그가 아이들에게 손을 대고 무슨 일을 저지르게 내버려둘 수 없다. 블룸은 아이들, 어린 천사들을 보호해야 한다. 칼. 아니다. 그래서는 안 된다. 절대로 안 된다. 종말에 이르렀다는 것. 갑자기 블룸이 그의 기척을 듣는다는 것. 그가 여기에 있는 것. 그가 의자에서 일어나 그녀에게 다가오는 것.

불현듯 나는 발걸음 소리, 그의 숨결, 숨결이 가까이 다가온다. 무에서 나타나듯, 천천히, 그는 시간을 끈다. 그는 블룸에게 공포를 느끼게 하고 고통을 가하려는 것이다. 블룸을 괴롭히고 절망에 빠뜨리려 한다. 그는 멈춰 서서 그녀를 가지고 논다. 그녀를 관찰한다. 심장이 점점 더 빨리 뛰면서 가슴이 오르내리는 모습, 손목을 비틀어대는 모습, 손가락이 빠져나가려 안간힘을 쓰는 모습. 블룸을. 탁자 위의 나체. 무방비로 노출된 그녀의 살갗과 가슴. 얼마나 오랫동안 그렇게 누워 있었을까? 그가 얼마나 오랫동안 지켜보고 있었을까? 블룸은 그가 몸을 더듬지 않았는지 의심스럽다. 의식이 없는 사이에 그녀에게 무슨 짓을 했을까. 그가 벗겨낸 옷. 그는 그녀의 몸에서 그대로 옷을 가위로 잘라냈다. 어쩌면 선물 포장을 벗기듯 그녀의 옷을 풀어헤쳤을지도 모른다. 모든 것이 고통스럽다. 생각마다, 그에게 자신이 옮겨져 왔다는 것. 그녀가 더 이상 아무것도 할 수 없다는 것. 그녀가 더 이상 손에 노를 쥐고 있지 않다는 것. 배가 그저 바다를 떠돈다는 것.

블룸은 자신이 죽으리라는 것을 안다. 블룸은 포기한다. 그녀의 머리가 버둥거리기를 그친다. 이제 머리는 가만히 있다. 그녀는 더 이상 탈출을 시도하지 않는다. 작업대에 가만히 누워 있기만 한다. 천장을 뚫어지게 쳐다보며 기다린다. 이제 곧 일어날 일을. 블룸이 보게 될 것을. 느끼게 될 것을. 블룸은 아이들 생각을 하지 않으려 애쓴다. 생각하고 싶지 않다. 생각할 수 없다. 블룸만 당할 것이다. 아이들은 괜찮을 것이다. 그가 아이들을 해치지는 않을 것이다. 다만 냉동기의 소음뿐. 형광등의 소음뿐. 시체 처치실의 천장에 둔 시선. 그리고 기억을 떠올려보려는 소망. 무엇이든 아름다운 기억을. 블룸에게 무슨 일이 일어나든 상관없다. 그녀는 지금 아름다운 기억을 떠올릴 것이다. 마르크를 생각할 것이다. 우마가 태어나기 직전에 마르그가 했던 말을. 마르크가 손가락으로 그녀의 배를 쓰다듬었던 느낌을. 둘이 침대에 누웠던 때. 마르크와 블룸.

"마르크, 나 무서워."
"뭐가?"
"내 뱃속에 있는 아기 때문에."
"걱정하지 마."
"하지만 걱정 돼."
"당신과 내가 같이 있잖아. 블룸. 아무 일도 안 일어나. 전혀."
"아니야."

"왜 아니야?"

"모든 건 변하잖아."

"변화는 좋은 거야."

"어째서?"

"겨울이 지나가면 나무가 다시 푸르게 되니까."

"그게 뭔데?"

"봄이지."

"그래서?"

"당신의 배는 봄과 같은 거야."

"정말 그런가?"

"그럼."

마르크. 그가 얼마나 블룸의 마음을 편하게 해주는가. 마르크에 대한 생각. 그가 무슨 말을 했나. 그가 4년 반 전에 어떤 눈빛으로 블룸을 쳐다보았나. 당신의 배는 봄과 같은 거야. 그리고 마르크는 블룸에게 어떻게 키스했나. 모든 곳에, 모든 피부에, 그녀의 온몸에 닿은 그의 사랑, 그의 입술, 그의 입에서 나는 소리. 블룸은 듣는다. 수천 번의 키스와 그 이상을. 봄, 왜냐하면 마르크가 있었기 때문이다. 봄, 지금도 그렇다. 무슨 일이 일어나든 상관없다. 마르크가 같이 있다. 그녀 옆에, 아주 가까이. 무슨 일이 일어나든 상관없다. 마르크가 블룸을 꼭 껴안는다.

블룸은 강제적으로 회상에서 돌아온다. 그녀의 눈은 위로 고정되었다. 그가 가까이 다가오기 때문이다. 그가 블룸을 내려다보기 때문이다. 씩 웃는 그의 웃음, 화려한 플라스틱 가면의 크게 찢어진 입. 오직 그의 눈만 그녀가 너무 느렸다는 것, 그가 역습했다는 것을 말하고 있다. 작업대 위에 누워 있는 건 그가 아니라 블룸이다. 블룸이 아니라 그가 게임에서 이긴 것이다. 어릿광대. 마시모. 낯선 자. 오직 두 눈동자, 가면. 그가 어떻게 블룸을 빤히 쳐다보는가. 그가 어떻게 점점 더 가까이 다가오며 속삭이는가. 나지막이. 그녀가 알아들을 수 있을 만큼만. 블룸. 모든 게 다 잘될 수 있었는데. 아무 일도 일어나지 않을 수 있었는데. 아무 일도 말이야. 알아들었지. 모든 게 좋을 수 있었어. 오직 당신과 나만. 마시모와 블룸. 그녀의 공포 그리고 친숙한 목소리. 그는 어떻게 그녀와 작별하는가. 거의 애정에 가까운 말투로 모든 게 다 끝났다고 말하는 그의 모습은 어떤가. 그가 일을 마무리 짓겠다고. 애정에 가까운 작별인사를 한다. 그가 그녀를 사랑했다고. 그녀를 위해 모든 일을 다 했을 것이라고. 마시모. 그는 가면을 벗고 그녀의 머리를 두 손으로 꽉 부여잡는다. 마시모는 얼마나 꽉 부여잡는가. 그녀에게 키스한다. 테이프 위에 닿은 그의 입술. 뱀처럼. 20초 동안 그의 입이 그녀의 입술을 누른다. 그리고 그는 찌른다. 블룸은 움직이지 않는다.

47장

종착역. 블룸은 밤새 그곳에 누워 있다. 시체 처리실 작업대 위에. 블룸. 그녀는 몸을 움직이지 않는다. 하지만 숨은 쉰다. 숨을 들이쉬고 내쉴 때마다 흉곽이 규칙적으로 오르내린다. 눈은 뜨여 있다. 무슨 일이 일어나는지, 그가 그녀에게 무슨 짓을 했는지, 블룸은 밤새도록 상상했다. 블룸은 오후를 아이들과 같이 보내고, 아이들과 레자와 같이 저녁식사를 하고, 그런 다음 작업대 위에 몸을 뉘었다. 문을 잠그고 누웠다. 생각에 잠겨 홀로. 눈앞에 선했다. 그가 칼로 그녀를 후벼 파는 것이. 그가 레자를 토막 내는 것이. 블룸은 최악의 일을 상상했다. 어떤 일이 일어날 수 있는지, 그가 블룸에게 어떤 짓을 할지, 블룸이 가만히 있으면 현실이 될 악몽이었다. 당장 행동을 취하지 않으면. 더 이상 기다릴 수 없고, 기다려선 안 된다. 위험의 여지를 두어서는 안 된다. 블룸은 그가 무엇을 알고 무엇을 모르는지 알아내고 싶지 않다. 그가 더 깊이 파헤치며 레자에게 의심을 둘 어떤 기회도 주어서는 안 된다. 블룸은 일을 끝내야 한다. 그의 입술이 그녀의 입술을 덮치기 전에. 너무 늦기 전에. 그에게 전화해야 한다. 그를 만나야 한다. 날이 밝는 대로 즉시 그와 이야기할 것이다. 두 시간 후에. 블룸은 자제심을 잃지 않고 공격해야 한다. 그보다 먼저 앞서야 한다. 블룸과 레자. 두 사람이 그보다 더 빠를 것이다. 그렇지 않으면 두 사람은 죽을 것이다.

새벽 다섯 시. 몇 시간 내내 작업대 위에 죽은 듯이. 블룸의 옆, 두 번째 시체 처리 작업대에는 노부인의 나체가 있다. 블룸은 먼저 그 시체를 다듬어야 한다. 솜뭉치로 부인의 콧구멍을 막으면서, 머리를 감기면서, 머리카락을 말리면서 손톱의 때를 파내면서 어떻게 일을 처리할지 깊이 생각한다. 그에게 어떻게 고통을 가할 것인가. 왜냐하면 블룸은 그가 그냥 죽어버리는 것을 원치 않기 때문이다. 블룸은 그를 벌하려 한다. 그리고 그를 처형할 것이다. 생각 속에서 그를 없애버릴 수 있는 장소를 물색한다. 블룸은 그가 다시는 집에 발을 들이는 것을 원치 않는다. 어떤 대가를 치르든 좋은 방법이 있을 것이다. 어느 곳이든, 어떤 식이든. 블룸은 노부인의 입을 꿰매는 동안 마시모의 최후를 계획한다. 아침을 먹으며 레자와 일을 의논할 것이다. 둘이 같이 방법을 모색할 것이다. 두 사람은 노부인을 관에 눕히고 마지막으로 이별을 하려는 가족들을 기다릴 것이다. 낮이 지나가고 밤이 되기를 기다릴 것이다. 블룸은 아이들에게 잠자리 이야기를 읽어주고 아이들의 이마에 입을 맞출 것이다. 아이들이 안전을 확보할 것이다. 우마와 넬라. 영원히. 아이들의 안전을 위해 무슨 일이든 할 것이다. 때문에 블룸은 마시모에게 전화를 건다. 하루가 시작되었다. 밖이 밝았다. 블룸은 세 번 숨을 들이쉬고 내쉰다. 이어 마시모의 목소리. 다정하고, 기만적이고, 탐욕스러운.

"블룸, 정말 전화했네."
"응."
"이렇게 일찍 전화할 줄은 몰랐는데."
"내가 말했잖아. 당신을 많이 보고 싶다고."
"언제 볼까?"
"가능하면 당장. 하지만 내가 할 일이 좀 남아 있어. 그리고 아이들도. 우리 저녁에 만날까? 시간 있어?"
"당신을 위해서라면 언제든 시간이 있지."
"난 당신과 단 둘이 있고 싶은데."
"블룸, 정말 좋은 생각이다."
"하지만 어디서 보지? 당신이 내 침대에 누워 있는 걸 우리 애들이 보는 건 싫거든."
"우리 집에서 봐."
"우테는?"

"아내는 집에 없어."
"그럼 어디에 있어?"
"집을 나갔어."
"그게 무슨 말이야? 우테는 어디 있어?"
"화주 두 병을 들러 마시고 자살을 기도했어."
"언제?"
"한 주 전에."
"그런데 당신은 그 얘긴 한마디도 안 했잖아?"
"응."
"왜 안 했어?"
"달라질 일이 없으니까."
"무슨 일이야?"
"욕조에서. 동맥을 끊었어."
"그럼 우테는 지금 어디에 있다는 거야?"
"정신병원에."
"너무 안타깝다."
"괜찮아."
"그럼 아내는 언제 집으로 돌아와?"
"그건 아무도 몰라."
"마시모, 우리 만나는 거 연기해도 돼. 당신이 지금 혼자 있고 싶다고 하면 이해할 수 있어."
"오늘 저녁에 우리 집에 와."
"정말이야?"
"응."

"9시?"
"블룸, 당신이 나를 행복하게 해."
"더 많이 행복하게 해줄게."
"당신이 우리 집에 오면 후회하지 않을 거야."
"키스해줄게. 나중에 봐."

블룸은 전화를 끊는다. 혀를 콱 깨물고 싶다. 자신이 한 말 때문에 혀를 뽑아내고 싶다. 다정한 말을 할 때마다 소름이 끼쳤다. 더 많이 행복하게 해줄게. 키스해줄게. 블룸이 해야 했던 말 한마디마다 그는 대가를 치르게 될 것이다. 블룸은 있는 힘을 다해 전화기를 벽에 내던진다. 박살난 전화기가 바닥에 떨어진다. 그리고 블룸이 애써 억누르는 고함 소리. 왜냐하면 아무도 그녀의 고함을 듣길 바라지 않기 때문이다. 블룸은 고함을 삼킨다. 아무 소리도 내지 않고, 지나가기만을 바란다. 고함이 멈추기를, 그가 숨 쉬기를 그치기를. 선량한 마시모.

옆 작업대에 눕혀진 노부인처럼. 블룸은 부인에게 억지로 화려한 옷을 끼워 입혔다. 하얀 블라우스, 앞치마, 목에는 진주 목걸이, 머리카락은 화관처럼 예쁘게 모양을 냈다. 블룸은 노부인의 입술을 웃는 모습으로 만들었다. 다만 죽은 노파일 뿐. 다만 전화기 속의 그의 목소리일 뿐. 그리고 그 목소리가 얼마나 사람을 고통스럽게 만드는가. 얼마나 친근한가. 마르크와 마시모. 마시모가 조금도 의심을 품어서는 안 된다. 어떤 눈치도 채서는 안 된다. 단 1초도 이상하다는 느낌을 받아서는 안 된다. 그의 부부 침대에서 거침없이 그를 자극하는 것. 식탁 위에서의 섹스. 우테가 피를 흥건하게 흘린 욕조 안에서의 섹스, 어디서든 그가 원하는 바와 다른 뭔가가 있음을 눈치채서는 안 된다. 중요한 것은 더러운 개자식이 자신의 성기를 작고 어리석은 블룸의 속으로 집어넣는 것이다. 중요한 것은 그가 원하는 바를 얻는 것이다. 성스러운 성배를 깊고 강하게, 자신의 가장 친한 친구의 아내를 드디어 완전히 가지는 것. 그의 블룸. 그가 그녀에게 무엇을 원하는지 블룸은 느낀다. 그의 색욕, 그 찐득찐득한 욕정. 마시모. 더 많이 행복하게 해줄게. 키스해줄게. 개새끼.

48장

마지막 결전. 블룸은 더 이상 되돌아갈 수 없다. 더 이상 결코. 오직 앞으로 다가올 일만 남았다. 블룸이 이길 수 있는 가능성. 질 수 있는 가능성. 누군가 그녀를 보았을 가능성, 그 사이에 어떤 일이 일어날 수 있는 가능성. 유일한 계획이 제대로 이루어지지 않을 가능성. 모든 일이 일어날 수 있다. 블룸이 죽을 수도 있고, 그가 그녀를 심판하고 영원히 가둘 수도 있다. 모든 것이 가능하다. 그럼에도 불구하고 블룸은 행하기로 한 일을 한다. 블룸은 그것이 옳다는 것에 대해 의심하지 않는다. 레자 역시 의심하지 않는다. 레자는 필요한 일을 할 것이다. 레자는 짐칸에 덮개를 쓰고 누워 차가 멈춰 설 때까지 기다린다. 블룸은 장의차로 곧장 마시모의 집으로 향한다. 캐딜락이 아니라 소형 버스를 타고. 눈에 띄지 않게. 가장 싼 관을 싣고. 두 사람은 뚜껑이 없는 소나무 관을 가지고 가기로 계획했다. 왜냐하면 그가 그녀를 보아야 하기 때문에. 왜냐하면 그가 죽기 전에 그녀가 그와 이야기를 할 것이기 때문에. 그의 눈을 보기 위해. 그의 공포를.

외곽까지 천천히. 주거지 지역. 이곳에 그들은 약 7년 전에 집을 지었다. 우테와 마시모. 당시 세상은 아직 제대로 돌아가는 것처럼 보였다. 우테는 아직 술을 마시지 않았고, 그들은 정원이 있는 도약판과 공동의 미래를 믿었다. 아이가 생길 것이라는 믿음. 예전에 마르크와 블룸이 이곳에 얼마나 자주 왔던가. 그릴에서 고기를 구우며 여름 저녁 내내 다 같이 행복했다. 그저 행복하기만 했다. 친구의 집. 모든 것이 친근하다. 블룸은 멀리서도 집의 형체를 알아볼 수 있다. 우테는 녹색 옷이 잘 어울렸다. 다른 주택 사이에서 마시모 집의 정면이 불빛으로 환하고 주차장 문은 열려 있다. 블룸은 그에게 다시 한 번 전화해 문을 열어두라고 부탁했다. 사람들 눈에 띄고 싶지 않다고 말했다. 우테에게 좋지 않은 일이 일어난 후라는 이유를 들어. 세상에 소문을 흘리지 않도록 눈에 띄지 않게. 차로 들어가기. 나오기.

블룸은 시동을 끄고 문을 안쪽에서 잠근다. 레자는 차 안에 남아 있다. 블룸이 집에 들어가 마시모를 포옹할 때까지. 그런 후에 레자는 차에서 내려 집으로 숨어들어가 그를 때려눕힐 것이다. 철봉으로 머리를 내리친다. 그는 정신을 잃고 바닥에 쓰러질 것이다. 두 사람은 그를 테이프로 묶고 재갈을 물린 다음 관에 집어넣을 것이다. 그에게 담요를 덮어 관을 채울 것이다. 그런 후에 그를 단단히 묶을 것이다. 테이프로 관을 둘러 꽉 묶을 것이다. 그가 더 이상 움직이지 못하게 만들 것이다. 더 이상 몸을 빼낼 수 없도록. 그가 다시 의식이 들었을 때 풀려날 수 없게 될 것이다. 그의 외침은 아무도 들을 수 없을 것이다. 일은 신속하게 진행될 것이다. 두 사람은 차에 관을 싣고 떠날 것이다.

첫 번째 단계. 주차 그리고 차에서 내리기. 지금. 예상치 못한 일, 마시모가 블룸 혼자 온 것이 아님을 알 수도 있다는 것에 대해 두려워하지 않기. 왜냐하면 마시모는 경찰이니까. 뭔가 이상하다는 낌새를 챌 수 있으니까. 블룸에게 일순간 의구심과 두려움이 몰려온다. 마시모가 미리 준비해놓았다면, 그가 손에 무기를 들고 블룸을 맞이한다면 어떻게 되는가? 모든 일이 일어날 가능성이 있다. 블룸이 그의 주의를 다른 곳으로 돌리려는 사이에도 그는 레자가 들어오는 소리를 들을 수도 있다. 마시모는 블룸을 제치고 레자의 일격을 피할 수도 있다. 블룸은 상상해본다. 철봉이 허공을 가르고 마시모가 피해서 도리어 레자를 덮쳐 때려눕히는 광경을.

블룸은 문을 연다. 더 이상 깊이 생각하지 않는다. 계속 걸어간다. 작은 연결 복도를 지나 곧장 집 안으로. 블룸은 마시모를 부른다. 겁이 난다. 심장이 터질 듯이 뛴다. 블룸은 심장이 뛰는 소리를 듣는다. 그녀의 심장 소리 그리고 부엌에서 들려오는 그의 목소리. 들어와. 우리가 마실 좋은 레드 와인을 준비했어. 블룸은 그를 본다. 그가 그녀 앞에 서 있다. 그런 짓을 했으리라고 아무도 생각할 수 없는 온순한 어린 양. 와인 병을 들고 있는 마시모, 병따개로 코르크를 딴다. 그리고 블룸이 문에 서 있는 동안 두 잔에 와인을 채운다. 블룸은 미소를 지으며 평정심을 잃지 않고 그에게 다가가 포옹한다. 그의 뺨에 키스한다. 블룸은 일부러 느긋하게 여유를 부린다. 그가 아무런 의심도 하지 않아야 한다. 안전하다는 기분이 들어야 한다. 블룸의 입술이 부드럽게 그의 더러운 뺨에 닿는다. 우리밖에 없으니까 좋아. 블룸은 속삭이고 그에게서 다시 돌아선다. 1초도 더는 가까이 있지 않는다. 시간을 잃지 않고, 위험수를 두지 않는다. 블룸은 슬며시 주위를 둘러본다. 위험스러운 물건이 있는지 살핀다. 뭔가 이상한 것, 평소와 다른 것이 있는지. 그의 얼굴도 살핀다. 그의 눈을 똑바로 들여다본다. 그의 눈은 블룸의 시선을 피하지 않는다. 아직은 블룸이 피해서 달아날 수 있다. 아직은 그가 가면을 쓰지 않았다. 웃고 있는 입, 그녀를 물어뜯을 입. 아직은 모든 게 좋다.

마시모는 앞서서 거실로 가고 블룸은 뒤따른다. 마시모에게 음악을 틀라고 해야 한다. 사방이 이렇게 조용해서는 안 된다. 문이 열리면, 레자가 들어오면 소리가 들릴 수 있다. 음악. 블룸은 음악을 틀어달라고 한다. 분위기를 살리고 싶다고 한다. 음악 그리고 촛불. 블룸이 말한다. 그런 다음 재킷을 벗는다. 블룸은 재킷을 아무 데나 던지고 마시모는 오디오 버튼을 누른다. 음악. 좀 더 크게. 블룸이 말하며 그에게 다가간다. 블룸은 그를 문에서 멀리 떨어지도록 손을 잡고 거실 한가운데로 끌고 와서 그의 몸을 돌린다. 마시모는 한순간도 다른 생각을 하지 않는 것 같다. 마시모는 전혀 눈치채지 못한다. 오직 블룸을 쳐다볼 뿐이다. 마시모는 갑자기 가까이 있는 그녀를 느낀다. 그는 블룸을 원한다. 블룸을 애무한다. 마시모는 손으로 블룸의 뺨을 쓸다가 잠시 뒤로 물러선다. 얼굴을 보려는 것이다. 당신은 참으로 아름다워. 마시모가 말한다. 그리고 다시 블룸을 껴안는다. 그의 머리가 아주 가까이 있고, 블룸은 키스를 해야 하는 순간 잠시 머뭇거린다. 할 수 있는 한 오랫동안. 레자가 들어올 때까지, 블룸이 레자가 오는 소리를 듣고 레자의 모습을 볼 수 있을 때까지. 레자가 발끝으로 살며시 들어온다. 잠시 더. 마시모에게 계속 희망을 주며 자신의 욕구를 참도록 몇 초 더 있어야 한다. 레자가 그를 잡아채어 그녀의 입속에 있는 그의 혀를 빼낼 것이 확실해지는 순간까지. 그를 바닥에 내려치도록. 그를 완전히 부숴놓도록. 조금만 더 있으면 된다. 마시모. 음악 그리고 블룸. 마시모의 집, 그의 거실에 있는 두 연인. 그들은 빙글빙글 돌며 춤을 추고 체취를 더듬는다. 그녀에게서 나는 체취, 그의 욕구. 블룸은 초를 세며 흔적을 남겨서는 안 된다는 생각을 한다. 피를 한 방울이라도 남기면 안 된다. 마시모의 동료들이 이곳에서 범죄가 발생했다고 말하게 되는 흔적은 하나도 남기면 안 된다. 경찰관이 구타를 당하고 납치되었다는 흔적. 그런 흔적은 전혀 없어야 한다. 아무것도 발견되지 않을 것이다. 마시모는 간단하게 바닥에 쓰러질 것이다. 왜냐하면 블룸이 지금 그에게 키스할 것이기 때문에. 마시모가 눈을 감도록 할 것이다. 아주 잠시 동안. 바로 지금.

있는 힘을 다해 그의 머리를 가격. 레자가 친다. 바로 그 순간, 그녀의 입술이 그의 입술에 닿은 순간. 마지막으로. 갑자기 레자가 나타났기 때문이다. 레자의 얼굴, 그의 분노 그리고 모든 것을 없애는 철봉. 모든 상상을, 블룸의 두려움을, 모든 것을. 둔탁한 소리뿐. 마시모는 뒤로 쓰러진다. 그가 그녀 앞에서 풀썩 쓰러진다. 마치 레자가 스위치를 내린 것처럼. 오프. 어릿광대는 의식을 잃고 바닥에 쓰러져 있다. 그리고 두 사람은 그들의 계획을 행한다. 모든 게 얼마나 가벼워질 것인지를 깊이 생각하고 느끼고 예감할 시간이 없다. 두 사람은 가만히 서 있으면 안 된다. 계속해야 한다. 마시모를 주차장으로 옮기고 관에 넣어야 한다. 모든 것을 계획대로 진행한다. 관 뚜껑은 덮지 않은 채로, 그럼으로써 마시모가 다시 정신이 들었을 때 블룸을 볼 수 있도록 한다. 망설임없이, 실수 없이 모든 것이 계획대로 된다. 블룸은 부엌으로 돌아가 와인을 개수대에 버리고 와인 잔을 씻는다. 손댔던 모든 물건을 꼼꼼히 닦는다. 그리고 음악을 끄고 불을 끄고 나간다. 조용히 문이 닫힌다. 다시 빈 집이 된다. 그 밖에 아무것도 없다.

49장

5킬로미터도 채 되지 않는 거리. 아무도 블룸을 막지 않는다. 단순히 장의차일 뿐이다. 신호등 앞에서의 일상. 눈에 띄는 이상한 점은 아무것도 없다. 관 속에 경찰관이 테이프로 꽁꽁 묶인 채 무력하게 누워 있다는 사실을 아는 사람은 아무도 없다. 모든 것이 일상 그대로다. 레자가 차를 몰고 블룸은 옆 좌석에 앉아 있다. 두 사람은 모든 교통 신호를 지키며 너무 빠르게 차를 몰지도 않는다. 그들은 눈에 띄지 않는다. 조용하고 은밀하게 도시를 통과한다. 왜냐하면 모든 것이 평소와 다름없기 때문이다. 그들은 시체를 운반한다. 마시모 돌링거, 우테 돌링거의 남편, 슬하에 자식이 없는 형사. 그가 죽게 되리라는 것, 그 사실은 오직 두 사람만 안다. 곧. 몇 시간 내에 끝이다. 레자와 블룸. 나란히, 두 사람은 이야기할 필요가 없다. 마시모가 의식을 되찾고 관 벽을 발로 차는 것을 무시한다. 그것은 아무 역할도 하지 못한다. 그가 짐칸에서 신음 소리를 내는 것은 중요하지 않다. 그가 얼마나 소리를 크게 지르든, 그의 공포가 얼마나 크든, 그런 건 상관없다. 둔야의 공포가 그보다 훨씬 더 컸다. 이레나와 요운의 공포도 그보다 훨씬 더 컸다. 훨씬 더 컸고, 더 오래 지속되었고, 더 깊었다. 더 길었다. 고작 시내를 통과하는 시간 정도가 아니었다. 레자가 시동을 끌 때까지 5킬로미터. 블룸이 다시 한 번 기억을 되살리는 5분. 그들의 얼굴을 가격한 마시모의 주먹, 그들의 몸을 헤집어놓은 마시모의 남근. 마르크가 파헤친 모든 사실, 둔야가 이야기한 모든 것에 대한 기억. 마시모가 그들에게 가한 모든 행위. 둔야와 다른 사람들에게. 가공할 잔혹한 일, 그가 그런 인간이라는 것을. 마시모.

자정이 되기 직전의 주차장. 아무도 없다. 두 사람이 평소처럼 문 가까이에 차를 바짝 대는 것을 보는 사람은 아무도 없다. 시신 운반은 개장 시간 외에도 이루어질 수 있는 일상이다. 장의사들이 주차장 열쇠를 가지고 있다. 장의사들이 와서 시신을 내리고 다시 떠난다. 하지만 오늘은 아니다. 오늘 장의차는 화장터 주차장에 더 오랫동안 서 있을 것이다. 이상하게 여기는 사람은 없다. 한밤중에 이곳을 지나가는 사람은 없다. 모든 일이 차분하게 진행된다. 두 사람은 익숙한 영역에 있다. 레자는 이곳에서 오래 일을 도왔고, 그것으로 돈을 조금 벌기도 했다. 레자는 이곳을 잘 안다. 그는 이곳에 중앙 입구에만 감시 카메라가 있다는 것을 안다. 레자는 밤새 내내 그들만 있게 되리라는 것을 안다. 오늘은 금요일, 주말에 주차장은 텅 빈다. 아무도 오지 않는다. 아무도 그들을 방해하지 않는다. 마시모가 발버둥치는 소리를 들을 사람은 없다. 선량한 마시모, 그는 자신이 어디에 있는지, 그들이 자신을 어디로 데리고 왔는지 아직 알지 못한다. 그는 울부짖는다. 접착 테이프 속에서 신음 소리를 낸다. 왜냐하면 마시모는 어떤 행동도 할 수 없기 때문이다. 몸은 풀려날 수 없다. 두 사람이 그를 차에 싣고 복도를 지나 중앙으로 굴려가기 때문이다. 마시모가 서서히 자신에게 일어난 일을 파악하기 때문이다. 그가 몸을 세우기 위해 얼마나 필사적으로 안간힘을 쓰는가. 화장용 화로를 보았을 때 그의 눈이 얼마나 휘둥그레지는가. 블룸이 하는 말을 들었을 때. 종착역, 더러운 새끼.

화장터, 인스부르크. 공업단지 외곽, 외따로 서 있는 건물, 이곳에서 망자들은 한줌의 재가 된다. 망자들은 두 시간 반 동안 불에 타고, 이어 사람들이 화로에서 망자의 잔재를 꺼낸다. 손톱, 나사, 심장 조절기, 인공 관절 따위는 자석으로 분류해서 폐기한다. 모든 잔류물은 쓰레기로 버려진다. 완전히 타지 않은 뼈 조각, 그것은 2분 동안 커피분쇄기와 같은 소음이 지나면 아주 고운 재가 된다. 망자의 몸무게와 신장 크기에 따라 남는 약 2킬로그램. 유골함에 채워지는 재. 더럽지 않다. 피도 없다. 버튼만 누르면 된다. 그러면 화로의 문이 열린다. 또 한 번 버튼을 누른다. 그러면 문이 다시 닫힌다. 레자는 모든 것이 어떻게 작동하는지 잘 안다. 레자가 잠시 컴퓨터 앞에 앉아 번호를 입력한다. 마지막 화장 때 쓴 숫자들을 다시 한 번 입력한다. 아무도 알아채지 못할 것이다. 번호 19654를 두 번 입력한다. 레자가 씩 웃는다. 화장터의 책임자가 월요일에 작업을 재개시하게 될 것임을 알기 때문이다. 그는 커피를 마시며 편안하게 신문을 읽다가 첫 번째 시체를 냉동고에서 끄집어낼 것이다. 책임자는 마지막 번호를 프로그램에 입력하고 리프터에 관을 놓고 버튼을 누를 것이다. 책임자의 의구심을 불러일으키는 것은 아무것도 없다. 마시모 돌링거의 사체는 전혀 남지 않을 것이다.

소나무 관. 두 사람은 운반대에서 관을 들어 올려 리프터에 올린다. 움직이는 관, 마시모. 블룸은 그의 절망, 분노, 공포를 본다. 마시모는 탈출하려고 용을 쓴다. 몸을 이리저리 굴리는 바람에 관이 들려 올라가는 사이에 좌우로 흔들린다. 가슴 높이에서 관이 멈춘다. 마시모는 벌겋게 상기된 얼굴을 블룸에게 향하고 소리를 지른다. 휘둥그런 눈을 한, 무력한 상태에서 경악에 찬 괴물. 그는 머리만 움직일 수 있고 그 외에는 꼼짝도 할 수 없다. 왼쪽으로 15센티미터, 오른쪽으로 15센티미터. 마시모는 블룸을 공격하지 않는다. 그녀를 덮치지 않는다. 그는 그럴 수 없다. 그는 공격하고 싶어 죽을 지경이지만 공격할 수 없다. 블룸은 안전하다.

마시모가 여전히 할 수 있는 유일한 것은 이야기하는 것, 진실을 털어놓는 것이다. 스스로 쭈그러드는 것. 용서를 비는 것. 블룸이 그에게 바짝 가까이 다가가기 때문에, 블룸이 그러라고 속삭이기 때문이다. 블룸이 그에게 곧 죽게 된다고 말하기 때문이다. 5분 후면 너는 불에 타. 너는 계속 소리를 지르거나 나에게 이야기할 수 있어. 그건 네가 내릴 결정이야. 그러고 나서 블룸의 머리는 다시 뒤로 물러난다. 블룸은 그 자리에 서서 그가 발버둥치는 모습, 불안해하는 모습을 지켜본다. 그는 얼마나 재빠른가. 블룸이 말한 지 단 7초 만에 조용해진다. 그는 아무 소리도 내지 않고 조용하게 누워 블룸이 입에 붙은 테이프를 뗄 때까지 기다린다. 마시모는 그가 해야 할 일이 무엇인지, 그녀가 무슨 말을 할지를 안다. 그는 지금은 절대로 실수를 해서는 안 된다는 것을 안다. 블룸의 감정을 자극해서는 안 된다. 마시모의 눈동자가 빠르게 왔다 갔다 움직인다. 그는 블룸을 처다보지 않고 곰곰이 생각한다. 열에 들떠서. 블룸은 그를 안다. 마시모는 살아날 수만 있다면 무슨 일이든 다 할 것이다. 자신의 목숨을 걸고 이야기할 것이다. 그러기 위해 블룸은 운만 떼어주면 된다.

"마시모, 왜 그랬지?"

"블룸, 너무나 유감이야."

"그런 소리 듣자는 게 아냐."

"할 수만 있다면 내가 모든 것을 되돌리고 싶어."

"그런 소리 집어쳐."

"믿어줘. 마르크는 내 친구였어."

"마지막이야. 그런 소리 듣자는 게 아니라니까."

"그럼 무슨 말을 듣자는 거야?"

"왜 지하실에 갔지?"

"블룸, 그건 그냥 일어난 일이야."

"그냥 일어나?"

"우연이었어."

"우연이라."

"이웃의 전화가 걸려왔어. 내가 키츠뷔엘에서 단속을 하고 있을 때였는데, 나는 동료 경찰의 일을 덜어줄 생각으로 그리로 간 거였어."

"언제?"

"4년 반 전에."

"너 혼자였어?"

"때는 깊은 밤중이었는데 나는 아무튼 깨어 있었고, 무슨 일인지 살펴보려 했던 거야."

"무엇을?"

"이웃이 비명 소리를 들었어."

"그래서?"

"내가 초인종을 울리고 문을 두드렸어. 그러다가 안으로 들어갔지. 지하실 창문이 열려 있어서."

"계속해."

"그들이 여자들을 강간했어. 네 명이서. 가면을 쓴 남자들이 바지를 내리고 있더군. 남자들이 방심해서 창문을 열어놓았는데 여자애가 너무 크게 소리를 지르는 바람에 소리가 밖에까지 나간 거지."

"계속해. 시간이 지나가고 있어."

"소녀는 비명을 그치지 않았어. 그때 나는 어떻게 해야 할지 몰랐어. 내가 남자들을 견제했어야 했는데. 너무 내 능력에 부쳤던 거야. 블룸, 그때는 정말 예외 상황이었어."

"그래서 뭘 했는데?"

"총으로 소녀의 머리를 쳤어."

"왜?"

"다른 선택이 없었어."

"소녀를 돕는 대신 때렸다고?"

"나는 소녀를 조용히 하게 만들려던 거였어. 내가 상황을 제압해야 했으니까. 나는 네 남자들이 나에게 달려들지도 모른다는 생각에 겁이 났어. 그들은 가면을 쓰고 있었어. 블룸, 나는 그때 두려웠어."

"너는 총을 가지고 있었잖아."

"나는 겁에 질려 있었어."

"소녀는 누구였어? 둔야? 이레나?"

"이레나."

"너는 이레나를 도와주지 않았군."

"그래. 도와주지 않았어."

"왜 안 도와줬지?"

"몰라."

　블룸은 그의 말을 유심히 듣는다. 그가 무슨 말을 하는지를. 그가 블룸에게 설명하려고 얼마나 애쓰는지를, 자신을 정당화하려고 얼마나 안간힘을 쓰는지를. 마시모의 결정. 증원을 요청하지 않고 그 자리에 남아 남자들과 어울리겠다는 결정. 위층 레스토랑에서 가면을 벗고 한 식탁에 둘러앉아서. 지하에서는 상처를 입은 이레나가 의식을 잃고 쓰러져 있는 사이에. 다른 이들도 마찬가지로 우리에 갇혀 있는 사이에. 비좁은 곳에 겹겹이 쌓여 마취당하고 상처입고 의지할 곳 없이. 마시모는 그들을 그냥 방치하고 지하실 문과 창문을 닫고 바깥세상으로 되돌아왔다. 마시모는 지그시 눈을 감고 사주를 받았다. 그는 건달의 세계를 보았다. 모든 것이 허용되는 은밀한 장소를. 그에게 무슨 행동을 해야 하고 하지 말아야 하는지 아무도 말하지 않는 곳을. 신이 내려다보고 있다는 것, 아이가 없는 그들의 인생은 의미가 없음을 고민하지 않아도 되는 곳. 더 이상 거부하지 않았다. 마시모. 그는 우테에 대해 말한다. 아내를 애무할 수 없었다고, 아내가 그에게 죄책감을 심어주었다고 한다. 실패자, 아이도 만들지 못하는, 남자 구실도 하지 못하는 인간. 우테는 매일같이 끊임없이 그 소리를 해댔다. 마시모에게 굴욕감을 주고 삶을 견디지 못하게 만들었다. 우테. 항상. 좋은 일이라곤 더 이상 눈곱만큼도 없었다. 그 이유만으로 일이 그렇게 벌어졌다고 마시모가 말한다. 단지 그 때문에 마시모는 그 순간 그릇된 결정을 내렸다. 당시 지하실에서.

마시모. 그가 소나무 관 안에 어떤 모습으로 누워 있는가. 당장이라도 울음을 터뜨릴 것 같이 보인다. 그의 입이 어떻게 벌어졌다 닫히는가. 블룸은 그를 어떻게 쳐다보는가. 좋은 친구, 사랑스럽고, 모든 것을 도와주고, 다정한 사람. 그가 항상 그래왔듯이. 그의 목소리는 편안해서 심지어 부드럽기까지 하다. 사람들은 그가 그런 짓을 행했다고 결코 생각지 않을 것이다. 그가 당시 그냥 그곳에 있었다는 것을. 마시모는 사제와 요리사와 합의를 보았다. 그는 그들 모두를 장악했다. 사냥꾼과 사진사를. 그들은 마시모가 원하는 대로 했다. 그들은 유희에 새로운 친구를 반대하지 않고 받아들였다. 네 명에서 다섯 명이 되었다. 단지 그들이 창문을 닫는 것을 잊었다는 이유로. 단지 이레나가 너무 크게 비명을 질렀다는 이유로. 수년 간. 이레나가 죽을 때까지.

마시모의 친근한 눈동자. 그의 눈동자는 블룸에게 찰싹 달라붙으려 한다. 그녀를 보려고 치뜬 눈동자, 관에서 나가게 해달라고 애원한다. 마시모에게 있는 모든 것과는 달리 초라하고, 작고, 슬픈 눈동자. 잠시 괴물이 조용하다. 잠시 선량함이 되돌아오고 한 순간 블룸은 그가 불쌍하다는 생각까지 든다. 그가 지금 같은 모습을 보이는 것. 그가 풀려나려고 몸부림을 치는 모습. 다만 잠시 동안. 1, 2초 동안. 그것은 예전의 온전한 세상에 대한 기억. 그가 말을 하는 사이에 블룸이 회상해보려는 기억이다. 하지만 예전의 온전한 세상은 더 이상 존재하지 않는다. 모든 것이 무너졌고, 붕괴되었고, 파괴되었다. 마시모의 눈동자 뒤에 거친 야수가 어른거린다. 야수가 이리저리 날뛴다. 야수는 발굽으로 흙을 파헤치며 물어뜯을 태세다. 당장이라도 블룸의 목을 물어뜯으려 한다. 단 한 번만 물어도 블룸은 죽는다. 블룸은 그것을 안다. 마시모는 자신을 제어할 수 없다. 그는 펄쩍 뛰어올라 그녀를 바닥에 눕히고 찢어발길 것이다.

왜냐하면 더 이상 아무것도 통하지 않는다는 것을 마시모가 느끼기 때문이다. 마시모는 무슨 말을 해도 빠져나갈 여지가 없다는 사실을 블룸의 얼굴에서 보았기 때문이다. 모든 것이 끝이라는 것을. 블룸의 입에서 나오는 말이 거듭될수록 마시모는 안다. 블룸은 진심이다. 그를 죽이려 한다. 블룸이 그를 어떻게 쳐다보는가. 차갑기 그지없고, 출구는 없다. 아무것도 소용이 없다. 그리고 그 때문에 바람의 방향이 바뀐다. 폭풍이 한 순간 한 순간 다가온다. 마시모의 분노가 서서히 다시 끓어오른다. 블룸이 곧 죽이게 될 짐승이 서서히 깨어난다.

"블룸, 다른 사람들은 어떻게 되었지?"

"죽었어."

"당신 말을 못 믿겠는데."

"바로 그게 너의 실수였어."

"당신이 그들을 죽였어?"

"장례를 치러주었지."

"그럴 리가."

"맞아."

"그럼 당신은 나보다 당신이 더 우월하다고 생각해?"

"그래."

"그건 착각이야."

"너는 이레나를 뱃속의 아이가 죽을 때까지 발로 밟고 때렸어. 이레나는 피를 흘렸지. 그리고 넌 그녀를 아무 데나 내다버렸어."

"그리고 당신은 사제의 목을 잘랐지."

"그래. 그리고 이제 너를 불태워버릴 거야."

"넌 그렇게 못해."

"천만에."

"안 돼."

"마르크를 위해."

"그건 너무 웃기잖아. 블룸."

"넌 남자들 중에 최악이었어."

"그걸 너의 조그만 여자 친구가 말해줬어? 그래?"

"응."

"그녀가 입만 조심했더라면 아직 숨이 붙어 있었을 텐데."

"그녀는 삶이라곤 갖지 못했어. 너희들이 앗아갔으니까."

"나는 그냥 그녀의 머리를 물에 처박은 것뿐이야. 아주 간단하더라고. 1분인가, 2분인가. 그러더니 인 강에 쑥 빠져버리더라고. 그 소년하고 똑같던데."

"이 빌어먹을 개자식아."

"엄청 안타까웠지. 우리들의 작은 클럽의 문을 닫아야 해서. 네 남편하고 그 조그만 갈보년은 무조건 주연배우감이지."

"닥쳐."

"내가 둔야하고 재미를 많이 봤거든. 그년은 우리의 보물이었지. 그런데 도망치다니, 어리석은 년. 어리석은 조그만 화냥년."

"그만해."

"아이들 방에서 그녀를 보았을 때 정말이지 깜짝 놀랐지 뭐야. 내가 너를 실컷 박은 다음에 말이야. 그 조그만 창녀는 쉽게 굴복하지 않았어."

"그만하라고 했어."

"그년은 섹스를 진짜 잘했어. 내 말 믿으라고. 마르크도 틀림없이 그녀에게 정신이 확 나갔을 걸."

"그만."

"아니지, 그만하려면 아직 멀었어."

"아니."

더 이상 말이 없다. 더 이상 폭풍은 없다. 바람도 파도도 없다. 블룸은 버튼을 누른다. 더 이상 들을 생각이 없다. 더 이상 알고 싶지 않다. 블룸은 그를 영원히 없애려 한다. 그가 한 말, 그가 한 짓거리. 버튼 위에 블룸이 손가락을 대는 것만으로도 마시모는 비명을 지르기 시작한다. 화로의 문이 열리고, 관이 들어간다. 발이 먼저 들어가고 마시모는 울부짖으며 발악한다. 그는 블룸에게 욕설을 퍼붓고, 저주하고, 소리를 지른다. 하지만 아무도 그의 비명을 듣지 못하고 아무도 그를 돕지 않는다. 블룸과 레자만 그곳에 있다. 두 사람은 손을 잡고 나란히 서서 지켜본다. 두 사람은 꼼짝하지 않는다. 멈추려는 동작은 전혀 하지 않는다. 되돌리기 위한 동작. 아무것도 하지 않는다. 서로 깍지 낀 손가락만 꽉 잡고 있을 뿐 조금도 움직이지 않는다. 모든 것이 수월하게 진행된다. 관, 맞잡은 그들의 손. 다시 닫히는 화로의 문. 그가 어떻게 비명을 지르는가. 마시모. 잠시 더. 한 순간 더. 그리고 이제 얼마나 조용한가. 갑자기 두 사람만 남는다.

한밤중. 그들이 익숙해지기 위한 시간. 모든 게 잘될 것이라는 것에 대해. 모든 것이 지나갔다는 것에 대해. 마시모는 2시간 동안 불에 탄다. 두 사람은 화로 앞의 바닥에 나란히 앉아 기다린다. 레자와 블룸. 두 사람은 이야기하지 않는다. 여전히 손을 잡고 있다. 블룸은 연신 일어나 작은 창문으로 화로 안을 들여다본다. 마시모가 흐무러지는 모습을 지켜본다. 750도의 열과 더불어 점점 더 가벼워지는 느낌. 서서히. 그들이 다시 밖의 밤으로 나가 소형 버스를 타고 고속도로에 오르면. 살고자 하는 기분. 어느 낯선 휴게소에서 블룸은 느낀다. 계속 살아간다. 왜냐하면 이제 재밖에 남지 않았기 때문에. 비닐 봉지 속에. 마시모. 그가 어떻게 더러운 화장실 변기 속으로 떨어지는가. 그리고 블룸이 어떻게 그를 변기 물로 씻어 내리는가.

8년 전

"블룸?"
"응."
"내가 뭐 좀 물어봐도 돼?"
"뭐든지 물어봐."
"이후에는 그것에 대해 다시는 이야기하지 말자."
"뭐에 대해?"
"내가 당신 편이라는 거, 알지. 언제나, 무슨 일이 일어나도 말이야. 하지만 당신은 이제 나에게 진실을 말해줘야 해."
"마르크, 지금 나에게 겁을 주고 있어."
"블룸, 다 괜찮아."
"이게 뭐야? 자기 오늘 이상하다. 왜 그래?"
"나는 당신에게 어떤 이유가 있었는지 알고 싶어."

"무슨 말인지 모르겠어."

"그들이 그럴 만한 일을 했는지 말이야."

"무슨 이야기야?"

"당신 부모."

"우리 부모가 뭘?"

"당신 부모는 익사했잖아. 그럴 만한 이유가 있었어?"

"지금 무슨 얘기하는 거야?"

"내가 알고 싶은 건 다만, 그렇게 될 수밖에 없는 일이었다고 당신이 말했으니까."

"당신이 하려는 말이 뭔지 정말 모르겠어."

"말해줘, 제발."

"대체 무슨 말을 해줘?"

"부모가 그런 일을 당할 이유가 있었는지. 그것만 말해줘. 더 이상은 바라지 않아."

"마르크, 그 얘긴 그만해."

"블룸, 난 당신을 사랑해. 그건 당신도 알잖아. 하지만 난 알아야만 해."

"왜?"

"내가 두려워하고 싶지 않으니까."

"당신은 내가 두려워?"

"응. 당신이 무서워. 그리고 당신이 이유가 있었다고 하면 나는 이해해. 당신을 이해해. 당신이 한 일을. 제발, 블룸."

"언제부터 알고 있었어?"

"처음부터 알고 있었어. 넉 달 전, 내가 당신을 품에 안았을 때부터. 내가 당신의 배에 올라갔을 때. 당신의 눈동자에서 봤어."

"자기는 경찰이지."

"난 당신의 남편이야. 그리고 바로 그 때문에 알아야만 해. 약속할게. 다시는 이 이야기를 꺼내지 않는다고. 이번 한 번만. 왜 그랬어?"

"부모님은 익사했어."

"나는 당신과 하나가 되고 싶어, 블룸. 그리고 언젠가는 당신이 낳은 아이들도 가지고 싶고."

"그래서 지금 당신은 내가 괴물이 아니라는 걸 확실히 해두고 싶다는 거네."

"그래."

"마르크, 나는 수백 가지 이유를 가지고 있어. 그리고 당신 말이 맞아. 그래야만 했어. 그들은 그럴 만했어."

"그들이 그랬어?"

"우리 부모는 죽은 게 더 나아. 정말이야."

"그럼 됐어."

"됐다고?"

"그래, 블룸."

"날 떠나지 않을 거야?"

"그래, 안 떠나."

"나랑 있을 거야?"

"응."

_ 끝

감사의 말

우르줄라 아이히너. 당신은 나의 고향, 나의 사랑, 나의 행복입니다. 당신이 없었다면 내 인생의 아주 많은 페이지가 텅 비었을 거요.

미하엘 바이스. 우리가 소를 하늘로 날게 하자. 넌 말했지.
페르디난트 트레프너. 친구, 좋은 친구……
베른하르트 가일러. 그는 세상에 존재하는 가장 아름다운 것이다.
타차나 크루제. 텍스트(1)에 멋진 작업. 무척 흥미진진했다.
게오르크 지마더. 세상에서 가장 훌륭한 에이전트.
카테리나 크리스텐. 텍스트(2)에 멋진 작업. 천만 번 감사!
레기나 캄머러. 처음부터 일편단심으로.
크리스티네 페른로흐너-퀴글러. 나에게 고인의 세계를 알려주었어.
장례업자 J. 노이마이어. 팡파르. 인스부르크에서 최고.
토니 발터, 토니 회르하거. 내가 절대적으로 좋아하는 경찰관.
카타리나 알트마이어-기라르디. 블룸이 배를 소유한 것은 당신 덕이오.
유디트 가일러. 최고의 유모.
루도비코 에이나우디. 그에게서 사운드트랙이 나왔다.
필립 포이젤. 그에게서도 사운드트랙이.

2013년 겨울
베른하르트 아이히너

장례식은 필요 없다

초판 1쇄 펴낸 날 2015. 6. 30

지은이   베른하르트 아이히너
옮긴이   송소민
발행인   양진호
발행처   도서출판 인문외원
임프린트   도서출판 책뜨락

등 록   2013년 5월 21일(제2014-000039호)
주 소   (121-894) 서울시 마포구 양화로 56 동양한강트레벨 718호
전 화   (02) 338-5951~2
팩 스   (02) 338-5953
이메일   inmunbook@hanmail.net

ISBN   979-11-86542-01-9 (03850)

이 책은 저작권법에 따라 보호받는 저작물이므로 무단전재와 무단복제를 금하며,
이 책 내용의 전부 또는 일부를 이용하려면 반드시 저작권자와 도서출판 책뜨락
의 서면 동의를 받아야 합니다.

값은 뒤표지에 있습니다.
잘못 만들어진 책은 구입하신 서점에서 바꾸어 드립니다.

이 도서의 국립중앙도서관 출판예정도서목록(CIP)은 서지정보유통지원시스템 홈페
이지(http://seoji.nl.go.kr)와 국가자료공동목록시스템(http://www.nl.go.kr/kolis-
net)에서 이용하실 수 있습니다. (CIP제어번호: CIP2015014195)